KRISTINE KATHRYN RUSCH

Kristine Kathryn Rusch est née en 1960. Elle reçoit, entre autres, le prix Hugo en 1994 et le World Fantasy Award pour son travail d'éditrice du *Magazine of Fantasy and Science Fiction*, ainsi que le prix Locus de la meilleure novella et du meilleur essai.
Elle écrit de nombreuses nouvelles de S.-F. et de fantastique avant de se lancer dans la fantasy avec son grand cycle des *Fey* (cinq volumes en anglais). Elle vit avec son mari, l'écrivain Dean Wesley Smith, dans les montagnes de l'Oregon.
Kristine Kathryn Rusch a créé un cycle de fantasy sombre et passionnant, dans lequel foisonnent des trouvailles originales, entre magie, thaumaturgie et tragédie.

LE SACRIFICE

SCIENCE-FICTION

Collection dirigée par Bénédicte Lombardo

KRISTINE KATHRYN RUSCH

LES FEY

LIVRE DEUX

LE SACRIFICE

Traduit de l'américain

par Jean-Pierre Pugi

RIVAGES/FANTASY

Titre original :

THE FEY : THE SACRIFICE

ISBN 2-266-11993-1

À ma mère, Marian M. Rusch

REMERCIEMENTS

Je remercie Deborah Beale qui m'a poussée dans la bonne voie ; Abner Stein, Rich Henshaw et Richard Curtis, les trois Parques qui ont dès le début soutenu ce projet ; Harlan Ellison qui m'a incitée à faire lucidement le point sur la fiction ; Renee Dodds qui m'a contrainte à m'organiser ; Caroline Oakley pour sa patience ; Tom Dupree pour son discernement ; Nina Kiriki Hoffman et Jerry Oltion pour le soin dépassant le simple sens du devoir qu'ils ont apporté à la relecture du manuscrit ; et Dean Wesley Smith qui m'a tenu la main pendant les moments difficiles.

RÉSUMÉ

Les Fey, un peuple de guerriers impitoyables, se sont déjà emparés des trois quarts du monde. Pour parachever leur domination, une pièce manque à leur jeu : le continent de Leut. Contre l'avis de son père, Rugad le Roi noir, le prince Rugar arme une flotte et appareille avec sa fille Gemme pour s'emparer de l'Île Bleue, escale obligatoire pour quiconque souhaite gagner Leut.

La victoire des Fey semble assurée. Comment cette petite nation qui n'a même pas d'armée résisterait-elle à de vaillants soldats capables d'ensorceler leurs adversaires et guidés par des chefs qui ont des Visions de l'avenir ? Des Visions parfois déconcertantes, comme lorsque Gemme se voit unie à Nicolas, le fils du roi de l'Île Bleue, Alexandre.

Arrivés à destination, les Fey commencent à massacrer les insulaires. Le carnage se poursuit jusqu'à ce que Matthias, l'un des religieux de l'île, découvre par hasard une arme imparable : l'eau bénite qu'ils utilisent lors de leurs rites de purification fait fondre leurs adversaires comme si c'était de l'acide. Les Fey essuient alors la première défaite de leur histoire et doivent se replier dans les Terres d'ombre, un refuge que Rugar leur façonne par magie dans un univers parallèle. Contraints de s'y terrer, ils n'ont d'autre choix que de poursuivre le combat en utilisant les talents des Doubles, capables d'adopter l'apparence de n'importe quelle personne en enfilant littéralement sa peau, et de l'unique métamorphe de l'expédition, Solanda, qui peut se transformer en chatte pour espionner l'adversaire.

Ce qui ne devait être pour les Fey qu'une formalité devient alors une guerre de longue haleine et dans chaque camp règne un lourd climat de suspicion...

QUARANTE-CINQ

Gemme avait levé une main à son front, comme s'il suffisait de le comprimer pour repousser sa migraine. Debout depuis une trentaine d'heures, elle souffrait du dos à chaque mouvement d'épaules. Les seaux étaient pesants. Les Ménagers auraient pu la charger d'une corvée moins pénible.

Elle ouvrit la double porte du Domicile d'un coup de reins et la puanteur cuivrée du sang l'assaillit aussitôt. C'était la plus grande construction des Terres d'ombre. Rugar avait voulu regrouper en un seul lieu toutes les activités de leur base. On trouvait dans ce bâtiment long et étroit le dispensaire et des sections attribuées aux cuisiniers, aux tisserands et à la Chamane. Certaines pièces étaient exiguës. Celle-ci, trois fois plus vaste, servait d'infirmerie.

Les lits étaient occupés par sept fantassins aux intestins perforés par des estocades et un huitième qui n'avait qu'une estafilade au bras. Un cadavre gisait sur un lit de camp à côté de l'entrée, en attendant que quelqu'un procède à sa purification et sa répartition rituelles. Gemme posa les seaux sur le plancher, se redressa et s'étira. Ses vertèbres craquèrent. Elle ne s'était encore jamais trouvée si près d'un champ de bataille sans participer aux combats. Les odeurs qui traversaient l'enveloppe poreuse des Terres d'ombre l'avaient plus terrifiée que les ténèbres extérieures entrevues quand les premiers fantassins avaient regagné leur refuge.

Avec des prisonniers. Elle s'intéressait à eux mais n'avait pas obtenu l'autorisation de les rencontrer avant que son père et Caseo ne terminent leur interrogatoire.

Neri approcha, blême et les traits tirés. Les Ménagers n'avaient pas bénéficié de repos depuis leur installation dans la nouvelle base. Et l'affrontement qui venait d'avoir lieu leur donnait un surcroît de travail. Neri se pencha pour prendre un des seaux.

« Merci, Gemme. » Son sourire exprimait autant de lassitude que son regard. « Nous avons fait pour eux tout notre possible. »

Gemme lui désigna les blessés. « Sont-ils hors de danger ?

— C'est difficile à dire, lorsqu'il s'agit de fantassins, lui répondit Neri en accompagnant ces mots d'un haussement d'épaules. Nous ne ménageons pas nos efforts mais ils n'ont pas en eux la magie qui hâterait leur rétablissement. » Ses yeux s'écarquillèrent. « Avec tout le respect que je vous dois.

— Je ne me sens pas offensée. » Tous ici ignoraient qu'elle avait eu des Visions. Ils imputaient à son manque de clairvoyance sa capture lors de la Première bataille de Jahn.

Sept soldats grièvement blessés – peut-être sept morts – et aucun espoir de recevoir des renforts. S'ils ne trouvaient pas un moyen de redresser la situation au plus vite, ils devraient capituler. Victimes de leur infériorité numérique. Les combats cesseraient, faute de combattants.

La révélation de son père l'avait ébranlée. Que le Roi noir leur refuse toute assistance modifiait les perspectives. Ils étaient aussi vulnérables que l'avaient été les Hevish quand les Fey avaient encerclé leur contrée et établi un blocus en barrant tous les accès aux cours d'eau et aux routes. Peu nombreux mais déterminés, retranchés dans leur pays fortifié, les Hevish avaient vaillamment résisté cinq années. Cependant, ils avaient eu aussi le temps pour adversaire et la malnutrition avait entraîné leur perte comme l'hécatombe des adolescents puis des vieillards.

Nul peuple ne pouvait repousser indéfiniment une armée qui ne manquait ni d'hommes ni de ravitaillement.

Si les Gardiens des sortilèges ne découvraient pas le secret du poison des insulaires, ils devraient innover pour se tirer de ce guêpier. Un Double aurait pu posséder un marin autochtone et guider un navire sur les flots périlleux de la baie, mais ils n'en avaient plus un seul à leur disposition. Rugar leur avait attribué des missions de renseignement, tant sur les champs de bataille qu'au cœur du territoire ennemi, et trois avaient péri. Quant à ceux qu'il venait d'envoyer dans le Tabernacle, ils connaîtraient probablement le même sort.

Elle quitta le porche pour s'avancer dans les tourbillons de brume. Elle séjournait dans les Terres d'ombre depuis un an et s'était accoutumée à ne plus voir ses pieds. Elle avait cessé de ciller dans l'espoir illusoire d'améliorer l'acuité de sa vision. Cet univers grisâtre aux formes estompées lui était désormais si familier qu'elle craignait d'être aveuglée par la vive clarté du monde réel... en admettant qu'elle le regagne un jour.

Son père avait dû retourner dans leur cabane. Elle passa rapidement près des chantiers de construction.

Elle s'était également habituée aux chamailleries des artisans et au fracas incessant des coups de marteau. Elle s'arrêta devant le laboratoire des Gardiens. Un panache de fumée s'élevait de la cheminée. Faire du feu était prohibé dans les Terres d'ombre d'antan. Ils n'avaient découvert qu'après maintes années que leur enveloppe était poreuse et permettait à l'atmosphère de se renouveler.

Ce feu l'intriguait malgré tout car Rugar avait fait en sorte que cet habitat soit constamment tempéré. Elle en déduisit qu'ils se livraient à des expériences et frissonna. Testaient-ils leur magie sur les prisonniers ? Elle espérait que non. Elle souhaitait les rencontrer avant qu'ils n'aient servi de cobayes.

Mais elle devait s'entretenir avec son père au préalable. Elle se dirigea vers leur cabane. Il avait fait ériger cette bâtisse en tant que salle de réunion, pour éviter toute contestation. Il partait du principe que leurs congénères les auraient enviés s'ils avaient assimilé un tel espace vital à un privilège de leur rang, et qu'ils seraient moins choqués s'ils se contentaient de réquisitionner un bâtiment qui existait déjà.

Il usait de faux-fuyants ridicules pour esquiver des récriminations au demeurant inévitables.

Si elle ne regagnait pas Nye, un de ses frères accéderait au trône. Leur grand-père Rugad avait prévu cette éventualité. N'était-ce pas pour cela qu'il n'envoyait jamais plus de deux représentants d'une même famille au combat ? Pour empêcher les lignées de s'éteindre. Il y avait des précédents. Lui-même fils cadet, il avait été désigné comme successeur de son père quand tous avaient cru l'aîné mort à la guerre. Par chance pour Rugad, son frère n'était revenu que dix ans après son couronnement et sa revendication avait été irrecevable.

Elle regrettait de ne pas avoir su avant leur départ

pourquoi il s'opposait à cette expédition. Elle se reprochait d'avoir accordé plus d'attention aux étrangetés de sa première Vision qu'à ce différend.

Mais elle avait Vu Nicolas, le prince de l'Île Bleue. Participer à cette opération militaire était donc sa Destinée.

N'était-ce pas plutôt une mise en garde ?

Le déterminer était impossible.

Elle atteignit leur domicile et s'arrêta devant les deux sentinelles de faction. Le froncement de sourcils de Fardeau indiquait qu'il avait eu un nouvel accrochage avec Rugar. Les jambes écartées, Amar croisait ses bras musclés. Elle avait toujours eu un faible pour lui, bien qu'il fût aussi âgé que son père et n'eût à aucun moment possédé une once de magie. C'était un fantassin valeureux, dévoué corps et âme à leur famille.

Elle approcha et les salua de la tête. « Que fait Rugar ?

— Il reprend les choses en main », lui répondit Fardeau.

L'arrogance du jeune Fey n'irritait pas que son père, et elle rétorqua sèchement : « N'est-ce pas normal, lorsqu'on est à la fois le commandant de cette expédition et le fils du Roi noir ? »

Il rougit. Elle crut voir Amar sourire et se faufila entre eux en dissimulant son amusement.

Nul feu ne brûlait dans l'âtre et la pénombre réduisait les dimensions de la pièce. Son père était assis sur la table, un pied sur une chaise et une jambe ballante. Il la suivit du regard quand elle approcha.

« Tu n'es pas censée être ici, lui rappela-t-il.

— Je ne tenais plus en place.

— Tu devais analyser la situation. »

Elle haussa les épaules, peu désireuse d'ouvrir un

débat. « Ce ne sont pas des activités qui me conviennent, même si quelques idées m'ont traversé l'esprit.

— Tu m'en parleras plus tard. » Il repoussa le siège pour sauter sur le sol. « Tu vas t'entretenir avec les prisonniers. »

Elle sentit son cœur s'emballer et retint sa respiration. Il ne l'avait jusqu'à présent pas autorisée à les voir avant les Gardiens. « Ils sont ici ? Pourquoi as-tu changé d'avis ?

— Caseo m'a fait part de ses intentions et sacrifier des gens qui pourraient nous être utiles me semble prématuré. Étudier leur potion occupera les Gardiens. » Il s'était exprimé d'une voix sans timbre dans laquelle elle percevait malgré tout de la colère.

« Tu les lui as promis.

— Il les aura. Après nous.

— Les as-tu interrogés ?

— Oui, et je ne suis pas le seul. Ils n'ont répondu à aucune de nos questions.

— Tu voudrais que j'essaie ? Je n'ai pas d'expérience en ce domaine.

— De nous tous, tu es celle qui connaît le mieux les insulaires. Ne t'es-tu pas entretenue avec leur roi ? »

Elle avait la bouche sèche. S'il disait vrai, les rôles avaient été inversés. « Et Solanda ?

— Nous attendons son retour et il n'y a ici aucun Double.

— Je n'ai pas vu d'autochtones depuis un an. Mais Fardeau et ses camarades...

— Ils ne savent que tuer. Si je manque d'inspiration pour leur infliger des souffrances, je bénéficierai de maintes suggestions. » Sa voix avait perdu sa neutralité et révélait sa frustration. Elle comprit son problème.

Les militaires avaient tendance à oublier qu'ils n'étaient pas seulement confrontés à des soldats, des adversaires qu'il suffisait d'embrocher. Depuis leur repli dans les Terres d'ombre, Rugar n'avait pu étendre ses connaissances sur les habitants de cette île. Il devait s'en remettre à sa fille, l'unique représentante de son espèce qui les avait côtoyés.

« Où sont-ils ?

— La troisième chambre. Je voulais t'exposer la situation avant que tu ne les rencontres. »

Elle hocha la tête. Les prisonniers n'auraient pu s'échapper. La présence de Fardeau et d'Amar était symbolique. Même s'ils réussissaient à sortir de cette cabane, ils n'auraient pas la possibilité de regagner le monde extérieur. Ils resteraient bloqués dans ce refuge... mais s'ils récupéraient leur poison, ils sèmeraient le chaos.

Elle s'engagea dans le couloir, rentra des mèches de cheveux rebelles dans sa natte et rajusta son justaucorps en cuir. L'impatience dissipait sa lassitude. Elle espérait presque voir Nicolas parmi les prisonniers. Elle eût aimé s'entretenir avec lui, pour tenter de comprendre ce qui s'était produit un an plus tôt... quand ils auraient dû en toute logique s'entre-tuer et avaient badiné tels des adolescents amoureux.

Ce souvenir la fit rougir. Nul homme, pas même son vieil ami Fardeau, n'avait suscité en elle de telles émotions. Si elle avait pu en parler à son grand-père, il lui aurait certainement répondu : *Suis la magie, mon enfant*. C'était sa phrase favorite et, à l'en croire, le secret de son long règne.

Suivre la magie.

Elle ouvrit la porte. Pieds et poings liés, les trois autochtones avaient été attachés à leurs chaises par d'autres entraves. Que ces cordes soient distendues indiquait que les Gardiens leur avaient également imposé des liens immatériels. Ils gardaient la tête basse et aucun n'avait la magnifique toison blonde de Nicolas.

« Ne pas saluer un visiteur dénote un manque de savoir-vivre indéniable », lança-t-elle en nyeien. Elle avait appris des rudiments de la langue locale mais ne la maîtrisait pas encore.

L'homme le plus éloigné sur sa gauche leva les yeux. Moins âgé que Rugar sans être jeune pour autant, il avait un visage allongé sur lequel se dessinaient des pattes-d'oie et une bouche délicate. Ses traits carrés la surprirent. Il avait tout d'un Fey façonné à l'emporte-pièce. « Saucissonner ses invités est bien plus choquant. »

Elle sourit. Cette agressivité verbale était peut-être le propre des insulaires. « Vous marqueriez un point... si vous étiez nos invités. »

Le prisonnier du milieu mordilla sa lèvre et la regarda fixement. À peine sorti de l'enfance, il en avait conservé la maigreur et la gaucherie. De l'acné mouchetait sa peau blême et la peur dilatait ses yeux bleus.

« Je ne suis pas venu ici de mon plein gré, rétorqua le premier. Ce sont vos semblables qui m'ont conduit dans cette cabane. Là d'où je viens, cela ferait de moi votre hôte. »

Elle secoua la tête. « Là d'où je viens, cela fait de vous nos prisonniers.

— Que... Que vous vouloir... heu... faire à nous ? » demanda l'adolescent. Son nyeien laissait à désirer. Il n'avait jamais dû quitter son île.

Le troisième homme se tourna pour lui intimer de se taire, et révéla un profil au nez busqué et aux lèvres étroites.

« C'est moi qui donne des ordres, ici », rappela-t-elle.

Il la dévisagea, comme s'il n'avait pas remarqué sa

présence. Plus maigre et plus âgé que les autres, il avait de petits yeux porcins et irradiait la haine qu'elle lui inspirait.

« Parce que tu n'es pas ligotée, catin ! » Si son débit était aussi haché que celui de l'adolescent, l'emploi d'un terme injurieux indiquait que sa connaissance du nyeien était plus étendue qu'il ne voulait le laisser croire.

« Oh ! Cela ne changerait rien à la situation, fit-elle, désinvolte. Les Fey sont les maîtres des Terres d'ombre.

— Pas de notre île.

— Pas encore », le reprit-elle gaiement. Elle repoussa la porte.

Il s'adressa à ses compagnons dans la langue locale et elle reconnut les termes « seule », « nous » et ce qui devait être un autre qualificatif s'appliquant aux femmes de mœurs légères.

« Soit vous vous exprimez en nyeien, soit vous ne pourrez plus prononcer un seul mot », les avertit-elle.

L'adolescent blêmit. « Pardon, madame. Mais je... heu... pas parler nyeien.

— Tu t'en tires très bien », fit-elle avec douceur. Elle lui sourit. Le briser serait facile.

Le troisième homme s'adressa au plus jeune et elle comprit le mot « jouer ». Il avait donc deviné sa tactique. Elle sortit son coutelas de son ceinturon, alla vers lui et le saisit par les cheveux. Emmêlés et graisseux, ils puaient la sueur et la poussière. Ils n'avaient pas été lavés depuis des jours. Elle les tira en arrière pour appliquer le fil de la lame sur sa joue incrustée de crasse.

« Je t'ai averti que si tu ne t'exprimais pas en nyeien, tu n'en aurais plus jamais la possibilité. Alors, vas-tu ouvrir la bouche pour que je puisse te trancher proprement la langue ou devrai-je la sectionner à travers ta gorge ?

— Madame ! Pitié ! » cria l'adolescent.

Le premier homme le coupa. La brièveté et l'intonation du mot qu'il prononça indiquaient qu'il s'agissait d'un nom.

« C'est à toi que je m'adresse, vieillard, fit-elle.

— Tu t'imagines peut-être que je vais te présenter des excuses, traînée ? » La pression de la lame rendait sa voix encore plus rauque.

« Je t'ai ordonné de parler en nyeien, c'est tout. N'étant pas susceptible, j'exige seulement de comprendre ce que tu dis. Soit tu respectes mes instructions, soit je te condamne au silence. Est-ce clair ?

— Les menaces sont vaines, quand il n'y a personne pour les mettre à exécution.

— C'est exact. » Elle écarta le couteau qui laissa une entaille dans la chair, l'essuya sur sa chemise et le remit dans son étui. « Je reviens de suite. »

Elle rouvrit la porte et demanda à son père de lui envoyer Fardeau. Rugar appela le fantassin, qui répondit aussitôt, et elle se tourna vers les insulaires sans refermer le battant. Le plus vieux levait le menton pour l'observer et du sang gouttait sur son cou. L'autre adulte semblait plus détendu tandis que l'adolescent était larmoyant.

Fardeau vint les rejoindre. Elle lui désigna le troisième prisonnier.

« Emmène-le », ordonna-t-elle en fey avant de se rapprocher du captif pour lui préciser en nyeien : « Les Gardiens veulent vous arracher les secrets de votre peuple. Ils n'apprécieraient pas que je te tue... même par accident. Ils se chargeront de te trancher la langue – tu n'en auras de toute façon plus besoin – avant de débuter leurs expériences.

— Sornettes !

— Elle ne bluffe jamais », intervint Fardeau. Il

passa derrière lui pour défaire la corde qui l'immobilisait sur la chaise et glissa une main sous son aisselle afin de le hisser. « Fais tes adieux à tes amis, tant que tu le peux encore.

— Toi dire que tu accepter, Ort ! » C'était l'adolescent, qui avait toujours autant de difficultés à s'exprimer.

« Désolée, rétorqua Gemme. Mais il a raison. Une femme doit mettre ses menaces à exécution, si elle veut être prise au sérieux. »

L'autre homme n'était manifestement pas effrayé. Il analysait son comportement. Il était différent de son ami qui montrait plus de bravade que de courage. Il paraissait animé par une force intérieure.

Elle reporta son attention sur Ort. « Emmène-le », répéta-t-elle à Fardeau avant de préciser en fey : « Conduis-le aux guérisseurs. Dis-leur d'utiliser sur lui un charme de silence... et de le garder à l'écart de Caseo.

— Avec plaisir. » Fardeau ordonna à Ort d'avancer et le poussa devant lui. Gemme referma la porte dès qu'ils furent sortis.

« Nous allons tout reprendre du début. Vous vous exprimerez en nyeien ou en fey, mais pas dans votre langage. Même entre vous. Et vous répondrez à toutes mes questions.

— Pas connaître le fey », rappela l'adolescent.

Elle lui sourit. « Et tes connaissances du nyeien sont rudimentaires. Peu importe. Tu apprendras.

— Vous ne parlez donc pas notre langue, en conclut l'homme.

— Elle est trop gutturale, et je n'en vois pas l'utilité. » Elle lui toucha la joue puis approcha ses doigts maculés du sang d'Ort de ses narines, pour qu'il pût en sentir l'odeur cuivrée. « Quel est ton nom ? »

Il se crispa. « Pourquoi vous le dirais-je ? Vous m'exécuterez quoi que je fasse. »

Elle sourit encore et lui caressa le menton. Il avait une barbe naissante, comme les hommes de Nye. « Si nous voulions vous éliminer, ce serait chose faite.

— Vous décider de... heu... tuer Ort, rappela l'adolescent.

— Je n'ai pas dit qu'il mourrait. Ce qu'il regrettera s'il refuse de coopérer. »

Elle prit la chaise d'Ort, fit tomber les cordes et la tourna pour s'asseoir en face de l'adulte. « Comment t'appelles-tu ?

— C'est sans importance. »

Elle inclina imperceptiblement la tête.

« Explique-moi une chose. Les habitants d'Oudoun refusent de révéler leur nom car ils sont convaincus que ceux qui le connaissent peuvent leur imposer leurs volontés. Cependant, les Nyeiens n'ont jamais précisé que vous aviez les mêmes croyances. Ont-ils estimé que c'était sans intérêt ou ont-ils voulu nous dissimuler cette information ? »

L'adolescent était désorienté. Soit elle parlait trop vite pour qu'il pût assimiler ses propos, soit ils n'avaient pas des usages identiques à ceux des Oudounites. Il regarda l'autre prisonnier puis la dévisagea.

« As-tu peur de moi ? » s'enquit-elle.

Sa pomme d'Adam monta et descendit alors qu'il déglutissait. « Oui, madame. »

Elle crut voir une expression de colère traverser le visage de l'homme, mais si rapide qu'elle ne put en être sûre. « Laissez-le, dit-il. Il n'aurait pas dû nous accompagner.

— Pourquoi l'a-t-il fait, en ce cas ? » Elle avait décidé de leur permettre de s'exprimer à leur guise.

« Je vouloir, fit l'adolescent. Et...

— Il ne s'était encore jamais battu. Il a été affecté à notre unité au dernier moment. Il devrait se trouver chez lui, auprès des siens. » Il prenait des couleurs. Elle admirait son courage.

« Vous auriez dû y songer avant de l'emmener. »

Le jeune insulaire les regardait tour à tour. « C'est mal ? Dire nos noms ? »

Il s'était adressé à son compagnon, qui soupira. « Non. Je ne pense pas. Tous les connaissent, de toute façon. »

Il se référait sans doute à leurs semblables, pensa-t-elle. Ils avaient dû deviner leur capture en ne les voyant pas parmi les morts et les blessés. Rugar avait fourni des instructions aux membres du commando. Ils devaient épargner quelques insulaires pour qu'ils aillent informer leurs chefs que les Fey détenaient des captifs et des fioles de poison. Les peurs suscitées par cette nouvelle permettraient peut-être à la chance de tourner.

« Notre bonne volonté sera égale à la vôtre », déclara-t-elle.

Ce fut en esquivant le regard de son compagnon que l'adolescent reprit la parole.

« Tous dire que Fey... » Elle trouva étrange de l'entendre prononcer le terme qu'utilisait son peuple pour se désigner. « Pas gentils.

— Ils ont raison, répondit-elle. Si nous étions sur un champ de bataille, vous seriez déjà morts. Mais vous êtes nos prisonniers et votre sort dépendra de votre attitude.

— Quels choix s'offrent à nous ? » s'enquit l'homme.

Elle décida de le leur dire. Ils ne pourraient s'évader et si Rugar finissait par les libérer, ce qu'ils raconteraient alimenterait la terreur qu'inspiraient les envahisseurs – un des buts qu'il s'était fixés. « Nous voulons découvrir en quoi vous n'êtes pas semblables aux Nyeiens. Nous y parviendrons, et que ce soit sans heurts ou en chargeant des experts de vous arracher ces informations ne dépend que de vous.

— Vous parlez des différences culturelles ?

— Et physiques. »

L'adolescent ne disposait pas d'un vocabulaire assez étendu pour suivre leurs propos mais l'adulte assimilait les paroles autant que les sous-entendus. Il était livide.

« C'est un enfant.

— Son utilité n'en sera que plus grande. Il est seulement dommage que nous n'ayons capturé aucune femme.

— Femme ?

— Si vous êtes différents, elles doivent l'être aussi.

— Différentes ?

— De nous. » Elle s'exprimait avec douceur et il était perplexe. Elle remarqua seulement à cet instant qu'il existait des similitudes entre leurs peuples : lorsqu'il les fronçait, ses sourcils remontaient sur les côtés telles des ailes d'oiseau. Elle manqua hoqueter de surprise. Étaient-ils apparentés à un degré ou un autre, comme les poissons et les chats l'étaient entre eux ? Les Fey appartenaient peut-être à la même espèce que les insulaires. Ces derniers n'étaient-ils pas des cousins moins évolués qui les égaleraient un jour ? Cela eût expliqué qu'ils disposaient de ce maudit poison. Ils suivaient une voie identique sans en avoir conscience, et les envahisseurs en avaient fait les frais.

« Nous ne sommes pas comme vous, reconnut-il. Nous ne sommes pas des guerriers.

— Vous obtenez malgré tout d'excellents résultats. » Elle pensa aux nombreuses victimes qu'elle avait vues ce matin-là.

« Ce n'est pas ce que je voulais dire. Vous souhaitez tout posséder alors que nous nous contentons de vivre paisiblement sur notre île. Pourquoi ne nous laissez-vous pas tranquilles ? »

Elle entendit en contrepoint une voix qui disait : *Tant de morts, pour quelque chose que nous vous aurions accordé*. Elle relégua ce souvenir dans les profondeurs de son esprit. Elle n'avait pas de temps à lui consacrer. « Nous ne sommes pas des commerçants. Qui voudrait payer ce qu'il a la possibilité de s'approprier sans bourse délier ?

— Vous ne pouvez tout avoir. Quoi que vous me fassiez, je ne vous appartiendrai jamais. Même si vous exercez sur mon corps votre emprise, je resterai maître de mes pensées. »

Elle le dévisagea en se demandant s'il lui jouait la comédie de la naïveté. Puis elle se rappela que ces gens n'avaient eu aucun contact avec des Fey avant l'invasion et qu'ils ignoraient l'existence des Doubles. « Pourquoi refuses-tu de me dire ton nom, en ce cas ? »

Il se pencha en arrière, souriant presque. Ses liens avaient lustré le tissu malpropre de ses vêtements, ce qu'il n'avait apparemment pas remarqué. « Je m'appelle Adrian. Et je vous présente mon fils Luke. »

Il venait de lui fournir trois informations, la plus importante étant leur lien de parenté. L'adolescent le fixait, déconcerté. Son père avait raison, il aurait dû rester chez lui.

« Il ne parle pas couramment le nyeien, dit-elle.

— Nous ne pensions pas que ça lui serait un jour utile. » Le « nous » la surprit. Une épouse qui participait aux prises de décisions ? Solanda avait déclaré que les femmes ne jouaient pas un tel rôle au sein de cette société. Un homme, alors ? Le plus âgé ?

« Tu as donc d'autres fils ? »

Adrian sursauta, étonné par la question.

Son sourire s'élargit et elle ajouta : « L'aîné apprend le négoce et les cadets labourent les champs. Ai-je vu juste ?

— Non. L'aîné hérite.

— Que deviennent les autres ? » La chaleur de leurs rapports laissait supposer qu'il s'agissait de son enfant préféré.

« Ce qu'ils souhaitent devenir.

— Vous les lâchez dans la nature sans rien en poche, en vous contentant d'espérer qu'ils survivront ? »

Adrian haussa les épaules. « C'est ce que j'ai fait. »

Elle croisa les jambes, posant sa cheville droite sur l'autre genou. « Propriétaires de vos terres, vous évitez de les morceler. Nos usages sont différents. Les biens familiaux sont divisés en parts égales. C'est pour cela que nous devons poursuivre notre expansion... sous peine de voir nos domaines se réduire à chaque succession.

— Les... filles aussi ? » voulut savoir l'adolescent.

Elle confirma de la tête. « Ainsi que les cadets. »

Il rougit et son père le regarda, avec une tendresse que Gemme s'étonna de ne pas avoir remarquée plus tôt. « Qu'allez-vous faire de nous ? s'enquit Adrian.

— Nous avons besoin d'étendre nos connaissances sur votre peuple et nous utiliserons pour cela tous les moyens à notre disposition. Devoir torturer votre père me navre, mais il ne m'a pas laissé le choix. »

Il sourit. « Ort n'est pas mon père. Ce n'est qu'un vieillard qui a plus de fougue que de bon sens.

— Il n'est pas sot pour autant. Il maîtrise le nyeien mieux que tout autre insulaire et il aurait dû rester à Jahn pour participer aux négociations.

— Il n'y a pas eu de contacts entre nos peuples.

— Personne ne l'a proposé. » Elle referma ses mains sur son mollet.

« Que comptez-vous faire de nous ? Nous envoyer annoncer à notre roi que vous voulez mettre fin aux hostilités ? »

Elle secoua la tête. « Vous ne repartirez pas. Vous resterez ici.

— C'est quoi... ici ? fit Luke. Pas de ciel.

— Ni de soleil, de pluie ou de vent », répondit-elle en se penchant vers lui. Il lui inspirait plus de sympathie qu'elle ne l'eût souhaité. « C'est le lieu où nous serons en sécurité jusqu'à notre victoire. »

Cela fit rire Adrian. « Les Fey ont pour la première fois battu en retraite. Qu'est-ce qui vous permet d'espérer que vous renverserez la situation ?

— Toi, fit-elle avec une assurance qu'elle trouva convaincante.

— Moi ? » Il sourit, mais elle ne lut aucune gaieté dans ses yeux. « Je suis insignifiant. Un simple paysan qui s'est engagé l'été dernier pour défendre ses terres.

— Aurais-tu participé à ce raid si tu n'avais pas certaines compétences ? »

Il secoua la tête. « Nous ne sommes pas des combattants. Aussi loin que remontent nos souvenirs familiaux, j'ai été le premier à partir à la guerre. On m'a affecté à ce commando parce que j'étais disponible et non à cause de mes capacités. »

C'était sans doute vrai, mais secondaire. Tous trois devaient connaître la composition de leur maudit poison. En outre, Caseo comptait les utiliser pour déterminer quels étaient ses effets sur la population locale.

Elle soupira et recula. « Tu t'épargnerais de pénibles épreuves en nous expliquant comment opère cette potion.

— Vous avez pu le constater. »

Si son agressivité surprit Gemme, elle ne se laissa pas intimider. « Dis-moi ce qui la rend si efficace. »

Il rit. « Ce n'est pas à moi qu'il faut le demander. J'en asperge les Fey, je ne la fabrique pas.

— Ce n'est donc pas une substance naturelle ? » Caseo pensait qu'elle provenait d'un torrent ou d'un lac aux propriétés particulières.

« Pas que je sache. Mais je ne suis pas un expert du rocaanisme. »

Elle se renfrogna. « À quoi vous servait-elle, avant notre arrivée ?

— L'eau bénite ? Les religieux la font circuler pendant leurs cérémonies et les fidèles en imbibent le linge purificatoire avec lequel ils nettoient leurs épées rituelles.

— En as-tu une ? »

Il lorgna son fils qui s'était plongé dans la contemplation de ses mains. « Je ne suis pas un pratiquant.

— Ce n'est donc pas une religion d'État ? Y adhérer n'est pas obligatoire ? Ce serait une question de convictions personnelles ? » C'était nouveau pour elle. Elle n'avait jamais entendu parler d'un tel concept.

Il haussa les épaules. « Nul ne nous impose d'assister aux offices, si c'est ce que vous voulez savoir. J'estime que je n'ai pas à réciter des formules toutes faites qui me laissent sceptique. »

Tout indiquait en revanche que son fils était très pieux. Et s'il avait des difficultés à s'exprimer en nyeien il comprenait ce langage, quand personne ne le privait de ses moyens en réclamant des réponses. Gemme était dans le même cas que lui. Elle assimilait le sens global d'une demi-douzaine de dialectes mais ne pouvait les traduire si on attendait d'elle qu'elle fasse une démonstration de ses talents. Elle devrait surveiller ses paroles et en informer ses semblables.

« Et toi, Luke. As-tu une épée rituelle ? »

L'adolescent se redressa en l'entendant prononcer son nom. La peur donnait de l'éclat à ses yeux. « Elle... non... plus maintenant.

— Nous te l'avons prise ? »

Il hocha la tête.

Elle déglutit. Elle aurait dû aller avertir les siens du danger que représentait l'épée sans perdre un instant, mais ils se méfiaient certainement de cet objet. Par chance le symbole de la religion locale était une arme. « Vous la nettoyez. Pourquoi ?

— D'après les Anciens, c'est ce qu'a fait le Roca juste avant sa mort, intervint Adrian.

— Pour un athée, tu sais beaucoup de choses.

— Tous les enfants reçoivent les enseignements de l'Église.

— Que font vos prêtres pour bénir cette eau ?

— Ça, je l'ignore. »

Elle se leva. « Tu l'ignores ou tu refuses de me le révéler ?

— Je l'ignore », répéta-t-il, maussade.

Elle se tourna vers Luke. « Et toi ? »

Il regarda Adrian qui hocha la tête pour l'encourager à répondre. « Je... je... Non.

— Ton père vient de dire que vous suivez des cours d'instruction religieuse.

— Ce qui ne permet pas de tout comprendre. Pour perdurer, les religions doivent s'entourer de mystères », fit Adrian.

Gemme sentit ses cheveux se hérisser au-dessus de son front. Les Mystères ! Partageaient-ils les mêmes croyances, présentées de façon différente ? « Mais vous savez utiliser cette eau.

— Dans le cadre du culte rendu au Roca ? Naturellement. Nous n'avons découvert ses autres propriétés qu'après votre arrivée... Je parle des gens du peuple, bien entendu. Je ne peux m'avancer, pour les prélats. »

Elle ne broncha pas et son visage était un masque. S'il disait vrai, comment avaient-ils pu se douter qu'elle aurait des effets dévastateurs sur les Fey ? Il fallait en informer Rugar et capturer des insulaires aux connaissances plus étendues en ce domaine. « Et à vous, que vous fait-elle ?

— Rien du tout.

— Elle... » L'adolescent prononça un mot dans sa langue, ce qui le fit rougir de gêne et de frayeur.

« Qu'a-t-il dit ? demanda-t-elle sèchement à Adrian.

— Qu'elle nous purifie. » Il s'était exprimé posément, sans regarder son fils. Mais ses craintes étaient évidentes. Elle n'avait pas laissé une seconde chance à Ort et il craignait que Luke ne soit à son tour victime de ses façons expéditives.

« Elle vous purifie, répéta-t-elle. Dans quel but ?

— Pour nous rendre acceptables aux yeux de Dieu. »

Des mots qui la firent frissonner. « Dois-je en conclure que les Fey ne peuvent être purifiés, que votre Dieu nous rejette ?

— Eux – les Danites – le dire. » L'adolescent s'était empressé de répondre, comme s'il espérait se faire pardonner son écart.

Elle faillit soupirer. Ils n'étaient pas seulement confrontés à un poison dévastateur mais aussi à une superstition. Elle était contente que son père eût envoyé des Doubles dans le Tabernacle. Peut-être découvriraient-ils les Mystères des insulaires. Consciente qu'elle n'apprendrait rien de plus pour l'instant, elle décida de changer de sujet. « Qui est votre commandant ?

— Pour cette mission ? »

Elle acquiesça.

« Theron. Il a été désigné par le roi.

— C'est donc votre souverain qui dirige vos forces militaires ? » Elle avait des difficultés à le croire. Il manquait bien trop d'expérience et de courage pour organiser une opération de ce genre. Mais il était vrai que nul n'aurait cru les autochtones capables de leur résister.

« Dans certains cas. Nous n'avons pas de règles établies. Nous ne sommes pas un peuple belliqueux.

— C'est ce que j'ai cru comprendre, marmonna-t-elle. Parle-moi de votre armée ou de ce qui en tient lieu. »

Il secoua la tête. « Nous n'avons pas de troupes régulières, seulement des gardes chargés d'assurer la sécurité de la famille royale. Les autres se battent pour protéger leurs biens, leurs enfants et leurs vies. » Il avançait le menton, comme s'il s'attendait à être châtié pour son insolence alors qu'elle devait au contraire dissimuler un sourire. Elle aimait l'agressivité des insulaires, leur conviction farouche d'être dans leur bon droit. C'était peut-être ce qui faisait leur force.

« À t'entendre, vous avez tous de nobles sentiments.

— C'est exact.

— Nous tenons à nos principes comme vous tenez aux vôtres. Qu'ils soient différents ne les rend pas iniques pour autant. »

Des mots qu'elle regretta aussitôt d'avoir prononcés. Elle avait voulu justifier leurs actes, ce qui allait à l'encontre du but recherché.

« Tout ce qui risque de me coûter la vie est forcément inique », rétorqua-t-il.

Elle le dévisagea. Son audace ne l'amusait plus et elle refusait de suivre son raisonnement. « Vous êtes en sécurité, fit-elle.

— Comme Ort ?

— Il vivra.

— Comment ? »

Elle s'abstint de répondre et laissa s'éterniser le silence. Puis elle se leva et baissa sur lui le regard. « Quels sont les autres projets de votre roi ? »

Dans la mesure où ses liens le lui permettaient, il se pencha en arrière pour la regarder sans devoir lever les yeux. « Je ne vous le dirais pas même si je le savais. Je ne suis pas un imbécile.

— Non, sans doute. » Elle avait obtenu suffisamment d'informations. Elle allait s'éloigner quand une idée lui vint.

Elle s'arrêta et le lorgna par-dessus l'épaule. Il s'était tourné vers Luke, dont la lèvre inférieure frémissait comme celle d'un bébé sur le point d'éclater en sanglots. Ils remarquèrent qu'elle était toujours là et lui dissimulèrent leurs émotions. Mais, un court instant, elle avait pu lire sur leurs traits une affection aussi profonde que leur désespoir.

« Que serais-tu prêt à m'accorder si je libérais ton fils ? » demanda-t-elle.

Adrian ouvrit la bouche. Elle lui imposa le silence d'un geste et sourit, certaine d'avoir éveillé son intérêt.

« Réfléchis avant de répondre. Je parle naturellement d'un échange équitable. Il va de soi que ce que tu m'offriras devra avoir autant de valeur qu'une vie qui vient à peine de débuter. »

Sur ces mots, elle sortit de la pièce et referma la porte. Ses genoux fléchirent sitôt après et elle se retint à la paroi de bois brut sans faire cas des échardes qui piquaient sa paume. Elle respira à pleins poumons. Conduire cet interrogatoire avait été plus éprouvant qu'elle ne l'eût supposé. Un autre signe révélateur d'une angoisse larvée. Elle avait perdu tout espoir de quitter un jour cette île et c'était la première fois que de telles pensées l'accablaient. Elle n'avait jamais eu de véritable foyer, mais si les siens ne s'étaient à aucun moment établis quelque part elle avait toujours vécu dans une communauté incluant son grand-père, ses frères et les autres Fey. Les Terres d'ombre étaient une reproduction miniature bien falote du monde dont elle avait été coupée.

Elle attendit de s'être ressaisie pour aller rejoindre son père près de la cheminée. Il contemplait le lit de cendres, les mains dans le dos.

« Alors ? fit-il sans la regarder.

— Ils affirment ne rien savoir sur la fabrication du poison et disent que c'est un élément de leurs rites religieux. Le plus âgé – Adrian – a parlé d'un "Mystère" de leur culte. » Elle arriva à sa hauteur et s'intéressa à une bûche enfouie dans les résidus grisâtres. Que les couleurs lui manquaient !

« Un Mystère ? » Il se redressa et la regarda enfin. « Savent-ils ?

— Au sujet des nôtres ? J'en doute. Je n'ai aucune certitude. Ils mentent peut-être. Il n'est pas à exclure qu'ils connaissent sur nous bien plus de choses que nous n'en apprendrons sur eux.

— Les Doubles nous l'auraient signalé. »

Elle secoua la tête. « Les coïncidences sont troublantes. Il y a cette potion, et le fait qu'elle soit liée à un Mystère.

— Tu vois des signes là où il n'y en a pas, mon enfant.

— Aucune possibilité n'est à éliminer, au début d'un interrogatoire », rétorqua-t-elle. Pourquoi avait-elle consacré du temps et de l'énergie à obtenir ces informations, s'il les rejetait en bloc en l'appelant son « enfant » comme s'il voyait en elle une fillette qui substituait ses espoirs et ses rêves à la connaissance et l'expérience ?

Il soupira et reporta son attention sur l'âtre. Peut-être, se demanda-t-elle, parce qu'il n'y avait pas de fenêtres à contempler ? Elles étaient inutiles, ici. Tout était immuable, à l'extérieur. Rien ne changeait jamais, pas même la température.

« Qu'as-tu encore appris ?

— Que le plus âgé est le père de l'adolescent et qu'il acceptera sans doute de collaborer contre la libération de son fils. »

Rugar sourit. « Tu es efficace, ma fille.

— Oui, fit-elle plus sèchement qu'elle n'en avait eu l'intention. C'est vrai. »

Elle s'écarta et tira une chaise, s'y affala et s'abandonna à sa lassitude. Comme il ne disait mot, elle décida de combler le silence. « Le mieux serait de les laisser ensemble et de les débarrasser de leurs liens. Je suggère également de les réunir avec leur compagnon dès que les Gardiens n'auront plus besoin de lui. Le père pourra ainsi constater ce qui risque d'arriver à son enfant et c'est un excellent moyen de délier sa langue.

— Je voudrais que tu poursuives leur interrogatoire.

— En temps voulu. » Elle s'abstint de préciser qu'elle en choisirait le moment. Des petits points noirs dus à l'épuisement dansaient à la périphérie de son champ de vision.

« N'as-tu jamais envisagé d'entamer des pourparlers de paix ?

— Quoi ? » Il avait aboyé ce mot, choqué qu'elle eût avancé une pareille hérésie.

« Un armistice. Tant que nous n'aurons pas trouvé un moyen de nous tirer de ce mauvais pas. »

Il la regarda comme si elle avait perdu l'esprit. « Les Fey ne négocient qu'en position de force.

— Je ne parle pas d'une cessation définitive des hostilités. Nous reprendrons notre offensive sitôt après avoir récolté les informations nécessaires à la conquête de cette île. Rien ne nous oblige à tenir parole.

— Qu'est-ce qui t'a inspiré une idée pareille ? » Il ne s'était encore jamais adressé à elle sur un ton aussi bourru.

« La situation. Si grand-père ne nous envoie pas de renforts et que nous continuons de subir des pertes, nous mourrons tous. Mais si nous bénéficions d'un répit que nous pourrons mettre à profit pour déterminer ce qui fait la force de nos adversaires, nos chances de survie seront plus grandes.

— C'est une solution dictée par la couardise.

— La sagesse. Nous avons déjà perdu plus d'hommes qu'au cours de toute autre campagne dont je garde le souvenir.

— Les choses vont changer.

— Exact. » Elle se leva et ses genoux fléchirent, pour la deuxième fois ce jour-là. Elle se sentit choir à la rencontre des ténèbres, sans pouvoir l'empêcher. Son père la retint. Ses bras chauds et puissants l'enserrèrent. Son odeur corporelle se mêlait à celle du cuir de ses vêtements. Une onde de souffrance cingla le front de Gemme.

« Aidez-la, quelqu'un ! criait Rugar. Aidez-la, par pitié ! » Mais sa voix était lointaine. Elle rouvrit les paupières et vit une épée à l'aplomb de sa tête. Elle était dans le Tabernacle, entourée par des seigneurs insulaires et des représentants de son peuple. La cérémonie ! Elle avait été interrompue. Un homme se penchait vers elle. Il avait des sourcils droits, de longs cheveux blonds, des traits carrés. Nicolas. Ses yeux étaient larmoyants. Il l'étreignit avec plus de tendresse que quiconque avant lui et murmura : *Orma lii*. Des mots de la langue locale devenus pour elle aussi familiers que du nyeien. *Allez-vous mieux ?* Puis il prononça son nom, encore et encore.

On versa de l'eau sur son visage, et elle eut un mouvement de recul. Nicolas leva la main...

Et son père l'écarta en ordonnant : « N'intervenez pas ! » Le feu qui consumait son front s'éteignit.

Puis la scène changea. Désormais enveloppée du manteau curatif de Rugar, elle était toujours dans les bras de Nicolas mais se trouvait dans une pièce aux murs de pierre, allongée sur un matelas si moelleux qu'elle avait l'impression de flotter sur un lac. Une guérisseuse – Neri – se penchait vers elle et récitait des incantations. Elle appliqua au-dessus de ses sourcils un cataplasme d'où se dégageait une odeur d'ail et de sanguinaire. « Elle vivra, déclara-t-elle. Je ne puis rien promettre d'autre.

— Qu'a-t-elle dit ? » Nicolas parlait le fey avec un accent si déplorable que ses propos étaient à peine compréhensibles.

« Qu'elle ne mourra pas, traduisit son père en nyeien. Mais c'est tout. »

Nicolas la serra contre lui et une plainte grimpa des profondeurs de sa gorge. « Gemme. » Il l'embrassa tendrement puis écarta une mèche de cheveux tombée sur ses joues. « *Ne sneto. Ne sneto.* Je regrette. Je regrette. »

Elle leva vers lui une main tremblante, pour le toucher. Ce qu'elle avait tant attendu ne se déroulait pas comme elle l'avait espéré.

Les bras de Nicolas se raidirent et il agrippa ses épaules, pour la secouer. « Gemme ! Gemme ! »

Pas Nicolas. Son père. Elle fut un peu déçue, comme si bénéficier des caresses du prince avait justifié de telles souffrances. Les ténèbres reculèrent. Elle ouvrit les yeux et vit le plafond de leur cabane. Sa bouche était béante et de la salive coulait sur son menton. Elle redressa lentement la tête, presque certaine que la brûlure qui consumait son front la contraindrait à interrompre ce mouvement. Rien ne se produisit.

« Est-ce que ça va ? » s'enquit Rugar.

Elle opina. Elle ne savait plus où elle était, comme si elle se trouvait simultanément en deux endroits. « Le retard de sommeil. »

Il la guida vers le fauteuil. « Tu as eu une Vision. »

Elle dut loucher pour le voir distinctement. Il était plus vieux que dans ses souvenirs. Peut-être y avait-il longtemps qu'elle ne lui avait pas véritablement prêté attention.

« N'est-ce pas ? »

Sa sollicitude s'était évaporée. Il ne s'était encore jamais adressé à elle de cette manière, à la fois avec crainte et colère. Il n'avait employé ce ton que face à son propre père. Qu'avait-elle fait pour l'irriter à ce point ?

Elle leva une main à son front, incapable de réfléchir. Elle se demandait pourquoi elle lui avait menti, pourquoi elle s'était abstenue de lui parler de ses Visions. « C'est possible, fit-elle.

— Dis-moi ce que tu as Vu. » C'était un ordre. Il ne se donnait pas la peine de la ménager, bien qu'elle eût failli perdre connaissance. En allait-il toujours ainsi ? *Son* père s'était-il comporté de la même manière avec lui, lorsque ses propres dons s'étaient manifestés ?

« C'est personnel », rétorqua-t-elle. Elle désirait laisser ses pensées se clarifier tout en sachant que ce souhait ne serait pas exaucé, que seul un sommeil réparateur eût permis d'obtenir ce résultat.

« Au sein de notre famille, les Visions ne sont jamais personnelles », lança-t-il.

Elle respira profondément et baissa les bras. L'écho

de la souffrance subsista et elle crut avoir senti des cloques sous sa paume. Elle se toucha encore le front. Il était lisse, normal.

« Est-ce important ? murmura-t-elle.

— Bien sûr que c'est important. Nous devons nous épauler.

— Pour quelle raison ne me décris-tu pas tes propres Visions, en ce cas ? »

Il blêmit. Son teint s'éclaircit et sa peau s'assortit à la grisaille des Terres d'ombre. Ses yeux brillèrent. « Je n'ai pas à te les révéler.

— Tu le dois, si tu veux connaître les miennes.

— Pourquoi me traites-tu en ennemi ?

— Parce que tu te comportes comme un adversaire. »

Il rit et s'affala dans un fauteuil, près d'elle. Il prit sa main dans la sienne. Sa paume était moite. « J'étais fou d'inquiétude, Gemme. C'est tout. Je ne t'avais jamais vue dans cet état. C'est surprenant. Je n'imaginais pas que ça se passait ainsi.

— Grand-père n'a pas eu de Visions devant toi ? »

Il secoua la tête. « C'est la première fois que j'y assiste. »

Elle s'en étonna mais décida de le croire. Peut-être disait-il vrai. Son évanouissement avait pu l'alarmer. N'avait-elle pas été prise de panique ?

Elle ferma les yeux et lui narra sa Vision en détail. Elle s'abstint toutefois de préciser qu'elle avait déjà été témoin de cette scène à deux reprises et que son déroulement s'était depuis légèrement modifié. Elle la déconcertait moins, à présent qu'elle connaissait le langage et les personnages. C'était l'évolution de la situation qui l'avait le plus ébranlée.

Elle avait terminé et il la fixait toujours. « Quel en est le sens, à ton avis ? »

Elle ne supportait plus ses questions. « L'expert, c'est toi. J'attends que tu me le dises. »

Il resta muet un long moment, le regard absent, puis il finit par secouer la tête. « Je n'en sais rien. Sincèrement, je n'en ai pas la moindre idée. »

QUARANTE-SIX

L'étrange odeur qui flottait dans le sanctuaire donnait des frissons à Matthias et ce fut en veillant à ne faire aucun bruit qu'il referma les portes de chêne. Il reconnaissait au toucher les sculptures des vantaux et n'avait pas besoin de les regarder pour savoir qu'il avait appliqué ses paumes sur la représentation de la naissance du Roca. En temps normal, il prenait du plaisir à contempler cette scène : le tourbillon des flots qui enveloppaient et protégeaient le nouveau-né, la frayeur qu'exprimaient les traits de ses parents, la face du Très Saint qui s'esquissait dans les nuages. Ce jour-là, il ne s'arrêta pas pour l'admirer. Il éloigna ses mains et s'immobilisa dans un profond silence.

Il avait appris à reconnaître cette odeur, depuis un an. Il y avait du sang. Ici, en ce lieu sacré.

Il voulait déglutir mais en était incapable. Il serra les poings pour ne pas suivre des doigts les dossiers des bancs et s'assurer comme à son habitude que personne n'avait altéré leurs motifs. Il retira ses sandales et les posa près de la porte, pour se déplacer sans bruit sur le sol encaustiqué.

Quand le Rocaan s'avançait dans l'allée centrale, des

Auds déroulaient devant lui un tapis rouge. D'autres novices le suivaient pour l'enrouler afin que lui seul pût le fouler. Matthias avait souvent imaginé qu'il se déplaçait sur une île écarlate...

Ensanglantée.

La cire était poisseuse sous ses pieds. Il ne voyait personne. Qu'il fût apparemment seul alimentait sa nervosité encore plus que le reste.

Le sanctuaire était son refuge. Il s'y sentait purifié. Quand la chorale chantait, il avait l'impression de pouvoir atteindre l'Oreille de Dieu.

Tout était à première vue normal. Les vitraux encastrés dans le plafond illuminaient les alignements de sièges et les épisodes de la vie du Roca qui y étaient représentés se déplaçaient sur le sol en fonction de la position que le soleil occupait dans le ciel. La nuit, ces scènes devenaient invisibles et les lieux étaient envahis par une obscurité angoissante que ne troublait la clarté d'aucun cierge.

Les coussins écarlates étaient immaculés. Devant lui, le tapis rouge de l'autel paraissait lui aussi flambant neuf. Nul n'avait apparemment touché au calice d'argent contenant l'eau bénite ni aux burettes alignées sur les étagères de la partie inférieure de la Table sacrificielle. Si des Fey avaient fait une incursion dans cette chapelle, ils auraient subtilisé ce qui représentait pour eux la pire des menaces.

Il était stupide.

Il était prudent. L'odeur était légère mais toujours perceptible.

La température avait baissé. Il frissonna et alla avec circonspection jusqu'au centre de la nef. Ici, les bancs étaient moins longs pour dégager un espace circulaire. À son aplomb était suspendue la plus grande réplique de l'épée du Roca, la pointe en bas. Il avait souvent craint qu'elle ne tombe au cours d'un office, un accident qui ne s'était jamais produit. Des Auds remplaçaient régulièrement les cordes qui la reliaient au plafond... des filins différents tressés des jours différents par des Aud différents, sous la supervision d'un Célébrant différent. Cette arme sertie de pierres précieuses était quatre fois plus longue qu'un homme n'était grand. Sa lame renvoyait mille reflets multicolores qu'il trouvait brusquement menaçants.

Il s'était attendu à découvrir quelque chose d'inhabituel à l'intérieur du cercle central, mais le sol était également encaustiqué à cet endroit. Toutefois, les étranges relents étaient ici plus entêtants. Il passa ses doigts dans sa chevelure, pour la démêler, et fut heureux de ne pas s'être coiffé de sa barrette. Il était venu implorer le Roca de renforcer sa foi – ébranlée par l'échec du raid lancé contre les Fey – quand cette odeur inexplicable lui avait fait oublier ses intentions. Il eût été quoi qu'il en soit sacrilège de s'adresser à son Dieu en un lieu empuanti par des fluides corporels.

Au-delà du dégagement circulaire, l'allée centrale se réduisait de nouveau pour conduire aux degrés de l'autel. Une des stalles de bois sculpté du chœur avait perdu son lustre. Quelqu'un s'y était assis depuis que les Auds avaient fait le ménage.

Un autre Ancien, sans doute. Matthias n'était pas le seul à préférer faire ses dévotions matinales dans le sanctuaire plutôt que dans la petite chapelle du deuxième niveau. Une pensée qui n'empêcha pas son cœur de s'emballer.

Il puisa dans sa volonté pour ralentir le pas et examiner tous les bancs devant lesquels il passait. Il tenait à s'assurer que personne ne s'y dissimulait. Il regrettait de ne pas s'être muni d'une burette d'eau bénite, comme il en avait pris l'habitude au début du conflit.

Sa vigilance se relâchait. Il y avait longtemps qu'il n'avait pas vu de Fey. Seules les dépouilles des victimes lui rappelaient qu'ils étaient en guerre.

Il gravit les marches. Son haleine s'échappait de sa bouche par bouffées et il sentait des fourmillements sur sa nuque. Il n'y avait rien sur la Table sacrificielle entaillée par les lames d'une centaine d'épées consacrées mais il discerna sur le tapis une tache plus sombre. Il pensa qu'un Aud avait renversé de l'eau bénite et oublié de l'éponger.

Il s'agenouilla pour la toucher. Elle était effectivement humide. Il renifla ses doigts et tressaillit. Du sang. Il avait vu juste !

Il regarda autour de lui pour s'assurer qu'il était toujours seul. Il ne vit personne, mais ne pouvait avoir de certitudes. Stupide ! Il avait été stupide ! Il aurait dû réclamer de l'aide sitôt après avoir remarqué cette odeur.

Il ravala sa salive et se balança sur ses talons. Il avait désormais une raison valable d'aller chercher des Auds. Il se redressait quand il vit un objet sur le sol, près d'une stalle. Il tendit une main tremblante pour le prendre...

... et manqua le lâcher. Il était blanc, lisse et humide comme s'il venait d'être nettoyé. Il le leva devant ses yeux. C'était un os. Un petit os. Peut-être une phalange.

Ses tremblements devenaient plus violents. Il s'assit en tailleur sur le tapis, à l'écart de la tache, pour l'examiner avec soin. Il ne voyait aucun autre indice. Le responsable de ce qui s'était passé en ce lieu n'avait oublié que cette preuve minuscule.

« Matthias ? »

Il sursauta et faillit se lever d'un bond. Mais il avait reconnu la voix d'André et il glissa l'os dans sa poche.

« Approchez. » Il attendrait d'avoir déterminé de quoi il s'agissait pour révéler sa découverte.

L'Ancien arrivait dans l'allée centrale. Matthias avait la bouche pâteuse. Qu'il n'eût pas entendu la porte s'ouvrir était logique, tant sa trouvaille accaparait ses pensées.

« Ne remarquez-vous pas une odeur bizarre ? »

André s'arrêta, renifla et secoua la tête. « Le suif des cierges et l'encaustique. C'est tout. »

Matthias fronça les sourcils. André avait-il un odorat moins développé que le sien ? C'était étrange. « Que faites-vous ici ?

— Je pourrais vous retourner la question. C'est bien la première fois que je vois quelqu'un faire ses dévotions assis à même le sol. »

Matthias résista de nouveau à la brusque envie de se lever. Cet Ancien le déstabilisait. Sa piété était si pure, comparée à son analyse méthodique de la religion ! Son ignorance était tout aussi irritante, sans parler des liens qui se tissaient depuis peu entre lui et le Rocaan.

« Approchez », répéta-t-il.

André s'exécuta et ses chaussures crissèrent sur le sol ciré. Matthias avait froid aux pieds. Il était glacé. André s'accroupit près de lui.

« Que faisiez-vous ? »

Il retint une repartie mordante. « Rien. J'ai remarqué ceci. Touchez-le. »

André tendit l'index pour tâter le tapis. Un léger gargouillis le déconcerta et l'incita à regarder Matthias. Il leva le doigt et le renifla. « Du sang, murmura-t-il. À l'intérieur du sanctuaire ! »

Matthias hocha la tête. « Nous devons découvrir ce qui s'est passé. Vous allez rassembler tous les Auds et les Danites affectés à ce lieu saint pendant que j'irai demander au Rocaan de convoquer les Anciens. Il faut savoir si quelqu'un a remarqué des faits inhabituels et si personne ne manque à l'appel. »

Saisi de dégoût, André essuya son index sur une partie sèche du tapis. « Et vous, n'avez-vous rien vu d'étrange ? » s'enquit Matthias en l'observant.

André sursauta, comme surpris d'entendre sa voix. « Non. Vous excepté. Je venais d'arriver. »

Il devait pourtant y avoir un témoin. Quelqu'un qui savait d'où provenait ce sang. Un Aud s'était peut-être blessé. Un Danite avait pu chasser un ennemi qui avait réussi à s'infiltrer jusqu'ici.

« Les Fey ? » s'enquit André.

Matthias le regarda. S'il avait refusé de retenir cette possibilité, elle le terrifiait à présent qu'un tiers l'avait mentionnée. « J'espère que non.

— Peut-être est-ce un miracle », avança André avec espoir.

Ce qui fit sourire Matthias. « Il y a des siècles que Dieu ne nous en a pas accordé.

— La vie est en soi miraculeuse, rétorqua André avec un air compassé.

— C'est possible, mais je l'assimile à une chose naturelle. »

Le regard de l'Ancien le surprit, tant il était froid et calculateur. « C'est un miracle », insista-t-il. Néanmoins, pour la première fois depuis qu'il le connaissait, Matthias douta de sa sincérité.

Il se releva. La profanation du sanctuaire faussait son jugement. Le Rocaan en aurait le cœur brisé. Pourrait-il supporter d'autres émotions fortes ? Il se coupait du monde et paraissait sombrer dans la démence. Comme s'il entendait les paroles de Dieu que personne d'autre que lui ne pouvait entendre. C'était pour Matthias une cause d'inquiétude. Porciluna n'avait plus suggéré de le destituer, mais il le ferait sous peu. Alors qu'il était impératif de rester unis en période de crise.

« Faites venir un Aud, dit-il. Nul ne doit toucher cette tache. »

André hocha la tête et se leva à son tour. Matthias envisagea de lui parler de l'os puis estima que cela pouvait attendre. Le Rocaan devait en être le premier informé.

Il revint sur ses pas dans l'allée centrale pendant qu'André franchissait la porte du chœur, celle qu'empruntait le Saint Père lorsqu'il célébrait les rites. Il jeta un dernier regard au sanctuaire, où l'odeur du sang semblait encore plus forte. Il ignorait ce qui s'était passé et s'interdisait de faire des spéculations.

Qu'un crime ait pu être perpétré à l'intérieur du Tabernacle l'angoissait.

Arrivé sur le seuil il se baissa pour ramasser ses sandales. Ses pieds étaient glacés, ses orteils bleutés. Il l'attribuait autant à la frayeur qu'à la froidure. Contrairement à ce qu'il avait déclaré à André, il était certain que les Fey étaient à l'origine de cet incident. Il avait étudié avec soin ce qui était arrivé au Seigneur Powell et à Stephen dans les oubliettes du palais royal. On avait également trouvé dans ces passages du sang et des ossements.

On avait signalé d'autres cas de ce genre, lors de l'invasion. Dans les baraquements des gardes, le matin de l'assaut. Et en d'autres lieux proches du palais. Monte était convaincu qu'il existait un rapport avec les Fey. Mais nul n'avait pu déterminer s'il s'agissait d'envahisseurs aux chairs totalement dissoutes par l'eau bénite ou si les victimes avaient été des insulaires.

Des os et du sang. Des os et un corps. Ses doigts se crispèrent sur la chose qu'il avait dans sa poche. Il s'était produit un drame dont on avait voulu faire disparaître toute trace. Il était bien décidé à découvrir qui avait commis cette abomination.

Il suivit de l'index les sculptures de la porte et caressa l'épée que levait le Roca avant son immolation. Il était représenté de profil, l'expression sévère. Ses yeux n'avaient aucune humanité, car il était impossible de reproduire dans le bois ce qui les animait. Qu'avait su le Roca qu'ils avaient oublié ? Qu'est-ce qui lui avait conféré une telle puissance, la capacité de passer à la postérité et de devenir le Bien-aimé de Dieu ?

Il appuya son front contre le panneau. Pour la première fois depuis qu'il avait atteint l'âge adulte, il regrettait d'avoir un esprit d'érudit. Parce qu'il avait conscience, également pour la première fois, que seule la foi aurait pu le soutenir dans cette épreuve.

QUARANTE-SEPT

Solanda inclina la tête et perçut d'autres plaintes. Assise sur le bas-côté de la route, elle nettoyait sa face avec sa patte droite. Le son ne lui parvenait pas de la forêt mais des profondeurs de son esprit. Elle soupira. Si les métamorphes avaient des dons mineurs dans diverses disciplines de la magie, c'était la première fois qu'elle entendait des voix.

Les arbres étaient vertigineux. La lumière du soleil qui filtrait dans leur ramure semblait miroiter. Des oiseaux gazouillaient derrière elle, alors que les plus proches étaient silencieux. Elle n'en avait cure. Elle ne chassait pas. Elle regagnait les Terres d'ombre.

La voix la harcelait depuis son départ de Jahn. Elle avait cru qu'on la suivait avant de remarquer qu'il n'y avait aucun mot, que des gémissements inarticulés. Des sons qui traduisaient de la panique. Ces appels lui étaient destinés. On voulait l'informer que quelque chose d'important lui échappait.

Elle fourra sa patte dans le coin de son œil et le frotta plus vigoureusement pour le débarrasser des grains de poussière. Rien ne l'obligeait à rentrer. Rugar la laissait libre de suivre ses intuitions. Elle avait transmis son message aux Doubles. S'il avait d'autres missions à lui confier, elles devaient être insignifiantes. Elle venait d'accomplir son devoir et, s'il s'avérait que ce n'était qu'une illusion attribuable aux Mystères, elle regagnerait la base sans perdre de temps.

Il lui fallait faire taire cette voix intérieure.

Elle se redressa et regarda de tous côtés avant de repartir sur le sentier.

Le chemin des Terres d'ombre longeait le fleuve alors que les murmures l'incitaient à se diriger vers le nord, à s'enfoncer dans la forêt. Elle suivait une route que les insulaires avaient cessé d'emprunter depuis que les Fey avaient établi leur place forte dans la région. Elle n'avait jamais été très peuplée et la plupart des autochtones avaient déménagé pour un secteur plus accueillant bien avant l'invasion.

Plus elle s'éloignait, plus le sentier se rétrécissait. À présent que personne ne le foulait, la végétation l'envahissait même si quelques empreintes de pas étaient encore visibles dans la boue due aux pluies diluviennes. Elle passa devant une petite construction de rondins. Ce n'était pas une habitation et elle eût pensé à un poste de guet si les insulaires avaient été des guerriers. Le toit s'affaissait, au-dessus des murs délavés et dégradés par les intempéries. Nul n'avait dû y pénétrer depuis l'arrivée des Fey. Elle se demandait à quoi ce refuge avait bien pu servir lorsqu'elle atteignit une bifurcation. Elle allait s'engager sur le chemin le plus dégagé quand elle se ravisa. Non. Elle devait agir avec méthode et découvrir où conduisait celui qui avait cessé d'être fréquenté en premier.

Il descendait la colline et le sol était ici plus régulier, ce qui soulageait ses coussinets meurtris. Il y avait trop longtemps qu'elle marchait sans s'accorder de repos et sans se nourrir. Les lieux étaient si calmes qu'elle faillit reprendre forme humaine. Elle n'aurait pu toutefois oublier l'histoire d'Aïo, qui s'était cru hors de danger et avait été massacré sitôt redevenu un bipède. Ce n'était qu'un des nombreux récits que les Ménagers racontaient aux jeunes métamorphes pour les mettre en garde, mais Solanda lui avait souvent dû la vie.

Elle respecta une fois de plus ces règles de prudence.

Elle pénétra dans un bosquet de bouleaux dont l'écorce blanchâtre tranchait agréablement sur le vert omniprésent. La sente était de plus en plus étroite et des touffes d'herbe confirmaient que nul n'y était passé depuis longtemps.

Au bas d'une autre éminence s'étendait une clairière cernée par un treillis de ronces. Une cabane occupait son centre. La porte était ouverte et des fragments de meubles brisés jonchaient les alentours. D'autres Fey l'avaient précédée en ce lieu et avaient dû emporter dans les Terres d'ombre tout ce qui était encore utilisable.

Elle se fraya un chemin sous les buissons et se félicita d'avoir un corps de félin qui lui permettait de se faufiler dans les passages les plus exigus. Elle tressaillait chaque fois que des épines la frôlaient. Elle rampait en plantant ses griffes dans l'humus et en se propulsant avec ses pattes postérieures. Elle finit par atteindre le secteur dégagé et s'assit pour mordiller les piquants et les retirer de sa chair, avant de se nettoyer la face et de parcourir du regard le terrain environnant.

Les hautes herbes dissimulaient des bouts de bois et des tessons de poteries. Des chevilles étaient enfoncées dans le sol, un bon nombre avec la pointe orientée vers le ciel. Elle devait les contourner pour ne pas se blesser les pattes. Elle renifla, chercha la voix qui l'avait attirée en ce lieu...

Et elle vit les squelettes.

Ils gisaient au milieu de la clairière, à quelques pas l'un de l'autre. Les vêtements décomposés de la femme avaient été réduits en lambeaux, dévorés par les insectes. Il subsistait des mèches de cheveux sous son crâne, incliné en arrière comme si elle était morte en hurlant.

L'homme était recroquevillé. Ses os éparpillés laissaient supposer qu'il avait subi l'attaque d'un animal. Mais Solanda savait qu'aucune bête n'était responsable de cette tuerie. Les marques visibles sur les os indiquaient que des francs-tireurs avaient écorché vif cet agonisant. Du travail bâclé. Elle le signalerait à Rugar.

Des insulaires. La rigidité de la cage thoracique et la dureté des os le confirmaient.

Morts depuis longtemps. Il ne s'agissait pas d'un massacre récent. Sans doute remontait-il à leur débarquement. Certaines unités n'avaient pas participé à la Première bataille de Jahn... Ils leur devaient d'avoir appris l'existence de ce secteur peu fréquenté où ils avaient établi leurs secondes Terres d'ombre.

La voix s'était tue. Elle était donc arrivée à destination. Mais les squelettes ne révélaient que des évidences. Les Fey avaient massacré un couple d'insulaires isolés. Elle se désintéressa de leurs dépouilles enfouies dans les hautes herbes pour se diriger vers la cabane.

Les marches disparaissaient sous une couche de poussière foulée par de nombreux animaux. Elle prit le temps de les étudier. Il y avait une tache noire, au-dessous. Le sang avait été si abondant que le bois l'avait absorbé. La pluie n'avait pu l'effacer.

Elle gravit lentement les degrés, en se demandant ce qu'elle trouverait au sommet. La cabane était obscure et poussiéreuse. Des souris et des oiseaux avaient laissé leurs empreintes sous le porche. Un félin aux coussinets deux fois plus larges que les siens avait dédaigné l'escalier pour sauter directement sur la plate-forme. Toutes les traces se dirigeaient vers l'intérieur puis ressortaient. Il ne devait rien rester à voler.

Elle huma l'air malgré tout, par acquit de conscience. Elle n'avait aucun désir de surprendre un prédateur qui n'eût fait d'elle qu'une bouchée. Il existait d'autres contes édifiants dans lesquels des métamorphes imprudents n'avaient pas le temps de reprendre leur forme originelle pour se tirer d'un mauvais pas.

Nulle odeur ne lui parut suspecte et elle entra.

Le mobilier avait été pillé. Il ne restait ici qu'un sol nu, et d'autres traces... Elle reconnaissait les empreintes des bottes de ses semblables, ce qui confirma ses soupçons. La plupart des meubles avaient été emportés dans les Terres d'ombre.

La salle principale donnait sur deux autres pièces. Leur disposition révélait un sens pratique et un souci du confort peu répandus chez les insulaires. L'âtre occupait le centre des lieux qu'éclairaient plusieurs fenêtres. Vivre ici avait dû être agréable, avant le drame.

Au fond de la cuisine une porte s'ouvrait sur ce qui avait été un grand potager. Des légumes y poussaient encore, de façon anarchique, enlacés par les mauvaises herbes. Il y avait un garde-manger et un petit fourneau... un luxe dans une cabane de cette taille. Que ses congénères ne l'aient pas subtilisé l'étonna. Peut-être n'avaient-ils pas su comment le transporter jusqu'aux Terres d'ombre.

Ce qu'elle éprouvait était étrange. Elle avait l'impression d'avoir négligé quelque chose d'important. Elle revint sur ses pas et entra dans une des pièces latérales. De toute évidence une chambre. Si le mobilier avait disparu, la tête de lit était toujours chevillée à la paroi. Elle la contempla en s'interrogeant sur la vie des habitants de cette cabane. Avaient-ils vécu heureux, si loin de tout ? Avaient-ils aimé leur demeure confortable ? Ils avaient péri dans d'interminables souffrances, un prix qu'elle n'eût accepté de payer pour rien au monde. Elle avait vu des francs-tireurs à l'ouvrage. Leurs méthodes l'emplissaient de dégoût. Elle refusait d'imaginer les tourments de leurs victimes.

Une légère brise entrait en bruissant par la fenêtre et lui apportait les douces senteurs de l'herbe et de l'air pur. Elle leva la tête et renifla, sans rien remarquer d'anormal.

La voix intérieure s'était tue. Si elle n'avait pas eu une telle intensité, elle eût à présent douté de sa réalité. Mais ce n'était pas une illusion. Elle avait voulu l'informer de... quelque chose.

Elle ressortit et traversa le petit couloir la séparant de l'autre chambre. Elle avait également été pillée de tout son contenu. Le soleil se répandait sur le plancher poussiéreux, une étendue dorée sur laquelle elle eût aimé s'allonger, se reposer, se réchauffer. Elle ne succomba pas à la tentation. Ici, la sensation réapparaissait. Elle s'était rapprochée de sa source.

Il ne restait rien sur les parois. Seule une tache attira son regard. Elle alla l'étudier de plus près. Le bois était ici plus sombre. Il avait été protégé de la décoloration du soleil. La marque avait environ un pied de haut sur une aune de large. Peut-être avait-on appuyé une planche contre le mur. Elle ne pouvait en dire plus. Si c'était ce qu'elle était censée découvrir, sa signification lui échappait.

Elle s'attarda pour profiter de la chaleur, la laisser pénétrer sa fourrure. Tout ceci était incompréhensible.

Elle soupira. Elle reviendrait à son point de départ puis suivrait l'autre sentier pour déterminer où il conduisait. S'il n'en résultait rien de significatif, elle regagnerait les Terres d'ombre.

Une pensée qui l'incita à remuer la queue. Le mouvement brassa la poussière en suspension dans les airs. Elle la regarda danser dans les rayons de soleil... et remarqua quelque chose dans un angle. À contrecœur, elle se leva et approcha à pas feutrés.

Elle cilla, gênée par le contraste entre l'ombre et la lumière. L'air était ici plus frais et elle frissonna. Elle alla lentement vers le recoin. Elle s'était ramassée sur elle-même et sursautait dès qu'elle voyait un grain de poussière se déplacer. Qu'elle fût sous l'emprise de la partie féline de son être l'embarrassait un peu, comme si c'était inconvenant.

Sitôt à destination, elle fut tentée de reprendre sa forme originelle pour avoir une meilleure vision de l'objet. Il était rond et masqué par la pénombre. Elle n'aurait pu dire si c'était une souris morte ou quelque chose menaçant.

Elle tendit la patte pour lui donner une tape.

La boule oscilla et elle recula d'un bond, par réflexe. Elle s'assit pour l'observer et prit conscience de ne pas avoir touché des poils mais du bois.

Ce qui la rassura un peu. Depuis leur arrivée sur l'Île Bleue, elle suspectait les insulaires d'avoir des capacités dont ils ignoraient tout. Elle était convaincue qu'au contact de quoi que ce soit – un cadavre, une bouchée de nourriture – un Fey connaîtrait une mort aussi atroce que celle qu'infligeait le poison. Être une chatte avait un avantage. Fuir l'eau était naturel, pour les représentants de son espèce.

Elle se leva et se rapprocha de l'objet, qu'elle poussa un peu plus vigoureusement. Il roula vers elle et atteignit ses pattes antérieures. Elle le renifla et reconnut les odeurs de la poussière, du bois sec et d'autre chose... une chose que seul un félin aurait pu remarquer.

La sueur d'un jeune humain.

Elle tapota la sphère pour l'éloigner et découvrit un trou dans la perfection de sa courbe. On l'avait foré à dessein. Elle imagina un bâtonnet ou une ficelle qui la traversait et la transformait en jouet pour un enfant en bas âge.

Un nourrisson.

Elle connaissait désormais l'origine de la voix mentale, mais elle n'inspecta pas le sol pour autant. Ce bébé n'était sans doute plus de ce monde. Qu'elle n'eût pas vu ses ossements n'avait rien de surprenant. Ils étaient bien plus petits que ceux des adultes.

Elle fit rouler la balle et prit plaisir à l'écouter gronder sur le plancher. Puis elle la laissa retourner dans son angle – le sol n'était pas parfaitement plat – et ressortit.

Un bébé ! La situation en était modifiée. Les francs-tireurs ne tuaient pas les enfants. Ils avaient pour consigne de les capturer. Mais s'ils ne l'avaient pas découvert, il avait dû mourir d'inanition. En admettant qu'il eût été en âge de ramper, son cadavre devait achever de se décomposer quelque part dans la cour. Privé de ses parents, il n'avait pu survivre.

Cependant, elle doutait qu'il fût mort. Et, s'il était toujours en vie, elle le retrouverait.

QUARANTE-HUIT

Le Rocaan le tenait dans sa paume : un petit os, pas plus long que la dernière phalange de son pouce. Un fragment filandreux de muscle ou de nerf – il n'aurait pu se prononcer – adhérait toujours à son extrémité, telle une indication de sa nature ou de son origine. Il se carra dans son fauteuil et frissonna malgré le feu qui grondait dans l'âtre. Il était constamment transi, et pensait que ce n'était pas à cause du froid.

Les tapisseries condamnaient les fenêtres. Il n'avait pas autorisé les Auds à les tirer depuis l'invasion. Le souvenir des cadavres qui avaient jonché la cour l'empêchaient d'apprécier la vue. Un Aud passait chaque matin pour allumer les lampes qui illuminaient les fresques murales.

Matthias était assis en face de lui, sa chevelure blonde bouclée en bataille. Sans sa barrette, il avait l'air ahuri d'un homme qui venait de s'éveiller et ne savait trop où il se trouvait. Sa large ceinture était de guingois et de la poussière maculait l'épaule de sa robe. Il semblait encore plus désorienté qu'à l'époque où les combats faisaient rage autour de Jahn.

« Êtes-vous certain qu'il n'appartient pas à un animal ? » s'enquit le Rocaan. Les seuls os qu'il avait vus étaient ceux que les cuisiniers jetaient aux chiens qui gardaient les berges du fleuve.

Matthias hocha la tête. « J'ai, hélas, étudié de nombreux cadavres. Je suis catégorique. »

Le Rocaan se souvint que Matthias avait fait partie des Auds chargés de donner une sépulture décente aux morts des Marais de Kenni, peu après son arrivée au Tabernacle. Suite à un violent orage, des corps étaient remontés à la surface et quelqu'un – sans doute Matthias, compte tenu de son érudition – avait estimé qu'il devait y en avoir d'autres au fond des fondrières. Le Rocaan avait supervisé les funérailles, mais les corps étaient déjà enfermés dans des cercueils. Auparavant, religieux et volontaires avaient consacré près d'un mois à reconstituer les squelettes exhumés de la vase. Ils pensaient avoir trouvé une fosse commune où avaient été ensevelis des participants à la Révolte des Paysans.

« Que faisait-il dans le sanctuaire ? » demanda-t-il sans trop savoir s'il souhaitait obtenir une réponse.

Matthias secoua la tête. « C'est la question que je me pose. C'est ce sang qui m'inquiète le plus. On en a découvert une flaque à côté d'ossements à l'intérieur et autour du palais royal, lors de l'invasion. Et également dans les baraquements des gardes. J'en déduis qu'il existe un rapport avec les Fey. »

Le Rocaan serra le poing. « Ils ne respectent rien. N'y a-t-il aucune chose sacrée pour eux ? » Il ferma les yeux et se pencha en arrière, en priant pour que ceci s'achève. Ces misérables l'avaient privé de tout. À l'avenir, le seul lieu où il pourrait encore s'isoler pour communier avec Dieu serait la petite chapelle d'où il avait assisté à leur débarquement.

« Je pense qu'ils n'y accordent aucune importance », dit Matthias.

Le Rocaan rouvrit les yeux. Cet Ancien le mettait mal à l'aise. Non parce qu'il était aussi grand et émacié qu'un Fey mais parce qu'il l'avait poussé à faire de l'eau bénite un instrument de mort. Il ne croyait ni en Dieu ni au Roca, et il jonglait avec la Révélation Écrite et Orale pour qu'elle corresponde à ce qu'il souhaitait démontrer.

Lui révéler le secret de l'eau bénite avait été une erreur. Le Rocaan devait désigner – avec détermination et sans équivoque – son successeur. Si André représentait une possibilité, car il avait une foi inébranlable, il ne savait rien du monde extérieur. C'était le problème, avec les véritables croyants. Ils refusaient de regarder la réalité en face.

Il plaça l'os dans un bol en argent posé sur la table et le métal tinta. Son visiteur tressaillit. Il n'avait jamais été aussi nerveux.

Ce qui était inquiétant.

Le Rocaan le congédia d'un signe de tête, dont il ne parut pas saisir la signification.

« Je prendrai tout ceci en considération.

— Que prendrez-vous en considération, Saint Père ? Nul n'ignore que nous sommes confrontés à un danger potentiel. Le problème, c'est que nous n'en connaissons pas la nature.

— Si on vient me rapporter des faits sortant de l'ordinaire...

— La présence de sang dans le sanctuaire serait-elle normale ? J'ai chargé André de réunir tous les religieux. Si l'un d'eux manque à l'appel, nous saurons ce qui s'est produit. »

Son intonation était exaspérante et ses sarcasmes inadmissibles, même si leurs rapports s'étaient dégradés. « Vous auriez dû me consulter avant de prendre cette décision.

— Pourquoi ? Les Anciens ne sont-ils pas habilités à agir en votre nom ? Nous administrons le Tabernacle.

— Certes, mais je le dirige. » Le Rocaan avait répondu posément. Il espérait que son interlocuteur percevrait ce qu'il passait sous silence et comprendrait qu'il ne pouvait lui imposer toutes ses volontés.

Matthias se pencha en arrière et grimaça. Peut-être avait-il assimilé la leçon. « C'est exact, Saint Père, dit-il finalement. Je vais annuler cet ordre.

— Ce sera parfait. » Le Rocaan ferma les yeux. Il ne voulait rien voir, rien penser. Il désirait seulement que le feu le réchauffe et que ses tracas prennent fin.

Matthias se déplaça et le fauteuil craqua. Puis le Rocaan entendit frapper et soupira. Il rouvrit les paupières. L'Ancien était debout, les mains jointes sur son ventre. Il contemplait la porte avec une expression songeuse, tel un petit garçon soumis à une tentation.

« Chargez-vous-en, Matthias. Je ne veux être dérangé qu'en cas d'urgence. »

L'Ancien baissa la tête, sans le regarder. Il s'était trompé. Matthias n'était pas songeur mais terrifié. Il frissonna. Il ne l'avait jamais vu inquiet à ce point. Qu'est-ce qui l'angoissait ainsi ?

Matthias se dirigea vers la porte. Il l'ouvrit et sortit de la pièce, pour que le visiteur ne pût voir son occupant. Le Rocaan se pinça l'arête du nez avec le pouce et l'index. La douleur était rassurante. Elle le réveillait et lui confirmait qu'il était en vie. Il prit le bol en argent et s'intéressa à l'osselet. Soit un assassinat avait été perpétré à l'intérieur du Tabernacle, soit on avait profané le lieu le plus sacré de l'Île Bleue en y déposant du sang et cet os. S'agissait-il d'un rituel des Fey ? Espéraient-ils étendre ainsi leurs pouvoirs ?

Peut-être aurait-il dû enfreindre les ordres du roi et faire appareiller un navire. Il y avait à Nye un noyau de rocaanistes qui devaient souhaiter fuir leur pays, à présent qu'il était occupé par leurs ennemis communs. Ils vivaient sous leur joug depuis plus de trois ans et ils auraient pu lui dire si c'était ou non un de leurs tours de magie... et ce qu'il convenait de tenter pour en contrer les effets.

Il ressentait des élancements derrière ses yeux. L'ennui, c'était qu'ils lui réclameraient de l'eau bénite pour l'emporter à Nye. Là-bas, ils n'avaient pas de véritables chefs. Les Auds partis fonder ce groupe étaient morts depuis longtemps. Ils avaient pratiqué le culte sous tutelle pendant près de dix ans. Le Rocaan avait pris la décision de les laisser faire, et préféré limiter le Rocaanisme à l'Île Bleue. Non, les informations qu'il pourrait obtenir ainsi ne justifiaient pas les inconvénients que cela entraînerait. Une analyse soigneuse de la situation lui permettrait sans doute de déterminer tout ce qu'il lui fallait découvrir.

Il manquait toutefois de données. Il n'y avait eu aucun contact entre les forces en présence. Il n'avait pas rencontré un seul Fey. Il n'avait vu ces soldats que de loin, lorsqu'ils avaient affronté son peuple le jour de l'invasion. Selon la Révélation Écrite et Orale, un homme qui ne connaissait pas ses adversaires était un sot. Pour elle, le savoir primait sur tout le reste et il avait laissé l'ignorance s'installer sous le couvert de la terreur.

La porte s'ouvrit sur Matthias qui était encore plus blême. Il entortillait une boucle de cheveux autour de son index, un tic que le Rocaan n'avait jamais remarqué. L'Ancien baissa la tête, comme pour le prier de l'excuser d'avoir rompu le fil de ses pensées.

« Ils ont trouvé autre chose. »

Le Rocaan frissonna. « Du sang ? »

Matthias opina. « Et un squelette complet, même si les os étaient éparpillés. »

Le Rocaan se détourna et se plongea dans la contemplation du feu. Les flammes crépitaient sur les bûches et s'y dressaient en dessinant d'étranges silhouettes, tels des esprits qui connaissaient les réponses aux questions qu'il se posait. « De qui peut-il s'agir ? Pensez-vous qu'ils tentent de nous ensorceler ?

— Je l'ignore. Mais si c'est le cas, leur magie a manqué d'efficacité au palais. J'aimerais m'assurer que personne n'a disparu et informer le roi de notre découverte. »

Le Rocaan soupira. Même lorsqu'il s'y refusait, il finissait par se plier aux volontés de son interlocuteur. C'était inconcevable. N'était-ce pas aux Anciens d'exaucer tous ses souhaits ?

« Qui vous l'a dit ?

— Porciluna. » Le Rocaan fut agréablement surpris de constater que Matthias s'abstenait de tout commentaire, alors qu'il devait bouillir d'impatience de prendre des mesures, de passer à l'action.

Il agita la main. « Réunissez-vous. Envoyez un messager. Avertissez Alexandre que je sollicite une entrevue. Dites-lui... » *qu'il était épuisé et voulait que cette guerre s'achève* « ... de décider du moment et du lieu. »

Matthias cessa d'entortiller sa mèche de cheveux. « Vos désirs sont des ordres. » Il sortit à reculons. Sa peur était plus puissante que ses arguments.

Rocaan le regarda s'éloigner, lui aussi angoissé. Il était convaincu de l'imminence d'une épouvantable catastrophe.

QUARANTE-NEUF

Charognard suspendit à sa taille le dernier sac qu'il venait de remplir et mit une main sur ses reins pour se redresser. La putréfaction et les gaz qui dilataient les corps empuantissaient l'atmosphère, et il ne supportait plus ces relents. De la sueur ruisselait sur son visage malgré la fraîcheur de ce lieu ombragé. Un oiseau gazouilla au-dessus de sa tête et se tut dès qu'il leva les yeux, comme intimidé par son expression.

Il s'était mis à l'ouvrage à l'aube du jour précédent, avec cinq autres Calots écarlates dont Rugar estimait pouvoir se passer. Une déclaration qui le laissait perplexe, étant donné que nul n'avait besoin d'eux. Ils ne livraient aucune bataille et il n'y avait du sang et de la chair à récolter que dans cette clairière. Il s'était naturellement abstenu de réclamer des précisions. Il savait que nul n'eût daigné lui répondre.

Ils n'étaient pas assez nombreux. Pour exécuter une telle besogne, même dix Calots écarlates n'auraient pas suffi. Il plaçait les lambeaux sanguinolents dans ses bourses de gauche, afin de ne pas les mélanger à sa précédente récolte dont la qualité était bien supérieure. Caseo serait fou de rage, lorsqu'il apprendrait qu'ils avaient laissé tant de matières premières se gâter, mais il ne se gênerait pas pour lui rétorquer que Rugar en était le seul responsable.

Comme si cela aurait pu changer quoi que ce soit.

Ses mains puaient autant que le reste. Du poignet, il s'essuya le front. Nul ne s'intéressait à leur travail et n'avait conscience des risques qu'ils prenaient. Écorcher les morts au cœur des combats était dangereux – toutes les victimes n'avaient pas été achevées par des francs-tireurs – mais moins que dans cette clairière. Chaque fois qu'il se baissait vers un corps, il redoutait de toucher un objet imbibé de poison et de se mettre à fondre, de sentir ses voies respiratoires s'obstruer et le faire suffoquer. Il en rêvait. Il lui arrivait de se réveiller en sursaut, le souffle court. S'il avait su comment fuir ce lieu maudit, il l'eût fait. Mais il ne le savait pas.

Et s'il se retrouvait là, il en était l'unique responsable. Il avait commis l'erreur de déclarer à Tazy, le chef des francs-tireurs, qu'il aurait accepté n'importe quelle mission pour échapper à la grisaille des Terres d'ombre. Leur brume incolore filtrait également dans ses songes. À Nye, ses rêves avaient été bigarrés. Depuis qu'ils avaient gagné ce refuge, ce qu'il voyait était nuancé mais toujours dans des tonalités de gris.

Il devait partir. Il sombrerait dans la folie s'il restait ici plus longtemps.

« Tu as bientôt fini ? » La voix s'était élevée derrière lui et il se redressa. Vautour était encore moins grand que lui, pour un poids deux fois plus important. Ils étaient allés à l'école ensemble et Charognard gardait le souvenir du jour où – alors qu'ils étaient les seuls mâles pubères de leur classe – leur professeur les avait conduits à l'écart pour leur annoncer que poursuivre leurs études serait inutile, qu'ils ne maîtriseraient jamais la magie.

Il secoua la tête. Il était endolori. « Nous ne sommes pas assez nombreux pour terminer ce que nous avons entrepris.

— Ce qui subsiste est avarié. Les Gardiens n'en tireront pas grand-chose.

— Les Ménagers le pourront peut-être. »

Le nez de Vautour se plissa. « Ils refuseront de toucher ces corps. En outre, nul Éliminateur n'a accompagné la Chamane.

— Exact. J'avais oublié. » C'était le genre de détail qu'il effaçait sciemment de sa mémoire. Il s'interdisait de penser qu'ils devraient se débarrasser des restes. Il s'étira. Les gibecières ensanglantées lestaient son ceinturon. « Tu sais ce qui me tracasse ? »

Vautour attacha un sac à sa taille. « Non. Quoi ?

— Nous n'avons pas vu un seul insulaire. Te souviens-tu qu'ils venaient subtiliser les cadavres de leurs semblables sous notre nez, pendant la Deuxième bataille de Jahn ? Et qu'ils tentaient de nous tuer dès que nous approchions d'un des leurs au cours de l'Escarmouche du Port du Cardidas ? »

Vautour leva les yeux et un froncement de sourcils plissa sa face ronde maculée de sang. « Ils ont eu deux jours pour intervenir.

— Tout juste. »

Vautour frissonna. « Ils ont pu les asperger de poison. Une potion qui agit à retardement. Pour nous faire mourir à petit feu...

— Ce n'est pas à exclure, mais j'en doute. Ils n'auraient pas sacrifié tant de vies. Il y a autre chose.

— C'est absurde. »

Charognard lorgna le Cercle, sans voir les lueurs qui scintillaient sur son pourtour. Il respira à pleins poumons. « Peut-être n'osent-ils pas revenir. Nous avons remporté une victoire, fait des prisonniers et massacré les autres. Nous nous sommes emparés de leur eau magique. Il est possible que nous leur inspirions enfin de la peur.

— Ils nous ont toujours craints.

— Oui, mais ils doivent à présent estimer que nous sommes capables de les vaincre.

— Ils n'ont jamais cru le contraire. Il y a un an, nous avons semé le chaos dans leur petit royaume...

— Et battu en retraite. » Charognard soupira. Il avait cette île en horreur. Mais il devait admettre qu'il n'avait pas non plus apprécié les autres contrées. Pour la simple raison qu'il y avait exercé les mêmes activités répugnantes. Il aurait dû s'éclipser dès la prise de Nye, ainsi qu'il en avait eu l'intention. Il se serait cherché une ferme ou une maison où il aurait vécu en paix. Un rêve séduisant mais irréalisable. Qui aurait voulu d'un Calot écarlate pour voisin ? Rejeté par les Nyeiens, il n'aurait pu compter que sur sa production agricole pour se nourrir. Être un militaire lui assurait le gîte et le couvert. En théorie, à tout le moins.

Il tapota ses bourses. « Nous avons récolté tout ce qui était utilisable.

— Tu devrais aller dire à Tazy de venir se faire une opinion. Nous avons besoin de repos. »

Charognard ne se le fit pas dire deux fois. Il traversa la clairière, pénétra dans le Cercle de Terre et prononça la formule qui ouvrait la Porte. Il la franchit. Les Lumières du Cercle picotèrent sa peau et il retrouva la fraîche grisaille des Terres d'ombre.

Des Ménagers regroupés sur la place de réunion lui tournèrent le dos dès qu'ils le virent. Ils reprirent leur discussion comme s'il n'existait pas. Il soupira et donna à la brume un coup de pied qui dégagea une strate de néant opaque. Il ne disposait même pas d'un lieu où il aurait pu s'isoler pour faire sa toilette... ce qui n'aurait d'ailleurs rien changé car quelqu'un se serait empressé de venir lui demander pourquoi il perdait son temps en ablutions au lieu de travailler.

Il baissa la tête pour ne pas voir les individus qui le suivaient des yeux et atteignit la cabane des Gardiens des sortilèges. Il frappa.

Pas de réponse. Il allait entrer malgré tout et déposer ses gibecières dans la réserve, conformément aux ordres reçus, quand la porte s'ouvrit brusquement. Caseo se dressait sur le seuil, semblant aussi las que lui.

« Tu n'es pas présentable », lui reprocha-t-il.

Charognard haussa les épaules, bien décidé à ne pas céder à la colère. « J'apporte des bourses.

— Es-tu certain que ta récolte nous sera utile ? Tu empestes la viande avariée. »

Charognard regarda le sol. Les Gardiens lui inspiraient de la haine. Ils avaient refusé de lui prêter attention pendant la Première bataille de Jahn. Il les avait implorés de l'autoriser à voir les Maîtres des éléments pour leur réclamer de la pluie. Mais ils ne l'avaient pas écouté. Pour un peu, ils lui auraient interdit l'accès aux Terres d'ombre.

« Ces corps se décomposent depuis deux jours, rappela-t-il. Nous ne pouvons pas prendre des mesures de conservation car vous dites qu'elles souillent votre magie. Comme personne ne nous a donné l'ordre d'arrêter, je vous ramène ma cueillette.

— Par les Mystères, faut-il donc tout vous dire ? » Caseo se détourna pour crier à un Gardien invisible du seuil : « Charge Tazy ou un autre d'empêcher ces imbéciles de gâter nos réserves.

— Nous ne sommes pas des imbéciles », rétorqua Charognard.

Caseo pivota vers lui et inclina la tête. Ses yeux brillaient. Il trouvait ses propos amusants. « Quoi ? »

Charognard redressa le menton. « J'ai dit que nous ne sommes pas des imbéciles. »

Un sourire incurva les lèvres de son interlocuteur. « Comment qualifierais-tu des individus dont le cerveau ne fonctionne qu'au quart de ses possibilités ?

— Nous avons moins de chance que vous mais autant d'intelligence.

— Ah ! » Le rictus de Caseo s'élargit. « Tu appelles cela de la chance. Voilà qui me surprend ! Espères-tu que les Puissances te combleront de leurs bienfaits et te permettront d'accéder à un poste comparable au mien ? Entretenir de tels rêves est mesquin et méprisable, mon petit.

— Je ne suis pas votre petit. Je suis un homme.

— Un enfant, puisque tu crois que tes pouvoirs ne se sont pas encore développés.

— J'en ai. Je suis un Fey au même titre que vous.

— Quels seraient-ils ?

— Je suis plus fort et résistant. Que mes capacités soient physiques et les vôtres psychiques ne m'empêche pas d'être votre égal.

— Si tu avais les qualités que tu t'attribues, tu serais au moins un fantassin, gloussa Caseo. Mais tu n'es rien, petit. Rien du tout. La seule chose que tu mérites est ton nom, celui d'une bête qui se repaît de cadavres. Nous avons conquis une douzaine de peuples sans en trouver un seul où les gens qui nous débarrassent des morts bénéficient d'un semblant de considération. Il n'y a que les parias et les incapables qui s'abaissent à les toucher. »

Ce fut avec des doigts tremblants que Charognard détacha ses bourses et les laissa tomber. Elles churent sur le sol en gargouillant mais n'éclatèrent pas. « Vous dépendez de moi, rappela-t-il. Sans mes semblables, vous ne pourriez préparer vos immondes sortilèges. Vous n'auriez aucune utilité. »

Le sourire de Caseo s'effaça et Charognard crut l'avoir mis en colère. Il fut surpris de le voir hocher la tête. « Que dirais-tu de me démontrer que tu es un Fey au même titre que moi ? »

Charognard regardait la main que lui tendait Caseo. Elle n'avait aucun cal et ses ongles étaient curés et polis. Qu'il n'eût jamais rien fait de ses dix doigts était une évidence. Charognard dissimula les siennes derrière son dos. « Que dois-je faire ?

— Me suivre. Ramasse tes gibecières.

— Demandez à quelqu'un d'autre de les transporter.

— Tu es un Calot écarlate. Quoi qu'il advienne, tu dois exécuter les ordres que je te donne. »

En rougissant, Charognard se pencha et prit les sacs par leur extrémité nouée. Il les réunit dans ses poings et ils lestèrent ses bras. Il avait l'habitude de les avoir à sa taille, où ils devenaient des extensions de son être. Mais ce fut sans protester qu'il suivit Caseo vers le haut des marches puis dans la bâtisse.

Il y avait souvent pénétré sans être autorisé à s'y attarder. Les Gardiens étaient assis autour d'une table et, à l'exception du plus proche qui renifla et grimaça, ils ne lui prêtèrent pas attention. Caseo lui désigna le mur du fond. Des gibecières ensanglantées y étaient empilées et il alla déposer les siennes à leur sommet.

Il régnait là une chaleur étouffante. Trop de bûches se consumaient dans l'âtre, un gaspillage éhonté quand tant de Fey devaient encore dormir sur le sol ou dans des bâtiments surpeuplés privés de tout chauffage. Les Gardiens avaient des traits anguleux, un crâne dégarni – même les femmes – et le regard absent de ceux qui se désintéressaient des plaisirs de ce monde. Charognard frissonna. Défier un Gardien était une chose, en affronter une bande au complet en était une autre.

Ils étaient assis autour de la table et portaient de lourdes robes malgré la température élevée. Charognard était apparemment le seul à transpirer. Il humecta ses lèvres mais s'interdit de leur demander à boire, sûr qu'il essuierait un refus.

Un bol était posé au centre du plateau, près d'une bourse ouverte. Un lambeau d'épiderme flottait dans l'eau rosâtre d'un autre récipient. Cette peau avait une fraîcheur que ne possédaient pas celles qu'il venait de récolter.

« Qu'attendez-vous de moi ? »

Tous les Gardiens regardèrent Caseo. On aurait pu croire qu'ils avaient un esprit commun, ce qui était une contre-vérité. Charognard avait pu le constater lorsqu'il les avait rencontrés à titre individuel pendant la traversée ou en leur apportant des gibecières. Qu'il eût osé s'exprimer à voix haute en leur présence, alors qu'ils avaient un statut tellement supérieur au sien, avait dû les choquer.

Caseo lui tapota l'épaule et leur déclara : « Ce Calot écarlate prétend être un Fey au même titre que nous. Je sais comment déterminer s'il dit vrai. Nous estimons que ce sont nos pouvoirs qui font de nous ce que nous sommes. Il n'en possède pas mais se considère notre égal. Ne pensez-vous pas qu'en faire la démonstration s'impose ? »

Nul ne dit mot et Charognard repoussa sa main. Même lorsqu'il affectait la courtoisie, Caseo le traitait avec condescendance. Même quand ils essayaient de travailler ensemble.

« La magie ne fait pas le Fey, dit Charognard.

— Bien sûr que non, reconnut le Gardien en retrouvant son sourire. Mais n'est-ce pas ce qui nous différencie – disons – des Nyeiens ?

— Il y a également notre physique. »

Caseo secoua la tête. « Les habitants des diverses parties du monde ont des caractéristiques qui leur sont propres. Tous les peuples originaires des Monts Eccrasiens sont aussi basanés que nous, et tous les insulaires de l'Île Bleue ont un visage rond et des cheveux clairs.

— Notre puissance militaire nous distingue des autres. Notre détermination à imposer nos volontés par la force. »

Caseo rit. Ses pairs les observaient sans extérioriser leurs sentiments. Leur esprit paraissait dissocié de leur corps. « Crois-tu que nous aurions pu soumettre tant de nations uniquement grâce à cet atout ? Tu as en toi la naïveté de l'enfance, Calot écarlate.

— Je suis un adulte. Je n'ai que dix ans de moins que vous. Nous fréquentions la même école. Je me souviens du jour où vos pouvoirs se sont manifestés.

— Tu ne convaincras personne avant d'avoir prouvé que tu mérites autant que moi d'être appelé un Fey.

— Expliquez-moi comment procéder. »

Le sourire de Caseo s'élargit et se communiqua à ses yeux, pour la première fois depuis que Charognard le connaissait. « Il te suffit de prendre un des lambeaux de peau que tu as apportés et de le déposer dans ce bol.

— Qu'est-ce que ça démontrera ? Est-ce un charme que je suis censé connaître ? Nul ne m'a enseigné ces choses. Et ne me mentez pas. Je sais que vos dons doivent être domestiqués, après leur apparition.

— Il s'agit effectivement d'un sortilège. Mais je te soufflerai la formule que tu devras prononcer.

— Ce n'est pas équitable. Il a été prouvé que je ne suis pas un magicien. Deux Chamans, parmi les plus réputés, m'ont soumis à des épreuves et ont déclaré que je n'avais aucun don. » Il lorgna le bol qui ne contenait que de l'eau et celui où flottait déjà un fragment d'épiderme. S'il n'avait jamais entendu parler d'un tel sortilège, il savait que les Gardiens étudiaient le poison local. En plaçant des morceaux de peau des autochtones dans leur eau bénite, ils espéraient déterminer si ses effets étaient identiques sur les représentants des deux peuples.

Il frissonna et alla chercher la bourse qu'il avait déposée au sommet du tas. La puanteur de chair putréfiée lui donna des nausées dès qu'il l'ouvrit et le teint du Gardien le plus proche verdit. Il ramena la vessie vers la table, en prenant son temps pour qu'ils aient eux aussi des haut-le-cœur. Finalement, il pinça un lambeau entre son index et son pouce et le tint fermement.

« Je suis un Fey », insista-t-il sans desserrer les dents. Il était soumis à la tentation de s'emparer du bol et de projeter son contenu sur les thaumaturges qui l'entouraient. « Ce poison me tuera. »

Caseo haussa les épaules. « Ça reste à voir. Il n'a encore fait aucune victime parmi les tiens.

— Que mon sort est donc enviable ! Il faut que je meure pour démontrer que mes semblables méritent votre respect.

— Tu te dis fort et courageux. Prouve-le. Touche cette eau. Apporte une réponse à la question que nous nous posons. Si tu survis, nous saurons que cette potion n'affecte que les magiciens.

— Je manque de pouvoirs surnaturels, pas d'intelligence. Vous me demandez de me suicider. »

Caseo secoua la tête. « Je sais qu'il ne t'arrivera rien, que seule la magie rend ce poison efficace.

— Alors, utilisez un fantassin comme cobaye.

— Pas quand nous t'avons à notre disposition. »

C'était la réponse qu'il avait craint d'entendre. Il

lança la peau vers le bol. Tous hurlèrent et reculèrent lorsque des gouttes éclaboussèrent la table. Sans attendre de découvrir s'il y avait ou non des victimes, Charognard bondit vers la porte, l'ouvrit et se précipita à l'extérieur.

Qu'ils soient maudits ! Tous ! Ils lui accordaient si peu d'importance qu'ils voulaient le sacrifier pour faire progresser leurs connaissances. Il avait déjà entendu ce refrain, à Galinas. La vie d'un individu passait au second plan si elle permettait d'en sauver plusieurs. Les généraux suivaient cette logique pour dresser le bilan d'une bataille. Il suffisait que les pertes de l'adversaire soient plus lourdes pour qu'ils se considèrent victorieux. Les combattants n'avaient par eux-mêmes aucune valeur. Surtout quand ils étaient privés de magie.

Il en avait assez de ces principes. Il en avait assez d'eux tous.

CINQUANTE

Nicolas faisait antichambre dans la Grande Salle de l'aile privée du Tabernacle et contemplait les vitraux de la fenêtre en encorbellement qui nimbait les lieux d'une clarté diffuse. L'Absorption du Roca y était représentée. Dans le panneau central, il nettoyait posément son épée. Les Sicaires de l'Ennemi le cernaient : de grands guerriers en armure noire, aux traits invisibles derrière le vantail de leur heaume. Quant aux insulaires, ils s'entassaient sur les bancs et les balcons et restaient bouche bée, tant de respect que de crainte.

Ici, tout était surchargé d'ornements. Des feuilles d'or tapissaient les murs et de petites épées de ce métal précieux décoraient chaque poutre. Les fauteuils avaient un dossier droit inconfortable et il préférait rester debout sur le tapis rouge et noir.

D'autres symboles du rocaanisme étaient reproduits sur les pieds des tables. La profusion de détails lui donnait l'impression de suffoquer. La Révélation Écrite et Orale le laissait sceptique. Il avait toujours assimilé son étude à une corvée et se félicitait que l'arrivée des Fey lui eût permis de s'y soustraire. S'il était conscient du bien-fondé des arguments avancés par son père – autrement dit qu'un roi devait connaître ses sujets et que la religion assurait la cohésion de leur société – il n'avait pas à adhérer à ces dogmes. Il lui suffisait d'apprendre à les utiliser pour renforcer son autorité.

Des bûches s'empilaient dans l'âtre, mais nul feu n'y brûlait. La cheminée était si dépouillée qu'elle déparait dans ce décor. Ses pierres, grossièrement taillées, n'avaient ni sculptures ni ornements. Il s'y intéressa et estima qu'elle devait être bien plus ancienne que le reste, que les apparats du rocaanisme étaient des ajouts tardifs datant de l'époque où ces futilités avaient pris de l'importance.

La porte s'ouvrit et le Rocaan entra, suivi par deux Anciens : Matthias et Porciluna. Nicolas avait laissé son escorte à l'extérieur, conformément aux usages.

Il ne gardait pas du Rocaan le souvenir d'un homme aussi ridé. Il paraissait chétif dans sa robe de velours assortie au tapis, un effet accentué par sa large ceinture noire agrémentée d'épées filigranées qui y pendaient comme des pompons. Il n'avait pas sa coiffe et la vision de sa tête dégarnie était presque choquante. Le prélat parut surpris de le voir.

Le protocole exigeait que le prince s'incline devant lui. Après son couronnement, les rôles seraient inversés.

Nicolas se baissa suffisamment pour être certain que sa courbette traduisait du respect puis il se redressa et déclara : « Saint Père, le roi a estimé qu'il était trop risqué de réunir les plus grands responsables de l'Île Bleue tant que les Fey feront planer sur nous leur menace. »

Il s'attendait à un commentaire empreint de courtoisie, mais le Rocaan ne dit mot. Matthias regarda Porciluna, comme s'il s'étonnait, lui aussi, de ce comportement.

« Et il m'a chargé de lui rapporter tous vos propos, Saint Père.

— C'est lui qui a décidé de cette rencontre, rappela le Rocaan d'une voix bien plus grêle et chevrotante qu'un an plus tôt. M'informer qu'il se ferait représenter aurait été la moindre des choses. »

Nicolas sentit les muscles de ses épaules se contracter.

« Certes, Saint Père. Mais il a craint que cela ne vous incite à vous rendre au palais. Il juge préférable...

— Que nous n'ayons aucun contact. Je ne suis pas de cet avis. Nous devons absolument nous concerter, même si je partage ses peurs. »

Nicolas allait rétorquer que son père n'était pas un couard lorsqu'il comprit que c'était une entrée en matière. « Vous, Saint Père ? N'avez-vous pas Dieu et le Très Saint à vos côtés ?

— Ils sont auprès de chacun de nous, jeune homme. » Le Rocaan se tourna vers Matthias, surpris qu'il ne l'eût pas enseigné au prince. L'Ancien lui adressa un sourire penaud qui se durcit sitôt qu'il reporta son attention sur son ancien élève.

« Mon père m'a dit que vous aviez une question urgente... »

Le Rocaan leva la main pour l'interrompre.

« C'est exact, mais je ne sais si je dois en parler avec vous. »

Nicolas se redressa. C'en était trop ! Alexandre avait décidé qu'il le représenterait auprès des autorités religieuses. S'il ne réagissait pas, ce vieillard continuerait de le traiter de haut lorsqu'il aurait succédé à son père. « En tant qu'héritier du trône, je serai un jour votre interlocuteur. Autant vous y accoutumer dès à présent. »

Il avait volontairement omis le titre honorifique, ce

que le Rocaan ne parut pas remarquer. « La question n'est pas là, jeune homme. Nous sommes confrontés à un problème dont j'avais espéré m'entretenir avec quelqu'un de plus expérimenté que vous. »

Nicolas ouvrit la bouche et la referma aussitôt. Il ne voulait pas se placer sur la défensive. Cet homme pourrait le discréditer auprès de tous les rocaanistes et il ne tenait pas à être taxé de faiblesse avant même d'avoir commencé à régner.

« Je constate que vous êtes un vieillard plein de préjugés », dit-il finalement.

Matthias et Porciluna se redressèrent, outrés par ces propos injurieux, mais le Rocaan inclina la tête comme s'il était simplement étonné par ce commentaire.

« Plein de préjugés, jeune homme ?

— Ne me considérez-vous pas indigne de votre confiance, sans que rien vienne étayer ce point de vue et alors que mon père a fait de moi son délégué ? Soit vous critiquez une décision de votre souverain – ce qui serait inconcevable – soit vous êtes convaincu que seuls les ans apportent de la sagesse. C'est une opinion fort répandue, mais vous semblez oublier, Saint Père... (il veilla à prononcer le titre avec un soupçon d'ironie) ... que notre roi ne m'aurait pas chargé de le représenter s'il ne m'en estimait pas capable. »

Les parois dorées répercutaient ses paroles. Il avait lui-même douté de l'aptitude de son père à juger les gens. Ne lui avait-il pas avoué qu'il l'avait un jour suspecté de trahison ? Il était souvent resté seul avec lui et avait attendu le tout dernier instant pour le soumettre à l'épreuve de l'eau, mais Nicolas avait malgré tout perçu dans sa voix de la peur et du soulagement et su ce que cette décision lui avait coûté.

Le Rocaan réunit ses mains derrière son dos et le dévisagea. Matthias voulut intervenir mais le vieillard l'en dissuada d'un regard. Être soumis à cet examen irrita Nicolas qui croisa les bras et le regarda fixement à son tour.

Le Rocaan finit par hocher la tête. « Vous avez raison, Votre Altesse. Mes espoirs ont faussé mon jugement. Mes facultés d'adaptation décroissent, surtout en période de crise. »

Nicolas sourit. « C'est compréhensible, Saint Père. Les événements que nous vivons sont éprouvants. Mais vous avez mentionné un problème urgent. Ne devrions-nous pas nous asseoir et en discuter ? »

Matthias le regardait comme s'il était pour lui un inconnu. Parfait ! Son précepteur avait toujours vu en lui un enfant qui n'en faisait qu'à sa tête. Il était temps qu'il l'assimile à un adulte, capable de gouverner leur pays en cas de besoin.

« Oui, fit le Rocaan. Nous serons à notre aise, même si la température laisse à désirer. Porciluna, voudriez-vous avoir l'amabilité d'allumer un feu ? Allons nous installer près de la fenêtre. Je puiserai ainsi du réconfort dans la représentation de l'Absorption du Roca. »

Matthias alla tirer des fauteuils qu'il disposa devant le vitrail. Le Rocaan s'assit en face, et sa lumière parut le rajeunir.

Il tapota le siège le plus proche pour le désigner à Nicolas. Matthias prit place sur sa gauche pendant que Porciluna s'inclinait vers l'âtre. Les difficultés qu'il éprouvait à faire du feu indiquaient qu'il ne s'était pas livré à une telle activité depuis longtemps. Il essuyait constamment ses doigts dans un mouchoir déjà noir de cendres.

Nicolas s'exécuta. De près, le Rocaan dégageait une odeur de naphtaline et de vieillesse. Le sommeil lestait ses paupières et une petite tache maculait sa robe par ailleurs repassée. Ses mains étaient aussi fripées que son visage et piquetées de points brunâtres.

Nicolas prenait pour la première fois conscience de sa fragilité et son grand âge.

Le Rocaan se pencha pour le toucher, comme s'il souhaitait s'assurer de sa matérialité. Nicolas n'avait jamais eu à établir de rapports avec qui que ce soit en période de crise. Il découvrait qu'il était difficile d'accorder sa confiance, en de telles circonstances.

« Je ne voudrais pas vous offenser, Votre Altesse, mais m'autorisez-vous à vous bénir avant d'entamer cette discussion ? »

C'était un honneur habituellement réservé aux grandes occasions : mariages, couronnements et funérailles. Au cours de ce rite, le célébrant effleurait le front du dévot avec une épée rituelle trempée dans l'eau bénite. C'était en l'occurrence une excellente mesure de protection pour toutes les personnes concernées.

« J'en serai honoré, Saint Père, répondit Nicolas. Comment voulez-vous procéder ? »

Le Rocaan retira de son cou sa chaînette d'argent et prit dans une poche une petite burette, dans une autre un linge purificatoire. Il avait dû s'en munir après avoir appris que Nicolas était en chemin. Il n'aurait sans doute pas osé demander à son roi de se soumettre à cette épreuve.

Il versa la moitié du contenu de la fiole sur le bout de tissu dont il se servit pour astiquer l'épée miniature. « Vous agenouiller sera superflu. Le Très Saint sait déjà que vous lui êtes soumis. »

Matthias leva les yeux au ciel. Il était mieux placé que quiconque pour savoir que Nicolas n'avait aucune affinité avec la religion.

« Inclinez la tête et tendez la main gauche. »

Nicolas obtempéra et sentit son cœur s'emballer. Sa

dernière bénédiction datait de son enfance, une époque où il avait eu la foi des purs qui ne se posent pas de questions. Il avait depuis assimilé le rocaanisme à des fadaises débitées aux crédules pour les inciter à respecter l'ordre établi. Il retrouva un court instant ses croyances d'antan... trop diluées pour que ce fût de la foi mais suffisamment fortes pour l'emplir d'inquiétude. Son impiété ne lui vaudrait-elle pas de fondre tel un Fey ?

Il ferma les yeux quand la pointe de la lame d'argent égratigna sa paume gauche, fit le tour du majeur et piqua au sang son extrémité. La douleur fut brève. Le Rocaan procéda à l'imposition de la main. Elle était plus grande que Nicolas ne s'y était attendu, et moins froide. Il sentait sa chaleur se communiquer au sommet de sa tête.

« Béni soit celui qui se tient devant nous, psalmodia le Rocaan. Puisse le Très Saint entendre ses paroles. Puisse le Roca surveiller ses actes. Puisse Dieu lui ouvrir son Cœur. »

Nicolas déglutit, impatient d'en finir. La piqûre exceptée, il ne ressentait rien. Au moins était-il toujours en vie. L'eau bénite lui inspirait une peur irrationnelle, depuis qu'il avait constaté ses effets sur les Fey.

« Soyez béni.

— Soyez béni, répéta Matthias.

— Soyez béni », fit Porciluna, à l'autre bout de la pièce.

Puis le Rocaan éloigna sa main et Nicolas eut l'impression d'être soulagé d'un grand poids. Il redressa le cou. Le sourire du vieillard dénudait des chicots de dents jaunis par les ans. « Bienvenue au Tabernacle, fils de mon ami et petit-fils de mon plus vieil ami.

— Je vous remercie pour votre accueil, Saint Père, ainsi que pour votre bénédiction. » Nicolas recouvrait une respiration normale. Ils avaient tous deux été soumis à l'épreuve de l'eau et se savaient dignes de confiance. Ce n'était pas le cas des Anciens, et il envisagea d'exiger leur départ avant d'estimer qu'ils devaient être informés du sujet que le Rocaan souhaitait aborder.

De la fumée se répandit de toutes parts. Des bûches craquèrent et crépitèrent. Le feu était allumé et Porciluna traversa sans bruit la pièce pour venir s'affaler dans le dernier fauteuil.

« Je vous prie d'excuser toutes ces précautions mais je ne me suis pas encore accoutumé à vivre dans un monde qui grouille d'ennemis, dit le Rocaan. Nous n'avions autrefois à nous méfier que des plus ambitieux et malintentionnés d'entre nous. Nul ne doit désormais échapper à notre vigilance.

— Les Fey ont détruit notre société, approuva Nicolas.

— Ils ne l'ont pas détruite mais lui ont porté gravement atteinte. Il sera possible de la restaurer, avec beaucoup d'efforts.

— Possible », répéta Nicolas, sans pour autant le croire. Ce qui s'était produit avait laissé une empreinte indélébile.

Le Rocaan ne parut pas relever la divergence d'opinion que traduisait son intonation. « Nous avons réclamé cette réunion car il s'est passé ici, à l'intérieur du Tabernacle, des événements fort inquiétants. Nous avons trouvé des os. »

Nicolas fronça les sourcils. « Des os, Saint Père ?

— Des os. Une phalange dans le sanctuaire et un squelette complet dans la chapelle des Serviteurs. Dans les deux cas à proximité de taches de sang aussi grandes que ce fauteuil. »

Nicolas frissonna en dépit de la chaleur que le feu

répandait dans la pièce. « Connaissez-vous leur provenance ?

— Ils sont humains. Matthias et d'autres érudits me l'ont affirmé. Nous sommes en présence de deux corps. Celui de la chapelle avait toutes ses phalanges.

— Nul n'a signalé de combats dans nos murs, intervint Porciluna d'une voix grêle et râpeuse, conforme au souvenir qu'en gardait Nicolas.

— Et personne ne manque à l'appel, ajouta Matthias.

— Avez-vous recensé tous les serviteurs ? » Nicolas savait que la plupart des nobles auraient omis de le faire, tant ils les jugeaient insignifiants.

« Matthias les a réunis, avec les Auds, les Célébrants et les Danites, fit le Rocaan. Aucun n'a disparu.

— Et les visiteurs ?

— Nous n'avons reçu que des envoyés officiels, depuis l'invasion. Par prudence. Quant au Sacrement de Minuit, il est administré dans la petite chapelle extérieure dont les portes sont constamment surveillées par des Danites. » L'intonation du Rocaan indiquait qu'il n'appréciait guère ces mesures. « Nous pensions que vous compléteriez nos connaissances en ce domaine. Matthias a déclaré que vous avez découvert de tels restes macabres, le jour de la mort du Seigneur Powell. »

Nicolas le confirma, car son père lui avait dit de ne rien dissimuler. Il se félicitait d'avoir été béni. Sa tension nerveuse était grande, même ainsi. Bien que ce fût dangereux, partager des informations se révélait indispensable.

« Lors de l'assaut contre le palais royal, j'ai capturé une Fey que j'ai conduite à mon père. Après s'être entretenu avec elle, il a décidé de l'enfermer dans les oubliettes pour la soumettre à d'autres interrogatoires. Il a chargé Stephen, qui était mon maître d'armes et qui connaissait bien les Fey, d'escorter cette femme jusqu'à sa geôle en compagnie du Seigneur Powell. » Nicolas lissa sa chevelure, prit brusquement conscience que c'était une manie de son père et interrompit son geste. « Ils ont emprunté les passages secrets pour ne pas risquer d'être interceptés dans les couloirs. Quand le Seigneur Stowe est descendu à son tour, la captive n'était pas dans sa cellule. Nous avons envoyé des gardes à sa recherche. Je les ai suivis. Nous avons trouvé Stephen, blessé et inconscient. La Fey avait disparu et il ne restait du Seigneur Powell qu'un tas d'os et du sang.

— Êtes-vous certains de l'identité de la victime ?

— De qui d'autre pourrait-il s'agir ? La prisonnière avait fui. On avait tranché ses liens.

— D'un garde auquel ils auraient demandé de les accompagner. Le Seigneur Powell est peut-être détenu par les Fey. »

Si Nicolas avait souvent réfléchi à ce drame, il n'avait pas envisagé cette possibilité. Qu'un homme pût rester à la merci des envahisseurs pendant toute une année était une pensée qu'il ne souhaitait pas approfondir et il la relégua dans les profondeurs de son esprit.

« Ce n'est pas tout. Sitôt rétabli, Stephen a eu un comportement singulier. Il faisait des suggestions surprenantes et refusait de me donner des leçons d'escrime. Après quelques escarmouches, il est devenu évident que les Fey étaient informés de nos intentions et mon père a compris qu'un de leurs espions nous avait infiltrés. Il a mis notre loyauté à l'épreuve. Il y a deux nuits, suite à l'échec du raid lancé contre le repaire de l'ennemi, nous avons appris que le traître n'était autre que Stephen. Mon père l'a démasqué devant nous et... (l'émotion lui serrait la gorge et il dut tousser pour pouvoir continuer) Stephen a été éclaboussé par de l'eau bénite. Il... Il a fondu... comme un Fey. »

Matthias siffla. Porciluna essuya son visage en sueur. Le Rocaan fronça les sourcils. Il ne semblait pas avoir assimilé ce qu'impliquait la déclaration de Nicolas, qui précisa : « Avant de conduire la prisonnière dans les oubliettes, Stephen a révélé à mon père que les Fey peuvent envoûter un homme et le plier à leurs volontés. »

Le Rocaan s'extirpa de son siège, alla vers le feu et tendit les mains au-dessus des flammes. Il paraissait transi en dépit de la température élevée.

« Vous dites qu'un sortilège a sur nous le même effet que l'eau bénite sur les Fey ? » s'enquit Porciluna.

Nicolas secoua la tête. « Je l'ignore. Ce que nous savons, c'est que Stephen servait leurs intérêts et qu'il est mort comme eux. Alors qu'il était l'unique survivant du drame qui a eu lieu dans les oubliettes.

— Ils ont fait de lui leur espion, commenta Matthias.

— Ils subtilisent le sang et la peau de leurs victimes », dit le Rocaan d'une voix lointaine. Il se voûtait au-dessus du feu, incapable de rester droit. « Leur magie a peut-être besoin d'être alimentée par la vie.

— Qu'a dit Stephen de cette agression ? voulut savoir Porciluna.

— Qu'il en gardait peu de souvenirs. C'était plausible. Il avait reçu un coup sur la tête. J'ai attribué son changement de personnalité à l'invasion et à sa blessure. Je ne l'aurais jamais suspecté d'être à la solde de l'ennemi.

— Pourquoi ? fit le Rocaan.

— Parce qu'il avait un sens de l'honneur très développé. Il m'a enseigné qu'une épée est bien plus qu'une arme. C'est avant tout le symbole d'espoir de notre religion, ce qui lui confère des pouvoirs que nous ne devons pas utiliser à la légère. Il m'a appris à respecter et honorer ma lame. Il m'a toujours dit de traiter mes adversaires avec déférence et d'essayer de les comprendre plutôt que de les combattre.

— Ce qu'il a fait en rejoignant leurs rangs », marmonna Porciluna.

Nicolas secoua la tête. « Il savait plus de choses sur eux que nous tous réunis. Il avait étudié leurs us et coutumes. Il s'était entretenu avec des gens qui les avaient affrontés. Qu'ils aient envahi Nye l'a atterré. Il les disait insatiables et trouvait inadmissible qu'ils imposent leur joug à des peuples pacifiques. Non, il ne se serait jamais rallié à leur cause... pas de son plein gré.

— Les os et le sang. » Le Rocaan s'appuya à la cheminée en veillant à ce que l'ourlet de sa robe n'approche pas trop des flammes. « Ce sont probablement des éléments d'un rituel permettant de posséder une personne... de l'envoûter, pour employer le même terme que vous. Laisser les restes sur les lieux du crime doit être un de leurs usages.

— Si c'est le cas, ce qui s'est passé dans la chapelle a réussi et ce qui a débuté dans le sanctuaire s'est soldé par un échec, fit Matthias.

— Car la plupart des os ont disparu », compléta Porciluna.

Nicolas secoua la tête. « Une chose m'intrigue. Qu'est devenu le Seigneur Powell, en ce cas ? Et pourquoi n'avons-nous pas trouvé d'autres personnes inconscientes ?

— Parce qu'elles ont repris leurs esprits avant la découverte des corps, avança le Rocaan.

— Le sang était encore frais dans les deux cas, rappela Matthias.

— Une flaque aussi importante ne sèche pas instantanément, fit remarquer Porciluna.

— Certes, mais nous avions administré le soir précédent le Sacrement de Minuit aux Anciens. Les Auds avaient nettoyé les lieux et quelqu'un aurait vu cette tache.

— André a célébré la même cérémonie au lever du jour et n'a rien signalé d'anormal.

— Avez-vous interrogé tous les religieux ? demanda Nicolas.

— Nul ne s'est rendu dans la chapelle pendant plusieurs heures, déclara Matthias. Stephen est-il resté longtemps inconscient ? »

Le prince haussa les épaules. « C'est difficile à dire. La nuit était tombée quand le Seigneur Stowe est parti à leur recherche. »

Le Rocaan fourra ses mains dans ses poches et revint vers eux. « Ce n'est pas ainsi que nous progresserons. Nous n'avons aucune certitude et ne pouvons faire que des suppositions. Mais la solution existe.

— L'eau bénite », fit Nicolas.

Le Rocaan lui sourit. « Oui. Il faut soumettre tous les religieux à l'épreuve de l'eau pour découvrir si aucun ne... fond, pour reprendre cet euphémisme. Quiconque voudra s'y soustraire sera considéré suspect.

— Il convient d'adopter les mêmes mesures au palais. Ce qui réclamera bien plus d'eau que nous n'en avons, je le crains. »

Le vieillard hocha la tête. « Je vous en ferai parvenir. J'aurai besoin de vous, Matthias.

— Veuillez m'excuser, Saint Père, fit Nicolas. Mais tout religieux à la solde des Fey a pu accéder aux burettes et substituer de l'eau normale à celle que vous avez consacrée. Vous devrez confier ces fioles à des gens de confiance et contrôler la nature de leur contenu. Comment procéderez-vous ? »

Les coins des yeux du Rocaan se plissèrent. Il paraissait amusé. « C'est faisable. J'ai étudié la question et béni l'eau que j'ai utilisée sur vous juste avant de vous recevoir. »

Ce qui ne parut pas surprendre les Anciens. « Nous devons remercier le Roca de nous avoir fourni cette arme... » dit Matthias.

Le Rocaan grimaça en entendant le mot « arme ». Nicolas le remarqua. Il analyserait cette réaction en temps voulu.

« ... mais elle cessera tôt ou tard d'être efficace. Si les Fey étaient stupides, ils n'auraient pas conquis la moitié de ce monde. La chance nous a souri, car ils nous croyaient sans défenses. Nous avons un avantage, que nous devons conserver. Il faut les prendre de vitesse, anticiper leurs initiatives. L'eau est un moyen de les vaincre. Il doit en exister d'autres.

— Pourquoi ne leur intimons-nous pas de rentrer chez eux, bon sang ? »

Porciluna s'était adressé à Nicolas, qui fut surpris par le juron. Mais le Rocaan ne semblait aucunement choqué. Tous avaient dû le penser.

« Ils porteront des échantillons d'eau bénite à leurs sorciers. Ils l'analyseront et trouveront comment neutraliser ses effets, puis ils reviendront avec une flotte plus importante et de nombreux renforts pour nous exterminer jusqu'au dernier. Nous ne pouvons prendre un tel risque.

— Certes, dit le Rocaan. Mais nous mettrons ce sursis à profit pour apprendre à nous défendre. »

Nicolas mordilla sa lèvre inférieure. « Leurs chances de découvrir un moyen de nous vaincre sont bien plus grandes. Qui pourrait nous révéler leurs points faibles ?

Et, en admettant que nous obtenions ces informations, comment les exploiterions-nous ? Les Nyeiens ont longuement étudié nos adversaires et ont dû capituler. Tout Galinas a farouchement résisté aux envahisseurs. Les Fey ont des pouvoirs qui font défaut aux autres peuples. Et ils savent les utiliser. Combler notre handicap en si peu de temps est irréalisable.

— Peut-être avons-nous à notre disposition d'autres armes dont nous ignorons tout, avança Matthias.

— L'épée du Roca ? s'enquit le Rocaan. L'or du Tabernacle ? Nos denrées alimentaires ? Comment nous en assurer ? »

La colère du vieillard incita Nicolas à reculer, même s'il feignit de ne rien avoir remarqué. Il devrait également rapporter l'incident à son père. Un schisme au sein de l'Église aurait des conséquences catastrophiques.

« J'ai simplement avancé que l'Île Bleue a peut-être des atouts qui faisaient défaut à Galinas », rétorqua Matthias. Il s'était exprimé lentement, comme s'il s'adressait à un enfant.

Le Rocaan se leva. « Poser des questions auxquelles nul ne peut répondre est une perte de temps. Vous allez me seconder, Matthias. Je vous enverrai un stock d'eau bénite, Votre Altesse. Le livreur sera soumis à l'épreuve de l'eau avant son départ et je vous conseille de procéder à un autre contrôle aux portes du palais. » Il salua Nicolas de la tête. Les Anciens se levèrent, comme à regret. Nicolas resta assis. Son malaise n'avait cessé de croître depuis son arrivée.

Le Rocaan se dirigea vers le seuil et ses mouvements imprimèrent des balancements à sa robe de velours écarlate. Il posa la main sur le pommeau de la porte puis se tourna vers le prince. « Nous avons tendance à oublier que, dans son infinie sagesse, le Roca a fait serment de nous protéger. Nous devons simplement découvrir ce qu'il a mis à notre disposition pour assurer notre protection, Votre Altesse. » Il sourit et ses traits étaient empreints de douceur sous la clarté décroissante. « Rien de fâcheux ne peut nous arriver. Je le sais. »

CINQUANTE ET UN

Solanda atteignit le torrent, lasse et assoiffée. Elle avait suivi la voix – un ordre implanté dans les profondeurs de son esprit – sur des lieues avant d'apercevoir ce cours d'eau. Sa berge était couverte de marguerites, de grosses fleurs inodores. Elle n'en avait jamais vu autant au même endroit. Elles dissimulaient l'herbe et blanchissaient les rives. Elle les contourna, passa près d'un arbre massif qui scindait le chemin et s'avança dans une clairière.

Elle haletait, la langue pendante. Craignant que cette eau ne fût nocive, elle continua sa route. Arrivée à l'orée de la forêt, elle tendit la tête dans les halliers pour étudier la scène.

Des cabanes étaient disposées en arc de cercle, pour la plupart moins belles que celle, abandonnée, qu'elle avait visitée un peu plus tôt. Des enfants jouaient autour d'une souche de chêne, si grosse que les Fey l'auraient utilisée comme billot de réunion. Cinq garçons et trois filles faisaient une ronde.

Solanda s'assit sur son arrière-train. Leur chant n'avait ni queue ni tête mais il pouvait avoir un sens caché. Cette danse lui était familière. Elle avait vu des Fey adultes l'exécuter pour créer un Cercle de Terre avant d'ouvrir une porte donnant dans des Terres d'ombre. Que des enfants autochtones aient les mêmes rites la surprenait.

Mais se prendre par la main pour tourner en rond était peut-être pour les bipèdes un besoin naturel. Il y avait toutefois une différence : elle ne comprenait pas les paroles de ce chant, alors que ce devait être en elles que résidait toute magie.

Une femme se dressait près d'une habitation, un panier de linge calé contre sa hanche. Une récente grossesse gonflait ses seins et il se dégageait d'elle une odeur de lait, mais ce n'était pas la piste de son bébé qui avait attiré Solanda jusque-là. Elle surveillait cette marmaille avec la vigilance d'une mère et des cris scandés dans le lointain laissaient supposer que des villageois avaient entamé un travail collectif. La brise charriait des relents de sueur, d'humains en bas âge et de poissons.

Solanda en eut aussitôt l'eau à la bouche. Il y avait longtemps que son ventre était vide. La voix mentale s'était tue, comme lors de l'exploration de la cabane abandonnée. Elle avait atteint son but.

Elle décida de s'approcher de la femme. La plupart d'entre elles, sur l'île, aimaient les chats. Elles semblaient fascinées par leur grâce et leur liberté... deux choses qui leur faisaient défaut.

Solanda s'avança dans la clairière en lustrant sa fourrure sur des feuilles mortes. L'herbe était douce sous ses pattes. Cette partie de l'île ne devait pas subir de sécheresses. Le seul reproche qu'elle aurait pu faire au terrain, c'était d'être légèrement marécageux. La rivière était sans doute en crue au moins une fois l'an.

Les enfants dansaient toujours. Qu'elle se fût rapprochée ne rendait pas leurs propos compréhensibles et elle n'avait jamais entendu cette mélodie. La femme soupira et sourit en posant l'autre main sur sa hanche. Il était évident qu'elle voulait appeler l'un d'eux mais hésitait à interrompre leurs jeux.

Elle risquait de repartir avant que Solanda n'ait éveillé son intérêt.

Une autre paysanne sortit de la maison voisine. La malnutrition et son grand âge avaient fripé sa peau mais sa robe était propre et bien entretenue même si on y voyait de nombreux raccommodages. Chose étrange, il se dégageait d'elle une odeur de bébé.

Une senteur familière.

Solanda dressa les oreilles.

« ... il n'aime pas qu'ils se livrent à ces occupations depuis qu'il y a des Fey sur notre île. Il croit que la moindre référence à la magie suffit à les attirer.

— Ce ne sont pas des superstitions qui éloigneront le danger, fit la vieille d'une voix lestée de lassitude. Nos ennemis ne sont pas du genre à se manifester dès qu'ils entendent parler de magie. »

Elle s'exprimait sur un ton catégorique. Sans doute s'était-elle trouvée à Jahn lors des affrontements, car il n'y avait eu dans ce secteur que quelques escarmouches. Solanda traversa le petit chemin de terre pour s'éloigner de la marmaille et fit les derniers pas la séparant des femmes. En poussant des miaulements plaintifs, elle s'entortilla autour des jambes de la première.

Qui s'écarta aussitôt. « Regarde cette sale bête, Eleanora. D'où peut-elle venir ? »

Solanda se hérissa. Elle n'était pas sale ! Elle y avait veillé. En outre, elle avait cru que toutes les insulaires avaient un faible pour ses semblables.

« Oh, je la trouve très jolie ! fit la vieille – Eleanora – en s'accroupissant et en tendant les mains. Viens, ma belle ! »

Solanda la regarda avec méfiance. Au moins ne s'adressait-elle pas à elle dans cet horripilant langage qui convenait mieux aux bébés qu'aux félins et la laissait-elle libre d'aller ou non vers elle.

« N'y touche pas, fit la jeune. Ces bestioles transportent des maladies, et Coulter les attrapera.

— Ne dis pas de sottises, rétorqua Eleanora. J'ai toujours eu des chats et la propreté les obsède. » Elle n'avait pas rompu le contact oculaire avec Solanda. « Approche, ma jolie. Je ne te veux aucun mal, bien au contraire. »

L'autre femme recula d'un pas. « Que comptes-tu faire ? »

Solanda ne bougea pas. Elle préférait garder ses distances.

« Lui donner à manger et à boire. Elle n'a rien dû se mettre sous la dent depuis longtemps. » Les mains tendues, Eleanora restait immobile. Il était exact qu'elle connaissait bien les chats. « Eh, ma belle, je peux te proposer un tapis devant l'âtre, un peu de nourriture et de l'eau à volonté ! »

Avec un miaulement langoureux, Solanda s'avança pour renifler ses doigts. Ils sentaient le poisson et la sueur enfantine.

« C'est bien, ma jolie. Je ne te ferai aucun mal. » Eleanora tenait ces propos rassurants avec douceur et respect, sans condescendance. Malgré elle, Solanda se prenait d'affection pour cette femme.

Elle frotta sa bouche sur sa main qu'elle humecta d'un peu de salive, mêlant son odeur à celle du nourrisson. Elle devait être sur la bonne piste, car la voix ne se manifestait pas.

Eleanora referma ses doigts sur son menton. Un geste plein de tendresse et exempt de possessivité. « Veux-tu entrer dîner ? »

Solanda ronronna puis la suivit lorsqu'elle la lâcha et rentra dans sa cabane. Les enfants chantaient toujours, derrière elles.

« Tu es stupide », lança l'autre femme.

Eleanora n'en fit pas cas.

Les marches de la construction étaient rugueuses. Leur ponçage avait été bâclé. La petite véranda en rondins irréguliers était un ajout tardif. Quand Solanda franchit le seuil, des odeurs de pain frais, de poisson et de couches souillées l'assaillirent. Il y avait sur le sol de la grande pièce quelques jouets et devant l'âtre une grille en fer coûteuse, sans doute destinée à empêcher le bébé d'approcher des flammes. Il n'y avait pas ici de véritable cuisine, seulement un garde-manger. Le pain avait dû être cuit dans le four d'une autre maison.

Eleanora prit un pichet de lait et en versa un peu dans un bol qu'elle posa sur le plancher. Solanda le lapa jusqu'à la dernière goutte. Elle savait qu'elle risquait d'avoir la courante, mais en cas de problème il lui suffirait de regagner les bois et de redevenir une Fey pour quelques heures. Le temps que ça passe.

« Je n'ai pas beaucoup de poisson. Il a tôt fait de se gâter, si on ne le met pas dans la saumure. Autant que tu finisses les derniers morceaux. » Eleanora s'affairait à retirer les arêtes des morceaux de chair qu'elle plaçait dans une petite assiette. Solanda était touchée par tant d'attentions. Cette femme avait vraiment de l'affection pour ceux qui étaient plus petits qu'elle.

Sitôt qu'elle posa ce repas devant Solanda, celle-ci sentit son instinct de félin prendre le pas sur sa raison. Elle avala si goulûment la nourriture qu'elle en perçut à peine le goût. Puis elle s'assit sur son arrière-train pour se nettoyer la face, avec lenteur et délicatesse, en veillant à ne faire tomber aucun bout de poisson pris dans ses moustaches.

Eleanora emporta l'assiette. « C'était bon, pas vrai ? Tu en auras encore, si tu décides de rester. »

C'était le cas, pour l'instant. Solanda termina sa toilette puis alla s'allonger sur le tapis étalé devant l'âtre. Elle avait l'intention de ne dormir que d'un œil, mais elle était si lasse qu'elle sombra dans un profond sommeil.

Un cri aigu la réveilla. Elle ouvrit les yeux sur un petit garçon qui venait vers elle. Uniquement vêtu d'une couche, il écartait ses jambes potelées et se déplaçait avec la lourdeur disgracieuse propre aux bambins qui marchent depuis peu. Elle feignit de n'avoir rien remarqué, en se disant qu'un bond lui permettrait de se placer hors d'atteinte. Les doigts de l'enfant se refermaient sur le néant, tant son impatience était grande. Il se penchait vers elle quand Eleanora arriva et le prit dans ses bras.

« Non, Coulter. Laisse la minette tranquille. »

Bien dit, approuva Solanda avant de s'étirer et de s'intéresser au bébé. C'était pour lui qu'elle était venue jusque-là. Elle en était certaine. Ses dons en ce domaine étaient aussi développés que ses talents de métamorphe. Elle savait que quelque chose de particulier chez ce petit garçon l'avait attirée si loin des Terres d'ombre.

Il ressemblait pourtant à tous les enfants de son âge. Il avait de grands yeux bleus – une couleur qu'on ne trouvait chez aucun Fey – pétillants de curiosité et des cheveux d'une nuance trop soutenue pour qu'il fût possible de les qualifier de blonds. Ses jambes étaient encore assez dodues pour que les genoux ne soient que deux replis de chair et son ventre saillait au-dessus de sa couche. Il baragouinait des choses à la femme qui le tenait dans ses bras. Des propos de bébé : un mélange de mots et de sons privés de signification. Solanda n'essaya même pas de comprendre.

Elle roula sur le dos pour se rendre vulnérable et indiquer à Eleanora qu'elle pouvait lui accorder sa confiance. Elle s'attarderait chez elle le temps de découvrir ce qui valait à cet enfant d'avoir un statut particulier, et se faire nourrir serait agréable. Presque autant que se soustraire à la morne existence qu'elle menait dans les Terres d'ombre.

« Ah, Coulter ! disait Eleanora. La minette veut devenir ton amie. Je vais t'apprendre à la caresser. »

Elle s'inclina en serrant le bébé dans ses bras de façon protectrice et frotta doucement le ventre de Solanda, qui ronronna et se tortilla. De tels effleurements la transportaient de plaisir, lorsqu'elle était une chatte.

Le petit garçon, Coulter, tendit la main pour tapoter son estomac. L'onde d'énergie qui se répandit en elle était si puissante qu'elle faillit subir une métamorphose.

« Par l'Épée ! » s'exclama Eleanora en reculant.

Coulter protesta et se pencha vers Solanda, qui se leva aussitôt. Avait-elle entamé sa transformation ? Elle se nettoya la face, un prétexte pour examiner son corps. Rien n'avait changé. Il ne lui manquait aucun poil. Mais Eleanora avait dû remarquer quelque chose et il fallait à présent la convaincre qu'elle avait eu la berlue. Il était en outre impératif d'éviter tout nouveau contact avec cet enfant. Elle alla se frotter aux jambes de la femme.

« Tu m'as fait peur, mon chéri, dit Eleanora.

— Moi ? répondit le petit garçon. Moi ! » Il voulait recommencer. Si elle se concentrait, peut-être résisterait-elle le temps de découvrir l'étendue de ses pouvoirs.

« Fais attention », dit Eleanora.

Il roucoula et s'étira vers Solanda. Quand ses doigts frôlèrent sa fourrure, elle crut avoir été frappée par un éclair. Elle dut serrer les dents – avec force – pour ne pas changer d'apparence. Il avait en lui de la magie et était trop âgé pour avoir été engendré par un envahisseur. Elle venait de découvrir un insulaire qui avait les capacités d'un Fey. Il fallait en informer Rugar au plus vite.

Mais comment ? Il lui fallait prendre le temps de réfléchir avant de faire quoi que ce soit.

Elle alla se coller aux jambes d'Eleanora, pour lui manifester sa préférence. Elle devait se tenir à l'écart du bébé. Conserver sa forme féline. Elle avait failli se trahir.

Eleanora s'accroupit et posa le bambin. « Laisse-la tranquille, Coulter. Je t'apprendrai comment devenir son ami aussi longtemps qu'elle souhaitera rester avec nous. Tu lui donneras à manger. Ça vous aidera à faire connaissance. »

Il tendit la main vers Solanda, qui se réfugia derrière Eleanora. Il avait de la suite dans les idées. Il la poursuivit, les yeux brillants.

« Coulter ! »

Eleanora le saisit et Solanda plongea sous une chaise. Elle venait de trouver la clé du mystère. Après avoir survécu par miracle à l'attaque dirigée contre la cabane abandonnée, cet enfant l'avait attirée jusqu'à lui de façon inexplicable. Qu'il eût des pouvoirs était indéniable. De jeunes humains l'avaient déjà caressée sans que cela déclenche une métamorphose. Non. Celui-ci avait une particularité... une particularité très importante.

Elle s'allongea sous le siège et cala son menton sur ses pattes. La femme âgée expliquait à Coulter – en des termes bien trop compliqués pour lui – pourquoi il devait la laisser tranquille. Solanda essayait de faire abstraction de l'amour qui régnait en ce lieu.

Eleanora avait été bonne envers elle. La compassion était rare dans tous les pays et elle l'en récompenserait en lui brisant le cœur.

CINQUANTE-DEUX

Theron approchait de la clairière. Ses mains tremblaient et il avait l'impression d'avoir vieilli de plusieurs années depuis son précédent voyage. Cyta et Kondros marchaient à ses côtés, sans mot dire. S'ils n'enfreignaient pas leurs ordres, ils ne les respectaient pas pour autant. Nul ne les avait autorisés à retourner sur le champ de bataille. Ils n'avaient révélé à personne qu'ils comptaient aller récupérer les corps.

C'était la première fois que le roi abandonnait les dépouilles de ceux tombés au combat. Il avait toujours envoyé des équipes les enterrer et des Danites les bénir. Il paraissait honteux de cette défaite. Comme Theron, qui se reprochait d'être rentré à Jahn indemne. Sa gêne eût été moins grande s'il avait reçu quelques blessures, perdu un membre ou un peu de sang, afin de démontrer qu'il avait autant souffert que ses hommes.

Mais il aurait fallu pour cela qu'il se fasse tuer.

Ou capturer.

Cyta lui avait suggéré d'organiser un commando pour délivrer Adrian, Ort et Luke. C'était une mesure qu'il n'aurait pu cautionner. Le roi avait certainement prévu une opération de ce genre. S'il n'avait posté personne à proximité des Terres d'ombre, c'était probablement pour endormir la méfiance des Fey. Cependant, le doute s'était installé dans son esprit. Si Alexandre avait eu l'intention de secourir ces malheureux, il serait déjà passé à l'action.

Kondros disait que leur monarque avait renoncé à les sauver. Qu'il les considérait comme morts.

C'était inacceptable. Adrian avait été son ami. Un brave homme. Un individu sur lequel il avait pu compter en toutes circonstances. Ort était un guerrier valeureux et Luke un enfant. Qu'ils meurent parce qu'un roi estimait pouvoir les sacrifier était inadmissible.

Il s'arrêta sur le côté du chemin, en vue de la clairière. Il avait la gorge sèche et sentait son pouls battre dans son cou. « Restez là, vous deux, fit-il à voix basse.

— Tu veux y aller seul ? fit Cyta. Tu plaisantes !

— Nous ne sommes pas venus jusqu'ici pour t'abandonner à présent, renchérit Kondros.

— Je doute qu'il soit possible de donner une sépulture décente à tous ces morts... Et aucun Danite ne nous a accompagnés pour les bénir.

— C'est mieux que de les laisser pourrir sur place, fit remarquer Cyta.

— S'ils sont encore là, rétorqua Kondros.

— Il n'existe qu'un moyen de le savoir. » Les paumes de Theron étaient moites. Il les essuya sur son pantalon, inhala à pleins poumons et s'écarta du sentier. Il se remémorait les appréhensions qui l'avaient harcelé tout au long du chemin et se demandait pourquoi il n'avait pas écouté son instinct. Parce qu'il avait eu confiance en son roi. Une confiance peut-être mal placée.

Ils ne firent qu'une dizaine de pas avant d'être assaillis par la puanteur. Une odeur puissante, envahissante et aigrelette qui saturait leurs narines pour se répandre dans tout leur être. Il pleura. Il aurait voulu qu'Alexandre pût voir les conséquences de sa décision.

Cyta était verdâtre et Kondros pinçait les lèvres de dégoût. Il déchira le bas de sa chemise et noua la bande de tissu sur son visage. Les mains tremblantes, Cyta l'imita. Theron toucha les outres d'eau bénite suspendues à son ceinturon, ce qui le rassura un peu. Il ne se serait jamais aventuré jusque-là sans elles. Il arracha rapidement un bout de son vêtement et le leva à son nez. Les assauts pestilentiels perdirent de leur puissance mais ne disparurent pas.

Deux jours. Ils avaient trop attendu.

Theron entendit des voix dès qu'ils atteignirent l'orée de la clairière. Des paroles échangées dans la langue gutturale des Fey. Ses cheveux se dressèrent sur sa nuque et il regarda ses compagnons. Cyta avait toujours un teint maladif et la sueur perlait à son front. Kondros mordillait sa lèvre inférieure.

Il écarta sans bruit des branches pour tenter de discerner quelque chose. Les corps avaient été entassés comme des bûches près du cercle tracé sur le sol. Il ne voyait aucun Fey, aucun point lumineux clignotant dans les airs. Puis un petit personnage trapu sortit des bois. Il était maculé de terre (de sang ?) et tenait des lanières (de tissu ?) ruisselantes. Un autre nabot arriva du même secteur, les mains souillées mais vides. Les vessies suspendues à sa taille ressemblaient à celles qui se balançaient au ceinturon de Theron.

Ils dirent quelques mots et Theron reconnut les voix remarquées un peu plus tôt. Les sons portaient très loin, ici. D'instinct, il contrôla sa respiration. Cyta et Kondros en firent autant.

Un troisième Fey – une femme – émergea des fourrés en traînant par les pieds un cadavre au visage étrange, comme piqueté. Theron comprit qu'on l'avait écorché.

Il eut aussitôt des nausées. Les Fey mutilaient les morts ! Il avait entendu parler de telles pratiques mais n'en avait jamais été témoin. Il regarda ses compagnons. Trois contre trois. Les chances seraient égales, si leurs adversaires ne recevaient pas de renforts.

Il prit une outre qu'il déboucha puis sortit son couteau de sa botte et le trempa dans l'eau. Cyta et Kondros l'imitèrent. Il referma la vessie et la remit à sa ceinture. Il avait tendu son arme devant lui et allait s'avancer à découvert quand quelqu'un l'agrippa.

Une paume à l'odeur nauséabonde couvrit sa bouche et le tira en arrière. Le tranchant d'une lame entailla sa gorge.

Cyta et Kondros firent volte-face, une main sur leur bourse et l'autre crispée sur leur coutelas, les yeux écarquillés.

La puanteur de son assaillant le faisait suffoquer.

« Écoutez, murmura l'homme en nyeien. Si vous m'aspergez de poison, mes hurlements attireront mes semblables et je présume que vous n'y tenez pas plus que moi. »

Tous s'étaient figés. Theron retenait sa respiration et ne pouvait parler. Sa gorge était très douloureuse, et il croyait sentir du sang goutter sur son cou.

« Écoutez, insista l'inconnu, tout près de son oreille. J'ai besoin de votre aide comme vous avez besoin de la mienne. Que diriez-vous d'aller en discuter dans un coin plus tranquille ? »

Theron eût aimé être télépathe pour s'exprimer autrement que du regard. *Arrosez-le ! Arrosez-le !* Mais ses compagnons ne comprenaient pas. Ils lui prêtaient moins attention qu'à son agresseur...

Un homme qui le tira en arrière sans réduire la pression de la lame. Sa paume lui écrasait la bouche. Ses doigts comprimaient ses joues, l'obligeant à se mordiller. Il souffla puis inspira en reculant d'un pas vacillant. Sans quitter ses amis des yeux, il utilisait sa main libre pour déboucher une outre. Il n'avait pas lâché son couteau et il lui suffirait d'égratigner la jambe de son adversaire pour le tuer. Un adversaire qui risquait toutefois de l'emporter avec lui dans l'au-delà.

Ils foulaient des feuilles mortes et des branches. Theron s'intéressa à la clairière. Il s'attendait à voir les Fey les charger, mais ceux-ci n'avaient apparemment rien remarqué. Dès qu'ils furent assez loin, il tordit le poignet pour rapprocher sa lame de la cuisse de son agresseur... qui renonça à le réduire au silence pour le désarmer.

« Tuez-le ! » ordonna Theron.

L'acier pénétra un peu plus dans sa gorge. « Obéissez-lui et il mourra avec moi. Vous... » L'inconnu désigna Kondros. « Détachez ses outres, les vôtres et celles de votre camarade. Ensuite, vous jetterez votre couteau. » Il se tourna vers Cyta. « Et vous, débarrassez-vous-en tout de suite. »

Cyta obtempéra. Theron secoua la tête en veillant à ne pas s'entailler plus profondément. Kondros haussa les épaules puis se pencha et trancha le ceinturon de Theron avant d'en faire autant avec celui de Cyta et le sien.

« Maintenant, nous allons nous expliquer », déclara le Fey.

Sans écarter le couteau du cou de Theron, il l'attira contre lui et enserra sa taille avec son autre bras. La prise était si puissante que son captif n'aurait pu se dégager, s'il avait essayé.

« Vous êtes bien trop près du Cercle. Tous les insulaires qui s'aventurent jusqu'ici sont condamnés. Ne le savez-vous pas ?

— Nous sommes venus chercher nos camarades »,

expliqua Theron. La lame collée à sa pomme d'Adam le gênait pour s'exprimer.

« Les morts ? Les morts n'ont cure de leur dépouille et se contentent d'être utiles.

— Utiles ? Pour vous ? Ils ne veulent pas servir vos intérêts mais être bénis.

— Parle moins fort, chuchota Kondros avant de se tourner vers le Fey. Vous avez sollicité notre aide. »

Theron sentit son assaillant frissonner et estima que son ami s'était engagé sur la bonne voie.

« Vous ignorez tout de nous. Je peux combler ces lacunes.

— Vous nous révéleriez vos secrets ? Pourquoi ?

— Parce qu'ils veulent me tuer et que mon seul espoir de salut réside dans la fuite.

— Ils s'en prendraient à un des leurs ? » fit Cyta, incrédule.

Theron pensait lui aussi à une ruse. « Non, dit-il. Nous ne pouvons vous croire.

— Lâchez notre camarade et vous démontrerez que vous êtes digne de confiance », suggéra Kondros.

Un autre frisson. Theron dévisageait ses compagnons sans rien lire sur leurs traits. La puanteur lui donnait des vertiges et il retint sa respiration jusqu'au moment où l'homme le libéra. Le couteau s'abaissa et le bras s'écarta.

Après s'être avancé en titubant vers Cyta, qui le soutint, Theron se tourna pour voir son agresseur. Il s'agissait d'un autre Fey courtaud – il n'avait pas eu conscience qu'ils étaient si petits – à la face et aux membres supérieurs couverts de sang et de crasse. Des taches brunâtres mouchetaient sa tenue autrefois écarlate. Seuls ses yeux, sa peau sombre et ses hautes pommettes le différenciaient des insulaires.

« Qu'attendez-vous de nous ? » lui demanda-t-il.

Le Fey essuya son front du dos de la main, comme s'il craignait de le maculer plus encore. « Que vous me conduisiez en lieu sûr.

— Vous ne serez jamais en sécurité au sein de notre peuple », fit remarquer Kondros.

Le Fey secoua la tête et regarda la clairière par-dessus leurs épaules. « Ici non plus.

— Que s'est-il passé ? s'enquit Cyta.

— Ils ont voulu me tuer.

— Comment ? » Kondros avait une infinie patience alors que Theron devait faire des efforts pour ne pas s'emporter.

« Ils ont subtilisé quelques fioles de votre poison et ont voulu tester sur moi ses effets. »

Theron libéra lentement son souffle. Les Fey essayaient donc de percer le secret de l'eau bénite. Cet individu venait de leur fournir une information précieuse. Si ce n'était pas un coup monté, bien entendu. Qu'il se fût adressé à eux plutôt qu'à ses semblables restait incompréhensible.

« Et vous avez fui ? » conclut Kondros.

Il le confirma.

« Nous vous emmènerons loin d'ici si vous nous aidez à donner une sépulture décente à nos compagnons », décida Theron.

Le Fey grimaça et secoua la tête. « Leurs corps n'ont plus d'importance. Ils nous ont quittés.

— C'est pour nous capital.

— Ce qui subsiste d'eux n'a aucune valeur. Nous avons prélevé le reste. Ils ne sont plus là.

— Prélevé le reste ? » répéta Cyta. Et Theron eut d'autres nausées. « Dans quel but ?

— Alimenter la magie. » Le Fey avait murmuré ce mot comme s'il était sacré.

« Oh, Dieu ! » C'était une prière. Il fallait absolument que le roi ou un de ses conseillers s'entretienne avec lui.

« Si nous vous autorisons à nous accompagner, vous devrez nous remettre votre arme et nous laisser assurer votre protection, dit Kondros.

— Tout ce que je réclame, c'est que vous n'utilisiez pas votre poison contre moi. C'est à cause de lui que j'ai fui. »

Sa terreur était presque palpable. Si l'eau bénite terrorisait à ce point tous les Fey, cette arme était encore plus efficace qu'ils ne l'avaient pensé. « Ne vont-ils pas vous rechercher ? »

Le sourire que leur adressa le nabot ne contenait aucune gaieté. « Je suis un Calot écarlate. Ils ne remarqueront même pas mon départ.

— Nous devrions le laisser ici », déclara Cyta dans la langue locale.

Kondros secoua la tête. « Peut-être dit-il la vérité.

— Mieux vaut perdre une opportunité que la vie.

— Je ne vous attaquerai pas, fit l'homme en nyeien. Je m'y engage. Ligotez-moi si ça vous chante, mais emmenez-moi loin d'ici. »

Theron se toucha le cou et du sang s'étala sur ses doigts. L'entaille ne s'était pas encore refermée. « Nous pourrions vous tuer.

— Ce ne serait pas le meilleur moyen d'apprendre ce que vous avez besoin de connaître sur mon peuple. Je vous dirai tout ce que je sais. »

Theron regarda Kondros. Ils n'étaient pas habilités à prendre de telles décisions. Ils devaient en référer à un seigneur ou au roi en personne. Peut-être obtiendraient-ils que les Fey enterrent leurs amis en échange de cet otage. Ou qu'ils libèrent Adrian et les autres.

Il finit par hocher la tête. « C'est entendu. Nous allons vous conduire en lieu sûr. »

CINQUANTE-TROIS

Se trouver dans le Tabernacle l'angoissait. Assis sur une chaise, Tel gardait les mains jointes et essayait de se détendre. Il s'en était pour l'instant bien tiré. Sa rencontre avec Matthias, juste après son transfert, avait été éprouvante et frustrante. S'il avait été en meilleure forme physique il eût bondi sur lui pour le posséder. Mais ce qu'il avait vécu l'avait affaibli. Et il n'avait ensuite pu approcher cet Ancien au cours de la réunion à laquelle ils avaient tous deux participé.

Les appartements d'André étaient austères, même s'ils avaient dû être autrefois luxueux. La pièce principale était vaste, avec une grande cheminée et un balcon qui surplombait la cité. La chambre aussi était spacieuse et dotée d'une cheminée, mais André ne l'utilisait pas souvent. Il préférait dormir sur un lit de camp inconfortable. Des meubles en bois garnissaient les lieux, mais il n'y avait aucun coussin et nul tapis n'isolait ses pieds du carrelage. C'était toutefois un cadre plus agréable que celui des écuries où Tel avait jusqu'à présent vécu.

Mais guère.

Pas suffisamment pour compenser les risques. Il eût

aimé rester cloîtré dans ses appartements. Sitôt qu'il en sortait, il était confronté à ses pires cauchemars.

Il y avait de l'eau bénite de toutes parts, dans cet édifice. Un Aud lui avait apporté son déjeuner et un pichet de vin. Tel l'avait versé dans un verre qu'il s'était contenté de contempler longuement, bien qu'il eût grand-soif. Ce breuvage n'avait-il pas été coupé avec du poison ? André en eût été informé, si de telles pratiques avaient été courantes, mais c'était d'une main tremblante qu'il avait levé le gobelet à ses lèvres.

À la fin de la réunion, il avait dû, pour regagner ses appartements, emprunter des couloirs où l'eau était omniprésente. Des Auds s'en servaient pour lessiver les murs et il devait veiller à ne pas trébucher sur les seaux de liquide brunâtre où trempaient des serpillières.

Alors que courir de tels dangers ne se justifiait pas. Il avait cru qu'il suffirait de se mettre dans la peau d'un des dignitaires de l'Église, un Ancien, pour découvrir la recette du poison. L'unique chose qu'il avait apprise, c'était que seuls Matthias et le Rocaan connaissaient son secret de fabrication.

Que ce vieillard fût hagard et maladif depuis le débarquement des envahisseurs n'avait rien d'étonnant.

Tel ne savait trop comment s'y prendre pour arriver à ses fins. Devait-il posséder le Rocaan ? Qu'adviendrait-il si son corps était imbibé d'eau bénite ? Ne subirait-il pas une altération pendant la métamorphose ? Il s'imaginait couvert de sang pour absorber le vieil homme, et se dissolvant comme le faisaient ses victimes. C'était cette image qui l'incitait à rester assis sur ce siège de bois inconfortable, les pieds joints et se tordant les mains. Ses appartements étaient sûrs, à condition de ne pas ouvrir le placard de l'entrée où André avait entreposé une réserve de burettes, tant pour vénérer son Dieu que pour se protéger.

Les rocaanistes prêtaient à cette eau des pouvoirs divins. André avait été convaincu que le Roca la leur avait offerte pour assurer leur salut. Qu'ils l'utilisent pour administrer le Sacrement de Minuit avait pris pour lui une signification nouvelle depuis l'arrivée des Fey. Il croyait que le Roca avait donné à son peuple un moyen de vaincre ses ennemis.

Une idée moins absurde qu'il n'y paraissait de prime abord, même si Tel se demandait comment un illuminé ayant vécu à l'aube des temps aurait pu deviner que les Fey débarqueraient un jour sur cette île. Peut-être avait-il vraiment entendu son Dieu.

Il se ressaisit et se leva. La tension nouait tous les muscles de son nouveau corps. Il déplaça ses épaules et les écouta craquer. Il regrettait de ne pouvoir regagner les écuries et s'occuper des chevaux sans se soucier du reste. Il avait conscience de s'être emporté face à Solanda parce que ses accusations étaient fondées. On mettait en garde tous les Doubles contre cet état d'esprit, lorsqu'ils commençaient à se sentir plus à leur aise dans la peau d'un hôte que dans la leur.

C'était une erreur qu'il ne commettrait pas deux fois.

Même s'il risquait d'en faire une autre. Tout au long de sa formation, on lui avait rabâché qu'un Double devait se tenir prêt à se sacrifier pour son peuple. Aucun de ses congénères n'avait été dans une situation plus délicate. Les dangers étaient tels qu'il ne désirait qu'une chose, s'enfermer dans ses appartements et ne plus en sortir.

Mais il y avait bien pire. André célébrerait ce soir-là le Sacrement de Minuit – et manipulerait des burettes contenant cet épouvantable poison – alors que Tel était censé retrouver son contact à la même heure. Il lui faudrait choisir.

Nul Ancien n'eût envisagé de se faire remplacer pour

cette cérémonie. C'était un de ses devoirs les plus importants. Il faisait les cent pas sur le sol de pierre, les mains dans le dos. Il était confronté à un dilemme et devait trouver une solution au plus vite. S'il ne se présentait pas au lieu de rendez-vous, le messager le considérerait comme mort et il ne recevrait aucune aide de Rugar.

Tel s'assit. S'ils le portaient disparu, rien ne l'empêcherait de regagner les écuries et de prendre la place d'un des palefreniers. Leur vie était sans prestige mais également sans risques. Et les Fey ne repartiraient pas de cette île avant longtemps, très longtemps.

Il frissonna. Il savait quel terme s'appliquait à ce qu'il envisageait de faire. S'il était démasqué, la Chamane prononcerait la sentence. Il avait assisté au châtiment d'un Double déserteur, à Nye. Mis en présence d'une douzaine de prisonniers, il avait dû se transférer d'un corps à l'autre jusqu'au moment où il avait perdu la raison. Puis il avait été remis aux Gardiens des sortilèges qui l'avaient utilisé pour leurs mystérieuses expériences.

Nul n'avait plus jamais entendu parler de lui.

Il regarda la cour par la fenêtre. Des enfants s'amusaient sous la surveillance d'un Aud. En temps normal, André se serait joint à eux. Tel n'avait pas le courage d'aller jouer avec de jeunes autochtones. Pas pour l'instant. Qu'il eût participé à la réunion assurait sa couverture. Tous les Anciens avaient été tendus. Matthias avait paru terrifié et le visage de Porciluna était resté rubicond jusqu'à la fin. Tel s'était longuement interrogé sur l'autre tache de sang. Rugar avait-il dépêché en ce lieu un second Double ?

Si c'était le cas, sa mission n'était plus capitale pour l'avenir de son peuple. Personne ne s'en soucierait, s'il s'éclipsait.

À l'exception de son congénère qui, s'il avait également assisté à la réunion des Anciens, le savait dans la place. Ne risquaient-ils pas de déserter tous les deux et de faire perdre aux Fey toute possibilité de découvrir ce secret ?

Des cris de joie se mêlèrent aux rires. Ces enfants venaient chaque après-midi au Tabernacle, une mesure dont André était l'instigateur même s'il ne participait pas toujours à leurs ébats. Il estimait qu'endoctriner les jeunes sous une forme ludique ancrait la religion dans leur cœur. L'efficacité de sa méthode lui avait valu de devenir le favori du Rocaan.

Il se détourna pour s'appuyer au mur et passer une main sur son visage. Les pierres étaient froides. S'il se contentait de rester ici et de redoubler de prudence, peut-être réussirait-il à soutirer au Rocaan le secret de l'eau bénite. S'il échouait, il prendrait possession de Matthias. André savait que le Rocaan lui avait communiqué la recette au cours de la Première bataille de Jahn.

Pour en avoir l'opportunité, il devait trouver un moyen de célébrer le Sacrement de Minuit et de rencontrer son contact. Ce dernier aurait pour instructions de l'attendre le plus longtemps possible. S'il réussissait à donner le change pendant la cérémonie, il serait au-dessus de tout soupçon. Tous lui accorderaient leur confiance.

Il eut d'autres frissons. Mettre des gants était hors de question. Leur efficacité restait à démontrer et les Anciens devaient verser l'eau bénite sur un linge purificatoire qu'ils prenaient à mains nues.

Cependant, le Rocaan lui avait involontairement suggéré une solution. Une possibilité qui lui avait échappé.

Ou qu'il n'avait pas souhaité approfondir.

Le Rocaan avait décidé de remplacer toutes leurs réserves par de l'eau qu'il bénirait spécialement à cette intention. Tel était un Ancien. Les Auds étaient à ses ordres. Sa surexcitation croissait et amplifiait ses tremblements. Pour se tirer d'affaire, il n'aurait besoin que de burettes vides et d'un peu d'eau normale.

Celle du Cardidas conviendrait parfaitement. Pour en ramener, il se ferait aider par les enfants en prétextant un nouveau jeu. Nul ne s'intéressait aux activités qu'il leur proposait.

Son soulagement fut tel qu'il en rougit. La crise était passée. Il était redevenu un Double à part entière. Il percerait l'énigme de ce maudit poison puis quitterait cette île. À tout jamais.

CINQUANTE-QUATRE

Le Rocaan interrompit sa lecture pour se frotter les yeux et tressaillit quand la poussière déposée sur ses doigts augmenta les démangeaisons. Il y avait des années qu'il n'avait pas consacré autant d'heures à l'étude. Il se carra dans le fauteuil installé devant son bureau à volutes et écouta le bois craquer sous son poids. Sa vision se troublait. L'éclairage laissait à désirer.

Il se leva lentement – car il était assis dans la même position depuis le départ du prince – et dut s'appuyer au dossier du siège pour se stabiliser. Tous le croyaient occupé à préparer de l'eau bénite, mais c'était ce jour-là la tâche de Matthias. Il le relèverait dans la matinée, lorsqu'il serait frais et dispos.

Il avait décidé de passer la soirée à chercher des réponses, pour arriver à des conclusions que n'influencerait pas Matthias. Il avait relu la Révélation Écrite en espérant y trouver des passages oubliés, mal interprétés ou incompris. Il s'était surpris à parcourir ce texte familier sans lui prêter véritablement attention, ce qui l'avait contraint à le lire à voix haute. Une méthode guère plus efficace, car il y superposait les strophes de la Révélation Orale tel un déchant flottant loin au-dessus d'une mélodie. Foi et raison étaient incompatibles. Il assimilait depuis si longtemps la Révélation à un rituel qu'il ne se souvenait plus de l'époque où elle avait été pour lui un thème de méditation.

Si elle l'avait un jour été.

Son père en citait des extraits avant chaque repas et il avait grandi en les débitant comme des comptines. Peut-être n'avait-il jamais cherché un sens à ces chapelets de mots. N'était-ce pas ce qui l'irritait tant chez Matthias ? Non pas son manque de foi manifeste mais sa capacité à faire abstraction des formules pour appréhender leur signification.

Alors qu'en dépit de tous ses efforts le Rocaan ne percevait pas l'essence de la Révélation Écrite, seulement ce que la liturgie en avait fait, un élément du rituel, une composante du dogme, un baume lénifiant qui contribuait à la sérénité de l'âme. Car on trouvait entre ses lignes, et au-delà, les récits qui constituaient l'ossature de la foi. Des chroniques illustrées par les vieux tableaux du Tabernacle et étayées par la tradition orale qui, sans être considérée comme faisant partie des Saintes Écritures, était mémorisée par un Ancien – en l'occurrence Eirman – qui en déclamait des passages le Jour de l'Absorption.

Un coup frappé à la porte rompit le fil de ses pensées. Sans inviter le visiteur à venir le rejoindre – il savait qu'il ne pouvait s'agir d'un personnage important – il alla regarder par le judas. L'Aud qui se dressait dans le couloir ne devait pas avoir plus de quinze ans. Il était à peine assez âgé pour avoir pris une décision irrévocable, et probablement imposée. Le Rocaan fut tenté de lui demander si ses parents lui avaient forcé la main – comme dans le cas de Matthias – ou s'il était entré dans les ordres de son plein gré.

Il ouvrit le battant et barra l'accès de la pièce en calant sa paume contre le chambranle. « Je désire qu'on apporte mon repas, déclara-t-il sans laisser à l'adolescent le temps de dire un mot. J'allumerai moi-même le feu et les lampes, ce soir. »

L'Aud rougit et hocha la tête, avant de s'incliner et de repartir dans le couloir. Le Rocaan attendit de ne plus entendre ses pieds nus claquer sur le tapis pour refermer la porte. Que les prélats se fassent servir comme des nobles l'avait toujours choqué. S'ils devaient se distinguer du reste de la population, c'était en tant que serviteurs de Dieu ayant fait vœu de consacrer leur vie à aider leur prochain. Les religieux avaient vécu ainsi jusqu'au jour où quelqu'un avait estimé qu'il fallait pourvoir à leurs besoins, afin qu'ils aient pour seul souci de poursuivre leur quête spirituelle. Des mesures en ce sens avaient été prises aussitôt.

Alors que l'illumination résultait peut-être des privations. Qu'il s'était donc éloigné de son Dieu, de ses semblables et de lui-même, depuis qu'il avait atteint le sommet de la hiérarchie ecclésiastique ! Au lieu de s'en rapprocher.

Enfant, il avait assisté près des Marais de Kenni à une messe en plein air célébrée par le Rocaan de l'époque. Que cet homme fût le Bien-aimé de Dieu avait alors pour lui un je-ne-sais-quoi de magique. Le Très Saint s'asseyait sur son épaule et le Roca en personne lui servait de guide. Il n'avait jamais convoité cette position – cela eût violé les principes mêmes de sa foi – mais il avait cru en y accédant que quelque chose – un messager – descendrait du ciel pour le bénir et lui confirmer que Dieu avait pour lui plus d'affection que pour les autres.

Et il n'était qu'un vieillard épuisé, privé d'espoirs, de rêves et d'entendement.

Il s'écarta de la porte et prit un silex et une chandelle. Quand sa petite flamme dansa, il souleva les manchons des lampes et l'approcha de leur mèche. Les Auds étaient plus parcimonieux. Ils n'allumaient que les luminaires les plus proches de son lit et de son fauteuil habituel. Ce soir-là, il les utilisa tous puis alla s'accroupir pour faire un feu, comme à l'époque où il n'était qu'un Aud au service du responsable de sa paroisse. Près de soixante ans s'étaient écoulés mais ses mains n'avaient rien oublié.

Il ouvrit la grille, empila les bûches et ajouta du petit bois et des brindilles. Le Danite qu'il servait autrefois n'en avait jamais brûlé de telles quantités. Il en mettait de côté pour chauffer également la salle commune où les Auds récitaient leurs prières. Mais les arbres étaient là-bas moins nombreux qu'à proximité de Jahn. Ici, les forêts étaient touffues et vigoureuses et on replantait chaque saison les secteurs d'abattage au même titre que les cultures.

Sa position était instable et ses jambes vacillaient. Il s'appuya d'une main sur le jambage en pierre de la cheminée et de l'autre sur le sol, pour se redresser. Il n'avait plus de forces. Les ans et le manque d'exercice physique, conjugués à une nourriture abondante et un lit confortable, avaient drainé le peu d'énergie qu'il possédait autrefois. Il était plus vieux que ne l'avait été son père le jour où il avait rendu l'âme en cueillant des champignons dans les fondrières. Il était encore un Aud, à l'époque, et ils avaient cherché son corps près d'une semaine.

Une fois debout, il prit appui contre la cheminée et laissa la chaleur des flammes traverser le velours de sa robe. Lorsqu'il se tourna pour regarder la pièce, leur vive clarté lui révélait la totalité des fresques et des bas-reliefs.

Au plafond, au-dessus de lui, le Roca était béni par un enfant. Comme les autres motifs des feuilles d'or, celui-ci n'apparaissait que sous une lumière rasante. Sur la paroi, derrière son bureau, le Premier Rocaan était nimbé par le faisceau lumineux de l'aval du Très Saint. On savait peu de choses sur la vie de cet homme. La tradition orale de l'époque ne se rapportait qu'au Roca. Nul n'aurait pu dire combien de temps il avait exercé ses fonctions. S'il était possible de faire une estimation en divisant les années écoulées par le nombre de ses prédécesseurs, la méthode manquait de fiabilité. Le Treizième Rocaan n'avait-il pas perdu connaissance en ceignant l'épée rituelle, pour ne jamais se réveiller ? Il n'était resté le Bien-aimé de Dieu que quelques semaines, tout comme le Vingt-cinquième Rocaan qui avait été poignardé par un fanatique à la fin de la cérémonie. Sans parler de son prédécesseur immédiat, le Quarante-neuvième Rocaan. Effleuré par la Main de Dieu au cours de son enfance, il avait été admis parmi les Anciens à l'âge de trente ans. Un an plus tard il accédait à la dignité suprême qu'il occuperait durant plus d'un demi-siècle.

La tradition orale était un amalgame de faits hétéroclites réunis par des gens incapables de déterminer ce qui avait ou non de l'importance. Nul n'aurait pu dire qui avaient été les Sicaires de l'Ennemi, pas même un érudit tel que Matthias. Le Rocaan n'avait trouvé aucune référence à ces adversaires dans la Révélation. Et s'ils étaient représentés sur les tableaux de l'Absorption, ces hommes en armure s'étaient détournés ou avaient les traits effacés par la lumière qu'irradiait le Roca.

Ses jambes ployaient. Il gagna un siège en titubant, s'y laissa choir et enfouit son visage entre ses mains. L'Île Bleue n'avait pas d'histoire. Ses habitants étaient unifiés par des ancêtres communs et séparés par des rivières, des marais et des monts. S'ils parlaient du temps jadis, ils se contentaient de rapporter de simples anecdotes contrairement aux Nyeiens qui étaient convaincus que c'était dans le passé, et non dans l'avenir, que se dissimulait le secret de leurs origines. Certains que seul Dieu était informé de ces choses, les insulaires avaient trouvé dans leur foi de quoi combler leurs besoins.

Jusqu'à l'année précédente.

Il se demandait à présent si les Nyeiens n'avaient pas saison et si son peuple n'avait pas perdu un bien inestimable en laissant tout cela sombrer dans l'oubli. Il était trop âgé pour garder des souvenirs de son enfance. Le roi pouvait dresser la liste de son lignage, un long chapelet de noms remontant au Roca en personne. Il cala sa nuque contre le dossier de son siège pour murmurer : « *Et, pendant son Ascension, les deux fils du Roca s'avancèrent. L'aîné dit qu'il le remplacerait à la tête des Hommes et une voix – ponctuée par un roulement de tonnerre – descendit des nuées pour ordonner que son cadet se substitue à lui en tant que Bien-aimé de Dieu. Et, depuis, seuls les deuxièmes fils dune famille peuvent devenir des Anciens puis les Bien-aimés de Dieu.* »

Comme lui, et tous les Rocaans auxquels il avait succédé. Alors que le roi était toujours l'aîné. Il était cependant étrange que ce commandement n'autorise que les deuxièmes fils d'une famille à s'élever au sein de la hiérarchie ecclésiastique. Ce qui s'appliquait à la totalité des enfants mâles nés en second. Pourquoi la monarchie était-elle héréditaire et non la charge de Rocaan ? Le rocaanisme s'était-il affaibli parce que ses chefs suprêmes étaient des roturiers ?

Il trembla malgré la chaleur du feu. Un frisson naquit

dans sa nuque et descendit le long de sa colonne vertébrale. Alexandre n'avait eu qu'un fils. Son père également. Approfondir la théorie qui s'esquissait dans son esprit était impossible. Nul n'aurait pu déterminer si le deuxième garçon d'un roi eût bénéficié du statut de Bien-aimé de Dieu au contact de l'eau et de l'épée rituelle. Un souverain était-il condamné à n'avoir qu'un enfant ? Un Rocaan était-il stérile ? Les mesures restrictives s'appliquant aux femmes dataient-elles des origines du rocaanisme ? Même cela, il l'ignorait.

Quand le Quarante-neuvième Rocaan l'avait fait venir à son chevet, il avait trempé l'index dans l'eau bénite pour tracer le signe de l'épée sur son front. *Tu seras béni de Dieu*, avait-il murmuré avant de fermer les yeux et d'ajouter : *Puisse Dieu me pardonner*. Il s'interrogeait depuis des décennies sur le sens de ces paroles. Il avait sur l'instant connu trop de chagrin et de joie pour réclamer des explications. Chagrin dû à la disparition de son mentor et joie d'avoir été désigné pour lui succéder. Au cours des quelques jours qui le séparaient encore du trépas, son prédécesseur avait puisé dans ses dernières forces pour faire de lui le Détenteur des Secrets.

Les Secrets ! Il les récitait chaque nuit comme une litanie, sans comprendre la plupart d'entre eux. C'était comparable au Rituel de l'Absorption qu'un Rocaan enseignait à son successeur sans jamais l'exécuter. Peut-être avait-il subi autant d'altérations que la Révélation Orale. Certains passages avaient pu disparaître, oubliés par les agonisants chargés de perpétuer la tradition.

Il entendit un coup discret à la porte puis une voix douce. Il baissa les mains et soupira.

« Entre », dit-il. Et l'adolescent lui apporta un plateau. L'odeur de mouton, de pommes de terre et d'oignons embauma la pièce et fit gronder son ventre. Sachant qu'il aimait la nourriture consistante, le cuisinier avait ajouté un quignon de pain frais. Sa tasse d'hydromel vespérale miroitait.

L'Aud posa le repas sur la table. Le ragoût était encore fumant.

« Souhaitez-vous que je mouche quelques lampes, Saint Père ?

— Non, mon garçon. J'aurai besoin de leur lumière, ce soir. »

L'Aud hocha la tête et joignit les mains devant sa robe de toile au tissage grossier. Il repartit et le Rocaan remarqua que la plante de ses pieds était noire de crasse.

« D'où viens-tu, mon garçon ? »

L'Aud s'immobilisa puis se tourna vers lui en s'inclinant. « Des contreforts des Monts Enneigés. »

Le Rocaan ne s'y était rendu qu'une fois, lorsqu'il était un Danite. Là-bas, les hameaux étaient minuscules. Peu de gens souhaitaient affronter les hivers rigoureux de cette région. On disait que des gueux ayant survécu à la Révolte des Paysans s'étaient réfugiés dans ces montagnes, où la garde royale avait refusé de les suivre.

« Que raconte-t-on sur le Roca, dans ta contrée ? Je parle de choses que nul ici ne semble connaître. »

Le Rocaan fut surpris de le voir rougir. « Ce sont des blasphèmes, Saint Père.

— Des blasphèmes ? Pourquoi ?

— C'est une déformation égocentrique des faits. » Il s'était contenté de répéter l'avertissement adressé à tous les novices.

« Mais nul ne t'a affirmé que c'était sacrilège ?

— Non, Saint Père.

— Alors, permets-moi d'en juger. »

L'adolescent secoua la tête.

« J'ai l'Ouïe Divine, rappela le Rocaan. Si j'estime que tes propos le justifient, nous te bénirons et purifierons tes lèvres avant d'obtenir ton absolution par la prière. »

L'Aud déglutit avec effort, si bien que sa pomme d'Adam dansa. « Oui, Saint Père.

— Viens t'asseoir près de moi. Le cuisinier m'a fait apporter bien plus de pain que mon estomac de vieillard ne pourrait en contenir. » Soumis à un régime sévère, les Auds n'avaient droit à de la viande qu'une fois par semaine. Il ne voulait pas inciter celui-ci à enfreindre les règles monastiques mais manger devant quelqu'un qui avait le ventre vide le gênait.

L'adolescent épousseta sa robe avant de prendre place dans le fauteuil qu'il lui désignait. Il rompit la miche avec une avidité qui rappela au Rocaan que les Auds manquaient encore plus de nourriture que de sommeil. C'était toutefois indispensable à leur éducation religieuse. Quiconque survivait à tant de labeur et de privations démontrait avoir la force requise pour servir son Dieu.

Conscient que l'Aud ne toucherait pas à ce repas avant lui, le Rocaan préleva une cuillerée de ragoût. Ce mets était relevé par des herbes aromatiques dont les saveurs explosèrent sur sa langue. Comme la plupart de ceux qui avaient souffert de l'abstinence du noviciat, il s'était empâté et accoutumé au luxe... à tel point que son subconscient rejetait toute pensée d'austérité. Peut-être était-ce une autre erreur. Peut-être fallait-il reconsidérer les principes du rocaanisme.

« Raconte-moi, mon garçon », dit-il à mi-voix.

L'adolescent déglutit. Le Rocaan lui tendit l'hydromel. Il en but une gorgée puis soupira avec résignation.

« On dit que les parents du Roca étaient très pauvres et qu'il est venu au monde pendant une tempête de neige. Les éclairs verts qui se mêlaient aux flocons témoignaient de l'énergie libérée cette nuit-là. » Sans regarder le Rocaan, il rompit le pain en morceaux qu'il disposa sur sa robe. « Inquiétée par ses pouvoirs, la population des alentours évitait sa famille. Nul ne croyait en Dieu, à l'époque. Les gens ignoraient tout de la sagesse et de ce qui nous attend après cette vie de souffrance. »

Le Rocaan posa sa cuillère. À en juger par le débit des paroles et le rythme de la narration, ce récit devait être très ancien. L'Aud s'exprimait tel un prélat psalmodiant des passages de la Révélation Orale, comme s'il avait si souvent rabâché ces mots dans sa prime jeunesse qu'ils en étaient devenus des composantes de son être.

« Le Roca grandit et tous disaient qu'il imposait sa volonté aux éléments. Il pouvait attirer une tempête ou la chasser, ce qu'il faisait fréquemment pour protéger les maigres possessions des siens. Lorsqu'il apprit que les autres enfants n'avaient pas cette capacité, il partit dans les montagnes afin de découvrir pourquoi il avait reçu ce don. » L'adolescent fourra un bout de pain dans sa bouche, le mâchonna, lorgna le Rocaan du coin de l'œil et regarda ailleurs.

« Une violente tourmente se leva après le crépuscule, mais dès qu'elle s'apaisa les habitants de la vallée purent constater qu'il n'y avait pas de neige au sommet de la montagne. Des bergers affirmèrent que les nuages s'étaient arrêtés à la bordure de la forêt et que le soleil avait brillé en pleine nuit. Quand le Roca descendit des hauteurs, il leur parla de Dieu et précisa que s'ils faisaient fi de ses paroles tous mourraient lors d'une grande guerre. Ils s'inclinèrent et se prosternèrent à ses pieds. Le Roca resta parmi eux jusqu'à l'arrivée des

Sicaires de l'Ennemi, puis il se rendit à Jahn avec son épouse et ses fils. »

Le Rocaan but une gorgée d'hydromel. Cette histoire ne figurait ni dans les recueils de la tradition orale ni dans les études des érudits. Alors qu'elle couvrait une période dont on ignorait tout.

« Pourquoi juges-tu ce récit blasphématoire, mon enfant ? »

La question incita l'Aud à poser sur son giron le bout de pain qu'il portait à sa bouche. « Parce qu'il se déroule dans les Monts Enneigés, et que leurs habitants risqueraient de revendiquer les hauts faits du Roca étant donné qu'il serait un des leurs.

— Il est pourtant précisé qu'ils ont eu peur de lui et l'ont traité tel un étranger. »

L'adolescent hocha la tête. « J'en ai parlé à Eirman l'Ancien. Il m'a dit d'oublier ces balivernes et de m'intéresser un peu plus à mes études.

— Je lui en toucherai deux mots. Un historien se doit d'approfondir de tels récits et non de les rejeter.

— Vous ne le considérez pas blasphématoire ? » demanda l'Aud. Le débit rapide de ses paroles révélait son jeune âge et ses frayeurs.

« S'il l'est, tu n'en es pas l'auteur. Et qui pourrait se prononcer, après tant de siècles ? Nous ne savons ni où est né le Roca ni ce qu'il a fait avant d'affronter les Sicaires. Cette histoire est peut-être authentique.

— Alors, pourquoi n'en parle-t-on pas à l'église ? Pourquoi ne la raconte-t-on que tard dans la nuit, pendant les tempêtes, en baissant la voix pour que même Dieu ne puisse pas l'entendre ?

— Je l'ignore. » Le Rocaan lui tendit un morceau de pain supplémentaire. « Je te remercie de me l'avoir racontée. Ton âme n'est pas en danger, mon enfant. Tu n'as rien fait de répréhensible. »

Les yeux de l'Aud brillèrent de larmes, mais il les garda baissés. Il prit le second bout de pain et récupéra les miettes du premier.

« Sais-tu si d'autres Auds racontent des anecdotes de ce genre ?

— Nous ne nous adressons pas la parole, Saint Père. » Le Rocaan sourit, tant sa question avait été stupide. Nul n'ignorait pourtant qu'ils n'avaient pas le droit d'échanger des propos. Ils étaient innocents et, en tant que tels, ils n'avaient rien à s'apprendre. Seuls les Danites avaient la possibilité d'étendre leur savoir. Une règle qui les empêchait de se liguer pour réclamer de meilleures conditions d'existence mais qui empêchait également ces récits de se répandre.

Combien d'entre eux connaissaient cette légende ? Combien de chroniques d'un lointain passé les Anciens avaient-ils condamnées à sombrer dans l'oubli au fil des ans ?

« Je te suis reconnaissant d'avoir satisfait les caprices d'un vieil homme, mon garçon. En partant, va dire à Eirman l'Ancien de venir me voir.

— Vous n'allez pas lui parler de moi ? » laissa échapper l'Aud avant de lever ses mains à sa bouche. Il les baissa lentement, rouge de confusion. « Pardonnez-moi, Saint Père. Vous possédez la sagesse de Dieu. »

Ce qui n'était pas toujours suffisant, estima le Rocaan en lui souriant. « Je garderai ton secret. »

L'Aud s'inclina. « Merci, Saint Père. » Il prit son pain et sortit.

Le Rocaan se carra dans son siège. Cette entrevue l'avait épuisé. Il existait maintes histoires apocryphes sur le Roca. Il ne s'y serait jamais intéressé s'il ne s'était pas plongé dans cette étude approfondie de la Révélation. Un interrogatoire systématique des Auds lui aurait peut-être permis d'entendre autant de versions différentes des origines du Roca. Les Danites devaient eux aussi en connaître, mais ils refuseraient probablement de l'avouer. Si un garçon qui n'était un Aud que depuis quelques années ou quelques mois n'osait en parler, comment réagiraient des religieux qui avaient tu de tels secrets pendant plus de dix ans ?

Il était grand temps d'assouplir les règles du rocaanisme. L'arrivée des Fey lui avait fait remettre en question l'eau bénite. Sans doute modifierait-elle également son point de vue dans d'autres domaines. Les envahisseurs n'étaient peut-être pas des démons mais des envoyés divins chargés de rendre sa pureté à leur foi.

CINQUANTE-CINQ

Cet avorton l'avait privé d'une opportunité de tester les effets de l'eau bénite. Caseo se frotta les mains. Tous les Gardiens étaient partis à l'exception de Sensible, le plus jeune, et de Rotin, la doyenne après lui. Qu'ils n'aient réalisé aucun progrès les affectait autant que lui et ils étaient ulcérés par la trahison de cet égoïste. La vie d'un Calot écarlate était sans valeur, mais il avait refusé de se rendre utile. Il avait cédé à la panique quand son sacrifice eût peut-être permis de comprendre comment opérait la magie des insulaires.

Sensible suspendait des lumignons et Rotin avait calé sa tête chauve entre ses bras croisés, épuisée par cette journée de labeur. Cependant, Caseo la connaissait depuis l'enfance et il savait que la lassitude et l'irritation avaient sur elle un effet stimulant.

Il enfila les gants que les Ménagers avaient confectionnés pour leur permettre de manipuler le poison. Sans douter de leur efficacité, il redoublait cependant de prudence et veillait à ne pas en renverser une goutte. Ses mains ne commençaient à trembler que tard dans la nuit, quand tous étaient partis et qu'il se retrouvait seul. Il libérait alors la tension accumulée pendant le jour. Il fit le tour de la table et prit le bol ne contenant que de l'eau et celui où flottait le fragment de peau d'insulaire pour aller les ranger avec les autres récipients – les preuves de leurs expérimentations ratées – sur un meuble d'angle protégé par le plus puissant de ses charmes afin que nul ne risque de le bousculer par inadvertance.

Sensible descendit de la chaise sur laquelle il s'était juché et déclara : « Je crois que nos méthodes laissent à désirer. »

En entendant ces mots, Caseo faillit renverser le deuxième bol. Il le posa aussitôt, le souffle court.

« Me traiterais-tu d'incapable ? » Il s'exprimait plus sèchement qu'il ne l'eût souhaité. La frayeur qui l'avait assailli en était responsable.

« Certainement pas ! » affirma Sensible en haussant les sourcils. Tous les Gardiens perdaient leurs cheveux après leur initiation, mais il était le seul auquel cette caractéristique donnait un aspect si étrange. Comme s'il n'avait pas été destiné à devenir un des leurs. Caseo se souvenait encore de l'abondante toison qui avait nimbé sa tête tel un nuage. « Je voulais dire que...

— Nous nous y prenons mal. » Rotin se redressa. Les herbes rendaient sa voix râpeuse. Ses yeux injectés de sang et la mollesse de ses mouvements révélaient son épuisement. « Je sais que tu es allergique aux critiques, Caseo, mais c'est une façon enfantine, égocentrique, d'entreprendre quoi que ce soit. »

Il se raidit. Sans les regarder, il recula de l'angle magique et s'assura qu'il n'y avait pas de gouttes d'eau sur ses gants avant de les peler. « Nous ne parlons pas de moi, fit-il.

— Non, nous parlons du moyen de neutraliser ce poison. » Elle se frotta les yeux. « Laisse Sensible s'exprimer. La jalousie qu'il t'inspire nuit à nos résultats. »

Caseo contint sa colère. Il n'était pas jaloux de Sensible. Il avait simplement horreur des enfants. Et Sensible n'avait même pas vingt ans. Il était trop jeune pour bénéficier d'un statut de Gardien des sortilèges, trop immature pour appartenir à leur élite.

« Et que faisons-nous de travers ? » Il n'avait pu s'empêcher d'être sarcastique.

Sensible fourra ses mains dans les poches de sa robe. Assorti à la grisaille des Terres d'ombre, le tissu le rendait presque invisible. Seule la vive clarté des lumignons qui se reflétait sur son crâne lui apportait un peu de vie.

« La magie ne se dissèque pas », fit-il en s'étranglant. Il se racla la gorge. « Elle se crée. Ce n'est pas en inversant le processus que nous découvrirons ses secrets. »

Caseo sentit son cœur s'emballer. Il avait saisi le fond de sa pensée. « Tu suggères de préparer un poison ayant les mêmes propriétés que le leur ? »

Sensible opina et l'éclat de ses yeux révéla qu'il méritait son nom. « On pourrait le tester sur des cadavres. Pour autant que je sache, certaines victimes du dernier affrontement n'ont pas été empoisonnées. »

Rotin haussa les épaules. « Nul n'a vérifié.

— Même si c'est le cas, ces Fey ont perdu leur magie, grommela Caseo.

— Rien ne prouve que la potion n'agit que sur les thaumaturges. Les fantassins tombés lors de la Première bataille de Jahn n'avaient aucun pouvoir. »

Caseo se renfrogna. Auteur de cette théorie, il refusait d'y renoncer. « Ils ont tous des capacités latentes. Leurs dons ne se sont pas encore développés, c'est tout. Notre unique certitude, c'est que les Calots écarlates n'ont pas de prédispositions en ce domaine et qu'aucun d'entre eux n'est mort de cette manière.

— Parce qu'ils n'étaient pas au cœur des combats, rétorqua Rotin. Oublie ton hypothèse. Que ce nabot t'ait tenu tête démontre qu'il possède du bon sens. Te porterais-tu volontaire pour participer à une expérience où tu risques de mourir dans d'atroces souffrances ?

— Bien sûr que non, mais ma vie a une valeur inestimable. »

Sensible s'assit et parut se fondre dans le mur. Il savait se rendre invisible dès que le ton montait.

Rotin ne s'était jamais laissé intimider par Caseo, qu'elle dévisagea en grimaçant. « Celle d'un Calot écarlate en a également. Il est indispensable que certains d'entre nous aillent affronter la chaleur et la pestilence pour récolter des matières premières. Nous devons tous être répartis, après notre mort. Qui s'en chargerait, s'ils n'étaient pas là ?

— Les Ménagers, répondit Caseo tout en sachant qu'ils auraient refusé une pareille corvée. Il serait possible d'élaborer un sortilège qui leur permettrait d'effectuer ce travail sans avoir à toucher les corps.

— Ce n'est pas d'actualité tant que les Calots exécutent cette tâche. En outre, les Ménagers ne savent plus où donner de la tête sur un champ de bataille. » Elle sortit d'une poche un sachet d'herbes, d'une autre un petit mortier et un pilon. Elle broya les plantes et humecta son index avec sa salive pour le plonger dans la mixture.

« Ça ne peut pas attendre ? » marmonna Caseo.

Elle lécha son doigt et eut un frisson presque orgasmique. Pour étendre leurs capacités, les Gardiens devaient renoncer aux plaisirs de la chair. Lorsqu'elle leva les yeux sur lui, ils étaient brillants. « Tu nous octroies très peu de pauses, ces derniers temps. Voilà pourquoi je m'accorde de petites satisfactions à la moindre occasion.

— Les autres sont partis. Tu aurais pu en faire autant. »

Sensible les observait de son recoin. Si ses yeux brillaient, c'était seulement dû à la clarté des lumignons. Il était trop jeune pour regretter des jouissances charnelles auxquelles il n'avait jamais goûté.

« Je te savais frustré, mais pas à ce point, lança Rotin. Tu ne tarderas guère à enlever des nourrissons pour les asperger de poison.

— Ils ont des dons, murmura Sensible.

— Une magie *latente* », rétorqua Caseo. Rotin le connaissait bien. Il eût effectivement tenté cette expérience... à condition d'avoir à sa disposition des enfants en bas âge. Ceux qui vivaient dans les Terres d'ombre étaient trop proches de la puberté pour que les résultats soient probants.

« Tu n'as qu'à faire ces essais sur des fantassins, ajouta-t-elle. Ils sont plus nombreux et anonymes. »

Caseo humecta ses lèvres en regrettant de ne pas apprécier les herbes. Il avait essayé et s'était trouvé terrassé et terrorisé par les sensations. Il préférait s'enivrer de magie plutôt que s'abandonner à une force sur laquelle il n'exerçait aucun contrôle.

« Tu as donc suivi le même raisonnement que moi. »

Elle sourit. « Je dissèque aisément tes pensées, Caseo. Je ne suis sans doute pas ton égale mais je sais où ta frustration te conduit. »

Sensible avait tant reculé contre le mur qu'il paraissait sur le point de le traverser. « Vous envisagez de faire des expériences sur nos semblables », les accusa-t-il.

Rotin hocha la tête. « Ce ne serait pas une première.

— Quand l'avons-nous déjà fait ? demanda Caseo,

amusé de la voir jouer avec Sensible comme un chat avec une souris. Lorsque nos ancêtres sont descendus dans les plaines d'Eccrasia ?

— Et qu'ils ont été confrontés aux glaives des Ghitlus », compléta-t-elle. Elle tournait le dos à Sensible, ce qui lui dissimulait son sourire. « Les Gardiens s'imaginaient que ces armes avaient des propriétés magiques, car c'était la première fois qu'ils voyaient des objets en métal.

— Ils ont testé d'innombrables sortilèges avant de comprendre que la supériorité de l'adversaire résidait dans la dureté de ce matériau. Avec l'aval du Roi noir, ils les ont essayées sur des fantassins des deux camps.

— Ils ont constaté qu'elles tuaient les Fey mais également les Ghitlus...

— Et ils ont pensé : "Quels sont ces enchantements qui se retournent contre leurs auteurs ?"

— Ils ont procédé à d'autres expériences et découvert qu'ils pouvaient ensorceler des épées, altérer leur nature. Ils ont fini par établir qu'elles n'avaient aucune magie intrinsèque, que leur efficacité était due à leur solidité. »

Sensible ouvrait de grands yeux. Il avait tout ignoré des problèmes auxquels étaient confrontés ses pairs. Comme la plupart des Fey, il avait su qu'ils occupaient une position prédominante sans songer qu'un tel statut leur imposait de faire des choix difficiles.

Caseo décida de le tourmenter un peu plus.

« Mais, pour être honnêtes, nous devons admettre qu'ils ne sont pas arrivés à cette conclusion en mettant leurs méninges à contribution. »

Rotin hocha la tête. Elle récupéra le reste de la pâte avec son petit doigt puis remit le mortier et le pilon dans la poche. « Oh, j'allais oublier ! » Elle se tourna pour sourire à Sensible avant d'étaler les herbes sur ses gencives. « C'est également lors de la guerre contre les Ghitlus que nous avons appris l'art de la torture. »

Sensible hoqueta. Elle passa sa langue sur ses dents et rangea le sachet. Un frisson indiqua que la drogue commençait à faire effet.

« Ce sont de pures affabulations, murmura le jeune Gardien dont les yeux étaient larmoyants. Pour justifier votre cruauté.

— J'aimerais que tu dises vrai, mon garçon, répondit Caseo. Nous devons assumer de lourdes responsabilités. Ne te l'a-t-on pas dit, quand tu as prêté serment ? Je t'ai pour ma part précisé que tu étais trop jeune pour te joindre à nous et comprendre nos choix. T'en souviens-tu ?

— Vous étiez jaloux de moi. Avant mon arrivée, vous étiez le meilleur. »

Caseo foudroya Rotin du regard. Combien de Gardiens avait-elle dressés contre lui en leur débitant de pareilles sornettes ? « Non, mon enfant. Contrairement à toi, j'ai conscience des dures nécessités de l'existence. Je sais que la vie d'un Calot écarlate n'a pas autant de valeur que celle des autres Fey. Je sais que la torture, infligée judicieusement, nous fera découvrir plus de choses sur les propriétés de l'eau bénite que d'innombrables expériences. Et je n'aurai aucun scrupule à sacrifier un individu pour en sauver des milliers.

— Vous êtes fou.

— Tiens donc ? N'as-tu pas des proches qui ont participé à la campagne de Nye et qui sont toujours de ce monde ? »

Sensible déglutit. Son père avait été au cœur des plus âpres combats. Il eût probablement péri si les Gardiens n'avaient pas élaboré à l'usage des animaliers un nouveau charme qui avait assuré le salut de la totalité des Fey présents sur le front. Tous le savaient.

« Nous avons mis au point cette technique par expérimentation. Il a fallu sacrifier cent cinquante prisonniers pour trouver la méthode d'élimination la plus expéditive... La plus miséricordieuse, pourrait-on dire.

— Pourquoi ne m'en a-t-on pas parlé avant que je rejoigne vos rangs ? »

Rotin haussa les épaules. « Les membres d'une élite divulguent rarement leurs secrets. En outre, tu n'as pas rechigné à suspendre des lumignons ou à préparer des sortilèges destinés aux Maîtres des éléments. Sais-tu combien de créatures se sont noyées suite aux pluies diluviennes de l'année dernière ?

— Non.

— Tu possèdes les capacités d'un Gardien, intervint Caseo. Par conséquent, tu es un des nôtres ou tu n'es rien du tout. C'est aussi simple que cela.

— Je croyais devoir utiliser mes facultés intellectuelles...

— N'est-ce pas ce que nous faisons ? lança Rotin.

— ... et non torturer et tuer.

— C'est une nécessité, dit Caseo. Et tu dois l'accepter. Comme nous tous. » Il observa la Gardienne, dont les yeux étaient vitreux. « Chacun de nous y parvient à sa façon. »

Sensible les dévisagea, ouvrit la porte et sortit précipitamment.

Rotin étira ses bras au-dessus de sa tête. « N'as-tu pas été un peu dur avec lui ?

— Nous avons besoin de ses talents et de son bon sens. Il a raison de déclarer que nous avons abordé la question à l'envers. Mais nos possibilités sont limitées. Et si ses scrupules nous font gagner du temps et des ressources, je ne m'en plaindrai pas.

— Du temps et des vies, veux-tu dire ?

— C'est la même chose, non ?

— Tu es insensible.

— Si ce jeunot nous permet de neutraliser le poison, tant mieux. Mais j'espère obtenir plus. Il m'a donné une idée. Nous créons des sortilèges. Nous devons rendre cette eau encore plus efficace.

— Elle est déjà dévastatrice. »

Caseo appliqua l'extrémité de ses doigts sur le plateau de la table. « Pas contre les insulaires. Il faut qu'elle le devienne. C'est une nécessité. Imagine-les prenant leurs outres pour nous asperger et mourant de leurs propres mains ! » Il rit, enthousiasmé. « C'est ça, la beauté de notre tâche ! Le pouvoir de changer un handicap en atout. »

CINQUANTE-SIX

Nicolas mit pied à terre, fourbu et en sueur. Ses longs cheveux blonds collaient à son front et à sa nuque. Son étalon était couvert d'écume. Il ne l'avait pas ménagé, après sa rencontre avec le Rocaan.

Le jour tombait et tous s'affairaient dans la cour du palais. Le crépuscule étirait les ombres et teintait la scène en rose et or. Deux palefreniers se dirigeaient vers les écuries en conduisant par la bride la jument préférée de son père et un hongre. Une laitière se colletait à une baratte et le cuisinier était sorti appeler les chiens.

Nicolas passa une main sur son visage et l'odeur de cuir et de cheval le fit tressaillir. La découverte des ossements et du sang dans le Tabernacle l'avait ébranlé. Elle lui remémorait les morts du Seigneur Powell et de Stephen. Il lui arrivait de voir en rêve les traits du maître d'armes qui fondaient, emportés par ses larmes. *Ils me tuent*, disait-il. *Vous pouvez le constater, Colas. Vous devez les en empêcher*. Mais il n'avait rien remarqué avant qu'il ne soit trop tard.

Un valet d'écurie vint prendre les rênes de sa monture. « Je m'en charge, Vot' Altesse. » Il était jeune, avec des cheveux courts et une peau burinée par le soleil.

« Où est Miruts ? »

Nicolas dessellait l'étalon qui ahanait comme lui et le palefrenier se rapprocha pour lui rappeler qu'il n'avait pas à s'occuper des chevaux.

Nicolas s'intéressa à. lui. Ils devaient avoir le même âge, mais il se comportait comme s'il était bien plus vieux. Ses joues étaient cramoisies et il esquivait ses regards.

« Pardonnez-moi, Vot' Altesse. Je n'en sais fichtre rien ! » Il tapota le flanc du destrier puis claqua des doigts et s'adressa à un garçon d'écurie. « Conduis Ébène dans sa stalle et étrille-le sans ménager ta peine. »

L'adolescent hocha la tête et guida le cheval à l'intérieur. Nicolas fut un peu attristé de s'en séparer. Il avait senti des liens s'établir entre eux pendant cette chevauchée le long du Cardidas. Il avait eu l'impression que les efforts de sa monture le libéraient de la nervosité qui avait crû en lui lorsqu'il se trouvait dans le Tabernacle.

Une tension qui réapparaissait.

« Alors ?

— C'est hier matin, que je l'ai vu pour la dernière fois. Il était plutôt bizarre, depuis quelque temps. Il rendait les chevaux ombrageux et faisait des choses extravagantes. Par exemple, il a parlé à un chat.

— À un chat ? »

Le palefrenier le confirma de la tête et rougit plus encore. « Il lui a donné un bol d'eau et l'a caressé. »

Nicolas était un peu déçu. « Un tel comportement n'est guère surprenant, rétorqua-t-il.

— Oh, si ! Il nous interdit de toucher d'autres bêtes que les chevaux. Il suffit d'un rien pour effaroucher un pur-sang et semer la panique dans les écuries du roi nous vaudrait de sérieux ennuis.

— Il aurait donc enfreint ses propres instructions ?

— Faut dire qu'il a beaucoup changé depuis que les Fey sont parmi nous, Vot' Altesse. »

Nicolas fut aussitôt sur le qui-vive. « Sa conduite se serait modifiée après leur débarquement ?

— À cause de l'invasion. » Le valet d'écurie leva les yeux et mordilla sa lèvre. « Quand je lui ai demandé pourquoi il était comme ça, il m'a répondu que le monde ne serait plus jamais comme avant. Plus jamais. »

Tous en avaient été affectés, même Nicolas. Cependant, il n'avait pas changé à ce point. Pas autant que Stephen. « En quoi était-il différent ?

— Ça ne se voyait pas tout de suite mais il négligeait son travail et se passionnait pour des choses qu'il avait jusque-là méprisées.

— Quoi, par exemple ?

— Les gens de cour, Vot' Altesse. » La lèvre inférieure du jeune homme saignait et il s'attaqua à la lèvre supérieure. « Pardonnez-moi, Vot' Altesse, mais il trouvait les nobles moins intéressants que leurs montures. Et, quand les Fey ont débarqué, il a brusquement voulu tout savoir sur eux. Qui était qui et qui faisait quoi. On aurait dit qu'il aimait plus les humains que les chevaux. »

À la même époque, Stephen avait oublié ce qu'il savait sur les Fey et manigancé pour se rapprocher du roi. Nicolas chancelait. Aller dans les cuisines et se sustenter s'imposait. Il avait raté le déjeuner, et sans doute le dîner.

« Est-ce tout ? »

Le valet d'écurie sourit et essuya sa bouche du dos de la main. « Les chevaux, c'était toute sa vie. À présent, il s'en occupe parce que c'est son gagne-pain. Il ne fréquentait personne, et voilà qu'il passe ses soirées à bavarder avec nous. Il bâcle son travail et oublie de vérifier que toutes les tâches ont été exécutées. » Il baissa la tête. « Je dois m'en charger à sa place, Vot' Altesse. »

Et il était évident qu'il ne tenait pas ces propos pour se mettre en valeur, tant sa contrariété était grande.

« Où a-t-il pu aller ?

— C'est la première fois qu'il s'absente. Je n'aurais pas cru ça de lui. Il... Eh bien... Il était consciencieux.

— L'as-tu vu s'entretenir avec un inconnu ?

— Non. » Il se renfrogna. « Mais il lui arrive de s'éclipser au crépuscule. Ça ne se fait pas, voyez. C'est à ce moment-là que les cavaliers ramènent leurs montures. Il va s'enfermer dans sa cabane et allume une chandelle, pour faire Dieu sait quoi. Dire qu'il avait l'habitude de rester dans les écuries jusqu'au coucher ! Même que je me disais qu'il aurait pu partager son logis avec moi, vu qu'il n'y allait que pour dormir... Quand il n'était pas encore debout au lever de l'aube ! »

Un changement aussi radical que celui de Stephen, sinon plus. Nicolas avait la bouche sèche. Il se racla la gorge. « N'avez-vous pas trouvé des os dans les écuries ? Des os dont nul n'a pu déterminer l'origine ?

— Des os, Vot' Altesse ? » Il fronçait les sourcils, comme s'il avait affaire à un dément. « Si, quand les chiens rapportent ceux que leur donne le cuisinier. Des machins puants, avec un peu de viande autour. Mais autrement, non, Vot' Altesse. »

Nicolas hocha la tête, soulagé. L'arrivée des Fey avait déstabilisé Miruts. Comme eux tous. Il était conscient d'avoir mûri, au cours de l'année écoulée. Il n'était plus le jeune homme qui s'était éveillé en ce beau matin ensoleillé.

Mais il devait malgré tout approfondir la question. « En es-tu certain ? Et juste après l'invasion ?

— Oh, ça ? » Le sourire du palefrenier fut fugace et de la tristesse voila son regard. « Ce n'est pas ce qui manquait, Vot' Altesse. La cour était jonchée de cadavres. Nous avons tous dû nous y mettre pour emporter les Fey. On avait peur qu'ils s'en prennent à nous même morts. Et nous avons trouvé des tas d'os.

— Des tas d'os ? » Nicolas avait dû faire un effort pour prononcer ces mots.

« Des os de Fey, Vot' Altesse. La plupart avaient fondu et c'était tout ce qui restait d'eux.

— Ils étaient entassés ?

— Vous parlez des os ? » Il se renfrogna. « En deux endroits. Près de la porte, juste à côté d'un garde qui avait eu la gorge tranchée. Le garçon d'écurie qui m'accompagnait s'est dit qu'il avait dû vider sa burette sur son assassin. Ce n'était que justice, pas vrai ? »

Nicolas tremblait. L'épiderme se liquéfiait. C'était ce qu'avait dit le Seigneur Stowe, et ce qui était advenu à Stephen. Cependant, la chair ne se dissolvait pas dans sa totalité. Il s'agissait là d'un tour des Fey que nul n'avait compris.

« Tu as parlé de deux tas, d'autres os.

— Ah, c'est exact ! Miruts a trouvé le second dans une stalle. Il les emportait, quand je suis arrivé le lendemain. » Le jeune homme regarda fixement Nicolas. « Seigneur, dans les écuries ! Comme vous disiez. Qu'est-ce que ça signifie ?

— Je ne le sais pas encore. Qu'en a fait Miruts ?

— Il les sortait, par brassées. Il... Il... heu... Il a jeté les plus gros aux chiens.

— Ce qui t'a choqué. »

Le valet d'écurie opina, les yeux baissés. « Oui, Vot' Altesse. C'est... C'est contraire aux enseignements du

Roca, vous saisissez. Les Fey ne sont pas des bêtes, ils nous ressemblent. Je ne donnerais pas les os d'un cheval mort à un chien et certainement pas ceux de créatures qui pensent, parlent et se battent comme nous. »

Pas plus que ne l'eût fait Nicolas ni, estimait-il, son père ou n'importe quel garde. C'était inhumain. Les dépouilles devaient recevoir une sépulture décente et une bénédiction. Les corps des Fey avaient été ensevelis dans un terrain non consacré proche du fleuve. Ils les avaient recouverts de chaux vive et aspergés d'eau bénite pour qu'ils ne puissent pas revenir de l'au-delà, mais ils les avaient mis en terre...

Pas donnés en pâture à des animaux.

Nicolas humecta ses lèvres. Les possibilités qui lui venaient à l'esprit ne lui plaisaient guère. « Y avait-il du sang, à proximité ? »

Le valet d'écurie le confirma, les yeux écarquillés. « Une grande flaque. Aux deux endroits, Vot' Altesse.

— N'as-tu pas dit que le garde proche des portes avait été égorgé ? Qu'il ait perdu du sang est logique.

— Certainement, Vot' Altesse. »

Bien qu'en sueur, Nicolas avait l'impression d'être transi. « Y en avait-il beaucoup ?

— Oui.

— Près de cet homme ?

— Et des ossements. »

Nicolas ravala sa salive, ce qui fut difficile tant il avait la gorge serrée. Il n'avait pas oublié les propos échangés après l'arrivée des envahisseurs. On disait alors qu'ils tuaient d'un simple contact, que des gardes en avaient surpris qui écorchaient des cadavres et que des Danites affirmaient qu'ils récoltaient du sang.

« Vot' Altesse ? Ça va ?

— Oui. » Nicolas leva la main à son visage pour essuyer la sueur de ses sourcils. Il avait le ventre vide.

Il était las. Son entretien avec le Rocaan l'avait perturbé. C'était cela qui l'affectait, rien de plus.

« Avez-vous encore besoin de moi, Vot' Altesse ? Faut que j'aille voir s'ils étrillent Ébène. »

En temps normal, Nicolas l'eût autorisé à vaquer à ses occupations. Il s'en abstint. Il avait d'autres questions à lui poser, des réponses à obtenir. « Te rappelles-tu s'il y a eu des combats dans les écuries ?

— Le jour de l'invasion ? Les Fey ne sont pas entrés. Nous avons barricadé les portes et nous les avons tenus à distance. Nous ne voulions pas qu'ils approchent des chevaux, si vous saisissez. Dieu sait ce qu'ils auraient pu leur faire !

— Le bâtiment était donc fermé ?

— Oui, Vot' Altesse. » Il le dévisageait de nouveau, en fronçant les sourcils.

« Alors, d'où provenaient ces ossements et ce sang ? Miruts l'a-t-il précisé ?

— Il a dit qu'il les avait trouvés à son arrivée.

— Les chevaux étaient-ils indemnes ?

— Oui, Vot' Altesse. C'est la première question que je lui ai posée.

— Y avait-il des traces d'affrontement ? »

Un haussement d'épaules. « C'est difficile à dire, Vot' Altesse. La cour était jonchée de cadavres et il y avait une sacrée pagaille, si vous vous souvenez.

— Je n'ai pas oublié. » Nicolas n'avait pas non plus oublié la puanteur, la terreur, les insomnies dont il avait été victime les jours suivants et ses rêves de la Fey évadée lorsqu'il réussissait à s'endormir. « Il y a donc eu un affrontement.

— Seulement à proximité de la flaque de sang, Vot' Altesse. Des bottes de paille avaient éclaté et les chevaux étaient ombrageux. Ça ne m'a pas paru bizarre, notez bien. C'était naturel, vu les circonstances.

— Assiste-t-il au Sacrement de Minuit ?

— Miruts ? » Le regard du palefrenier indiquait qu'il le suspectait d'avoir sombré dans la folie.

« Tu t'y rends régulièrement, n'est-ce pas ? » Nicolas avait désigné la petite épée suspendue à son cou. « Vous est-il arrivé d'y aller ensemble ?

— On ne se fréquente guère hors des écuries, Vot' Altesse. Et il en sort rarement.

— Pas même pour satisfaire ses obligations religieuses ?

— Je ne l'ai jamais vu à l'office. Faut dire que je vais à la chapelle du palais.

— Ne serait-il pas logique qu'il la fréquente lui aussi, pour rester à proximité des chevaux ? »

Un haussement d'épaules. La question se rapportant à la ferveur rocaaniste de Miruts troublait plus encore ce jeune homme que celles concernant le sang et les ossements. « On n'a pas parlé de nos croyances, Vot' Altesse. Mais il m'a accompagné à la Célébration de l'Absorption.

— Cette année ? »

Le valet d'écurie secoua la tête... avec rapidité et crainte. « Il y a deux ans. Au Tabernacle. Nous avons pris Demoiselle et le hongre, parce qu'ils n'étaient pas sortis de la journée. »

Un événement exceptionnel. Aller au Tabernacle était un honneur pour les roturiers, surtout à l'occasion d'une si grande fête. Il était donc croyant. « Lequel d'entre vous en a eu l'idée ?

— Moi, Vot' Altesse. » Le palefrenier lécha ses lèvres sanguinolentes puis soutint le regard de Nicolas. « Ça a de l'importance, Vot' Altesse ? Sa foi ? »

On disait que les manants redoutaient d'être sanctionnés s'ils ne se conformaient pas aux préceptes du rocaanisme. Nicolas suspectait certains Danites d'entretenir leurs craintes. Lorsqu'il succéderait à son père, il ferait le nécessaire pour garantir la liberté de pensée. Tous devraient pouvoir agir à leur guise. « Pas en temps normal, mais sa disparition lui en donne peut-être. »

Le jeune homme essuya une main sur sa cuisse, un geste machinal. « Vous croyez qu'il existe un rapport avec l'invasion ?

— Je ne saurais le dire. J'espère que non. »

Il revoyait l'expression de Stephen au moment où l'eau bénite l'aspergeait. Il s'était su perdu. Nicolas n'avait pas connu Miruts aussi bien que le maître d'armes, mais il l'avait rencontré presque chaque jour. Il aimait tant les chevaux qu'il n'hésitait pas à le réprimander lorsqu'il lui ramenait une monture épuisée et écumante. Il n'était pas du genre à se lancer dans la politique et à ourdir des intrigues.

« Le Jour de l'Absorption, a-t-il participé au rituel ? »

Pensif, son interlocuteur fronça les sourcils et ses incisives pincèrent sa lèvre inférieure. Quand il inspira, Nicolas remarqua des empreintes de dents sous sa bouche.

« Il a pris une burette que nous avons partagée, Vot' Altesse. »

Stephen avait appris à Nicolas qu'un guerrier enduisait toujours son épée d'eau bénite avant d'aller au combat. Il en gardait constamment une fiole près de son arme.

La lassitude faisait trembler Nicolas. Stephen avait eu raison de dire que les Fey s'emparaient de l'esprit et de l'âme des hommes. Combien d'insulaires étaient à leur solde, dans le palais ? Et comment pourraient-ils le déterminer ?

« Merci, dit Nicolas en tapotant le bras du valet d'écurie. Nous chercherons Miruts, et tu le remplaceras jusqu'à son retour. T'en sens-tu capable ?

— Oh, oui, Vot' Altesse ! » Le jeune homme se dérida enfin. Les chevaux étaient également sa passion.

« Je dirai à l'intendant de te donner son poste et son logement, s'il ne revient pas. » La joie du valet d'écurie le fit sourire. « J'espère que tu ne t'y prélasseras pas plus longtemps qu'il n'en avait l'habitude.

— Certainement pas, Vot' Altesse ! » Il s'était détourné pour se précipiter dans les écuries lorsqu'il songea à s'incliner bien bas.

« Va », l'autorisa Nicolas. Il se sentait soudain plus vieux que son interlocuteur.

« Merci, Vot' Altesse ! » Sur ces mots, le palefrenier disparut dans les écuries où sa voix résonna, aiguë et vibrante de surexcitation.

« Et voilà que Miruts sombre à son tour dans l'oubli », murmura Nicolas. Que son palefrenier préféré eût lui aussi changé de camp le peinait.

Il s'arrêta au milieu de la cour assombrie par la tombée de la nuit. Son maître d'armes, son valet d'écurie. Les Fey n'essayaient-ils pas de l'atteindre ? Cela eût permis de comprendre pourquoi sa captive s'était comportée à la fois en guerrière farouche et en femme sensible à ses charmes.

Ils n'avaient toutefois aucune raison de s'intéresser à lui.

Hormis s'ils projetaient d'assassiner son père.

Il déglutit. La brise se levait. Elle séchait la sueur de son front et propageait un frisson dans tout son être. C'était une possibilité, pas une certitude. Il devait enfiler d'autres vêtements, se sustenter et aller s'entretenir avec son père.

Il traversa la cour à grandes enjambées. Il croyait discerner des silhouettes tapies dans les ombres, des entités menaçantes qui se métamorphosaient en cordon de sonnette ou en manche à balai dès qu'il s'en rapprochait. Il était aussi bouleversé que le jour de la mort de Stephen, mais pour d'autres raisons. Il ouvrit la porte des cuisines et s'immobilisa sur le seuil.

Deux servantes se querellaient devant la cheminée. Elles affirmaient que c'était à l'autre d'alimenter le feu alors qu'il n'y avait plus qu'un lit de braises dans l'âtre. Si personne n'intervenait rapidement, ils n'y trouveraient que des cendres à l'aube suivante. Dans l'angle opposé le cuisinier avait maille à partir avec un jeune domestique et le boucher au tablier souillé de sang s'était calé contre la table à désosser, les bras croisés.

Nicolas ne voyait plus aucun plat et ne pouvait humer que les fumets du dîner. Il avait toujours trouvé quelque chose à chaparder, des restes de mouton laissés aux serviteurs, un quignon de pain qui n'avait pas encore été rangé dans le garde-manger. Et il n'avait jamais vu le feu sur le point de s'éteindre.

« Que se passe-t-il, ici ? » demanda-t-il d'une voix grondante pour couvrir le vacarme.

Le silence revint. Tous le regardèrent, consternés. Puis, avec un synchronisme parfait, les hommes et les femmes s'inclinèrent et se figèrent dans cette position inconfortable. Nicolas n'avait pas l'habitude d'être traité ainsi, dans les cuisines. Il préférait lorsqu'ils feignaient de le considérer comme un des leurs.

Il l'attribua à son ton autoritaire. Il percevait les premiers élancements d'une migraine derrière ses yeux. « Redressez-vous ! »

Tous obtempérèrent. Les femmes joignirent les mains devant leur corsage pour attendre une réprimande. Le boucher s'adossa de nouveau à la table. Le cuisinier se massa une épaule, comme s'il souffrait de rhumatismes.

« Que se passe-t-il ? répéta Nicolas, avec plus de douceur.

— Nous avons eu quelques problèmes, Votre Altesse, fit le maître queux.

— Où est l'intendant ? J'ai deux mots à lui dire.

— Nous l'ignorons, Votre Altesse. »

Les maux de tête devenaient plus violents. « Aurait-il disparu ?

— Oui, Votre Altesse. »

Nicolas tira un tabouret pour s'asseoir et posa un coude sur le plan de travail. Il fit un geste aux femmes. « Rallumez ce feu ou nous serons tous privés de petit déjeuner, demain matin. » Il se frotta les yeux. Il devait veiller à ne pas se conduire comme un enfant. Il s'adressa ensuite au jeune domestique : « Apporte-moi quelque chose à manger. Des restes et un quignon de pain. Et qu'on aille chercher l'assistant de l'intendant.

— Pardonnez-moi, Votre Altesse, fit le cuisinier. Il n'est secondé par personne. Il nous a confié des tâches que nous exécutons au mieux de nos possibilités.

— En ce cas, son absence n'aurait rien dû changer. Que s'est-il passé ? »

Le chef lorgna le boucher, qui secoua la tête.

« Sa Majesté voulait déguster un porc rôti, fumé sur le foyer de pierre extérieur. Je suis resté dans la cour presque toute la journée. J'ai envoyé quelqu'un en informer l'intendant pour qu'il surveille le personnel à ma place. Nul n'a jugé utile de venir me dire qu'il s'était éclipsé. »

Le domestique approcha avec deux assiettes et une chope d'hydromel qu'il tenait contre son ventre, le petit doigt glissé dans son anse. Il fit glisser le premier plat devant Nicolas... des tranches de pain, du beurre sortant d'une baratte et une pomme déjà découpée. « Le porc est encore chaud, Votre Altesse. Je me suis dit que vous en voudriez peut-être. »

Nicolas haussa un sourcil. « Quand mon père a-t-il été servi ?

— Juste avant le coucher du soleil.

— En ce cas, j'en prendrai moi aussi. » Il sourit à l'adolescent qui posait la deuxième assiette et l'hydromel. Nicolas but d'un trait ce breuvage, sans se soucier des conséquences. Il s'essuya la bouche du dos de la main et rendit la chope. « Une autre, et fais le nécessaire pour que je rencontre les responsables de la maisonnée. »

Le domestique regarda rapidement le chef pour s'assurer que c'était bien à lui d'exécuter cette tâche. Un hochement de tête discret que Nicolas décida d'ignorer le lui confirma.

La boisson avait eu sur lui un effet bienfaisant. Il déposa une tranche de porc sur un bout de miche, y ajouta une part de pomme et un autre morceau de pain. Il mordit le tout à belles dents et son estomac gronda. Il y avait longtemps que la faim ne l'avait pas tenaillé à ce point.

« L'intendant s'est donc absenté, résuma-t-il. L'avez-vous cherché ?

— L'économe a interrogé le personnel, répondit le cuisinier. Nul ne l'a aperçu dans les parages des cuisines et nous sommes allés voir dans le cellier, la dépense et l'office.

— Ne peut-on pas supposer que mon père l'a chargé d'une tâche particulière ? demanda Nicolas, la bouche pleine.

— Oh, non, Votre Altesse ! Nous en aurions été informés.

— Alors, qu'a-t-il pu lui arriver ? » Nicolas but une gorgée d'hydromel. Sa migraine s'estompait. Il était resté trop longtemps sans manger.

« Je ne sais pas, Votre Altesse.

— Est-il coutumier du fait ? » Le chef secoua la tête.

Nicolas sentit ses cheveux se dresser sur sa nuque. Cette disparition était aussi étrange que celle du palefrenier. Il termina son repas puis repoussa les assiettes. L'adolescent revint, suivi par trois femmes. Nicolas les connaissait de vue – il les apercevait chaque matin – mais pas de nom. Toutes semblaient avoir été tirées d'un profond sommeil.

« Voici Agnès, Votre Altesse, dit le domestique pendant que la plus corpulente et la plus âgée faisait une révérence. Elle s'occupe du rez-de-chaussée et de l'aile est.

— Agnès, répéta Nicolas.

— Et Charisse, Votre Altesse. » Ce fut avec plus d'intérêt que Nicolas regarda la jeune femme blonde exécuter à son tour une courbette. Il avait fréquemment admiré sa svelte silhouette. « Elle a la charge des appartements des visiteurs du premier et du deuxième étage, ainsi que de l'aile ouest.

— Charisse.

— Et pour finir Evadne, Votre Altesse. » La troisième femme s'inclina. Entre deux âges, elle avait des cheveux bouclés poivre et sel et des bras musclés. « Les ailes nord et sud.

— Evadne. Redressez-vous, mesdames. Je te remercie d'être allé les chercher, mon garçon. »

Conscient que c'était un congé, l'adolescent courba l'échine et recula.

« L'une d'entre vous a-t-elle vu l'intendant ? »

Elles se dévisagèrent puis secouèrent la tête. « Excusez-moi, Votre Altesse, mais il ne s'est pas montré de toute la journée, fit Charisse.

— Hier après-midi non plus, renchérit Evadne.

— Quand l'avez-vous vu pour la dernière fois ?

— Hier matin, pour la répartition des tâches, dit

Agnès. Aujourd'hui, comme il était absent, nous avons improvisé.

— Ce n'était pas une réussite, grommela le boucher.

— Quoi ? fit Nicolas, bien qu'il eût nettement entendu ses propos.

— Je vous demande pardon, Votre Altesse.

— Cela lui est-il déjà arrivé ?

— Jamais, Votre Altesse. Sans ces réunions, tout irait à vau-l'eau et nous aurions de sérieux ennuis. » C'était Evadne, qui s'était adressée à lui en gardant les yeux baissés.

Le personnel était donc inquiet. Il envisagea d'exploiter ces craintes pour se le reprocher aussitôt.

« Il n'est pas dans mes intentions de vous réprimander, fit-il. Je voudrais simplement que vous m'aidiez à résoudre une énigme. » Il retint un soupir. Il lui faudrait interroger toute la maisonnée, pour reconstituer les faits, et il ne s'en sentait pas le courage. Sans oublier qu'il lui restait à aller voir son père. Il but une autre gorgée d'hydromel.

« N'avez-vous rien remarqué d'inhabituel, ces derniers temps ? Un tas d'os ou une flaque de sang ? Comme lorsque nous avons trouvé ce squelette à proximité de Stephen, dans les couloirs ? » Il s'était adressé à Evadne qu'il avait vue dans les ombres, munie d'un balai à franges et d'un seau, visiblement terrifiée.

« Pas depuis l'invasion, Votre Altesse. » Elle avait blêmi à ce souvenir.

« Auriez-vous découvert d'autres choses étranges, lors de ces événements funestes ?

— Pardonnez-moi, Votre Altesse, intervint Agnès. Tout était sens dessus dessous. Nous avons travaillé trois jours de rang pour nous débarrasser des cadavres et lessiver le sang, avant de pouvoir faire le ménage et remettre de l'ordre.

— Et vous n'avez rien remarqué d'insolite ? »

Charisse remit une mèche de cheveux rebelle derrière son oreille. « J'ai aidé l'intendant à emporter les os qui se trouvaient dans sa chambre. Il m'a ordonné de ne le dire à personne, mais tant pis.

— Il n'a pas voulu que vous en parliez ? » fit Nicolas. La requête était bizarre. « Avait-il déjà sollicité des faveurs de ce genre ?

— Non », répondit-elle trop rapidement, en rougissant.

Nicolas la dévisagea. Il hésitait à entrer dans les détails. « Les fois précédentes, était-ce pour des questions d'ordre personnel ? »

Ses joues passèrent du rose à l'écarlate et elle finit par opiner.

« Rien de ce genre ? »

Elle secoua la tête.

« Y avait-il du sang ? »

Elle respira profondément. « Beaucoup. Près de la porte. J'ai tout essuyé et je me suis demandé... » Sa voix mourut. Elle inspira de nouveau. « Je me suis demandé comment il avait pu dormir dans une pièce qui puait autant.

— Le sang ? »

Une autre confirmation muette.

« Cela se passait la nuit de l'invasion. Croyez-vous qu'un seul d'entre nous a pu fermer l'œil ? »

Elle haussa les épaules.

Les doigts de Nicolas s'étaient crispés sur la chope en céramique. Des ossements dans les écuries. Des ossements dans le palais. Des ossements près des portes. Et du sang, des flots de sang. Et à présent deux hommes, deux hommes de confiance, qui disparaissaient simultanément. Le jour où d'autres os étaient découverts dans le Tabernacle, alors qu'aucun religieux ne manquait à l'appel. Qu'il existât un lien entre ces événements était indubitable, mais il ignorait lequel.

« Et hier, n'avez-vous rien remarqué ? Des faits à même de vous intriguer ?

— Excusez-moi, Votre Altesse. Je préférerais vous en parler en privé. » C'était Charisse. Une courbette dissimula son visage empourpré. « J'ai vu des choses, mais je ne voudrais pas en causer devant tout le monde. » Elle observa les autres domestiques qui la regardaient fixement, rongés par la curiosité.

Nicolas connaissait suffisamment la. mentalité ancillaire pour savoir que leurs rapports dépendaient en grande partie des commérages. Et qu'alimenter ces derniers nuisait gravement à la personne concernée.

« À votre place, j'éviterais de rester seul avec elle, Votre Altesse, intervint le boucher. Nous savons tous qu'elle remonte ses jupes avant d'ouvrir la bouche. »

Nicolas manqua sourire. « En quoi cela me serait-il préjudiciable ? »

Le boucher eut un mouvement de recul, comme s'il prenait à retardement conscience de ses propos. « En rien, Votre Altesse, mais sa réputation en pâtirait.

— Elle paraît déjà faite, et quelques minutes passées en ma compagnie ne pourront que l'améliorer. » Il se leva et lui présenta sa main, qu'elle prit en hésitant. Ses doigts étaient rugueux, durcis par le labeur. Il les comprima et regarda les serviteurs qui les entouraient. « Vous allez fouiller une fois de plus les lieux et interroger le personnel. Je compte sur vous pour m'amener dès le lever du jour tous ceux qui ont vu l'intendant avant sa disparition. S'il ne réapparaît pas, nous nommerons un remplaçant.

— Bien, Votre Altesse », firent-ils, plus ou moins à l'unisson.

Il serra fermement la main de Charisse et la glissa

sous son coude, comme s'il avait affaire à une noble dame. Il quitta les cuisines avec elle, décrocha une torche du mur du corridor puis la précéda dans la Grande Salle. Les armes étaient menaçantes sous la clarté vacillante du flambeau qu'il ficha dans un support surplombant les fauteuils. Il lui en désigna un et s'assit près d'elle.

« Que savez-vous d'autre ?

— Pardonnez-moi, Votre Altesse, fit-elle en ordonnant sa chevelure d'un geste nerveux à la grâce irrésistible. J'ai besoin de travailler et si je vous dis ce que je sais vous me prendrez pour une folle.

— Vous étiez la maîtresse de l'intendant, n'est-ce pas ? » ne put-il s'empêcher de demander.

Elle secoua la tête, les yeux baissés. Ses joues avaient repris des couleurs. « Pas sa maîtresse, Votre Altesse, même si... j'ai passé quelques nuits dans sa chambre. »

Nicolas fronça les sourcils. Il n'avait pas l'expérience nécessaire pour assimiler la nuance. À quelles occupations pouvaient se livrer un homme et une femme seuls dans un lit, s'ils n'étaient pas amants ? « J'avoue ne pas comprendre. »

Elle agita la main, incapable de contrôler ses émotions. « Je tenais à mon emploi, Votre Altesse. »

Il en eut le souffle coupé. Il n'eût jamais imaginé que de telles infamies avaient été perpétrées sous son toit. « Vous aurait-il menacée ?

— Pas depuis l'invasion. » Elle semblait redouter d'être punie pour cette réponse. « Il a été plus gentil, ensuite.

— Plus gentil ? » Nicolas en avait des vertiges. Plus gentil ! « Vous aurait-il violentée ?

— Non, Votre Altesse. » Ses yeux étaient larmoyants. Il prit sa main. Ses doigts étaient glacés. « Il m'a fait comprendre que... qu'il me ferait renvoyer si je ne me pliais pas à ses désirs. Et c'est mon salaire qui permet à ma mère de nourrir notre famille, voyez-vous... »

Il cilla. Il avait cru connaître l'univers des petites gens. Il s'était trompé. « Vous n'avez plus votre père ? »

Elle secoua la tête. « À sa mort, ma sœur n'était qu'un nourrisson. Nous avions une ferme et mon frère cadet a tenté de le remplacer, mais il n'avait que sept ans et maman était malade. Alors, je suis venue proposer mes services au palais. Il faut que je garde mon emploi, Votre Altesse. Je vous en conjure. » Sa main tremblait. Il la massa.

« Vous resterez, j'en fais le serment. Et si qui que ce soit vous importune, venez immédiatement me voir. »

Elle cilla et une larme tomba sur sa joue. Il l'essuya. « Merci, Votre Altesse », murmura-t-elle.

Il était assis si près d'elle qu'il percevait le souffle de son haleine sur son visage. Les paroles du boucher lui revinrent en mémoire. N'essayait-elle pas de le manipuler ? Il exerça une autre pression sur sa main puis la lâcha.

« Que vouliez-vous dire en déclarant qu'il était *plus gentil* ? »

Son sourire vacillait. Elle sécha du poignet une autre larme et déglutit. « Après cette histoire d'os, il ne m'a plus dit qu'il m'attendait dans sa chambre.

— Jamais ?

— Non, Votre Altesse. Je... heu... J'ai souhaité savoir si j'avais fait des choses qui lui avaient déplu et il m'a répondu qu'il avait désormais d'autres chats à fouetter. Il a ajouté que j'étais sotte de m'être inquiétée.

— Il a donc interrompu toute relation intime avec vous », résuma Nicolas. La froidure des mains de Charisse s'était communiquée à tout son être. « S'est-il trouvé quelqu'un d'autre ? »

Elle secoua la tête. « C'est... Pardonnez-moi si je vous choque, Votre Altesse, mais c'est devenu un sujet de plaisanterie pour toutes les servantes. Elles se demandent si les Fey ne lui ont pas coupé son... son... Vous voyez quoi. »

Un changement radical de comportement. Comme pour Miruts. Comme pour Stephen. Il avait des informations à transmettre au Rocaan. Il lui enverrait un messager dans la matinée.

« Mais, cela excepté, son comportement est-il normal ? »

Elle s'essuya les mains dans ses jupes et soupira. « Votre Altesse, il voudrait être tenu au courant de toutes les rumeurs et se met en colère quand nous n'avons rien à lui raconter. Il s'emporte contre moi parce que je suis chargée de l'aile ouest, là où se trouvent les appartements, et qu'il estime que je devrais y entendre plus de ragots que partout ailleurs. Je lui rabâche sans cesse qu'ils sont inoccupés lorsque je m'y rends et que s'il aime tant les commérages il n'a qu'à s'adresser aux chambellans.

— Les commérages, répéta Nicolas. Que fait-il, quand il est irrité contre vous ?

— Il vocifère, Votre Altesse. L'autre jour, il s'est emparé de mon plumeau et l'a jeté sur le sol... » Elle leva les yeux, comme pour lui faire du charme. Mais il sut interpréter son regard. Elle tentait de deviner quelle serait sa réaction.

« C'est de cela que vous vouliez me parler. Ce que les autres ne doivent pas savoir. »

Elle le confirma de la tête. « Je ne suis pas folle, je vous assure.

— N'ayez crainte. Je vous écoute depuis un moment et vous me paraissez sensée.

— Eh bien... Le plumeau est tombé devant un chat. Il m'a naturellement adressé des reproches. Il m'a accusée d'avoir laissé entrer cette bête. Je lui ai affirmé que je ne lui avais pas ouvert la porte et il m'a ordonné de la mettre dehors. »

Nicolas s'était penché vers elle. Miruts avait également vu un chat, avant sa disparition.

Charisse le dévisageait avec attention. « Quand je me suis baissée pour le prendre, cet animal a bondi vers l'intendant et a escaladé sa jambe pour – c'est ça qui est incroyable – pour lui parler.

— Lui parler ? »

Elle hocha la tête. « Je le jure. Pas dans notre langue mais en fey. J'ai suffisamment entendu ces soudards quand ils étaient dans nos rues pour reconnaître leurs intonations. J'ai fait remarquer que ses miaulements étaient étranges et il m'a dit d'oublier l'incident, qu'il s'occuperait de cette bestiole. Je me suis éloignée... jusqu'à l'angle du couloir d'où je l'ai observé. Il a emporté le chat dans sa chambre. Et ensuite, je ne l'ai pas revu.

— Vous dites que cette bête s'est adressée à lui en fey ?

— Je sais que c'est inconcevable. C'est pour cela que je ne voulais pas le dire dans les cuisines. Mais je vous jure que c'est vrai. Je le jure. »

Le jour de l'invasion, Stephen avait dit que les Fey avaient des pouvoirs que ne possédaient pas les insulaires. Sans préciser s'ils se métamorphosaient en animaux, il avait affirmé qu'ils étaient capables de s'emparer d'autres hommes et de leur imposer leurs volontés. Peut-être en faisaient-ils autant avec les bêtes.

« Pourriez-vous me décrire ce chat ? »

Elle fronça les sourcils. « Il était roux. » Elle haussa les épaules. « Il ressemblait à un chat. »

Craignant de se compromettre s'il se montrait plus familier, il se contenta de tapoter sa main et de lui sourire. Il regrettait de ne pas être comme son aïeul qui passait la majeure partie de son temps en compagnie des soubrettes. Néanmoins, son père lui avait maintes fois répété que les bâtards mettaient une dynastie en péril et qu'éviter les écarts de conduite était le meilleur moyen de s'en protéger. Avant l'arrivée des Fey, Nicolas avait espéré se trouver rapidement une épouse. La guerre avait fait passer de telles préoccupations au second plan mais peut-être essayerait-il de les remettre d'actualité.

Il se leva et lui présenta sa main pour l'aider à se lever. Puis il la remercia, alla pour la suivre hors de la Grande Salle et s'arrêta sitôt après. Il préférait ignorer où elle logeait. Mieux valait la laisser disparaître dans les profondeurs du palais, retourner vers ses problèmes, sa vie et son travail. Il lui avait promis son soutien si elle en avait un jour besoin, et il tiendrait parole.

Mais il avait pour l'instant d'autres soucis.

Il la regarda s'éloigner lentement dans le couloir puis jeta un coup d'œil en direction des cuisines. Il s'appuya à la pierre froide du mur pour respirer à pleins poumons quand les ténèbres engloutirent la servante. L'épuisement le terrassait et il ferma les yeux.

Des ennemis avaient pénétré dans le palais et pris mystérieusement possession de l'intendant et du maître palefrenier. Il n'était pas à exclure que d'autres personnes qu'il avait côtoyées ce soir-là fussent des Fey. Il devait en parler à son père et réclamer aux religieux un stock d'eau bénite pour soumettre tout le personnel à des tests. Sans exception. Y compris cette ravissante Charisse.

Avertir les religieux devenait urgent. Il existait un lien entre les ossements, le sang et la capacité des Fey de plier des hommes à leurs volontés. Il en découlait que deux espions s'étaient infiltrés dans le Tabernacle. Peut-être pour assassiner le Rocaan.

Il rouvrit les yeux. Il avait oublié sa lassitude. S'il avait été le chef des Fey, il n'eût pas chargé ses agents de tuer cet homme mais de découvrir le secret de l'eau bénite.

Il ne dormirait pas, cette nuit-là. Il irait prendre un autre cheval pour regagner le Tabernacle dès qu'il se serait entretenu avec son père.

Le message qu'il avait à transmettre était trop important pour qu'il le confie à un tiers.

CINQUANTE-SEPT

Quand Gemme sortit de sa chambre, tôt le matin suivant, la cabane était déserte. Mais des flammes dansaient dans l'âtre et des volutes de vapeur s'échappaient d'une des marmites. Au moins pourrait-elle boire son infusion, même si leurs réserves s'amenuisaient de façon alarmante.

Elle versa une louche d'eau chaude dans sa tasse. Son père lui avait laissé la passoire qu'ils se partageaient depuis qu'il était évident que leur séjour sur l'Île Bleue serait plus long que prévu.

Il avait également placé du pain frais sur la table. Elle en découpa une tranche. Il avait dû aller régler divers problèmes avec les Ménagers. Il s'absentait dès l'aube pour superviser leur travail, ces derniers temps. Les risques de pénurie l'incitaient à encourager toutes les initiatives qui permettraient d'augmenter leur production.

Un coup frappé à la porte la fit sursauter. Elle déglutit et posa le pain dans son assiette. « Qui est là ?

— Caseo. »

Elle inspira à pleins poumons. Elle n'avait nul désir

de s'entretenir avec lui avant d'avoir pris sa collation, mais elle doutait d'avoir le choix. « Un instant. »

Elle mangea une autre bouchée puis se leva, s'essuya la bouche et tira la clenche.

Sans attendre d'être invité à entrer, Caseo se baissa pour passer sous le linteau. « Vous n'avez pas encore déjeuné ? »

Elle n'était pas d'humeur à se montrer courtoise. « Je vous proposerais bien une infusion mais je crains que cela ne vous incite à rester.

— Rien ne peut justifier qu'un Fey manque aux règles les plus élémentaires de l'hospitalité, rétorqua-t-il en lorgnant la table.

— Les importuns exceptés. » Elle retourna s'asseoir, rapprocha sa tasse et s'octroya un autre bout de pain. Elle le mâcha lentement et l'avala avant de demander : « Qui êtes-vous venu voir ? Mon père ou moi ?

— Vous.

— En ce cas, autant vous dire tout de suite que je refuse de vous servir de cobaye pour tester un poison qui me sera certainement fatal. Je vous remercie d'avoir pensé à moi et n'oubliez pas de fermer la porte en partant.

— Quand vous serez notre Reine noire, si vous montez un jour sur le trône, j'espère que vous serez plus patiente envers vos sujets qu'envers moi. »

Elle soupira. « Je ne suis pas encore votre souveraine et je vous trouve horripilant. Ce ne sont pas des agressions verbales qui vous permettront d'améliorer nos rapports. »

Il soupira à son tour, irrité de devoir lui manifester du respect. « Les prisonniers. Je présume que vous n'avez plus besoin d'eux. »

Il avait décidé d'aller droit au but. Peut-être était-ce préférable. « Je ne leur ai parlé qu'hier.

— Et vous avez ordonné à un guérisseur de réduire le plus âgé au silence. Excellente idée, si ce n'est qu'il est impossible d'arracher des aveux à un muet. »

Elle se leva pour le regarder droit dans les yeux. « Je le concède. Mais cette mesure intimidera ses compagnons et les incitera à nous dire tout ce qu'ils savent.

— Vous en avez donc terminé avec eux.

— Ce n'est qu'un début. » Elle se pencha contre la table. « Dites-moi ce que vous voulez faire d'eux et je prendrai votre requête en considération.

— Vous le savez déjà. Ils me permettront de comprendre comment opère ce poison.

— Je les ai interrogés à ce sujet. Ils ne savent rien.

— Vos questions manquaient sans doute de pertinence. »

Elle le foudroya du regard. Qu'il fût son aîné ne l'autorisait pas à l'insulter. « Je n'ai pas à me justifier auprès de vous. Je leur ai demandé quelle était la composition de cette potion et ils ont déclaré qu'il l'ignoraient. Leur réponse m'a satisfaite, vous devrez vous satisfaire de la mienne. »

Elle avait croisé les bras, et il l'imita. « Je préférerais en discuter avec votre père.

— Alors, cherchez-le. Mais je vous avertis que ce sera inutile. Il a placé les prisonniers sous ma responsabilité. »

Le Gardien se rapprocha en tentant de l'intimider par sa taille. Il ne s'immobilisa que lorsque leurs visages furent à quelques pouces l'un de l'autre. « Vous entravez les efforts que nous déployons pour découvrir la seule chose qui pourrait nous sauver. »

Elle ne broncha pas. « Certainement pas ! J'obtiendrai cette information à ma façon. Et si cela vous obsède, que faites-vous ici au lieu de poursuivre vos recherches ?

— Je travaille ! » Il avait lancé cette réplique avec tant d'emportement qu'elle perçut le souffle de son haleine. « Il y a des mois que je me tue à la tâche !

— Sans obtenir de résultat ? fit-elle doucement.

— Rien, rien, absolument rien à l'exception de ce que vous savez déjà... Qu'il est possible de diluer ce poison avec de l'eau normale, ce qui ralentit ou réduit ses effets. C'est tout ce que nous avons découvert. Tout. Malgré des mois de recherches intensives. » Il la prit par l'épaule. « Voilà pourquoi nous devons interroger les prisonniers, pourquoi nous avons besoin d'eux. Espérer trouver la solution par nous-mêmes est illusoire. »

Elle s'écarta pour se soustraire à son contact. « Je ne suis pas de cet avis, Caseo. J'ai en vous une confiance absolue. Vous êtes las, c'est tout.

— Pourquoi doutez-vous de mes capacités ? » Il se redressa de toute sa hauteur.

« Je ne doute pas de vous. Je viens d'affirmer le contraire.

— Mais vous refusez de m'aider. »

Elle retint un soupir. Son père avait raison de dire que ce Gardien était instable. « Entendu, fit-elle d'une voix plus douce. Expliquez-moi à quoi vous serviront ces prisonniers.

— À faire des expériences. Il convient en premier lieu de déterminer si l'eau bénite les affecte puis s'ils ne savent pas plus de choses qu'ils ne l'ont avoué. Et, pour finir, ils nous permettront d'élaborer un poison qui aura les mêmes effets sur les insulaires. »

Elle resta de marbre mais pensa à Adrian, au regard plein de tendresse qu'il avait adressé à son fils. Elle lui avait promis la libération de Luke en échange de sa coopération. Si elle ne souhaitait pas que cet homme fût mutilé au point d'en être méconnaissable, elle ne tenait pas non plus à se morfondre dans les Terres d'ombre jusqu'à la fin de ses jours.

« Par quel moyen ?

— En créant notre propre potion. Nous ne les disséquerons pas. Nous nous cantonnerons à notre spécialité, autrement dit les sortilèges. » Il s'exprimait avec tant d'enthousiasme qu'elle lui attribua la paternité de cette idée avant de relever qu'il ne l'avait pas revendiquée. Un autre Gardien avait dû lui indiquer la marche à suivre et le convaincre des avantages d'une telle approche.

« Ils seraient donc à votre merci.

— Oui. »

Elle hocha la tête et s'éloigna de la table. Caseo avait marqué un point. Les Fey pratiquaient la torture. Elle avait contribué à ces usages barbares en remettant des prisonniers à son commandant, à la fin de la campagne de Nye. À l'âge de Luke, elle avait été témoin d'atrocités qu'il n'aurait pu imaginer. Mais elle ne pouvait se résoudre à lui livrer ses prisonniers.

« Vous les aurez dès que j'en aurai terminé avec eux. Entre-temps, demandez aux Calots écarlates de vous apporter la peau des cadavres qui gisent à l'extérieur. Vous l'utiliserez pour vos expériences.

— Nous avons des spécimens à ne plus savoir qu'en faire, rétorqua sèchement Caseo. Ce dont nous avons besoin, c'est de cobayes. Vous retardez une échéance inéluctable par pure stupidité...

— Et vous, vous m'exaspérez au plus haut point. Je m'efforce d'agir dans l'intérêt de nos troupes et seul mon père pourrait contester mes décisions. Est-ce compris ? »

Il croisa les bras et se pencha en arrière, le regard torve.

« Est-ce compris ? répéta-t-elle. Si les subtilités vous

échappent, il se fera une joie de compléter mes explications.

— Un fantassin n'a pas d'ordres à me donner.

— Mais la petite-fille du Roi noir a sur vous un droit de vie ou de mort. Ne me soumettez pas à la tentation d'user de mes prérogatives.

— Vous n'oseriez pas. Je suis le meilleur de tous les Gardiens.

— Si c'était exact, l'idée que vous venez d'exposer serait de vous. Vous n'êtes pas irremplaçable, Caseo. Vous avez laissé un peuple certes chanceux mais privé de pouvoirs surnaturels vous surpasser. N'en êtes-vous pas honteux ?

— Je n'ai pas à rougir de mes actes. C'est votre père qui nous a conduits en ce lieu. Si nous sommes pris au piège, nous le devons à sa Cécité et non à une erreur qui me serait imputable. »

Elle ne supportait plus d'entendre ces accusations, de les croire fondées. « Si vous aviez fait correctement votre travail, il y a longtemps que nous serions les maîtres de cette île. Mais vous ne réussissez même pas à contrer un sortilège si rudimentaire que ses auteurs le trouvent naturel. »

Il fit un pas vers elle. « N'essayez pas de me rendre responsable de nos revers. Savez-vous pourquoi nous avons dû changer de Terres d'ombre ? Parce que votre père perd ses capacités. Agrandir les premières était facile, mais au-dessus de ses forces. C'est toujours sur les flots que la magie commence à s'affaiblir.

— Si vous en étiez conscient, pourquoi avez-vous cru en ses Visions ? C'est de votre plein gré que vous l'avez accompagné.

— Il était autrefois un grand Visionnaire. Néanmoins, ces dons décroissent parfois. Surtout lorsqu'on les utilise pour revoir constamment les mêmes scènes. »

Il s'était renfrogné et ses sourcils horizontaux le faisaient paraître plus menaçant.

« Si ce que vous dites est vrai, vos responsabilités n'en sont que plus grandes. » Gemme tremblait. Nul n'avait jamais porté de telles accusations contre son père. « Les Gardiens ne doivent-ils pas informer le Roi noir de leurs soupçons ou en référer au Chaman, en son absence ou s'il en est l'objet ? L'avez-vous fait ?

— J'étais bien trop occupé, bougonna Caseo en se redressant.

— Vous vous en êtes donc abstenu ! » Elle s'écarta de la table. « Et vous vous servez de vos négligences pour tenter de me nuire. Vous voulez me faire endosser vos erreurs et m'ordonnez de vous remettre ces gens sans préciser quel sort vous leur réservez. Je n'ai aucune raison de vous aider, Caseo.

— Si ce n'est pour assurer votre propre salut.

— Rien ne prouve que vous réussirez. Et si j'apprends que vous portez d'autres accusations contre mon père autrement qu'en suivant la procédure officielle, je ferai le nécessaire pour que vous soyez à bord du prochain navire qui appareillera. Nous verrons de quoi vous êtes capable, quand vous serez entre les Sentinelles de pierre.

— Vous oubliez que vous ne sauriez pas utiliser vos pouvoirs sans nous. » Caseo ouvrit brusquement la porte et la brume pénétra dans la pièce. Les Maîtres des éléments devaient faire de nouvelles expériences. « Vous êtes jeune et naïve, Gemme. Regardez autour de vous. Les Fey n'ont de problèmes que lorsqu'ils sont privés de leur magie. Si nous sommes bloqués en ce lieu, c'est parce que votre père refuse d'admettre qu'il a perdu ses dons.

— Accusez-le encore et j'irai en référer à la Chamane. Je suis certaine qu'elle vous retirera votre titre de chef des Gardiens. » Elle le fit reculer en tendant l'index vers sa poitrine.

Il s'arrêta sur le seuil, l'expression menaçante.

« J'ai besoin de ces prisonniers.

— Vous aurez ceux qui seront encore parmi nous quand j'en aurai terminé avec eux. » Elle plaqua sa paume sur son thorax et le poussa. « Maintenant, sortez et cessez de m'importuner. »

Il se laissa mettre dehors et inclina la tête vers elle sitôt sous le porche. Elle sut à l'éclat de ses yeux qu'il venait d'avoir une idée. « Vous avez eu vos premières Visions, n'est-ce pas ? Que vous ont-elles révélé ? Avez-vous Vu ces Terres d'ombre tomber en décrépitude ? Le sauvetage de nos troupes ? Un séjour sans fin sur l'Île Bleue ? N'allons-nous pas connaître une fin atroce parce que votre mauvaise volonté aura permis aux autochtones de nous empoisonner jusqu'au dernier ?

— Si j'avais des Visions – et j'ai dit *si* – je tiendrais compte de ce qu'elles m'annoncent. Si j'avais Vu cette potion nous détruire, je m'efforcerais d'accroître votre efficacité. Maintenant, partez avant que mon père ne revienne et que je lui fasse part de la méfiance qu'il vous inspire.

— Caseo n'a confiance en personne, fit Rugar dont la voix résonna dans la grisaille. C'est le propre de ses semblables, ma fille. Ils sont tellement imbus de leurs pouvoirs qu'ils oublient qu'ils ne sont pas les seuls à en avoir.

— Rugar ! dit Caseo sans se tourner. Vous avez, quant à vous, oublié d'apprendre à votre fille qu'elle doit obéissance à ses supérieurs. »

Rugar sortit de la brume. Ses cheveux étaient humides et il avait les yeux cernés. « Elle respecte mes volontés et celles de son grand-père. Maintenant, dites-moi pourquoi vous êtes venu l'importuner.

— Je veux ces prisonniers. Je suis certain qu'ils connaissent le secret du poison. » Caseo se tourna vers lui à demi, pour que Gemme pût continuer de voir son visage.

« Et que vous a-t-elle répondu ?

— Qu'il aura ceux qui seront toujours là quand j'en aurai fini avec eux », intervint Gemme. Elle ne supportait pas qu'ils parlent d'elle à la troisième personne.

Son père haussa les épaules. « Voilà qui me paraît raisonnable, Caseo. Je ferai le nécessaire pour qu'on vous les amène dès qu'elle pourra s'en passer. »

Le Gardien jura, descendit les marches sans leur accorder un regard et disparut dans le brouillard. Rugar agrippa la rampe et se hissa. Ses mouvements étaient toujours souples et athlétiques, bien qu'il fût trois fois plus âgé que sa fille.

« Tu l'as irrité », commenta-t-il en la prenant par le bras pour la faire entrer. Il referma la porte derrière eux.

Elle se dégagea aussitôt.

« C'est le dernier de mes soucis. Ce sot m'exaspère. Il croit pouvoir m'imposer ses volontés.

— Nous devrions, dans l'absolu, nous plier à ses décisions. En ce qui concerne la magie, à tout le moins. En tant que responsable des sortilèges, il peut les modifier à sa guise.

— Nous n'en utilisons pas.

— Ce sont ses pairs qui ont déterminé la place des Visionnaires au sein de notre société. Ils étaient assimilés à des déments, avant que les Gardiens n'établissent que leurs Visions contenaient des vérités, qu'elles révélaient des avenirs possibles. Nous leur sommes redevables de notre puissance.

— C'est de l'histoire ancienne, père. Sans rapport avec lui.

— Tout est lié. Pour les Gardiens, le passé n'est qu'une illusion. Ils comparent le temps à un fleuve. On raconte que certains d'entre eux peuvent suivre son cours vers l'amont ou l'aval, en fonction des besoins. On dit aussi qu'un Gardien ne meurt jamais, qu'il va simplement occuper un autre corps.

— Caseo ne possède pas une sagesse immémoriale. C'est un individu imbu de lui-même et insupportable.

— Certes », approuva Rugar. Il découpa une tranche de pain qu'il fit tourner entre ses doigts. « Mais il est le plus expérimenté des Gardiens présents sur cette île, le meilleur que ton grand-père a daigné nous accorder. Il faut en tenir compte et coopérer avec lui pour changer l'issue de cette guerre.

— Je doute qu'il trouve un jour un antidote. »

Rugar leva les yeux sur elle et posa le morceau de pain. « S'il n'y réussit pas, nul n'y parviendra. Il est notre seul espoir de comprendre cette étrange magie.

— Ce n'est pas en essayant de m'intimider qu'il fera des progrès.

— Et tu ne sers pas nos intérêts en te dressant contre lui. » Il se pencha sur la table, comme elle l'avait fait un peu plus tôt. « Ceux qui gouvernent doivent composer avec des gens haïssables, s'ils sont les seuls à même de les aider.

— Je le sais. Je ne suis plus une enfant. Mais je n'ai Vu aucun... Je veux dire que ses capacités à trouver la clé de ce mystère m'échappent. »

Rugar s'avança pour la prendre par le coude. Cette fois sa prise était plus énergique et meurtrissait sa chair. « Tu as eu une autre Vision, Gemme ?

— Non », répondit-elle, sans soutenir son regard. Qu'il changeât aussi radicalement d'attitude dès qu'il était question de ses pouvoirs la déstabilisait. Si les accusations de Caseo l'irritaient tant, c'était parce qu'elles étaient en partie fondées. Son père l'eût-il traitée ainsi, s'il avait été convaincu de la justesse de ses propres Visions ?

Il la lâcha. « Il me semble, ma fille, que tu devrais plus que quiconque souhaiter qu'il trouve une parade. »

Elle se toucha le front, par réflexe. Elle se rappelait une souffrance qu'elle n'avait pas encore endurée. Elle ne considérait pas ce qu'elle avait Vu comme un événement de son avenir mais de son passé. S'il était possible de modifier la destinée, elle croyait la sienne inéluctable. C'était sa première Vision, la preuve qu'elle était devenue une adulte, et elle s'y raccrochait sans désirer l'altérer.

Elle s'assit. Le souvenir de la brûlure picotait sa peau. « Que dois-je faire ? »

Il sourit et s'accroupit près d'elle, tel un suppliant. Il prit sa main. La sienne était chaude et rêche en raison du travail qu'il effectuait dans les Terres d'ombre. « Il est souvent difficile de le savoir. Parfois, nous découvrons trop tard comment changer le cours de ce qui nous a été annoncé. Lorsque nous ne faisons pas fausse route en cherchant sa signification. C'est pour cela que nous devons solliciter l'opinion d'autres personnes. Peut-être faudrait-il en parler à la Chamane. »

Elle n'y tenait pas. « Le sens de ma Vision est évident.

— Ce qui s'applique également à celle où je t'ai Vue dans le palais de Jahn, t'y déplaçant comme si c'était ta demeure. Mais la synthèse de nos deux Visions pourrait leur apporter une tout autre signification. »

Gemme fronça les sourcils et pressa les doigts de son père. « Que veux-tu dire ?

— Es-tu dans ce palais à cause du jeune prince ou parce tu es blessée et dans l'incapacité d'en sortir ?

— Étais-je affaiblie, dans ta Vision ? »

Il secoua la tête. « Tu ressemblais à ta mère, majestueuse et magnifique. »

Elle haussa les épaules. « En ce cas, nos Visions ne peuvent être liées. Ou, si elles le sont, c'est que nous découvrirons l'antidote.

— Ce n'est pas à exclure, même si je doute que ce soit si simple. »

Elle s'accorda le temps d'analyser sa réponse. « Grand-père aurait-il Vu ce lieu ? »

Il la lâcha et se releva. « Il n'a plus de Visions.

— Il a été frappé de Cécité ? »

Rugar ramassa le tisonnier, déplaça la grille et fit basculer une bûche pour faciliter la circulation de l'air. Il ajouta un bout de bois et les flammes s'étirèrent.

« Et tu es parti malgré tout ? Tu l'as laissé gouverner privé de Clairvoyance ?

— Peu de Rois noirs ont eu des Visions jusqu'à la fin de leur règne. » Il remit la grille en place.

« Est-ce pour cela qu'il s'est opposé à cette expédition ? Parce qu'il avait besoin de toi pour le guider ? »

Rugar éclata de rire. « Non, mon enfant. Il a dans son entourage de nombreux Visionnaires mineurs qui lui prodiguent leurs conseils. Et il sait, comme moi, que nous devons affronter notre destin ou le changer. Sa Vision l'a amené à Nye. La mienne nous a emportés jusqu'ici.

— Mais s'il ne Voit plus...

— Il peut toujours gouverner. Un monarque ne fonde pas ses décisions uniquement sur sa prescience. Il s'en sert pour déterminer une ligne de conduite, une orientation politique. Puis il fait le nécessaire pour que ce qu'il a établi perdure. Même s'il n'accomplit pas d'autres exploits, Rugar passera à la postérité comme le Roi noir qui a remporté le plus grand nombre de victoires. Il a conquis le reste de Galinas et fait de nous les maîtres de plus de la moitié du monde. » Il se releva et s'adossa au jambage de la cheminée.

Gemme baissa les yeux sur ses mains, ses ongles rongés et ses cals. « Ta Vision t'abandonne-t-elle ?

— Qu'est-ce qui t'incite à le croire ? » Il s'était exprimé sèchement, sur un ton qu'il n'employait que pour s'adresser aux troupes.

Sans trop savoir pourquoi, elle s'interdisait de lui répéter les paroles de Caseo. Elle n'avait aucune raison de ménager le Gardien mais ne voulait pas révéler qui avait implanté cette idée dans son esprit. « Si grand-père a perdu ses dons, ça coule de source que cela te menace.

— Nous ne sommes pas tous frappés de Cécité. Ce n'est pas inéluctable.

— J'ai entendu dire que certains d'entre nous ont des hallucinations et basculent dans la démence. » Elle avait prononcé ces mots à voix basse. L'auteur de ces propos était un professeur qu'elle avait eu étant enfant. Un autre enseignant en avait eu vent et cette femme avait été renvoyée. Gemme ne l'avait pas revue. Elle ne se rappelait même plus son nom.

Le sang était monté au visage de son père. « J'ai vu des Gardiens des sortilèges commettre une erreur et sombrer dans un crétinisme profond. J'ai vu des animaliers ne plus pouvoir reprendre forme humaine et en mourir. J'ai vu des métamorphes mourir en bas âge parce que leur nourrice manquait de vigilance et qu'ils avaient subi une métamorphose involontaire. Mais je n'ai jamais vu un Visionnaire perdre l'esprit. Jamais ! »

Gemme hocha la tête. Tant de véhémence trahissait une profonde angoisse. « En as-tu entendu parler ? »

Il reprit le tisonnier et poussa la grille, ferma les paupières et soupira. Il se frotta les yeux, les rouvrit et posa le pique-feu. « On raconte qu'après notre départ des Monts Eccrasiens, notre roi a été soudain privé de Clairvoyance. Il était jeune et n'avait pas d'enfants. Des Visions mensongères l'ont égaré. Le Chaman voulait le destituer mais il n'existait aucune procédure établie. Les Gardiens ont cessé de préparer de nouveaux sortilèges et les fantassins ont refusé d'aller plus loin. Ils ont bivouaqué dans les contreforts des montagnes pendant près d'une génération, aussi longtemps qu'il suivait ses fausses Visions, puis il a été frappé de Cécité. Désespéré, il est retombé en enfance. Les Gardiens et le Chaman se sont réunis pour tester le potentiel des autres Visionnaires. Ils ont trouvé une femme qui Voyait au-delà de la prochaine bataille. Elle est devenue la première Reine noire, et sa dynastie a été longue et puissante. Ses descendants ont gouverné avec sagesse jusqu'au jour où tous ont été assassinés, bien des siècles plus tard.

— D'autres Visionnaires ont-ils perdu l'esprit ?

— Quelques-uns. Mais ils ne sont pas restés au pouvoir. Ils ont été destitués ou éloignés, ou encore mis sous tutelle. C'est un sujet que nous évitons d'aborder. »

Gemme avait le souffle court, comme à la fin d'un duel. « Pourquoi ?

— Il suffirait que le peuple en soit informé pour qu'il cesse de nous accorder sa confiance. » Elle vit dans ses yeux le reflet de ses propres peurs. « Qui pourrait différencier une authentique Vision de l'avenir d'une simple illusion ? Surtout quand nous faisons le nécessaire pour que certaines de ces choses ne se réalisent pas. Sans parler des mises en garde. Comment distinguer les effets d'une dépression nerveuse de la prémonition d'un malheur qui nous guette ? C'est impossible, Gemme. Nous ne pouvons nous fier qu'à nos esprits et à notre réalité, avoir foi en nos capacités. »

Son front picotait toujours. Les réminiscences d'une souffrance qu'elle n'avait pas encore connue. Visions et folie. Elle n'avait jamais établi un lien entre les deux, pas même quand une Vision avait emporté son père pendant la campagne de Nye. C'était ainsi. Tous savaient que leurs semblables avaient à l'occasion un comportement étrange, comme ils savaient que les Calots écarlates puaient le sang et la charogne.

Elle maudit Caseo. Cet individu sans scrupules n'eût reculé devant rien pour arriver à ses fins, pas même saper la confiance que lui inspirait son père. « Tu n'avais pas l'intention de m'en parler, n'est-ce pas ? »

Il secoua la tête. « Nous devons croire en nos Visions. Le meilleur moyen d'y parvenir, c'est de nous convaincre qu'elles se réaliseront si nos actes ne les modifient pas.

— A-t-on signalé des cas de démence dans notre famille ?

— Non. Mais au cours de ces trois derniers siècles plusieurs de nos ancêtres ont brusquement cessé d'avoir des Visions. C'est le cas de tous ceux qui ont atteint l'âge de ton grand-père. »

Elle déglutit avec peine. Sa bouche était sèche, et elle eut l'impression de n'avaler que de l'air. Elle but l'infusion qui avait refroidi. Lorsqu'elle la reposa, la tasse vide heurta le plateau de la table avec un petit bruit sec. « C'est pour cela que tu as organisé cette expédition, n'est-ce pas ? Pour suivre ta Vision ? »

Il rangea le tisonnier et s'essuya les mains sur son pantalon. Il paraissait plus âgé que lorsqu'il était sorti de la grisaille, moins d'une heure plus tôt. « Si Rugar meurt à l'âge annoncé par les devins, je serai un vieillard. Je ne deviendrai pas un Roi noir visionnaire. Je me contenterai de tenir le trône au chaud pour toi ou tes frères. Je serai Aveugle. Je dois à moi-même, et à notre peuple, d'aller là où me conduit ma destinée. Et si je ne suis jamais couronné, qu'importe ! Au moins aurai-je contribué à faire de toi une grande souveraine.

— Tu crains que tes dons ne disparaissent. »

Il lissa sa chevelure, ce qu'il faisait rarement. Conscient que cette manie révélait son embarras, il n'y cédait qu'en proie à une forte tension. « Gouverner en ayant des Visions puis en être privé est une chose. Accéder au trône après avoir perdu cette capacité en est une autre. Nous lui devons la puissance et l'habileté qui permettent de régler les affaires d'État. Je n'ai jamais été un politicien, seulement un Visionnaire. Ce qui fait ma force s'évaporera et je ne pourrai rien apporter à notre peuple. Me bercer d'illusions mettrait notre dynastie en péril. »

Gemme cilla, déconcertée. « Pourquoi n'ai-je eu qu'une révélation ? Pourquoi ne me suis-je pas Vue sur le trône ?

— Certaines Visions sont si intenses qu'elles éclipsent toutes les autres tant qu'elles ne se sont pas réalisées. Quelques-uns d'entre nous n'en ont eu qu'une seule dans toute leur existence.

— Comment puis-je savoir que ce n'est pas mon cas ?

— Parce que ta mère avait des pouvoirs presque aussi étendus que les miens. Ils devraient s'être développés chez nos enfants.

— Devraient. Et dans le cas contraire ?

— Tu en as hérité. je t'ai observée, quand ton don s'est manifesté. Tout ton être en a été affecté. Les uns se contentent de rêver l'avenir ou d'en entrevoir une image fugace, alors que les Visions authentiques nous terrassent. C'est ce qui s'est produit pour toi. »

Elle déglutit. Elle désirait une autre infusion mais n'avait nulle envie de la préparer. « Dans la mienne nous étions avec les insulaires et dans la tienne je vivais dans leur palais. Les affronter n'est-il pas une erreur, père ? Notre avenir ne se situe-t-il pas dans une voie diamétralement opposée ? »

Il la dévisagea comme s'il avait affaire à une inconnue. « Nous nous battons, Gemme. C'est notre nature. »

Elle attrapa sa tresse et joua avec l'extrémité. Elle réfléchissait depuis longtemps à ce sujet sans savoir comment l'aborder. Même à présent, elle n'était pas certaine d'employer la bonne méthode. « Je le sais. Mais cette contrée est différente des autres. La conquérir se montre difficile. Les Mystères ont pu nous conduire jusqu'ici pour nous faire découvrir de nouveaux concepts. C'est peut-être cela, le sens de nos Visions. »

Le visage de son père était de marbre. Il croisa les bras, comme Caseo. « Je t'écoute.

— Nous avons de nombreux atouts. Nul ne peut nous égaler pour charmer et duper les peuples que nous avons vaincus, mais pourquoi n'utilisons-nous pas ces techniques avant de les avoir soumis ? Dans ma Vision, le prince a de tendres sentiments à mon égard. C'est une évidence. Et s'il tient autant à moi que son attitude le laisse supposer, nous disposons d'un autre moyen de nous infiltrer dans leur société, de nous en emparer.

— Je connais ces méthodes. Elles ne portent leurs fruits qu'à long terme et le temps presse.

— Nous sommes sur l'Île Bleue depuis un an et nous n'y avons implanté que ce morne refuge isolé au fond des bois, à des lieues de la capitale. Nous avons perdu la moitié de nos troupes, sans nous rapprocher d'une solution. Grand-père ne nous enverra pas de renforts et nos pertes s'alourdiront si nous tentons de repartir. Ne vaudrait-il pas mieux consacrer quelques années à conquérir subtilement ce peuple plutôt qu'à nous dissimuler ? »

Il tressaillit, comme si elle l'avait souffleté. Puis il se plongea dans la contemplation du feu, semblant y chercher des réponses. « J'ai besoin d'un délai de réflexion.

— Je sais.

— Nous devrions peut-être consulter la Chamane. »

Elle l'approuva de la tête et rejeta sa natte sur son épaule. Elle ne savait trop si elle venait de remporter une victoire ou de perdre un bien inestimable. « Reste un dernier détail, père...

— Je t'écoute.

— J'envisage de libérer le plus jeune des captifs. En agissant ainsi, j'obtiendrai la collaboration de son père. »

Il leva enfin les yeux sur elle. « En es-tu convaincue ?

— Je le lui ai proposé. Il a eu le temps d'y réfléchir. Il va de soi que je ne laisserai partir son fils qu'après avoir obtenu des informations valables.

— Si tu le renvoies chez les siens, fais en sorte qu'il serve encore nos intérêts. »

Elle sourit. « Je prendrai les mesures nécessaires pour qu'il nous soit utile aussi souvent que nous en aurons besoin. »

CINQUANTE-HUIT

Theron tremblait tant que Kondros dut s'assurer de la solidité des nœuds qu'il venait de serrer. Le Fey restait docilement assis, les poignets liés dans son dos et les chevilles attachées aux pieds de la chaise. Ils s'étaient rendus dans la maison de Kondros, le lieu le plus proche du palais qu'ils pouvaient atteindre sans en franchir les portes. En fait, ce n'était pas « sa » maison. Un bottier occupait le devant de la bâtisse et il n'avait qu'une modeste mansarde sur l'arrière du logis de cet artisan. Tout ici avait une odeur de peaux et de cuir tanné, ce qui était secondaire étant donné que le petit personnage puait autant.

Il n'avait opposé aucune résistance. Il s'était assis de son plein gré et n'avait pas protesté quand ils l'avaient ligoté. Theron ne le quittait pas des yeux. Sur son cou l'entaille était toujours cuisante et il redoutait que ce nabot n'eût utilisé un sortilège et pût le plier à ses volontés, à présent qu'il avait fait couler son sang.

Cyta était allé chercher Monte. Ils avaient décidé sur le chemin du retour de ne pas s'adresser au roi mais à un de ses proches, pour limiter les risques. Ils ignoraient si leur prisonnier était sincère ou s'il voulait leur jouer un mauvais tour.

La pièce était exiguë, pour trois personnes. Ils y seraient encore plus à l'étroit, à l'arrivée des autres. Le Fey était assis sur une des quatre chaises qui entouraient la table et Kondros sur la paillasse de l'angle opposé. La cheminée occupait la totalité d'une paroi. Il n'y avait pas de fenêtre et la porte donnait sur une ruelle fréquentée. Ils auraient aimé l'ouvrir. Les lieux avaient grand besoin d'être aérés.

Theron n'avait même pas la place de faire les cent pas. Il suivit de l'index l'entaille sur son cou. Une croûte s'était formée et il ne se sentait pas différent. Les histoires qui circulaient n'étaient peut-être que des fables concoctées par les Fey pour inspirer de la frayeur à la population.

Kondros avait posé une burette d'eau bénite sur la table. Après s'être assuré de la solidité des liens du captif, il s'était assis à côté de la fiole qu'il caressait du bout des doigts. Le nabot la fixait, visiblement terrifié. C'était cette peur, plus que tout le reste, qui incitait Theron à croire qu'il disait la vérité.

La porte s'ouvrit et Theron recula précipitamment pendant que Kondros s'emparait du flacon et que le Fey piaillait de frayeur. Cyta entra, rougeaud et en sueur, suivi par le capitaine de la garde. Monte était un individu de petite taille et de forte corpulence qui se tenait plus droit que tout autre insulaire.

Il fit claquer le vantail, s'avança vers le prisonnier et grimaça, surpris par sa puanteur. « Vous auriez pu lui faire un brin de toilette.

— Il a refusé de nous laisser approcher avec une cuvette, expliqua Theron.

— Méfiant, pas vrai ? »

Monte s'était adressé au Fey, qui humecta ses lèvres

pour lui demander d'une voix chevrotante : « Qui êtes-vous ? »

Le capitaine tira du pied la chaise se trouvant derrière lui et s'assit. « J'ai cru comprendre que vous souhaitiez changer de camp. C'est assez surprenant.

— Ils ont voulu me tuer.

— Vous êtes leur ennemi », répliqua Monte. Il lorgna l'eau bénite que Kondros gardait à portée de sa main.

« Je parle de mes semblables. Ils ont voulu me tuer. » Monte posa le coude sur la table pour se pencher vers le petit personnage. « Pourquoi ? »

Les tremblements de Theron empiraient. Angoissé, il prit à son tour une chaise et croisa les bras. Ce nabot n'appartenait-il pas à l'avant-garde d'une force d'invasion aux techniques plus subtiles ? N'allait-il pas les ensorceler puis s'en prendre à leur roi ?

« Parce que je suis insignifiant à leurs yeux.

— Insignifiant ? rit Monte. Nous leur avons infligé tant de pertes qu'ils devraient accorder énormément d'importance à tous ceux qui sont capables de se battre.

— Je suis un Calot écarlate. Je m'occupe des morts, ce qui fait de moi un paria. Comme je n'ai aucune magie, ils peuvent me sacrifier.

— Ce problème ne date pas d'hier. Pourquoi avez-vous déserté à présent ?

— *Parce qu'ils ont voulu me tuer !* » Le petit homme avait répété ces mots avec tant de véhémence que Theron eut un mouvement de recul.

« Vous l'avez déjà dit, rappela posément Monte. Sans expliquer pourquoi. »

Le prisonnier désigna de la tête la fiole d'eau bénite.

« Ils ont décidé de tester sur moi ce poison, pour découvrir comment il opère.

— C'est absurde. Ils savent que vous en mourrez.

— Ils pensent qu'il n'affecte que les magiciens. »

Cyta et Kondros regardèrent Theron. C'était inouï. Si ce Fey disait la vérité, le Roca leur avait fourni une arme extraordinaire. Seul Monte resta impassible.

« Qui nous prouve que vous n'en êtes pas un ? Nous n'avons que votre parole.

— Si j'étais un sorcier, je ne serais pas saucissonné de la sorte.

— Sauf si vous vouliez nous faire croire que vous n'êtes pas ce que vous êtes. »

Le petit homme baissa et secoua la tête, atterré de se retrouver dans une pareille situation. Il finit par humecter ses lèvres et se pencher en arrière. « Je n'avais jamais envisagé de passer à l'ennemi. À Nye ou sur le continent, cette pensée ne m'aurait pas effleuré l'esprit. Je me serais contenté de démissionner pour retourner à la vie civile. Mais je n'avais pas le choix. Je savais que si je restais dans les Terres d'ombre ils m'utiliseraient comme cobaye et que si j'en sortais un insulaire finirait par me tuer. Je me suis dit que vous m'aideriez si je vous proposais mes services et vous apprenais sur nous des choses que vous ignorez. L'ennui, c'est que vous ne m'accordez pas votre confiance.

— Pourquoi le ferions-nous ? Nous n'avons que votre parole et elle n'a pour nous aucune valeur. »

Le Fey soupira. Toujours assis, Theron leva une fois de plus la main à son cou. « Il aurait pu me tuer et il s'en est abstenu, intervint-il sans savoir pourquoi il prenait sa défense.

— Bien sûr que non ! rétorqua Monte. Pourquoi éliminerait-il celui qui peut le conduire à notre roi ? Quelle est votre mission ? Assassiner notre monarque ?

— Nous avons déjà des agents qui l'ont approché.

— La fille. Nous savons.

— Non, vous ne savez rien. Notre meilleur atout est

votre incommensurable ignorance. Une ignorance qui vous sera un jour fatale. Je suis prêt à m'asseoir sur mes principes en échange de mon salut. Je peux vous permettre de remporter cette guerre. »

Monte regarda Theron. « Montre-moi cette blessure. » Il lui inclina le cou en arrière, ce qui tirailla l'entraille et le fit grimacer. « J'espère que tu ne vois pas d'objections à ce que je la nettoie avec de l'eau bénite ? »

Theron fronça les sourcils. « Ce n'est pas... Oh ! » Il avait compris. « Non, aucune objection. »

Monte prit la fiole et le prisonnier dut craindre qu'il ne l'asperge car il eut un mouvement de recul. Mais le capitaine versa un peu de son contenu sur son mouchoir et tamponna le cou de Theron. Le sang rougit le tissu.

« Parfait. Il ne t'a pas ensorcelé.

— J'en serais incapable, dit le Fey. Je n'ai pas de magie. Est-ce que je puerais tant, dans le cas contraire ? »

Sans lui prêter attention, Monte rendit la burette à Kondros et en profita pour faire tomber une goutte d'eau bénite sur sa main. Kondros sourit et l'essuya.

« Il m'a soumis à cette épreuve à mon arrivée au palais, précisa Cyta.

— C'est une excellente précaution, commenta le nabot d'une voix tremblante. Aucun Fey n'y survivrait.

— Puis-je m'en assurer sur vous ? demanda Monte.

— Non ! J'ai dit que je vous aiderais ! Que voulez-vous de plus ? »

Le garde haussa les épaules. « Peut-être ont-ils raison de penser que les Fey privés de magie n'ont rien à craindre. »

Le captif poussa la pointe de ses bottes sur le plancher pour faire reculer sa chaise. « Non ! Je suis convaincu du contraire. Plusieurs Calots écarlates ont été portés disparus. Je sais qu'ils ont été victimes de ce poison, eux aussi. Pitié. Je vous en conjure. Je vous ai proposé mes services. Pitié. Ne me tuez pas. Pitié. »

Monte soupira et posa la petite bouteille et son mouchoir. Le cœur de Theron s'était emballé. La peur du prisonnier était contagieuse.

« Entendu. J'accepte. Mais vous devrez vous plier à mes conditions. Vous n'approcherez pas de notre roi et répondrez à toutes mes questions. Vous serez constamment surveillé par un garde qui aura pour consigne de vous asperger d'eau bénite au moindre geste suspect. Est-ce clair ? »

Le petit homme ouvrit la bouche mais aucun son n'en sortit. Il finit par hocher la tête.

« Si vous n'avez rien d'important à nous dire, vous serez passé par les armes. Il va de soi que vous serez également exécuté s'il s'avère que vos informations sont mensongères. Est-ce bien entendu ? »

Le captif déglutit. « Oui. » Il s'agissait d'un murmure et Theron sut que sa terreur était authentique. « Que ferez-vous, quand vous aurez la preuve que je vous dis la vérité ?

— Nous renégocierons les termes de cet accord. Je puis déjà vous garantir que vous resterez en vie. Ce que vous n'auriez pu espérer en restant parmi vos semblables, si vous n'avez pas menti. »

Le Fey hocha la tête et détourna les yeux. Monte repoussa sa chaise et se leva. « Conduisez-le dans nos casernements. Nous l'enfermerons dans le donjon, seul et sous étroite surveillance. Demain, je ferai poster de nouveaux gardes. Jusqu'à nouvel ordre, ne parlez de lui à personne. Je ne tiens pas à ce qu'une rumeur se répande. » Il jeta un coup d'œil au petit homme. « Si ça s'apprend, je ne pourrai peut-être pas tenir ma promesse de l'épargner.

— Nous ne dirons rien, affirma Theron avant de se tourner vers ses camarades. N'est-ce pas ? »

Tous le confirmèrent puis s'accroupirent pour délier les pieds du prisonnier.

Le Fey attendit que Theron le regarde pour lui murmurer : « Merci. »

Theron inclina la tête. Qu'un Fey pût se considérer son débiteur l'ennuyait. Il espérait qu'il n'aurait plus affaire à lui, lorsqu'il serait dans un cachot.

Ils aidaient le petit homme à se lever quand Monte leur déclara : « Quoi qu'il advienne, vous avez eu raison de me l'amener. »

Theron en doutait. Il était un peu déçu. Il avait espéré que quelque chose de décisif découlerait de cette rencontre... Qu'ils apprendraient comment éliminer tous les Fey d'un seul coup ou, mieux encore, par quel moyen obtenir la libération de ses amis.

CINQUANTE-NEUF

Tel faisait les cent pas dans ses appartements et révisait tout ce qu'il savait sur le Sacrement de Minuit. Les souvenirs d'André étaient si détaillés qu'il s'y perdait. Il se disait qu'il lui suffirait de se détendre et de lâcher la bride à son esprit pour exécuter machinalement tous les rites, mais il doutait de trouver la sérénité nécessaire. Le moindre faux pas lui serait fatal.

Il maudissait Solanda. C'était elle qui l'avait envoyé en ce lieu épouvantable et chargé de découvrir des secrets qu'il ne pourrait apprendre qu'en possédant le Rocaan ou Matthias l'Ancien. S'il se mettait dans la peau d'un de ces prélats, il communiquerait aux siens la recette du poison puis ferait le nécessaire pour le remplacer par de l'eau normale.

L'ennui, c'était qu'il n'avait pas l'âme d'un héros et qu'il risquait de mourir avant l'aube prochaine.

Des bruits de galopade et des cris l'attirèrent vers la fenêtre. Les ténèbres lui dissimulaient presque les Danites de faction aux portes du Tabernacle. Ils s'entretenaient avec un cavalier et il se pencha pour tenter de comprendre leurs propos.

Il se figea en entendant prononcer le nom du prince.

Nicolas ne serait pas revenu si l'affaire n'avait pas été pressante. Avaient-ils découvert les ossements dans les écuries ? S'était-il passé autre chose ? Il l'ignorait mais était angoissé. Les gardes s'écartèrent et le visiteur entra rapidement dans la cour intérieure.

Tel recula, le cœur battant. Son indécision s'était évaporée. Il devait s'apprêter à aller administrer le Sacrement de Minuit. S'il s'était produit du nouveau, il resterait dans les parages pour apprendre de quoi il retournait. Tant pis pour le messager de Rugar ! Il contacterait son commandant quand les circonstances le lui permettraient.

Mais il lui faudrait se protéger de l'eau bénite. Il s'appuya sur le mur, et la pierre rugueuse râpa ses doigts. La peur lui donnait des vertiges. Le temps pressait. Il ne connaissait qu'un moyen de se tirer de ce mauvais pas. Au moins avait-il tout prévu.

Il prit la robe de célébrant d'André et l'enfila. Les enfants l'avaient aidé à transporter des seaux d'eau du fleuve dont il avait empli des burettes trouvées à l'intérieur d'une réserve. Un Aud les avait amenées dans son logement. Il noua sa large ceinture autour de sa taille, redressa avec nervosité l'épée symbolique et se coiffa de sa barrette. Puis il secoua le cordon de sonnette en espérant que le novice ne lambinerait pas.

Il jeta un autre coup d'œil dans la cour mais ne put apercevoir ni le prince ni sa monture. André n'avait pas été convoqué à une réunion des Anciens. Il en découlait que Nicolas était venu voir le Rocaan ou un autre prélat. Tel regrettait de n'avoir pu posséder Matthias à son arrivée au Tabernacle. Pressé par Solanda, il avait jeté son dévolu sur le premier Ancien qu'il avait croisé. N'ayant du rocaanisme que les connaissances pour le moins limitées de Miruts, il s'était estimé très habile.

Il n'avait compris son erreur qu'après avoir changé de corps.

On frappa doucement à la porte. « Entrez », dit-il sans s'enquérir de l'identité du visiteur. André n'en avait pas l'habitude. Les Anciens se considéraient en sécurité, ici.

Un Aud se dressait sur le seuil, la tête basse. « Oui, Ancien vénérable ? »

Tel inspira profondément et désigna le carton de burettes posé sur une des tables. « Descends ceci dans le sanctuaire. Le Rocaan a béni cette eau pour l'office de ce soir.

— Oui, Ancien vénérable. » L'Aud alla prendre la boîte. Elle était si pesante qu'il gémit. Tel lui tint la porte ouverte puis lui emboîta le pas. Ce n'était pas non plus l'usage, mais il n'en avait cure. Si quelqu'un s'en étonnait, il déclarerait qu'il voulait s'assurer que la nouvelle eau bénite arriverait à destination.

Alors qu'il désirait savoir où l'Aud rangerait ces fioles. Il le suivit dans les couloirs en veillant à empêcher sa robe d'effleurer et de renverser quoi que ce soit. Il craignait qu'il n'y eût dans ce bâtiment un autre poison, une menace dont nul Fey n'avait encore entendu parler.

Ils atteignirent la salle d'audience. Des voix s'en élevaient mais l'Aud continua son chemin sans y prêter attention. Tel eût souhaité s'arrêter pour écouter les propos échangés. Il s'en abstint. Il ne pouvait se permettre de perdre les burettes de vue ne fût-ce qu'une seconde.

Les sons s'amplifièrent quand il passa devant la porte close. Deux Danites montaient la garde à l'extérieur, la tête baissée et les mains jointes. Il les ignora, comme il seyait à tout Ancien digne de ce nom. Ce qui ne l'empêcha pas de tendre l'oreille.

S'il ne put l'identifier, la voix la plus douce était familière à son hôte. L'autre, plus puissante et pleine de fougue, était celle de Nicolas. Bien qu'étouffées, des bribes de phrases étaient compréhensibles.

« ... ces similitudes troublantes et leur caractère inhabituel font craindre une menace ».

Tel ne réussit pas à interpréter la réponse.

« Que ce soit anormal est incontestable et nous devons suspecter les Fey d'être à l'origine de tout ce qui sort de l'ordinaire. En outre, que ces faits aient eu lieu près de l'endroit où Stephen... »

Puis il laissa la salle derrière lui et n'entendit plus rien. Il résista au désir de regarder par-dessus son épaule. Stephen... Stephen... Ce nom ne lui était pas inconnu, mais il n'aurait pu dire lequel de ses hôtes avait côtoyé cet homme et en quelles circonstances.

Il suivit l'Aud dans l'étroit escalier qui descendait vers la chapelle. Au bas des marches, le novice donna des coups de pied à la porte. Un autre Aud vint ouvrir et Tel retint le battant en essayant de ne pas avoir un mouvement de recul lorsqu'il toucha le bois.

Puis il franchit le seuil et put constater que les pièces situées derrière le sanctuaire servaient de débarras et de vestiaires aux Anciens qui n'avaient pas eu le temps de se changer. Des robes d'apparat suspendues aux patères dissimulaient des épées aux styles divers. Sur le sol, une mosaïque représentait le sacre d'un roi par un Rocaan. Les tonalités brunes et rouges de ces motifs apportaient un peu de chaleur au décor.

Tel se félicitait d'avoir suivi l'Aud, car il voyait de partout des burettes d'eau bénite, dans des boîtes ou en vrac.

L'adolescent se dressait au milieu du fouillis, rouge de fatigue, ne sachant où poser son carton. « Où voulez-vous que je les mette, Ancien vénérable ? »

Tel avait les mains tremblantes. Trébucher et renverser une seule de ces fioles signerait son arrêt de mort. « Place-les sous la Table sacrificielle, dit-il avec un calme qui le surprit agréablement. Et emporte toutes celles qui s'y trouvent déjà. »

L'Aud poussa du dos la porte du sanctuaire et lui sourit lorsqu'il voulut le suivre. « Je peux le faire, Ancien vénérable. Me surveiller est inutile.

— C'est important, insista Tel. Le Rocaan m'a chargé de m'assurer que tout serait remplacé.

— Il n'a pas fait tant d'histoires quand nous avons apporté les précédentes, déclara l'Aud qui était venu leur ouvrir. Il sait que nous exécutons correctement notre travail. »

La peur alimentait la nervosité de Tel. « Certes, mais il m'a confié cette boîte et je ferai en sorte que tout soit prêt pour l'administration du Sacrement. »

L'Aud hocha la tête. « C'est vous qui voyez. Néanmoins, superviser une tâche au demeurant si simple ne justifie pas d'enfreindre la tradition. »

Tel faillit demander *Quelle tradition ?* et trouva juste à temps la réponse dans les souvenirs d'André. Un célébrant n'était pas censé se montrer aux fidèles avant le début de la cérémonie et l'instant où il acquérait le statut de Représentant de Dieu.

Mais il avait déjà attiré l'attention de son entourage et sa vie était en jeu. « Je resterai sur le seuil », promit-il. En tenant sa robe tellement serrée contre ses jambes que cela entravait sa démarche, il alla pousser le battant avec l'épaule.

Les bancs étaient bondés. Bon nombre de religieux gardaient la tête basse pour méditer. D'autres levaient les bras dans une attitude de prière. Certains contemplaient l'Épée suspendue à la voûte. André aimait la simplicité du Sacrement de Minuit. Tel appréciait sa brièveté.

L'Aud s'accroupit derrière la Table sacrificielle. Il

sortit les burettes de la boîte et récupéra celles rangées sur les étagères de l'autel. Tel ne le quitta pas des yeux pendant qu'il retirait les flacons d'eau bénite puis il laissa la porte se refermer lentement.

Tous le regardaient comme s'il avait perdu la raison. Il leur sourit et haussa les épaules. « Les moindres détails ont leur importance », commenta-t-il.

Il recula du seuil et s'immobilisa près d'une table, en veillant à ne pas la frôler. Il ne pouvait s'empêcher de trembler. Les Gardiens n'étaient-ils pas dans l'erreur ? Ce qui était fatal aux Fey ne découlait-il pas du rituel de consécration ? La divinité locale ne risquait-elle pas de le foudroyer dès qu'il pénétrerait dans son sanctuaire ?

Des pensées stupides. Il respira pour se détendre. Complètement idiotes. Si le Dieu des insulaires avait pu le tuer, il l'eût terrassé quand il avait assassiné cet homme dans la rue, après l'office du matin. Ou lorsqu'il avait attaqué André à l'intérieur même du Tabernacle. Seul un sourd aurait pu ne pas entendre les suppliques de l'Ancien qui se débattait.

Il se passa la main sur le visage. Il ne devrait rien oublier. Esx, un Double bien trop âgé pour exercer ses activités sur le terrain, enseignait aux jeunes recrues à contenir leurs pulsions sexuelles pour qu'ils n'aient des unions véritables qu'avec leurs victimes. Lors d'un de ses cours – Tel avait commencé à les suivre dès la manifestation de ses capacités, autrement dit lorsqu'il avait douze ans – Esx leur avait affirmé que si les dieux avaient été aussi puissants que le prétendaient leurs adorateurs, les Fey auraient depuis longtemps disparu. Ils auraient été exterminés par les divinités tutélaires des contrées qu'ils envahissaient.

Esx avait survécu à quatre campagnes et vingt-cinq transferts. Il disait avoir conservé le dernier corps possédé par habitude. Au cours de sa longue carrière, il s'était probablement retrouvé dans des situations de ce genre. S'il avait tenu de tels propos, ce n'était pas sans raison.

L'Aud revint en se colletant le carton qui était toujours aussi pesant. Il puait la sueur, dont sa robe noire était imbibée. André l'eût bien remercié pour son aide, mais Tel était trop angoissé pour perdre son temps en politesses. « N'oublie pas de les mettre de côté pour qu'on sache qu'il faudra remplacer leur contenu, dit-il simplement.

— Je n'y manquerai pas, Ancien vénérable. »

Et Tel crut déceler de l'irritation dans son intonation.

Puis un autre novice approcha avec une grande épée d'argent. Tel réussit à sourire, bien qu'il eût le cœur battant. Cette arme était très ancienne et n'avait jamais été utilisée au combat. Sa poignée tarabiscotée avait servi de modèle pour celles que les rocaanistes portaient autour du cou. L'Aud la lui tendit en la tenant par la lame.

« A-t-elle été préparée ? » demanda Tel. Il s'était exprimé si posément qu'il s'en félicita.

L'Aud rougit. La question avait dû le surprendre. « Comme toujours, Ancien vénérable. »

Tel la prit par la poignée. Mourir pour mourir, mieux valait que ce fût dans cette sacristie plutôt que devant tous les fidèles réunis dans la nef. Les témoins seraient moins nombreux.

Mais, lorsqu'il referma ses doigts sur le métal, il ne sentit que sa froide douceur et son soulagement fut si intense qu'il en eut les larmes aux yeux. L'Aud avait dit vrai. Il avait soigneusement essuyé cet objet de toute trace d'eau bénite. Il l'avait désacralisé afin qu'il pût le Bénir de nouveau au cours du Sacrement de Minuit, en commémoration de ce qu'avait fait le Roca avant son Absorption.

« Merci », dit Tel. Et peut-être s'était-il adressé autant à leur Dieu inexistant qu'au jeune religieux. Il affermit sa prise sur la poignée et inspira à pleins poumons pour se donner du courage. La plus grande épreuve – sans doute de toute son existence – qu'il lui faudrait affronter en occupant ce corps débuterait dans un instant.

Il glissa la lame dans sa ceinture, qu'il resserra pour maintenir fermement l'épée, puis il ouvrit la porte et s'avança vers l'autel. Le panneau de bois se referma derrière lui en grinçant.

Les têtes se redressèrent et les bras s'abaissèrent. Le sanctuaire, qu'il avait trouvé vaste et glacial dans la matinée, était désormais tempéré et bondé. Comme l'eût fait André, il s'immobilisa pour laisser les fidèles terminer leurs méditations et prières.

Il savait que certains étaient ici depuis des heures. La coutume voulait que les rocaanistes purifient leur esprit et leur âme en s'adressant au Très Saint avant d'implorer Dieu de les Absorber dans sa Main. Il était conscient que quelques-uns espéraient bénéficier d'une Absorption authentique, ce qui ne s'était jamais produit... pas dans les annales de l'Église organisée.

Finalement, toute la congrégation le regarda. Ces religieux lui étaient à la fois inconnus et familiers. Il n'y avait ici personne que Miruts avait rencontré. Mais Tel avait l'impression de s'être tenu devant eux le matin précédent. Ils établissaient un lien entre la cérémonie qui allait débuter et toutes celles qu'André avait déjà célébrées. Il était bien connu que les fidèles avaient un faible pour tel ou tel Ancien, et ceux-ci appréciaient plus que tout sa douceur.

Son rythme cardiaque s'emballait. C'était l'instant

de vérité. S'il ne commettait aucune erreur, nul ne se douterait qu'il était un Fey. Personne ne le suspecterait de ne pas être le prélat dont il avait l'apparence.

Il leva l'épée au-dessus de sa tête et referma sa main gauche sur la pointe. Que le métal fût si lisse le surprit, bien que les souvenirs d'André l'en aient déjà informé.

« "Nous avons des ennemis à l'extérieur", fit-il en haussant la voix sans pour autant crier.

— "Et à l'intérieur" », répondirent les fidèles.

Il eut envie de sourire, malgré sa terreur. Ils étaient sans méfiance. « Nous sommes cernés par la haine..."

— "... la cupidité..."

— "... la concupiscence..."

— "... la cruauté..."

— "... et l'affliction" ». Il fit une pause pour inspirer, conformément aux habitudes d'André. Son corps l'ignorait, son esprit le savait. Cette succession de litanies apprises par cœur le choquait. Il abaissa l'épée en la tenant à deux mains pour présenter le plat de la lame à la congrégation. « "Nous avons décidé de nous battre, non avec nos armes..."

— "... ni avec la ruse..."

— "... mais avec notre foi" ». Il posa l'épée sur la Table sacrificielle et des lumières se reflétèrent sur les minuscules images ciselées dans l'acier. « Ce soir, le Très Saint transmettra toutes nos préoccupations à l'Oreille de Dieu. »

Ce n'était pas une citation de la Révélation Écrite et Orale mais un ajout dû au Vingtième Rocaan. Tel leva la main, cette fois sans l'épée. Les manches de sa robe glissèrent et révélèrent ses bras nus. Les fidèles reproduisirent son geste.

« Quand le Roca s'est adressé à Dieu, il l'a imploré d'accorder le salut à son peuple. Cependant, ils étaient assiégés et tout laissait supposer qu'Il ne l'écoutait pas.

C'est pourquoi le Roca conduisit les troupes ennemies dans le saint des saints et implora Dieu de les décimer. Comme Dieu faisait la sourde oreille, le Roca envisagea de les exterminer, puis il pensa : *Cela signifie-t-il que je me considère supérieur à Lui ? Car s'Il ne souhaite pas agir ainsi, Lui, dans Son infinie sagesse, doit avoir ses raisons. Je ne suis qu'une de Ses créations et non un créateur. Je ne suis pas capable de voir ce qu'il y a au-delà de notre île. Je ne puis voir au-delà des flots. Je ne puis voir Dieu dans son sanctuaire. Je ne puis voir les bêtes qui vivent dans les arbres. Je suis un être inférieur, indigne de prendre des décisions à Sa place.* »

Il baissa les bras et toucha l'épée, conformément au rituel. « Aussi le Roca ordonna-t-il à ses hommes de le rejoindre, leurs armes tirées mais dirigées vers le sol. Et quand les Sicaires de l'Ennemi l'approchèrent, il les salua et les pria d'attendre qu'il eût terminé de nettoyer son épée. Puis il utilisa l'eau que lui avait laissée un camarade tombé au champ d'honneur pour purifier la lame. »

Tel se pencha sous la Table sacrificielle, en tremblant. Des Danites empruntèrent les portes se trouvant derrière lui pour venir l'encadrer. Il prit une burette dans chaque main et les leur remit, sans les regarder. Ils se dirigèrent vers les bancs puis s'immobilisèrent en tenant les flacons par le col et le fond.

Les fidèles ne leur prêtaient pas attention. Ils mettaient cette procession silencieuse à profit pour chuchoter d'autres prières à l'Oreille de Dieu. Lentement, ils baissèrent les bras et inclinèrent la tête pour attendre la suite.

Dès que le dernier Danite fut dans l'allée centrale, il prit sa burette et la plaça à côté de l'épée. L'angoisse l'oppressait. Il préleva un linge purificatoire sur la seconde étagère. Sa gorge était serrée et il toussota.

« Tout en nettoyant sa lame, le Roca s'adressa à ses hommes. » Sa voix lui semblait chevrotante. Cette dernière citation de la Révélation Écrite et Orale l'effrayait plus que les autres. « Il leur dit : "Privé d'eau, l'homme meurt. Son corps en produit. Son sang est de l'eau. Il naît dans un déferlement d'eau. L'eau le purifie. Elle le garde en bonne santé. Elle le maintient en vie. Celui qui est dans l'eau est proche de Dieu." Et ses hommes de rétorquer...

— "Saint Père, s'il y reste trop longtemps il finit par se noyer", citèrent les fidèles.

— Et le Roca les regarda avec commisération. "Un homme ne meurt que s'il n'est pas assez pur pour s'asseoir aux pieds de Dieu." » Il prit la burette et retira son bouchon. De la bile grimpa dans sa gorge, ce qui l'obligea à déglutir pour ne pas vomir. Il tremblait de terreur. « "Quand vous touchez de l'eau", leur dit le Roca. "Vous touchez l'Essence de Dieu." »

Il en versa sur le tissu. Il fallut du temps à l'eau pour l'imbiber et le traverser, mais lorsqu'elle atteignit sa main il ne put s'empêcher de gémir. Nul ne parut l'entendre. Les Danites avaient attendu ce passage pour faire circuler les burettes le long des bancs et, l'un après l'autre, les fidèles en faisaient tomber quelques gouttes sur leurs propres linges purificatoires.

Tel les observait, fasciné. Il se demandait si les vapeurs n'allaient pas le contaminer et le ronger de l'intérieur. Mais il ne souffrait pas et nulle odeur pestilentielle ne s'élevait de ses chairs. Il soupira, sans avoir remarqué qu'il avait retenu sa respiration, et une folle allégresse l'envahit.

Il plaça avec soin le carré de toile sur la lame. Il devait faire cela dans les règles, car l'astiquer sans méthode était censé porter malheur. Les premiers Rocaans craignaient de libérer les démons prisonniers du métal, ces entités maléfiques qui en faisaient des instruments de mort. Il ne voulait prendre aucun risque. Peut-être avaient-ils eu raison. La lame pouvait contenir une chose aussi redoutable que l'eau bénite.

Il la frotta vers le bas, de la garde à la pointe, jusqu'au moment où elle miroita. Puis il prit un autre linge sur l'étagère pour répartir uniformément l'eau bénite. Il retourna l'épée et répéta l'opération.

Des murmures emplissaient le sanctuaire. Les fidèles sollicitaient la bénédiction du Très Saint. Dans l'éventualité d'une Absorption, ils désiraient quitter ce monde en prononçant des paroles de piété. Tel avait envie de rire devant le sérieux avec lequel ils débitaient ces balivernes, mais André y avait cru de toute son âme et sa foi était suffisamment tenace pour le convaincre qu'une telle pensée était sacrilège.

L'office s'achevait et les Danites s'étaient retirés au fond du sanctuaire pour attendre de venir récupérer les fioles vides. Tel leva son épée par la poignée. André avait exécuté ce mouvement tant de fois que la brandir ne réclama aucun effort. Mais la voir ainsi réveilla ses angoisses. La pointe reposait sur son estomac et s'y enfonçait juste assez pour apporter du réalisme à cette évocation de l'Absorption du Roca.

« Nous ne tolérerons ici aucun ennemi », récita-t-il d'une voix sans timbre, la gorge sèche. « Le Roca nous a protégés contre tout ce qui nous menace. Nous ne mourrons pas par l'Épée. Nous vivrons par elle. »

Il lâcha l'arme qui tomba avec bruit sur l'autel. La fiole bascula et de l'eau se répandit sur le plateau, goutta sur le tapis. Il dut puiser dans sa volonté pour ne pas reculer d'un bond.

« Allez, dit-il. Et n'oubliez pas quel présent vous a fait le Roca.

— Nous l'en remercions », psalmodièrent les fidèles.

Tel porta à son front son pendentif filigrané puis leva les bras et s'inclina devant l'épée suspendue au plafond. Il tremblait tant qu'il craignait de renverser une burette d'eau bénite véritable et de s'en asperger. Il restait immobile à côté de la Table sacrificielle, pour se remémorer les paroles qu'il venait de prononcer et se demander si elles ne contenaient pas une part de vérité. Le Roca avait donné aux insulaires une arme redoutable. L'eau bénite – ce poison – avait assuré leur protection pendant toute une année.

Mais elle cesserait bientôt d'être efficace. Un ennemi s'était glissé parmi eux. Il avait pénétré dans leur saint des saints et survécu.

Il baissa la tête et remercia en silence ce qui l'avait protégé : les Mystères, les Puissances ou le Dieu local.

SOIXANTE

Seul dans la salle d'audience, le Rocaan restait prostré sur son siège, la tête entre les mains. C'était la première fois qu'il n'assistait pas au Sacrement de Minuit depuis son arrivée au Tabernacle. Un détail secondaire. Il tremblait, soumis à une trop forte tension. Il était un vieillard. Dieu n'en tenait-il pas compte ? Un homme n'aurait-il pas dû bénéficier d'un peu de tranquillité, à son âge ?

Pas un Rocaan, et il en était conscient. Il représentait le Roca sur cette île et son devoir était de protéger sa population, un devoir qu'il ne réussissait pas à accomplir.

L'ennemi n'aurait jamais dû entrer dans la place, mais si le jeune Nicolas avait vu juste, des Fey étaient présents dans le Tabernacle et avaient peut-être imposé leurs volontés à un Aud.

Ou, que Dieu les en préserve, un Ancien !

Il se redressa et soupira. La salle était éclairée par des torches et les motifs des panneaux de bois sculpté lui apportaient de la chaleur. Il devait ses frissons à une froidure intérieure. Auraient-ils pu le corrompre à son insu ?

Non, certainement pas ! En outre, l'eau bénite lui aurait été fatale. Le prince avait déclaré qu'elle avait tué le maître d'armes comme leurs autres adversaires.

Il se leva. Ses jambes le torturaient et ses genoux craquaient à chaque pas. Il était bien trop vieux. Pourquoi Dieu n'avait-il pas soumis à cette épreuve un Rocaan dans la force de l'âge ? Mais, s'Il avait attendu, qui aurait été Son porte-parole ? Matthias ? André ? Personne ?

Les torches se consumaient dans leurs supports muraux. Nul ne s'était donné la peine d'allumer le lustre aux pendeloques en cristal taillé. Sur les lambris des parois était représenté le premier Rocaan qui convertissait la population des campagnes et imposait la loi divine à son frère, le roi. Les fauteuils avaient été repoussés contre les murs, à l'exception de ceux que lui et le jeune Nicolas avaient occupés.

On signalait deux disparitions dans le palais le jour où du sang et des ossements étaient découverts à l'intérieur du Tabernacle. Deux individus qui avaient eu un comportement très étrange depuis l'invasion. Deux individus qui avaient déplacé ces restes macabres pour qu'on ne les trouve pas en des lieux qu'ils fréquentaient. Deux individus qui avaient conversé avec un chat.

Comme le réclamait Nicolas, le Rocaan ordonnerait que tout félin aperçu dans le Tabernacle soit tué sur-le-champ. Les cuisiniers devraient cesser de les nourrir et il étendrait probablement cette mesure aux chiens. Laisser des animaux menacer la sécurité dans la maison de Dieu eût été absurde.

Puis il soumettrait tout son entourage à l'épreuve de l'eau. Une eau qu'il chargerait Matthias de consacrer, sous son étroite surveillance. Il tenait à s'assurer que cet Ancien n'était pas soumis à l'influence des Fey et n'emplissait pas les burettes d'eau pure. Il ordonnerait aux religieux de venir lui signaler tout comportement suspect. Quiconque serait dénoncé plus d'une fois subirait une nouvelle ordalie. Aussi souvent que nécessaire.

Il s'affala dans un autre fauteuil. Il se sentait plus lourd qu'à son éveil, moins de lassitude que de déception. Il avait assimilé le Tabernacle à une forteresse et les Fey y avaient pénétré. Ils étaient dans ses murs.

« Nous avons des ennemis à l'extérieur et à l'intérieur », murmura-t-il en résumant la Révélation à l'essentiel. « Seule la foi permet de les combattre. »

Il prit son pendentif qu'il leva à son front. L'argent filigrané était frais sur sa peau. « S'il existe un moment où j'ai grand besoin que vous me guidiez, Très Saint, c'est à présent. »

Il attendit mais ne perçut aucune petite voix, seulement une onde de panique. Il ferma les yeux. Le Roca avait conduit les Sicaires dans le saint des saints et s'était abstenu de les occire. Au lieu de les affronter, il s'était offert en sacrifice pour assurer le salut de son peuple. Et, par son immolation, il était devenu le Bien-Aimé de Dieu.

Mais ce n'était pas le but qu'il s'était fixé. Le Rocaan redressa la tête. *Tous mes prédécesseurs se sont trompés sur ce point. Le Roca désirait protéger les siens, c'est tout.*

Avoir une telle pensée ne lui ressemblait guère. C'était une petite voix qui la lui soufflait à l'oreille. Il ne bougea pas. Était-ce cela, qu'il avait tant attendu ? Elle possédait une conviction qui lui faisait défaut depuis des décennies.

Il resta là, assailli par le doute.

Il ne remettait pas en question le sens de ce qu'elle disait mais s'interrogeait sur sa nature. Le principal n'était pas de savoir d'où elle venait. C'était une vérité.

Le Roca n'avait à aucun moment souhaité acquérir le statut de Bien-aimé de Dieu. Il l'avait obtenu en récompense de son abnégation.

Mais, même s'il agissait par pur altruisme, le Rocaan donnerait l'impression de chercher les honneurs. Il devait analyser ses intentions et établir si elles étaient pures, se débarrasser de son ambition de devenir un nouveau Roca pour ne conserver que le désir d'œuvrer dans l'intérêt de son peuple, de faire ce qu'il convenait de faire. Pour sauver un maximum de vies, à l'instar du Roca.

Un but qu'il n'avait pu jusqu'à présent atteindre.

On ne trouvait dans la Révélation aucune indication sur les réussites et les échecs du Roca, avant son Absorption. Nul ne savait ce qui l'avait incité à conduire les Sicaires de l'Ennemi en ce saint lieu. La frustration ? L'interminable attente qui lui avait été imposée ? La sagesse et la prescience ? Il était impossible de le savoir.

Il soupira et laissa le pendentif retomber sur sa poitrine. Il regrettait de ne pas avoir découvert plus tôt qu'Eirman condamnait à l'oubli tant de connaissances. Quel Rocaan avait instauré une telle censure ? La réponse à cette question avait été perdue, même s'il pensait la connaître. Du Vingt-cinquième au Trentième Rocaan, à quelque chose près, intrigues et assassinats avaient été monnaie courante à l'intérieur du Tabernacle. À l'époque, ses prédécesseurs avaient des pouvoirs aussi étendus que le roi. Peut-être étaient-ils encore plus puissants et, comme leur charge n'était pas héréditaire, de nombreux Anciens avaient espéré prendre leur place. Sans doute avait-on ordonné au responsable de la tradition orale de dresser un mur de silence pour réduire l'influence des régions d'où venaient ces récits.

Il referma les mains sur ses genoux douloureux. Au

moins avait-il réglé la question. Il avait convoqué Eirman pour le charger de demander aux Auds et aux Danites de lui raconter toutes les histoires se rapportant au Roca et de les retranscrire. Même si la plupart étaient de pures inventions, peut-être réussiraient-ils à reconstituer certains épisodes de leur passé.

Ce qui serait utile à son successeur, s'il n'en tirait pas lui-même profit.

Il ferma les yeux. Son corps était si pesant qu'il craignait de devoir réclamer de l'aide pour se lever de son fauteuil. Il essayait de s'en extirper quand la porte s'ouvrit brusquement.

Reece vint s'incliner devant lui. Il portait une robe de Danite, comme toujours lorsqu'il allait assister au Sacrement de Minuit sans le célébrer. Ce jeune Ancien était si mince qu'il paraissait décharné et il avait un crâne dégarni qu'il n'avait pas coiffé de sa barrette. Immobile face au Rocaan, il humecta ses lèvres avec nervosité.

« Pardonnez-moi, Saint Père, mais comme vous étiez dans la salle d'audience j'ai pensé que je pouvais me permettre de vous importuner. »

Le Rocaan soupira. Il avait décidé de regagner ses appartements et cela devrait attendre. Lorsque son visiteur aurait exposé la raison de sa présence, il pourrait l'aider à se lever. « Qu'est-ce qui vous tracasse, Reece ? »

L'Ancien baissa la tête et déglutit. Il était si gauche que le Rocaan eut envie de lui ordonner de faire montre d'un peu plus de dignité. Mais sa timidité était le revers de sa principale qualité. Les Anciens devaient être modestes et aucun de ses pairs ne le surpassait en ce domaine.

« Vous nous avez demandé de vous signaler tout ce qui sortait de l'ordinaire, Saint Père. J'ai pensé que vous voudriez être informé du déroulement du Sacrement de Minuit, étant donné que vous n'y avez pas assisté.

— Je connais le rituel et crois savoir lesquels d'entre nous ne ratent aucune des célébrations d'André. Que s'est-il passé ? Aurait-il sauté certains passages ?

— Oh, non, Saint Père ! Et il s'est exprimé avec beaucoup de conviction. » Reece leva les yeux. « J'aimerais que nous puissions tous exécuter ce rituel avec autant de ferveur. »

Ce qui s'appliquait à la plupart des actes de la vie quotidienne. Les jambes du Rocaan le torturaient de plus en plus. Il eût aimé se lever. « Vous avez mentionné un fait inhabituel.

— Oui, Saint Père. » Reece tirailla sa ceinture puis soutint brièvement son regard. « Vous souvenez-vous du jour où je suis venu vous voir pour la première fois, il y a de nombreuses années ?

— Le rapport avec la situation actuelle m'échappe, lança sèchement le Rocaan, incapable de se remémorer cette entrevue.

— En ce cas, Saint Père, je dois vous rafraîchir la mémoire. C'est très important. »

Reece en paraissait convaincu et le Rocaan soupira avant d'explorer ses souvenirs. « N'était-ce pas au sujet de nos rites ?

— C'est cela, Saint Père. Je suis allergique à l'eau bénite. Ma peau se couvre de cloques. Vous m'avez dit que je n'avais pas à m'en soucier, qu'il suffisait d'avoir la foi pour servir Dieu. »

Le Rocaan oublia sa lassitude et se redressa. Il se rappelait l'incident, à présent. Et également que Reece n'était pas le seul à avoir eu des problèmes de ce genre. Aucun des paroissiens de la région des Falaises Sanglantes ne supportait son eau bénite, depuis qu'il en avait modifié la composition. Respectueux des traditions, il avait suivi une vieille recette qui comportait de la sèze. Convaincus que le Roca n'avait pu connaître cette plante qui ne poussait que dans les Marais de Kenni, ses derniers prédécesseurs s'en étaient passés. Comme rien ne venait étayer cette hypothèse et que le Rocaan était un puriste, il avait repris la formule originale. Lorsque son eau bénite avait été distribuée dans les secteurs les plus éloignés de l'île, on avait signalé dans les villages proches des Falaises Sanglantes de nombreuses éruptions d'urticaire après le Sacrement de Minuit.

« Je m'en souviens. Je croyais vous avoir accordé une dispense et autorisé à mettre des gants.

— C'est exact, Saint Père. Il m'arrive malgré tout d'en renverser quelques gouttes sur mes poignets et les cloques réapparaissent aussitôt. La dernière fois, Vaughn a dû faire venir un médecin. »

Le Rocaan n'en avait pas été informé. « C'était grave à ce point ?

— Elles couvraient tout mon bras et la souffrance était insoutenable. Mais le praticien n'a eu qu'à prescrire un baume pour que tout rentre dans l'ordre. »

Le Rocaan hocha la tête, intrigué. Il avait permis à tous les fidèles de la région concernée de porter des gants. Il se demanda si les symptômes s'étaient également aggravés au sein de ces communautés. Sans doute l'en aurait-on averti, si c'était le cas.

« Et quel est le rapport avec ce qui s'est produit ce soir ? » Pauvre Reece ! Il ne lui serait jamais venu à l'esprit de le désigner comme son successeur. Tous ici seraient des vieillards, lorsqu'il prendrait sa première initiative.

« J'ai renversé la moitié du contenu d'une burette sur mon bras gauche, Saint Père. » Reece remonta sa manche pour le lui montrer. La peau était pâle, constellée de taches de rousseur et hérissée de petits poils blonds. « Et il ne s'est rien passé. »

Le Rocaan la toucha. Elle était lisse. « Ces cloques n'apparaissent-elles jamais plus tard ?

— Toujours avant la fin de la cérémonie, Saint Père. La dernière fois, l'effet a été si rapide qu'il m'a semblé que mon bras s'embrasait. »

Le Rocaan l'agrippa par le coude. « Aidez-moi à me lever. » L'Ancien le saisit et le tira. Il se retrouva debout. Son cœur s'emballait. C'était ce contre quoi le prince l'avait mis en garde. « Vous êtes certain qu'il s'agissait d'une burette d'eau bénite ?

— Un Danite l'a distribuée pendant l'office, Saint Père. André les a prises sous la Table sacrificielle. Avant la cérémonie, un Aud les a remplacées. Sur vos ordres, je présume. Vous avez déclaré qu'il fallait renouveler nos réserves.

— Oui, c'est exact. » Le Rocaan lâcha le bras de Reece. Ses paumes étaient moites de sueur. Étant donné qu'il avait suivi la recette à la lettre, le responsable était Matthias. Et c'était lui qui avait découvert une des taches de sang, à l'instant où on signalait une disparition au palais.

« Aidez-moi à gagner mes appartements.

— Oui, Saint Père. » Reece le prit par la taille pour le soutenir. Le Rocaan s'appuya sur lui, l'esprit déjà loin de son corps. Il préparerait une burette d'eau bénite puis irait réveiller Matthias.

Il réglerait la question une bonne fois pour toutes.

SOIXANTE ET UN

La brume due aux Maîtres des éléments envahissait les Terres d'ombre. Elle leur apportait une fraîcheur inhabituelle et les couvrait d'une pellicule évoquant de la rosée. Sous la grisaille qui le dissimulait, le sol était aussi glissant que des dalles de marbre venant d'être polies. Gemme perdit l'équilibre et faillit lâcher sa torche, ce qui l'incita à redoubler de prudence. Elle demanderait à son père d'interdire toute nouvelle expérience de ce genre.

Ce milieu réagissait étrangement à la magie. Partout ailleurs, ces thaumaturges faisaient pleuvoir sans peine. Mais les propriétés des Terres d'ombre les privaient de cette possibilité, tout comme elles les empêchaient de leur accorder le temps radieux qu'ils leur avaient promis.

Elle atteignit enfin le bâtiment qu'elle cherchait. Rugar avait ordonné aux Ménagers de construire rapidement une prison pour les captifs. Elle était minuscule, un assemblage de planches dépareillées. Elle espérait que les prisonniers avaient été ligotés ou soumis à un charme, car Adrian était assez fort pour abattre ses parois.

Elle ouvrit la porte et se félicita de s'être munie d'une torche, car seuls les Ménagers du feu auraient pu voir dans cette pénombre. Elle la cala dans un support fixé haut sur le mur. Presque trop. Elle espérait que la flamme n'embraserait pas la toiture. Les insulaires étaient pelotonnés les uns contre les autres, à même le sol, et la clarté les fit ciller. La pièce puait le renfermé, la crasse et les déjections. Nul n'avait jugé utile de pourvoir à leurs besoins.

« Avez-vous mangé ? » s'enquit-elle en nyeien.

Le plus vieux, Ort, grogna et se détourna.

« Manger comment ? fit le plus jeune. Sans... bouche – heu – lange ? Lange ?

— Langue, souffla-t-elle, irritée par ses lacunes. Il en a une, même s'il ne peut l'utiliser qu'avec notre autorisation. Il va de soi que nous l'en débarrasserons volontiers, si elle le gêne. » Elle regarda le dos d'Ort et sourit.

Adossé à la paroi, Adrian se contentait de l'observer. Ses cheveux étaient plaqués sur son front et il avait placé ses pieds contre le vieil homme. Il avait dû remarquer que le mur était fragile et tenter de le défoncer.

Elle l'étudia longuement, pour qu'il en prît conscience. « Qu'aurais-tu fait, si tu avais réussi à sortir d'ici ? Serais-tu allé te poster à côté de la porte pour implorer les passants de l'ouvrir ?

— J'aurais trouvé une solution », marmonna-t-il.

Elle resta sur le seuil, plus pour se soustraire à la puanteur que pour toute autre raison. Elle n'aurait pu quoi qu'il en soit refermer le vantail car la pièce était trop exiguë pour quatre occupants. « As-tu réfléchi à ma proposition ?

— Vous nous traitez comme des bêtes. Nul ne devrait subir de telles indignités. On ne nous a même pas apporté à boire.

— Vous pisserez moins », fit-elle en glissant ses pouces sous son ceinturon. « Je constate que votre ami se montre toujours aussi revêche. Les Gardiens des sortilèges réclament des prisonniers pour faire des expériences, Ort. Je présume que tu vas te porter volontaire ? »

L'homme ne bougea pas, ne la regarda pas.

« Non, fit l'adolescent. Il... heu... ne le pas faire exprès.

— C'est un adulte. Il est responsable de ses actes. S'il y a une chose que tu dois apprendre, mon garçon, c'est que tu ne peux protéger les gens contre eux-mêmes.

— On croirait entendre une aïeule pleine de sagesse », lança Adrian.

Elle le dévisagea. Il soutint son regard. Les mauvais traitements et la malnutrition avaient renforcé sa détermination au lieu de la briser. « Tu n'as pas répondu à ma question.

— Vous devez être aux abois, pour vous abaisser à me proposer un marché. »

Elle reprit sa torche en soupirant, comme déçue par sa réponse. « J'ai tout mon temps. Je vous ai pris en pitié, toi et ton fils, et je constate que j'ai eu tort. Je vais annoncer à Caseo qu'il peut venir vous chercher. Je regrette, Luke. Ce Gardien n'est pas un tendre.

— *Papa !* » s'écria l'adolescent. C'était un des mots de la langue locale dont elle connaissait le sens.

« La seule chose que je peux faire pour vous, c'est m'abstenir de lui révéler vos liens de parenté. » Elle s'assura que son sourire était glacial avant de ressortir.

Le loquet se remettait en place quand Luke supplia encore son père, qui cria : « Attendez ! »

Elle hésita. Si elle rouvrait la porte, saurait-elle tirer parti de la situation ? C'était secondaire. Il voulait probablement gagner du temps mais, même s'il ne se pliait pas à tous ses désirs, il s'interdirait sans doute de mettre la vie de son fils en danger.

Elle poussa le panneau et tendit la torche à l'intérieur. Adrian avait plié les jambes et ne touchait plus Ort. « Je vous dirai ce que je sais... quand vous aurez libéré Luke.

— Il n'est pas interdit d'essayer. Mais je suis une femme de parole. Je m'engage à le relâcher si tes informations ont autant de valeur que sa vie. »

Ort grogna encore et secoua la tête. Adrian n'en fit pas cas. « Qu'est-ce qui serait équivalent à vos yeux ? J'ai déjà dit que je ne connaissais pas la composition de l'eau bénite.

— Je pensais que mon offre te rafraîchirait la mémoire.

— On ne peut se rappeler ce qu'on n'a jamais su.

— En ce cas, tu n'as aucune monnaie d'échange. Il me faudra estimer l'intérêt de tes informations avant d'autoriser ton fils à partir d'ici. »

Le grognement d'Ort fut plus sonore. Il se tourna vers Gemme et secoua la tête. Elle lui sourit. « Tu n'es pas concerné par cette offre. Essaie encore d'influencer tes compagnons et je te livre à Caseo. »

Adrian la regardait. Ses joues s'étaient creusées et il avait des cernes sous les yeux. Prendre cette décision l'avait durement éprouvé. Ort l'observait, tout comme Luke.

« Je... heu... je pouvoir parler à lui dans... heu... ma langue ? demanda l'adolescent.

— Non, rétorqua Gemme. Je tiens à tout comprendre.

— S'il plaît à vous, madame. Je... pas parler très bien le nyeien. »

Elle faillit céder, mais elle devait se méfier de lui autant que des adultes. « Non. »

Il était au bord des larmes. « Papa. Non. Je... heu... rester. Avec toi.

— Tu n'es qu'un enfant, répondit Adrian. Tu n'as rien à espérer, ici.

— Papa, pitié. Pitié. »

Ort les dévisagea puis leva les yeux sur Gemme. La rage qu'elle y lut la cingla telle une gifle. Elle le foudroya du regard. Elle ne se laisserait pas intimider par un prisonnier.

« D'accord, fit Adrian. J'accepte. Selon vos termes. À une condition : pouvoir m'entretenir avec Luke avant son départ. Dans notre langue. Certains d'entre vous doivent la connaître. Peu m'importe qu'un des vôtres nous écoute. Je veux seulement lui faire mes adieux. »

C'était une exigence raisonnable, surtout si un Fey était présent. « Entendu. Mais chaque chose a son prix et tes informations devront avoir autant de valeur que sa vie. »

Adrian déglutit. « J'en suis conscient. »

Ort se détourna et posa son front contre la paroi. Gemme s'accroupit devant l'adolescent. « Luke, je te promets d'écouter attentivement ton père et de prendre une décision équitable. Ort est convaincu que c'est un marché de dupes mais je respecterai mon engagement. Et tu devras toi aussi jouer franc-jeu. Si nous te libérons, tu diras à tes semblables que nous sommes des gens de parole. Est-ce compris ? »

Il jeta un regard à son père et l'imita lorsqu'il hocha la tête.

« Je compte sur toi pour lui expliquer ce qui a pu lui échapper, dit-elle à Adrian.

— Si vous m'en laissez l'opportunité.

— Tout dépendra de tes révélations. » Elle délia ses

chevilles, sans trop savoir où elle l'emmènerait. Elle ne voulait pas aller dans sa cabane. Caseo risquait d'y revenir.

Il secoua les pieds, pour rétablir la circulation sanguine dans ses jambes ankylosées. Elle le prit par le coude et l'aida à se lever.

« Je reviendrai, Luke, dit-il. Et empêche Ort de faire l'imbécile.

— Oui, papa. » La terreur de l'adolescent bouleversait Gemme. Que ces gens ignorent tant de choses sur les dures réalités de la guerre la sidérait. Tous les peuples de Galinas s'étaient affrontés. L'histoire de tous les pays s'étendant de Nye à Alarro n'était qu'une interminable succession de conflits.

Elle soutint Adrian quand il franchit le seuil et essaya de ne pas grimacer devant son odeur. Il puait tant qu'elle décida de le conduire aux Ménagers pour qu'ils lui fassent un brin de toilette. Elle attendrait pour l'interroger.

Elle referma et verrouilla la porte puis le guida vers le Domicile. Il observait le sol, comme déconcerté par sa nature, mais il ne fit aucun commentaire. Ils gravirent les marches et elle frappa. Elle ne voulait pas traverser le dispensaire avec un individu sale et malodorant à ce point.

Ravaudeuse, la Ménagère chétive qui vint ouvrir paraissait aussi hagarde que le prisonnier. Elle manquait de soleil depuis si longtemps que sa peau s'était décolorée et un dur labeur avait déformé ses mains calleuses. Bien qu'elle fût une Ménagère aux talents limités, elle était si travailleuse que Gemme l'avait prise en sympathie.

« Je vous amène un prisonnier que vous devrez rendre présentable puis isoler.

— Nous n'avons aucun local inoccupé.

— J'en libérerai un, si vous pensez réussir à le laver sans retirer ses liens. »

Ravaudeuse hocha la tête et prit Adrian par le bras pour le guider vers le côté du bâtiment. Gemme s'assura du regard que le prisonnier était docile puis entra.

Les sept fantassins hospitalisés étaient en voie de guérison. L'un d'eux s'était même assis dans son lit. Les guérisseurs s'étaient dépensés sans compter. Ils avaient envoyé dans la forêt des Ménagers chargés de cueillir des herbes médicinales, en espérant que celles qu'ils connaissaient poussaient sur cette île. C'était apparemment le cas.

Gemme les salua et emprunta l'étroit couloir jusqu'à la première porte. Elle l'ouvrit sur un réduit exigu bondé de tisserands qui levèrent les yeux de leurs métiers cliquetants et bourdonnants dans l'attente d'une explication.

« Je dois réquisitionner cette pièce, leur annonça-t-elle. Désolée. »

Un hochement de tête collectif lui donna l'impression qu'ils avaient l'habitude d'être chassés de leur lieu de travail, mais aucun ne se leva.

« Si nul profane ne doit toucher vos accessoires de magie, emportez-les, ajouta-t-elle. Vous devez libérer immédiatement ce local. »

Elle ressortit pour les laisser terminer leurs sortilèges en cours et ramasser leur ouvrage. Un des patients du dispensaire gémit et elle frissonna. Ne commettait-elle pas une erreur en libérant Luke ? Bien que naïfs, les autochtones étaient des experts pour décimer les Fey, ce que n'aurait pu revendiquer nul autre peuple.

Derrière elle, la porte se rouvrit et les tisserands la franchirent, la plupart munis de leur rouet. Ils s'éloignèrent dans le couloir comme s'ils savaient déjà où ils s'installeraient. Elle attendit qu'ils aient disparu pour entrer dans la pièce.

Des bouts de laine jonchaient le sol et l'air était saturé de charmes. Elle appréciait cette ambiance. Elle trouvait la magie des Ménagers naturelle, chaleureuse. Elle crépitait dans l'atmosphère parce que ce n'était pas un outil de mort mais un moyen d'améliorer les conditions d'existence. Si elle avait pu revenir en arrière, elle se serait initiée aux arts ménagers plutôt qu'à l'escrime. Deux disciplines qui ne lui seraient d'ailleurs d'aucune utilité. Un Visionnaire devenait un chef militaire ou politique. Seuls quelques individus triés sur le volet accédaient au statut de Chaman, et elle n'avait jamais eu la compassion requise pour exercer cette activité... même lorsqu'elle était enfant.

Il ne restait ici que deux chaises. Les Ménagers les avaient rapprochées en prévision de l'interrogatoire. Leur magie leur permettait de deviner ce genre de choses, de choisir les vêtements adéquats, de préparer des repas de circonstance et d'apporter une ambiance agréable aux lieux où ils se trouvaient. C'était ce talent qu'elle enviait plus que tout. Sa capacité de voir des avenirs possibles ne l'autorisait pas à déterminer les besoins des tierces personnes.

On frappa et elle se tourna vers la porte, déjà entrebâillée. Ravaudeuse se dressait sur le seuil et tenait Adrian par le bras. Les effets du prisonnier avaient été lavés et sa lassitude semblait avoir disparu en même temps que sa puanteur.

« Merci, Ravaudeuse, dit-elle doucement. Je ne puis te dire à quel point j'apprécie. »

La Ménagère hocha la tête et rougit en lâchant Adrian, dont les mains étaient toujours liées.

« Entre et assieds-toi », lui ordonna Gemme.

Il s'avança en se tenant bien droit, d'une démarche

pleine d'assurance. La Ménagère le suivit des yeux, comme fascinée, puis elle remarqua que Gemme la regardait et sourit, recula dans le couloir et referma sans bruit la porte.

Il s'installa sur la chaise et elle prit place en face de lui. Ils étaient si proches que leurs genoux se frôlaient. Elle estima qu'ils n'avaient perdu que trop de temps. « Alors, qu'as-tu à me proposer ? »

Il ravala péniblement sa salive. Bien que tendu, il ne la quittait pas du regard. « Moi, répondit-il.

— Tu m'appartiens déjà. J'exige une chose qui vaut autant que la vie de ton fils. Son avenir. Et je t'avertis, Adrian. N'essaie pas de me duper.

— Je n'en ai pas l'intention. Je suis à votre merci et vous pouvez me livrer à ces démons qui veulent faire sur moi Dieu sait quelles expériences. Mais vous ne possédez pas – et ne posséderez jamais – mon esprit. »

Elle sourit. « Tu nous sous-estimes. Que nous vous ayons traités avec bonté ne signifie pas que nos pouvoirs sont limités.

— Si vous en étiez capables, vous m'imposeriez vos volontés. Vous auriez fait le nécessaire pour m'arracher le secret de l'eau bénite.

— Je croyais que tu ne le connaissais pas.

— C'est la vérité, mais vous vous en seriez assuré.

— Qu'en sais-tu ? La magie n'est pas voyante. Elle est des plus subtiles. Et, pour nous, aussi naturelle que respirer. N'en perçois-tu pas les effluves dans cette pièce qu'occupaient les tisserands ? Il en subsiste des traces. Les sens-tu ? »

Il entrouvrit la bouche et la referma aussitôt. Il était évident qu'il ne décelait rien. Les profanes ignoraient tout des arcanes de la sorcellerie. « Alors, fit-il. Pourquoi n'employez-vous pas les grands moyens ?

— Ce qui est révélé de plein gré est souvent plus

complet et utile. » Elle se pencha vers lui, les coudes sur ses genoux. « Qu'as-tu à m'offrir, Adrian ?

— Moi, répéta-t-il d'une voix posée. Je vous servirai jusqu'à la fin de cette guerre.

— Que peux-tu nous apporter qui nous est inaccessible ?

— Une parfaite connaissance de l'Île Bleue et de sa population.

— Pas de plans de bataille ou de formules magiques ? Que des informations sur vos us et coutumes ? »

Il le confirma de la tête et déglutit. Sa nervosité était à son comble, même s'il s'efforçait de la dissimuler.

« Jusqu'à la fin de la guerre », répéta-t-elle en se penchant en arrière. Le mouvement fit craquer la chaise et des brins de laine s'envolèrent. « Et si les combats s'éternisent ?

— Je vous demande pardon ? »

Elle sourit. « Les accrochages se sont poursuivis pendant des siècles, à la frontière de L'Nacin et d'Oudoun. Ce sera peut-être identique, ici.

— Des siècles... Notre île n'est pas assez vaste pour un si long conflit.

— Certaines choses t'étonneraient. » Elle posa un bras sur le dossier de sa chaise, pour lui donner l'impression qu'elle était détendue. « Quel âge as-tu ? Une vingtaine d'années de plus que Luke ?

— Vingt-cinq.

— Il devrait donc, en théorie, te survivre d'un quart de siècle. » Elle feignit de réfléchir à son offre puis haussa une épaule. « Je ne peux accepter moins que ta vie en échange de la sienne. Tu seras notre conseiller pour les affaires locales. Tu nous apprendras les secrets de cette contrée et nous diras tout ce qui nous sera utile. Jusqu'à ta mort... ou celle de ton fils si elle précède la tienne.

— Ma vie ? » Cette fois, il ne put empêcher son expression de traduire son angoisse. Le choix était difficile et Gemme n'était pas certaine d'arriver à ses fins. « Pour mon fils... » Il respira profondément. « Que se passera-t-il, si nous sommes victorieux ?

— Nous vous vaincrons. Les Fey n'ont pas pour coutume de renoncer. Peut-être remporterez-vous des batailles, comme lors de notre premier assaut, mais nous ne déposerons pas les armes. Nous nous battrons jusqu'au dernier et, même si vous nous exterminez, le Roi noir enverra des renforts et vous ne serez jamais vainqueurs, lança-t-elle avec une véhémence qui parut le surprendre. J'ai dit que tu resterais à notre service aussi longtemps que tu vivrais. Rien de moins. » Elle lui sourit. « Et si tu nous mens, une fois seulement, ton fils mourra. Et s'il a eu entre-temps des enfants, ils périront eux aussi. Les Fey sont impitoyables, Adrian... Surtout envers ceux qui tentent de les duper.

— Comment saurez-vous où il est ?

— Nous avons nos méthodes. Nous en serons informés à chaque instant du jour et de la nuit. Tu devrais d'ailleurs t'en féliciter. En cas d'attaque, un des nôtres assurera sa sécurité. Ce qui s'appliquera également à ses enfants lorsqu'il en aura. Mais nous les exécuterons tous à la moindre trahison. Nous n'offrons jamais une deuxième chance.

— Ma vie...

— Contre la sienne. » Elle ramena son bras devant elle. « Cet accord t'avantage, car tu vivras moins longtemps que lui. Nous irons même jusqu'à lui octroyer vingt-cinq années de protection supplémentaires, si tu décèdes de mort naturelle. Il va de soi que nous le tuerons si tu te soustrais à tes obligations en te suicidant.

— Je constate que vous avez grand besoin de mes services. »

Il était rusé. Elle savait l'apprécier. « Non, répondit-elle, sincère. Nous nous intéressons simplement à ton interprétation des faits. Il est facile de découvrir les usages d'une société. Comprendre leurs causes l'est moins. »

Il se détourna pour regarder l'emplacement qu'aurait occupé une fenêtre si les Fey avaient jugé utile d'en percer dans les constructions des Terres d'ombre. Il était assez âgé pour savoir à quoi il renonçait et elle devait espérer que l'amour qu'il portait à son fils rendait un tel accord possible. Accéder directement à la culture des insulaires serait plus instructif que par l'entremise d'un Double.

« Que devrai-je faire ?

— Vivre avec nous dans les Terres d'ombre et te mettre à notre disposition aussi souvent que nous le jugerons nécessaire.

— Et mon fils ?

— Je donnerai des ordres pour qu'il reparte aujourd'hui même. Tu assisteras à son départ, si ça te chante. »

Il ne la regardait toujours pas. Il parut mâchonner quelque chose puis cilla et déglutit. « Quand le reverrai-je ?

— Jamais. Tu resteras ici jusqu'à ta mort. »

Il se tourna vers elle, si brusquement que ses cheveux voletèrent. Ses yeux brillaient et ses émotions la surprirent une fois de plus. Elles étaient encore plus intenses que les siennes. « Non, fit-il. Je refuse de coopérer avec vous dans ces conditions. Ce que vous ferez de moi m'importe peu. Si vous ne m'autorisez pas à revoir mon fils, n'espérez pas obtenir ma collaboration.

— Tu sais que nous ne pourrons pas te laisser sortir des Terres d'ombre ou lui permettre d'y revenir.

— Je ne prendrai pas le risque de trahir mon peuple

pendant vingt ans pour découvrir un jour que vous avez assassiné Luke cinq minutes après l'avoir libéré. »

Elle n'avait pas envisagé cette possibilité, ce qui ne changeait rien à la situation. Elle avait d'autres projets pour Luke. « En ce cas, vous vous retrouverez une fois l'an. En un lieu et à une date dont nous conviendrons. Un des nôtres t'escortera et vous vous entretiendrez en nyeien ou en fey, sauf si cet accompagnateur parle couramment votre langue. »

Il cilla, surpris qu'elle eût cédé si facilement. Elle se leva avant qu'il ne se ressaisisse et ne tente de lui arracher d'autres concessions.

« C'est à prendre ou à laisser. Acceptes-tu, Adrian ? »

Son visage trahissait toutes sortes d'émotions. Il ouvrit la bouche, la referma. Il ferma également les paupières, baissa la tête et soupira. Lorsqu'il se redressa, ses sourcils étaient humides. « Oui, fit-il dans un murmure.

— Parfait. » Elle se dirigea vers la porte. « Je vais envoyer Ravaudeuse te délier. Nous te trouverons des vêtements et un logement, et je veillerai à ce qu'elle t'apporte un repas.

— Attendez ! Je désirerais passer ces dernières heures auprès de mon fils.

— C'est compréhensible, mais je crains que tu ne lui donnes des idées et je ne peux charger personne de vous surveiller. Tu le verras juste avant son départ. »

Elle ouvrit la porte.

« Sachez que je vous tuerai, s'il lui arrive quoi que ce soit, fit-il d'une voix grave. Vous, et vous seule. »

Elle se tourna. Il la fixait avec une haine aussi profonde que celle qu'elle inspirait à Ort. À une différence près. Elle avait une cause personnelle. N'était-il pas conscient qu'elle agissait ainsi par compassion, qu'elle aurait pu arriver à ses fins sans libérer son fils ? Il aurait été facile de le contraindre à coopérer et plus aisé encore d'exercer des pressions sur Luke. Les informations obtenues par ces méthodes manquaient de précision, mais les Fey s'en étaient jusqu'à présent contentés.

« Ton emportement est naturel, rétorqua-t-elle calmement. Mais si tu me tues, les miens feront en sorte qu'il ne reste plus un seul membre de ta famille sur cette île. Et quand tous auront été massacrés – sous tes yeux, de préférence – ton tour viendra. Je dois en outre préciser que nous ne sommes pas du genre à accorder une mort expéditive.

— Vous n'avez donc pas d'âme. »

Elle sourit. « Tu n'es pas le seul à le dire. Mais je pense que vous inversez les rôles. Nous sommes guidés par les mânes de nos ancêtres alors que vous devez fonder vos décisions sur les radotages des plus vieux d'entre vous. C'est peut-être pour cela que votre eau "bénite" nous est fatale... parce que nous sommes plus proches que vous du monde spirituel.

— J'exécuterai vos ordres, mais ce ne sera pas de gaieté de cœur.

— Je ne te demande pas d'aimer ton travail, seulement de le faire avec application. »

SOIXANTE-DEUX

Coulter parlait. Ses babils enfantins croissaient et décroissaient. Eleanora percevait dans ses intonations de la surexcitation et de la joie, comme s'il était plongé dans une conversation passionnante. Elle s'assit et se massa le visage. Un rai de clair de lune entrait par la fenêtre de la pièce obscure. La couverture formait un monticule sur le côté du lit. Elle avait fait un somme... trop bref. Elle était dans un état second.

Le bébé poursuivait son entretien imaginaire. Il riait, des trilles de soprano cristallins suivis de claquements de ses mains potelées. Il applaudissait. Elle était déconcertée. Il dormait habituellement jusqu'au matin. C'était la première fois qu'il se réveillait en pleine nuit depuis leur arrivée dans ce village, quand la peur et l'épuisement l'avaient terrassé. Eleanora pensait parfois que la mort de ses parents le tourmentait, mais tous lui affirmaient qu'il était trop jeune pour s'en souvenir. Elle n'avait toutefois pas oublié sa colère et sa tristesse. Les premiers mois, il avait été un enfant difficile. Elle avait su dissiper ses angoisses en le plaçant au centre de son univers.

Un roucoulement acheva de l'éveiller et elle pensa

à la chatte. L'irritation la fit soupirer. Elle avait fermé la porte de la chambre de Coulter et ouvert la sienne, en croyant qu'elle viendrait la rejoindre. Mais elle ne la voyait pas. Et le volume de la voix du bambin lui indiquait que nul panneau de bois ne la filtrait.

Elle écarta des cheveux tombés devant son visage, en veillant à n'en arracher aucun. Qu'ils soient à ce point clairsemés l'exaspérait. À présent elle pouvait sentir son cuir chevelu entre les mèches. Elle se demandait parfois si elle vivrait assez longtemps pour s'occuper de Coulter jusqu'à sa majorité, et elle priait pour en avoir la possibilité. Il avait besoin d'amour et d'attention. Et elle souhaitait faire œuvre utile avant de quitter ce monde.

Il riait de nouveau. Elle n'avait pas rêvé. La chatte devait être avec lui.

Eleanora fit glisser ses pieds hors du lit qu'Helter lui avait fabriqué et rajusta sa chemise de nuit. Le soir venu elle cessait d'alimenter le feu et la température chutait. Elle veillait à emmitoufler le bébé et s'assurait qu'il était à son aise, avant de le coucher. Elle n'avait pas prévu qu'il voudrait jouer au clair de lune.

Cette pensée la fit malgré tout sourire. Qu'il fût si joyeux la comblait. C'était la preuve qu'elle s'y prenait convenablement pour l'élever.

Le plancher était glacial. Elle se redressa, soumise aux assauts de plus en plus fréquents de l'arthrite. Elle mangeait à sa faim désormais, ce qui amplifiait ses souffrances, comme si les kilos supplémentaires lestaient trop lourdement ses jambes.

Les ténèbres étaient étranges. Elle ne détermina pas immédiatement ce qui avait changé. La porte était close. Elle la laissait pourtant toujours ouverte.

Elle s'avança sur la carpette faite de bouts de tissu cousus les uns aux autres et tira le battant. Dans sa chambre, Coulter battait encore des mains et ses gloussements lui donnaient le hoquet.

Il n'avait jamais eu un tel comportement.

Elle frissonna et tenta de se convaincre que seule la fraîcheur de la nuit en était responsable. Elle ne pouvait néanmoins nier que tout ceci était anormal.

La cabane n'était pas assez vaste pour qu'il y eût un couloir. Les deux chambres se faisaient face dans un angle de la pièce principale. La chatte n'avait pu fermer une porte et ouvrir l'autre. Par ailleurs, Helter avait muni le lit de Coulter de barreaux et il n'aurait pu en descendre.

Elle ouvrit la bouche pour l'appeler mais se ravisa. Ce n'était pas la peine de l'inquiéter, surtout lorsqu'il était aussi joyeux. Elle entra dans sa chambre, et se figea.

Le clair de lune pénétrait à flots par la fenêtre et illuminait la pièce comme en plein jour. Coulter se dressait sur le matelas et tendait ses petites mains entre les montants de bois. Il se tourna vers elle et lui adressa un sourire radieux.

Une femme se tenait près de lui, en chemise de nuit bien trop courte pour elle. Elle était pieds nus et ses cheveux effleuraient ses reins. Grande et élancée, elle possédait une grâce insolite.

Eleanora n'eut pas à regarder ses yeux pour savoir qu'il s'agissait d'une Fey.

« Écartez-vous de mon enfant », ordonna-t-elle.

La confusion plissa le visage poupin de Coulter. Son intonation coléreuse l'avait surpris.

« Oh ? » L'inconnue avait une voix légère, aérienne et musicale. « Vous êtes donc sa mère ? Je n'aurais jamais cru que les autochtones procréaient à un âge si avancé.

— C'est mon fils », affirma Eleanora. Elle fit un pas, les poings serrés. La mort des parents de Coulter hantait toujours ses cauchemars. « Vos semblables ont massacré les siens et je l'ai sauvé. Je l'ai élevé. Il est à moi. »

Le bambin hoqueta et sa lèvre inférieure s'avança. Il ne tarderait guère à éclater en sanglots.

« Il sort vraiment de l'ordinaire.

— Oui, c'est exact. » Eleanora fit un autre pas sans savoir ce qu'elle tenterait ensuite. Cette Fey était jeune et leste, et ses pouvoirs lui permettraient sans doute de la tuer d'un simple contact. « N'approchez pas de lui. »

Le rire de gorge qu'elle entendit ressemblait à un ronronnement. « Me croyez-vous capable de lui faire du mal ? Je ne suis pas un franc-tireur. Ma magie est plus élaborée. En outre, cet enfant a bien plus de valeur vivant que mort. »

Le cœur d'Eleanora s'emballa. « Il a de la valeur parce que c'est un individu à part entière. Et il m'appartient. »

Une grosse larme roula sur la joue du bébé, qui renifla et agrippa les barreaux de son lit. Eleanora ne l'avait jamais vu pleurer ainsi. On aurait pu croire que sa colère avait réveillé une chose enfouie dans les profondeurs de son esprit... sans doute un souvenir. La Fey ne pouvait en être la cause. Seul avec elle, il avait ri.

« Je ne le conteste pas. Mais vous allez me le confier.

— Quoi ?

— Donnez-le-moi. Je l'élèverai avec autant d'amour et de soins que vous. Je lui apprendrai à développer ses capacités, alors que vous en seriez incapable. Vous êtes âgée. Sans doute mourrez-vous bien avant qu'il puisse affronter seul l'existence. Que deviendra-t-il, ensuite ? Croyez-vous que votre voisine a en elle suffisamment de charité rocaaniste pour recueillir un orphelin ? »

Elle l'avait observée. Elle les avait tous épiés.

« C'est mon enfant. Il tient à moi. Le destin l'a durement éprouvé. Il ne supportera pas de nouvelles épreuves. »

Une autre larme coula sur la joue de Coulter, qui agrippait les barreaux tel un captif dans sa geôle.

« Il n'a pas besoin que d'amour. Il doit découvrir ses pouvoirs.

— Quels pouvoirs ? » Si Eleanora l'incitait à fournir des explications, peut-être trouverait-elle une solution. Des voisins remarqueraient les voix qui s'élevaient de sa cabane et viendraient voir de quoi il retournait. Si elle parvenait à bousculer l'inconnue, elle s'enfuirait avec Coulter.

« C'est sa magie qui m'a attirée jusqu'à lui. Je la perçois en cet instant. Rare sont ceux d'entre vous qui ont de tels dons, et aucun ne sait les développer.

— C'est un bébé. Tous les bébés ont quelque chose de magique.

— Pas comme lui. »

Il libéra un soupir haché et un hoquet annonça un hurlement. *Vas-y, petit, égosille-toi*, l'encouragea mentalement Eleanora. *Hurle si fort que nous recevrons de l'aide.*

« Donnez-le-moi, insista la femme.

— C'est impossible. J'ai vu des Fey massacrer ses parents. Qui me prouve que vous ne le tuerez pas, lui aussi ?

— Je ne toucherai pas un seul de ses cheveux. Vous avez ma parole.

— Votre parole ? Votre parole ? Comment pourrais-je vous croire ? Vous avez envahi notre pays, assassiné mes amis et rasé nos maisons. Vous allez lui faire du mal ! »

Un cri de Coulter les fit sursauter. Puis il se mit à sangloter, des glapissements qui s'élevaient du tréfonds de son être.

Eleanora se précipita pour le prendre. Elle le serra contre elle, comme à l'époque où il n'était qu'un nourrisson qu'elle dissimulait aux Fey. Il l'agrippa avec force et referma ses jambes autour de sa taille, ses petits bras autour de son cou. Ses larmes traversaient le tissu de la chemise de nuit.

Elle plaça sa paume sur sa tête, pour la protéger, et sortit en courant de la chambre. Elle n'entendait plus la femme, seulement les claquements de ses pas rapides. Lorsqu'elle ouvrit la porte d'entrée, la chatte bondit et dévala les marches. Eleanora la suivit en conservant un équilibre précaire.

Le félin s'arrêta devant elle et manqua la faire trébucher. Elle tendit sa main libre pour se stabiliser. Coulter se collait contre elle, brusquement silencieux. Il tremblait. Le clair de lune éclaira la chatte sous un autre angle et Eleanora crut qu'elle avait grossi. Elle se redressa. Oui. Cet animal entrait en expansion. Il se transformait, tel un nuage au début d'un orage.

Puis elle vit la Fey à l'emplacement qu'il avait occupé et elle hurla. Les doigts de Coulter se crispèrent. Désormais nue, l'inconnue le saisit par la taille et le tira. Eleanora lui donna un coup de pied mais elle en profita pour lui faire un croc-en-jambe et la déséquilibrer.

Elle tomba en tentant de protéger l'enfant. Les mains de la Fey glissèrent sous ses aisselles, chaudes sur sa peau. L'impact avec le sol chassa l'air de ses poumons et elle entendit un craquement. Coulter cria et l'agrippa avec l'énergie du désespoir.

« Non ! » Eleanora le retint mais la Fey était plus forte qu'elle. Il se débattit et se remit à vagir et hurler : « Mamaaan ! Mamaaaaan ! »

Des portes s'ouvraient de toutes parts. La voix d'Helter couvrit celle de l'enfant. Eleanora voulut se relever mais des élancements dans sa poitrine et sa jambe droite l'en empêchèrent. Elle appela à l'aide.

La femme emportait Coulter en enfouissant son visage au creux de son épaule nue pour étouffer ses cris. Il tendait les bras de chaque côté de son cou, pour se raccrocher au néant.

« Elle enlève mon fils ! cria Eleanora. Faites quelque chose ! »

Helter dévala les marches et d'autres l'imitèrent. La Fey lança un regard apitoyé à Eleanora par-dessus son épaule puis s'éloigna à grandes enjambées dans la clairière.

Coulter geignait de terreur et de colère. Eleanora se redressa sur ses coudes, sans faire cas de la souffrance qui lacérait son torse. « Non ! Il m'appartient ! » cria-t-elle.

Mais la Fey ne l'entendit pas. Ou, si elle l'entendit, elle ne tint pas compte de sa supplique. Elle traversait l'étendue illuminée par le clair de lune avec l'agilité d'un félin. Ses poursuivants étaient loin derrière elle.

« Arrêtez-la ! » cria encore Eleanora. Mais il était évident que les villageois ne la rattraperaient pas. Elle atteignait l'orée des bois, quand Coulter réussit à dégager sa tête. Il appela Eleanora, les yeux fixés sur elle. Il avait une expression implorante et tendait vers elle ses petites mains.

Puis la femme bondit dans les halliers et disparut.

Les hommes ne renoncèrent pas pour autant. Elle les entendait piétiner les broussailles, dans le lointain. La Fey devait les localiser encore plus aisément. Ils ne la retrouveraient jamais.

Eleanora se rallongea, la gorge irritée par ses cris. Elle avait l'impression de sentir Coulter enserrer son cou. *Ne le laissez pas mourir*, murmura-t-elle au Dieu qui tendait peut-être vers elle son Oreille. *Pas après tout ce qu'il a déjà enduré. Par pitié. Sauvez-le !*

SOIXANTE-TROIS

Rugar devait l'admettre, la scène était émouvante. Dressé près du billot de réunion, non loin de l'entrée des Terres d'ombre, il avait à ses côtés Gemme, Fardeau et deux Ménagers. Quatre fantassins flanquaient la Porte devant laquelle se trouvaient le jeune prisonnier et son père. Rugar s'interrogeait sur l'intérêt du marché conclu par sa fille. Ils auraient pu récolter des renseignements par d'autres moyens, mais elle avait avancé que leurs progrès seraient ainsi plus rapides. Mieux valait disposer d'un informateur, surtout lorsqu'il ne pouvait se permettre de mentir.

Gemme était hagarde. Il y avait longtemps que la lassitude et la grisaille lui pesaient, et les événements de ces derniers jours l'avaient ébranlée. Après son accrochage avec Caseo, elle n'avait pas compté ses efforts pour s'assurer la collaboration de ce prisonnier. Passer la nuit précédente en compagnie des Ménagers et des Gardiens pour établir un lien permanent entre l'adolescent et les Terres d'ombre avait drainé ses dernières réserves d'énergie.

Des charmes simples mais efficaces. Ils s'étaient contentés de tresser dans sa chevelure un sortilège de liaison qui leur indiquerait constamment où il se trouvait. Malgré les objections de Caseo, ses pairs n'avaient pas imposé de clé à cet envoûtement afin qu'aucun d'entre eux n'en fût le seul dépositaire. Ainsi, si tous mouraient avant Adrian, leurs successeurs pourraient continuer de suivre son fils à la trace.

Luke ignorait qu'il avait été ensorcelé. Il avait dormi, pris son repas et fait sa toilette dans le Domicile. Gemme avait demandé aux Cavaliers des songes de lui tisser des rêves, de saturer son esprit d'images oniriques qui brouilleraient les souvenirs de sa détention et les rendraient plus agréables. Gemme y jouerait un rôle plus important, étant donné qu'elle n'était guère plus âgée que lui. Rugar s'y était au début opposé, mais elle avait déclaré vouloir établir des liens à divers niveaux.

Il s'étonnait de ne pas avoir pris plus tôt conscience qu'elle avait un esprit si tortueux. Sa façon de lui imposer ses volontés, de tenir tête à Caseo et d'obtenir la coopération de ce prisonnier lui rappelait son propre père. Que celui-ci se fût emporté lorsqu'il lui avait annoncé qu'il comptait la faire participer à cette expédition ne le surprenait plus. Ses autres enfants ne possédaient pas tant de machiavélisme et d'assurance.

Les insulaires se parlaient à voix basse, dans leur langue natale. Gemme avait trouvé un Fey qui servait d'interprète et elle écoutait attentivement sa traduction, la mine sévère. Rugar lui toucha le bras. « Ça suffit comme ça ! »

Elle hocha la tête et le regarda. « Mieux vaudrait que ce soit toi qui le leur annonces. »

Faute de quoi ils la croiraient omnipotente et s'imagineraient que c'était elle qui souhaitait écourter l'entretien. Si Rugar comprenait le cheminement de sa pensée, il était incapable de faire de tels calculs. Peut-être était-ce pour cela que le Roi noir avait été soulagé de le voir partir. Son départ permettrait à quelqu'un ayant un esprit plus retors de lui succéder.

Il s'avança et claqua des mains.

« En nyeien », lui souffla-t-elle, si doucement que lui seul put l'entendre.

« Suffit ! » dit-il. Lorsqu'il s'exprimait dans cette langue, sa voix était nasillarde et son accent laissait à désirer. Ce qui l'irritait. Il était né pour vaincre leurs adversaires et non pour assimiler les subtilités de leurs idiomes. « Poursuivez votre conversation et il restera parmi nous. »

Luke lança à Gemme un regard niais qui échappa, fort heureusement, à son père. Ce dernier s'était tourné vers elle, presque suppliant, mais Rugar écarta les jambes, croisa les bras et fronça les sourcils pour le dissuader de protester. Adrian hocha la tête à contrecœur et serra son fils contre lui.

L'adolescent était aussi triste que son père, comme s'ils ne devaient jamais se revoir. Les insulaires... Leur sentimentalisme était leur faiblesse.

« Fardeau, accompagne-le jusqu'à la périphérie de Jahn. »

Rugar s'était adressé en nyeien au fantassin qui alla prendre le jeune homme par l'épaule. Adrian le retint.

« Nous avons passé un accord, rappela doucement Gemme. » Adrian caressa le bras de son fils et le lâcha. Ce fut en mordillant sa lèvre inférieure qu'il regarda Fardeau le guider vers le Cercle de la Porte puis réciter la formule qui permettait aux Fey privés de magie de l'ouvrir. Le passage apparut, béant et tentateur. Rugar voyait au-delà l'écorce sombre des arbres, l'herbe verte du sous-bois et un fragment de ciel bleu. Les senteurs de la végétation arrivèrent jusqu'à lui, charriées par le vent.

Fardeau franchit le seuil en tirant l'adolescent. La

Porte miroita, quand Luke y pénétra. Son père s'avança d'un pas. Un des Ménagers agrippa son bras. Le Cercle se referma et il se tourna vers Gemme pour lui lancer en nyeien : « Je respecterai mes engagements. Je vous conseille de tenir les vôtres.

— Je le ferai.

— Je l'espère. » Une Ménagère l'entraîna vers le Domicile. Gemme et Rugar restèrent à côté du billot de réunion.

« J'espère quant à moi que tu n'as pas commis une erreur, dit Rugar.

— Je croyais qu'il tenterait quelque chose. Sa résignation m'étonne. Je m'attendais à le voir se ruer vers l'extérieur avec son fils.

— Qu'aurais-tu fait, en ce cas ?

— Je les aurais tués tous les deux », déclara-t-elle sans la moindre émotion. Il la dévisagea. Elle ne tenait pas que de son grand-père. Si elle était impitoyable, c'était à lui qu'elle le devait.

Il sourit et la prit par l'épaule. Il regrettait que leurs rapports soient moins étroits que ceux de ces insulaires. De telles manifestations d'affection n'étaient pas dans leurs habitudes. « Tu as bien agi, dit-il.

— Merci. » Elle plaça sa main sur la sienne, à l'instant où la Porte se rouvrait. Il se tourna et sentit sa fille se crisper. Ils pensaient tous deux que Fardeau avait eu un problème.

Mais ce furent Jabot et Ipper qui entrèrent. Jabot était si élancé qu'il en semblait fragile et si Ipper s'était empâté depuis qu'il l'avait engagé comme espion – lorsqu'il avait assumé son premier commandement – il possédait une grâce qui faisait défaut à son cadet. Tous deux paraissaient soucieux.

Il lâcha Gemme. « Avez-vous des messages à me transmettre ? »

Ipper hocha la tête. « Pouvons-nous nous isoler ? »

C'était donc important. Rugar soupira. Il avait espéré que tout s'était passé sans anicroches, qu'ils venaient confirmer que les Doubles avaient trouvé des hôtes à l'intérieur du Tabernacle.

« Ma cabane. Gemme nous accompagnera. »

Il les précéda. Ses muscles étaient tendus – depuis un an – et ses maux d'estomac empiraient. Il était las de tous ces tracas et de ne pouvoir maîtriser la situation. Il était grand temps qu'ils se ressaisissent.

Gemme atteignit leur logis, sautilla vers le haut des marches et ouvrit la porte. Une légère odeur de fumée les accueillit, bien que le feu fût éteint et la pièce obscure. Elle activa les lumignons et il tira des chaises. Ipper repoussa le battant.

« Alors, que s'est-il passé ?

— Tel a disparu », répondit Jabot. Il s'assit à califourchon sur le siège le plus proche du seuil et tendit devant lui ses jambes filiformes.

— Disparu ? répéta Gemme.

— Il devait me retrouver à minuit, déclara Jabot. À l'aube, quand Ipper est venu me rejoindre, il ne s'était toujours pas montré.

— Vous avez pu vous tromper de lieu ou de moment.

— Nous avons tout organisé avec Solanda, dit Ipper. C'est impossible, sauf si elle a fait une erreur. »

Rugar sourit. Il avait pu constater que la mémoire de la métamorphe était infaillible. « Elle n'en commet jamais.

— Quête est venu au rendez-vous. Il avait des informations à me communiquer.

— A-t-il découvert leur secret ? » Rugar n'avait pu dissimuler sa surexcitation.

Ipper rapprocha sa chaise et s'assit. « Non. Et ce qu'il m'a dit n'est guère encourageant.

— Oh, zut ! » Gemme s'assit à son tour.

Rugar resta debout pour écouter la suite.

« Il s'est infiltré dans le Tabernacle mais n'a pu devenir un Froc noir de rang élevé. Il estime toutefois que ce sera plus facile, à présent qu'il est dans la place. L'ennui, c'est que seuls deux prélats connaissent la composition de ce poison... ceux qui le fabriquent. Ce qui signifie qu'ils le manipulent à longueur de temps. En outre, il n'est pas certain de pouvoir les posséder. Il craint de mourir à leur contact.

— A-t-il vérifié ? s'enquit Rugar. S'est-il assuré que son hôte le savait de source sûre ?

— Oh, le doute n'est pas permis ! Tous ces religieux rêvent d'apprendre à préparer l'eau bénite. Comme si n'importe quel Fey avait la possibilité de changer de statut en acquérant de l'expérience, d'avoir un jour des Visions ou de se transformer à la façon de Solanda. » Ipper soupira. « Que Tel ne soit pas venu au rendez-vous indique qu'il a péri en se mettant dans la peau d'un Froc noir.

— Il ne nous aurait pas fait faux bond, autrement, affirma Jabot. Il n'a jamais sous-estimé l'importance de ces contacts. Il a toujours été ponctuel depuis que je lui sers d'agent de liaison. »

Rugar jura en son for intérieur. Sur les six Doubles qui avaient accompagné ses troupes, trois étaient morts dans le Tabernacle et deux au palais royal. Il n'en restait qu'un seul dans ce maudit lieu de culte et peut-être avait-il lui aussi cessé de vivre au moment où ils parlaient.

— « Père ? » fit Gemme.

Quelqu'un lui avait adressé la parole. « Désolé. J'étais perdu dans mes pensées.

— Excusez-moi, commandant, intervint Ipper. Mais nous devrions rappeler Quête. S'il ne peut rien apprendre sans mourir aussitôt, il n'est là-bas d'aucune utilité.

— Je ne vois pas où il pourrait mieux servir nos intérêts, pour l'instant.

— C'est le seul Double que nous avons encore », fit remarquer Gemme.

Rugar se renfrogna. Il sentait renaître sa colère, dense et puissante. Il ne supportait plus d'être bloqué dans les Terres d'ombre, à la merci de la maudite potion des insulaires. Il devait trouver un moyen de redresser la situation, mais c'était en vain qu'il cherchait des solutions depuis un an.

« Quand vous reverrez-vous ? demanda-t-il à Ipper.

— Demain. Il espérait avoir de meilleures nouvelles à me communiquer.

— A-t-il un plan ? »

Ipper secoua la tête. « Il compte observer les religieux qui préparent le poison pour tenter de déterminer s'il doit ses propriétés à une composante de leur être. Dans le cas contraire, il viendra à ce rendez-vous dans le corps de l'un d'eux. »

Rugar relâcha lentement sa respiration. Rien n'était simple, sur cette île. « S'il possède un de ces prélats, il connaîtra la recette de la potion. »

Ipper le confirma.

« Sinon, il ira au-devant de graves ennuis ou de la mort. » Rugar lança un regard à sa fille, qui le dévisageait. « Quand vous le reverrez, dites-lui de regagner les Terres d'ombre.

— Qu'il ait réussi ou échoué ? voulut savoir Ipper.

— Quoi qui ait pu se passer. » Rugar se massa les tempes. « Si nous ne pouvons pas découvrir le secret de l'eau bénite de cette manière, au moins saurons-nous qui il faut torturer pour l'obtenir. »

SOIXANTE-QUATRE

Alexandre n'était pas sorti du palais depuis plusieurs semaines. Le vent ébouriffait ses cheveux et une mèche se balançait devant ses yeux. Il avait emprunté à son fils une lanière de cuir pour les attacher sur sa nuque, mais ils étaient trop courts et sa queue de cheval se défaisait sans cesse.

Il avait enfilé une culotte et une tunique de garde, pour passer inaperçu. Le Seigneur Stowe craignait que les Fey ne tentent de l'assassiner pour saper le moral des insulaires. Un an plus tôt, sa mort eût provoqué une crise catastrophique mais Nicolas avait depuis assumé ses responsabilités et était prêt à lui succéder. Si son décès avait un effet sur la population de l'Île Bleue, ce serait de l'unir pour combattre les Fey avec encore plus d'acharnement.

Il n'allait néanmoins nulle part sans escorte. Les gardes formaient un rempart autour de lui, hors de sa demeure. Certains s'étaient même postés le long du chemin qu'il suivrait. Il eût aimé aller librement où il voulait et quand il le voulait. C'était impossible. Sa vie était bien trop précieuse, pas uniquement pour lui mais pour tous ses sujets.

Le donjon se dressait derrière les quartiers des gardes, à l'extérieur de l'enceinte du palais. Des alignements d'arbres l'isolaient du reste de l'agglomération et des sentinelles surveillaient chaque entrée lorsqu'il y avait des prisonniers. La discipline était sévère, car c'était en ce lieu qu'ils mettaient aux arrêts ceux d'entre eux qui avaient manqué à leurs devoirs.

Alexandre n'avait pas hésité un instant, quand Monte était venu lui annoncer qu'ils détenaient un Fey et qu'il jugeait trop dangereux de le conduire au palais. Leurs rares prisonniers s'étaient enfuis... où s'étaient suicidés. Nul Fey capturé lors d'une bataille ou d'une escarmouche n'était arrivé vivant à Jahn.

Nicolas souhaitait interroger celui-ci mais Alexandre s'y était opposé. Leurs ennemis pouvaient les envoûter et les ensorceler, et il suspectait son fils d'être tombé sous le charme de cette fille, le jour de l'invasion. Son jeune âge et son inexpérience le rendaient vulnérable à ce genre de magie. Le rôle d'un roi ne consistait pas à arracher des aveux à un prisonnier, mais il voulait déterminer si ce dernier était ou non sincère. Il resterait à distance prudente de cet individu.

Monte l'attendait près du seuil. Alexandre remit une burette à un membre de son escorte et s'abstint d'approcher tant que celui-ci n'eut pas soumis le capitaine à l'épreuve de l'eau. Puis il le suivit à l'intérieur du bâtiment.

Les lieux puaient la sueur, la peur et l'urine. Des torches étaient fichées dans les murs à plus d'une aune des portes des cellules. Les suppliques et les bruissements des reptations des détenus qui se déplaçaient sur la paille lui parvenaient par d'étroites fentes aménagées à hauteur des yeux dans ces panneaux de chêne que n'atteignait aucune lumière. Il y avait ici cinq pensionnaires, en plus de celui qu'il était venu voir. Deux gardes arrêtés pour vol dans le palais, un pour manquement au devoir et deux pour désertion face à l'ennemi. Alexandre trouvait à ces derniers des circonstances atténuantes. Ils disaient avoir abandonné leur poste pour aller s'assurer que leurs familles étaient saines et sauves. Cependant, ils s'étaient engagés à faire passer leur Dieu et leur monarque avant leurs proches et toute infraction à ces principes devait être sévèrement sanctionnée.

Quinze déserteurs avaient déjà été passés par les armes mais il ne pouvait se résoudre à donner l'ordre d'exécuter ceux-ci. Ils étaient aussi jeunes et innocents que Nicolas.

Monte le guida dans un couloir qu'il n'avait encore jamais emprunté. Au-delà de la première rangée de geôles le passage obliquait vers les profondeurs du donjon où étaient remisés les anciens instruments de torture. Le capitaine s'arrêta finalement devant une porte et retira de son support une torche qu'il confia à un membre de leur escorte. En lui ordonnant de ne pas approcher du Fey, il prit le trousseau de clés suspendu à son ceinturon pour ouvrir le verrou et entrer. Alexandre et deux gardes le suivirent.

Le roi respira à pleins poumons. Il n'avait à ce jour vu de près qu'un seul Fey : cette fille, au tout début du conflit. Son caractère farouche et son assurance l'avaient terrifié. Bien que prisonnière, elle lui avait donné l'impression d'être plus puissante que lui.

Cette cellule était différente des autres. Elle avait un sol dallé et des torches étaient calées dans des anneaux de fer, juste à côté du seuil. Monte utilisa la sienne pour les allumer.

Leur clarté révéla au centre des lieux une cage cubique dont la porte était fermée par un énorme cadenas. Elle contenait de la paille, de l'eau et de la nourriture.

En raison des dimensions plus importantes de ce local, l'odeur d'urine était ici moins entêtante que dans le couloir.

Alexandre fut sidéré par la petite taille de l'individu qui les observait en agrippant les barreaux à deux mains. Il s'était toujours représenté les Fey grands et élancés. Il ne s'était pas attendu à voir quelqu'un d'encore plus courtaud que lui et beaucoup plus lourd, même si sa corpulence était due à une forte ossature et non à un amas de graisse.

« Je ne me rappelle pas ce lieu, déclara-t-il.

— C'est, je crois, la plus vieille salle du donjon. » Monte sourit et plaça son flambeau dans un support qui se trouvait comme les autres hors d'atteinte du prisonnier.

Le roi se tourna vers le Fey pour lui demander dans la langue locale : « Comment vous appelez-vous ? »

Il ne put interpréter le son guttural qui tint lieu de réponse mais estima que c'était bon signe. Le prisonnier ne feignait pas d'ignorer leur langage. Puis il le vit sourire. « On pourrait le traduire en nyeien par "Charognard". »

Alexandre prononça l'équivalent insulaire de ce mot et le nabot s'exerça à le prononcer, visiblement ravi par ses consonances. Le roi restait à distance prudente pour l'observer à travers les barreaux.

Son visage s'étirait vers le haut comme celui de la femme, seulement sur sa face carrée on aurait dit que quelqu'un s'était contenté d'esquisser très vite les traits. Ses sourcils étaient noirs et s'envolaient de part et d'autre de son front comme des ailes, un signe distinctif des Fey. Ses yeux noirs pétillaient d'intelligence et ses pommettes étaient si hautes que ses joues en devenaient concaves. Il était moins hâlé que ses congénères, des taches brunes mouchetaient ses vêtements et il se dégageait de lui des relents de charnier.

Alexandre croisa ses mains derrière son dos. « Monte m'a rapporté que vos semblables ont voulu vous tuer et que vous sollicitiez notre protection en échange d'informations. Vous conviendrez que votre histoire n'est guère convaincante et qu'il est naturel de penser à une machination, de craindre que vous ne désiriez gagner notre confiance pour nous trahir. »

Le petit Fey recouvra son sérieux et se rapprocha de la grille pour le dévisager. « Qui êtes-vous ? Un personnage important, c'est évident. Votre entourage veille sur vous comme s'il n'y avait rien de plus précieux sur cette île. »

Alexandre ne lui révélerait pas son identité. « Je suis votre dernier interlocuteur avant que nous décidions de votre sort. »

Charognard soupira. « Quand on est le jouet du destin, c'est pour la vie ! marmonna-t-il en appuyant son front contre les barreaux. Écoutez. Je vais être sincère avec vous. Ma situation n'est guère brillante. Je n'ai pas la possibilité de retourner auprès des miens et votre sens de l'hospitalité laisse à désirer. » Il redressa la tête et ses yeux miroitèrent sous la clarté des torches. « Mes supérieurs n'enverraient pas quelqu'un d'aussi stupide que moi vous espionner. Pas quand ils ont déjà leurs Doubles. »

À l'entendre, Alexandre aurait dû savoir de quoi il parlait. L'entrevue s'annonçait longue. « Leurs Doubles ?

— Des Fey qui peuvent vous posséder. Ils en ont envoyé trois dans votre palais, pour autant que je sache. »

Alexandre avait la bouche pâteuse. Il se rappelait l'expression de terreur du maître d'armes et les propos de Nicolas : *Ce n'est pas Stephen. S'il était un des nôtres, il ne redouterait pas l'eau bénite.*

Son silence fit sourire le petit homme. « Ah, je constate que vous avez déjà eu affaire à eux ! » Son rictus s'élargit. « S'ils tuent, c'est uniquement pour se transférer dans un nouvel hôte. Ce qui fait d'eux d'admirables espions et de piètres assassins. J'apporte cette précision au cas où vous vous étonneriez d'avoir survécu dans ce nid de vipères. »

Alexandre s'était effectivement interrogé à ce sujet, mais il ne l'avouerait pas. « Qui sont ces "Doubles" ?

— Je les connais sous les noms de... » Il prononça des sons incompréhensibles. « Autrement dit : Quête, Tel et Silence. Je ne peux pas vous indiquer comment les identifier car ils changent de corps à leur guise. N'auriez-vous pas trouvé des tas d'ossements ou des flaques de sang, par hasard ? Il leur arrive de laisser de telles traces, quand ils doivent quitter précipitamment le lieu de leur transformation. »

Alexandre frissonna et se redressa pour dissimuler son malaise. Il y avait donc trois Fey au palais et au moins un au Tabernacle. C'était terrifiant. « Combien de Doubles vous ont accompagnés sur notre île ?

— Six... Mais de jeunes Fey ont pu voir se développer leurs dons et aller grossir leurs rangs. »

Six ! Six individus ayant de tels pouvoirs avaient pu considérablement leur nuire, en une année.

Le petit homme serra les barreaux avec plus de force. « Avez-vous pu juger de la valeur de mes révélations ? Ai-je raison de penser qu'aucun d'entre vous n'a remarqué un chat errant dans les parages ? L'un d'eux est pourtant un de nos métamorphes. Des Fey qui se prétendent supérieurs aux autres, même si je doute du bien-fondé de cette revendication. »

Alexandre se racla la gorge. « Je ne vous ai rien demandé. Pourquoi m'en parlez-vous ?

— Pour vous convaincre de ma sincérité, vous prouver que je suis de votre côté. Rejeté par les miens, j'espère trouver un foyer auprès de vous.

— Un foyer ? » répéta Monte, surpris. Alexandre leva la main pour le faire taire.

« Que nous apporterez-vous, si nous vous laissons vivre parmi nous ?

— Mes connaissances de la magie des Fey et de leur organisation hiérarchique. Je sais tout ce qui vous permettra de les combattre.

— Nous n'avons pas eu besoin de vous pour obtenir d'excellents résultats. »

Le petit homme haussa les épaules. « Parce que nos sorciers n'ont pas encore découvert le secret de votre poison. Sitôt après, ils utiliseront tous leurs atouts pour vous exterminer.

— Je suis insensible aux menaces.

— Ce ne sont pas des menaces mais des faits. J'ai participé à la campagne de Nye. J'ai étudié l'histoire de mon peuple. Nous n'avons jamais subi de défaites.

— Comment qualifiez-vous ce qui s'est passé sur cette île ? » fit Monte.

Le prisonnier avait retrouvé son sourire mais son regard absent donna la chair de poule à Alexandre. « Vous avez remporté des batailles, pas la guerre. Nous sommes des Fey. Nous ne cesserons de nous battre qu'après avoir gagné... quel que soit le prix de cette victoire.

— Vous n'avez pas répondu à ma question. Vous vous prétendez invincibles mais voici plus d'un an que vous êtes bloqués dans votre refuge. Vous n'avez pas reçu de renforts et notre eau bénite vous décime. N'est-ce pas une défaite ? »

Le petit homme soupira. Les arguments du capitaine l'avaient ébranlé. « C'est une première, je le concède. C'est d'ailleurs pour cela que nos chefs ont pris des mesures désespérées. Ils ont décidé de faire des expériences sur leurs semblables, en commençant par les individus de rang inférieur... une catégorie à laquelle j'appartiens. Ils ne reculeront devant rien pour déterminer ce qui rend votre poison si dévastateur. Ils voulaient m'en asperger, en partant du principe qu'il ne me ferait aucun effet parce que je ne suis pas un thaumaturge.

— Vous n'êtes pas de cet avis ? » intervint Alexandre.

Le petit homme secoua la tête. « Est-ce un risque que vous prendriez ? Que prendrait n'importe quelle personne sensée ? Je connais deux Calots écarlates qui ont été portés disparus lors de la Première bataille de Jahn. J'en ai conclu qu'ils ont péri, alors que nous n'intervenons jamais au cœur des combats. Nous ne nous mettons à l'ouvrage qu'à la fin des affrontements.

— Que faites-vous ?

— Nous prélevons sur les cadavres les morceaux qui peuvent encore servir. »

Alexandre eut un haut-le-cœur. « Vous les décapitez ?

— Vous voulez plaisanter ! Nous devons les écorcher et les dépecer pour récolter la peau, les muscles et tout ce qui est gorgé de sang. Je tiens à rappeler que ces individus sont morts et que leur corps finirait par se décomposer. Fichus pour fichus, autant que les Gardiens des sortilèges les utilisent pour préparer leurs charmes. Des bouts sont également distribués aux enfants, pour leur permettre de s'exercer quand leur magie se manifeste. Laisser tout ça aux asticots serait du gaspillage. »

L'horreur privait Alexandre de la parole, alors que ce Fey parlait de ces immondes pratiques aussi posément que s'il les jugeait naturelles. Sans doute était-ce le cas. Il était inconcevable que des gens acceptent d'exécuter de si viles besognes, et plus encore qu'ils les considèrent nécessaires.

« Je vous ai choqué », comprit le prisonnier.

Alexandre jeta un regard à Monte, qui se détourna. Il trouvait comme lui leur prisonnier un peu trop perspicace. « Qu'espériez-vous obtenir, en changeant de camp ? demanda-t-il. Si nous sommes vainqueurs, vous ne rentrerez jamais chez vous. Si nous sommes battus, les vôtres vous passeront par les armes pour haute trahison. Nos cultures et nos croyances sont différentes, et nous pourrions décider de vous éliminer sans autre forme de procès. »

Le petit homme sourit. « J'ai tout misé sur votre pacifisme inné. Par ailleurs, vos actions révèlent une méconnaissance des Fey qui vous conduira tôt ou tard à votre perte. Si elle n'entraîne pas l'extermination de tout votre peuple.

— Vous en paraissez convaincu.

— C'est une évidence. Vous ignoriez qu'il y avait parmi vous des espions. N'est-il pas logique de supposer que certains ont pu vous approcher de très près, Sire ? Car vous êtes le roi de cette île, n'est-ce pas ? J'ai déjà vu des insulaires... Aucun ne bénéficiait d'une pareille escorte. »

Alexandre sursauta mais se ressaisit aussitôt. Si un individu possédant une telle sagacité était un Fey de catégorie inférieure, de quoi étaient capables les autres ?

Le sourire du petit homme s'élargit. « Je perçois aisément l'aura de la puissance parce qu'elle me fait cruellement défaut, Votre Majesté. Tous mes semblables n'ont pas ce talent. Les magiciens ne jurent que par leurs pouvoirs. Privé de dons en ce domaine, je sais que je ne puis compter que sur moi-même. Mes capacités ne m'ont conduit nulle part, excepté devant vous, mais elles ont leur utilité. »

Alexandre estima qu'ils s'écartaient du sujet. « Une seule chose m'intéresse, le moyen de vaincre rapidement vos troupes.

— Ce serait de la sottise. À quoi bon établir un plan infaillible quand vos plus fidèles conseillers sont peut-être des espions ? Plus d'un monarque en a fait l'amère expérience durant des batailles décisives.

— Aucun d'eux n'avait l'avantage que confère notre poison. Et sachez que tous les membres de mon entourage sont soumis à l'épreuve de l'eau avant d'être admis en ma présence.

— Un avantage qui peut disparaître du jour au lendemain. S'ils découvrent le secret de votre potion, vous serez à leur merci.

— En admettant que j'accepte votre proposition, que ferez-vous une fois la guerre terminée ?

— Cela dépendra de vous, mais voici ce que je réclame : une maison et la possibilité de mener une vie normale. Plus de cadavres, plus d'intrigues. Seulement un toit, des moyens de subsistance et un avenir. »

Ces exigences étaient raisonnables. Alexandre allait donner son accord quand Monte déclara : « Vous êtes un Fey et votre physique trahit vos origines. De nombreux insulaires ont perdu des parents et des amis au cours de ce conflit. Quels que soient les services que vous rendrez à notre communauté, vous serez en butte à leur animosité.

— En ce cas, vous ferez en sorte que je sois entouré de gens compréhensifs et garantirez ma sécurité.

— Une telle existence ne sera guère agréable.

— Croyez-vous que la vie d'un Calot écarlate est enviable ? À l'exception de mes semblables, nul ne m'adresse la parole autrement que pour me donner des ordres. Nos “supérieurs” nous envoient dépecer des cadavres pour ne pas avoir à supporter notre présence. Ils nous parquent dans des secteurs isolés et ne nous laissent pas approcher de leur progéniture, de peur que nous ne la contaminions. Si nous osons leur répondre, ce que j'ai fait, ils encouragent les Gardiens des sortilèges – pas ouvertement, notez bien, mais cela ne change rien à l'affaire – à nous utiliser comme cobayes pour leurs expériences. Plus de Calots écarlates décèdent en temps de paix qu'en temps de guerre. Nous n'avons aucune valeur à leurs yeux. Si je vous permets de sauver votre île, au moins m'accorderez-vous un semblant d'importance.

— Vous resterez un paria, insista Monte. Vous serez assimilé à une menace pour les enfants. »

Alexandre le prit par le bras. « Nous n'avons jamais accueilli d'étrangers qui souhaitaient s'intégrer à notre communauté, mais nous avons toujours traité avec courtoisie les Nyeiens venus nous rendre visite. Sans oublier que le Roca refusait de tuer ses ennemis et que notre religion prône la compassion. Il n'est pas à exclure que la vie de Charognard soit effectivement plus douce auprès de nous qu'auprès des siens. »

Monte allait reprendre le débat mais Alexandre lui pressa le bras. Que ce fût ou non exact était secondaire. Il fallait en convaincre ce Fey. « Si vous m'aidez, je vous dirai tout ce que vous voulez savoir, déclara ce dernier.

— Connaissez-vous un moyen de vaincre vos compatriotes ? demanda le roi.

— Je ne prétends pas que ce sera facile. Mais être

informé des tours qu'ils ont à leur disposition jouera en votre faveur. »

Monte ouvrit la bouche et Alexandre le prit de vitesse. « Soit. J'accepte votre proposition. Il va de soi que vous resterez jusqu'à nouvel ordre sous bonne garde et que vous vous plierez à mes conditions. Est-ce compris ? »

Le petit homme se colla encore plus aux barreaux. Ce qu'il venait d'entendre semblait le ravir. « Absolument.

— Parfait. Monte, trouvez-lui des quartiers où il disposera d'un vrai lit. Assurez-vous qu'il est convenablement nourri et installé. Vous le protégerez des curieux et autres importuns. Et postez des gardes autour du bâtiment. Il ne doit pas oublier qu'il est prisonnier et sous surveillance. » Puis il s'adressa au Fey. « Nous allons vous transférer dans un cadre plus agréable et nous aurons d'autres entretiens. Vous ne fournirez des informations sur votre peuple qu'à moi, et à moi seul. Est-ce entendu ?

— Parfaitement, Sire.

— Je ne vous ai pas dit qui j'étais. Abstenez-vous de faire des suppositions.

— Veuillez m'excuser. Je tiens toutefois à vous exprimer ma gratitude. »

Alexandre se détourna et les gardes se regroupèrent autour de lui. « Venez, Monte. Nous avons d'autres questions à régler. »

Il quitta la salle et s'avança dans le couloir, où l'air était plus frais et moins vicié. Sans vérifier que le capitaine lui emboîtait le pas, il suivit ce passage jusqu'à la porte donnant sur l'extérieur, sortit et respira à pleins poumons pour renouveler l'air qu'ils contenaient.

Le petit Fey l'avait terrifié. Moins par son aspect, même si la férocité tapie sous ses étranges traits lui rappelait l'agressivité de son peuple, que par sa lucidité. Il était conscient de trop de choses. S'il voulait sincèrement aider les insulaires, cette qualité serait précieuse. Mais s'il était un espion, elle les mettrait en péril.

S'assurer ses services comportait des risques. Cependant, Alexandre était prêt à les prendre. Il n'aurait pu laisser passer cette opportunité inespérée.

SOIXANTE-CINQ

Le bébé pleurait et se débattait. Il avait donné à Solanda nombre de coups de pied dans les côtes. Elle se félicitait de l'avoir enlevé en pleine nuit, car s'il avait eu des chaussures, la douleur eût été bien plus vive.

Elle suivait le chemin conduisant aux Terres d'ombre et le jour se levait. Une aube rosée à l'horizon, un ciel à peine visible dans les trouées dit feuillage. Elle n'aurait pu dire à quel moment elle avait semé ses poursuivants, mais c'était chose faite. Elle se déplaçait plus discrètement qu'eux, même sans recouvrer sa forme féline. Les cris du nourrisson avaient failli la trahir et elle s'était empressée d'enfouir son visage contre son épaule. Trop brusquement, sans doute, car il était ensuite resté si longtemps inerte qu'elle avait craint de l'avoir blessé.

L'intervention de la vieille femme avait été inopportune. Elle ne lui avait pas laissé le temps d'emmitoufler l'enfant dans des vêtements, de prendre une couverture et de chercher de quoi se vêtir. Contrainte de redevenir une chatte pour sortir de la cabane, Solanda avait dû abandonner sa chemise dans la chaumière.

Sa nudité l'ennuyait moins que les glapissements du

bambin. Ils hanteraient ses rêves. Tuer cette vieille femme eût été plus charitable que lui permettre d'assister à l'enlèvement de son enfant. Solanda n'en avait pas eu le loisir. Réveillés par les cris, les villageois avaient manqué de peu la capturer.

Sa respiration était hachée et elle avait un point de côté depuis la croisée des chemins. Coulter s'était une fois de plus débattu – comme s'il pensait pouvoir aller plus vite sur ses petites jambes que dans ses bras – et elle avait dû l'immobiliser plus fermement qu'elle ne le souhaitait. Elle espérait ne pas lui avoir infligé d'ecchymoses, car les Ménagères lui adresseraient de vifs reproches. Mais elle n'était pas faite pour avoir un bébé ou simplement s'en occuper. Que les Puissances lui aient confié la garde de celui-ci l'exaspérait.

Néanmoins, tous devaient suivre la voie que leur indiquaient les Mystères.

Elle s'arrêta pour reprendre son souffle. La brise la glaçait, hormis là où le corps chaud du bambin était collé au sien. Il frissonnait, lui aussi, bien qu'elle le serrât dans ses bras. Lorsqu'elle avait voulu saisir ses petits pieds, il avait pris appui sur sa main pour se rejeter en arrière et elle avait dû renoncer.

Il s'écarta de son épaule pour la dévisager. La clarté de l'aube illuminait ses traits délicats. Elle n'aurait pas cru qu'un enfant aussi jeune pût exprimer tant de colère, mais c'était la seule interprétation qu'elle trouvait à sa bouche pincée et ses yeux brillants de rage sous ses sourcils froncés. S'il avait disposé d'un vocabulaire plus étendu, il lui eût intimé de le ramener à la vieille femme.

C'était tentant. Solanda n'avait encore jamais fait souffrir personne dans l'exercice de ses fonctions. Elle effectuait de brèves missions d'espionnage ou servait d'estafette. Elle pénétrait dans des secteurs où ne pouvaient s'aventurer d'autres Fey pour séduire des familles, des hauts responsables ou de simples soldats. Tous la prenaient pour un animal de compagnie et lui faisaient des confidences. Puis elle repartait, sans leur avoir nui.

« Maman ! » C'était un ordre, pas une supplique. Il exigeait de retourner auprès d'Eleanora.

« Désolée, répondit-elle dans la langue des insulaires. Tu dois venir avec moi.

— Non ! » L'enfant utilisa ses poings pour marteler son sternum et elle tressaillit. Elle n'eût jamais imaginé que les bébés étaient si forts.

Elle referma sa main libre sur ses poignets, pour les éloigner de sa poitrine. « Arrête », fit-elle avant de l'attirer contre elle, avec un peu plus de douceur que la fois précédente.

Puis elle respira profondément et quitta le sentier, impatiente de se débarrasser de cette petite peste.

La fraîcheur de l'herbe humide la fit frissonner. Elle eût tant aimé bénéficier de la chaleur d'un bon feu ! Elle progressait en sautillant et se servait de son expérience de chatte pour avoir une démarche légère. L'étrangeté de ses mouvements parut intriguer Coulter. Il cessa de gigoter et s'agrippa à elle, comme s'il craignait qu'elle ne le lâche.

Plus elle se rapprochait des Terres d'ombre, plus la puanteur des corps décomposés devenait entêtante. L'enfant éternua et colla son visage à sa peau. Elle grimaça. Elle avait espéré que les Calots écarlates auraient terminé leur besogne à son retour.

Les abords du Cercle de Terre étaient déserts. Ils devaient être allés dépecer des cadavres sur la berge du fleuve. La lumière du jour estompait les lueurs qui délimitaient l'ouverture.

Elle retint sa respiration pour traverser la clairière.

Une biche qui mâchonnait les feuilles d'un arbre proche bondit et disparut dans le sous-bois dès qu'elle les vit. L'enfant s'agrippa à elle avec encore plus de force. Quelque chose en ce lieu paraissait l'effrayer.

Sa prise s'affaiblissait. Elle l'obligea à lâcher son épaule et le fit basculer contre sa hanche... tant pour soulager ses muscles que pour le protéger. On disait que quiconque pénétrait dans les Terres d'ombre en ayant les paupières closes ne reverrait jamais la lumière du jour. Elle assimilait cela à une superstition mais ne voulait courir aucun risque.

Il aperçut les lueurs en rotation et se mit à pleurnicher. Il enfouit sa tête contre la chair tendre de son sein. Elle l'écarta et le tint de façon qu'il ne pût se couvrir les yeux, sans le regarder.

Les empreintes de ses pas dessinaient un chemin miroitant dans l'herbe perlée de rosée. Elle enjamba l'anneau de terre, tendit sa main droite devant elle et perçut la chaleur de la porte. Une larme tomba sur son pouce gauche. D'autres suivirent. Elle s'intéressa à l'enfant. Il avait fourré un doigt dans sa bouche et ses joues étaient humides. Il ne reniflait pas. Il ne sanglotait pas. Pleurer était pour lui aussi naturel que respirer.

Ce qui la déstabilisait. On aurait pu croire qu'il savait où elle l'emmenait et qu'il perdrait quelque chose de précieux une fois à destination. Elle regarda les traces laissées dans la clairière, la clarté du soleil dans les arbres et le sentier qui s'ouvrait au-delà. Il n'était pas trop tard pour faire demi-tour et aller le déposer près de la maison de la vieille femme. Les villageois croiraient avoir rêvé.

S'ils ne s'imaginaient pas qu'elle l'avait ensorcelé. Les Nyeiens avaient pour principe de tuer les enfants enlevés par les Fey, lorsqu'il leur arrivait d'en retrouver.

Sa magie était trop précieuse pour disparaître.

Elle le tint plus fermement pour qu'il ne pût s'écarter d'elle et franchit le cercle. Comme toujours, les points lumineux picotèrent et brûlèrent sa peau. Le petit garçon poussa un son aigu et plaintif qui n'était pas dû à la souffrance mais à la peur.

Puis elle retrouva la grisaille des Terres d'ombre. Rien ne bougeait, ici. L'atmosphère était tempérée et étouffante, mêlée de fumée qui se dissiperait dès que le vent se lèverait. La brume était plus dense autour de ses pieds mais elle réchauffait ses extrémités au lieu de les glacer. Il n'y avait personne à proximité du billot de réunion et les cabanes avaient l'aspect abandonné propre aux habitations dont les occupants sont endormis.

Les cris du bébé s'interrompirent aussi soudainement qu'ils avaient débuté. Il enfouit son visage au creux du bras de Solanda et se mit à sangloter. Des plaintes spasmodiques et régulières, comme si elle lui avait brisé le cœur. Elle ne le supportait plus. Quelle que fût la nature du lien qui s'était établi entre eux, franchir la Porte l'avait rompu. Les Mystères avaient guidé ses pas pour qu'elle l'enlève et c'était chose faite. Le moment était venu pour elle de reprendre ses activités habituelles.

Elle soupira et se dirigea vers le Domicile. Les Ménagères sauraient quoi faire de lui. Il lui pinça un tétin et elle mordilla sa lèvre inférieure pour ne pas gémir. De l'autre main, il agrippa ses cheveux et les tira. Ce petit morveux voulait la punir de l'avoir emmené dans un lieu si sinistre.

Elle atteignit son but et martela la porte. Coulter pinça plus fort et tordit le bout de son sein. Elle faillit crier et poussa le battant.

Elle avait oublié qu'on entrait directement dans l'infirmerie et les plaintes des blessés la surprirent. La plupart de ceux qui tombaient sur un champ de bataille mouraient rapidement, car d'ordinaire ils étaient confrontés à des soldats aguerris. Qu'il y eût plus de survivants qu'au cours des autres campagnes était dû à l'inexpérience des insulaires. La salle puait le pus, la sueur et l'urine. Deux hommes levèrent les yeux et les autres continuèrent de geindre. Elle referma la porte pour bénéficier de la chaleur.

Dello sortit de la pièce du fond. Ses vêtements étaient froissés et ses longs cheveux bruns s'échappaient de sa natte. Elle avait perdu du poids, depuis leur arrivée sur l'Île Bleue. Ses joues s'étaient creusées. Elle s'arrêta dès qu'elle vit Solanda.

« Vous avez enlevé un bébé ? » Elle s'était exprimée d'une voix douce et sans timbre, consciente de la malédiction des métamorphes. Ces dernières ne conservaient pas assez longtemps un corps de femme pour qu'un embryon pût s'y développer et elles cédaient fréquemment à la tentation d'en subtiliser un. Mais il s'agissait généralement de jeunes Fey. Prendre des enfants à leurs adversaires était la spécialité des animaliers, des francs-tireurs et des Maîtres des éléments.

« Débarrassez-moi de ça, d'accord ? »

Dello s'avança et écarta avec douceur le poing du petit garçon, sans toucher la poitrine de Solanda. « C'est un insulaire, fit-elle remarquer.

— Je n'en suis pas certaine », répondit Solanda. Elle fit lâcher prise à l'autre main du bébé pour le tendre à Dello. Il s'était remis à sangloter. « Il n'a pas fermé l'œil de la nuit et je n'ai pu le nourrir. En outre, la femme qui l'a élevé lui manque.

— Sa mère ?

— Sa mère est morte. »

Dello fronça les sourcils. « Nous n'avons pas de pouponnière.

— Je sais, mais il y a ici des gens qui ont l'habitude des enfants. Confiez-le à quelqu'un qui saura s'occuper de lui. Une Maîtresse des éléments, par exemple. Une femme qui ne risque pas de mourir au combat. »

Un fantassin s'était redressé sur un coude. Sa blessure devait être bénigne car il contemplait son corps nu avec admiration.

Dello fit une moue et caressa le bébé, pour le calmer.

Solanda s'intéressa à son sein. Il était rouge et gardait l'empreinte des doigts du petit garçon. Elle estima qu'elle l'avait bien mérité. Si cet enlèvement ne lui valait que ce désagrément, elle pourrait se considérer chanceuse.

« Où trouverai-je de quoi me nourrir et me vêtir ? Il fait froid dehors.

— Ce n'est pas à moi qu'il faut vous adresser mais à Rugar. »

Solanda croisa les bras. Elle avait horreur d'être rappelée à l'ordre. Elle avait espéré esquiver leur commandant pendant son bref séjour dans les Terres d'ombre.

« Vous devez l'informer que vous avez ramené cet enfant, insista Dello qui venait de deviner ce qu'elle avait à l'esprit. Et je vous conseille de le faire sans attendre, avant qu'il ne l'apprenne par d'autres sources et vous tombe dessus à l'improviste. »

Elle marquait un point. Les colères de Rugar étaient redoutables, quand quelqu'un transgressait les règles établies. Le soldat ne la quittait pas des yeux et elle ne put le supporter plus longtemps. Elle soupira et reprit sa forme féline. La chaleur de sa fourrure l'enveloppa avant la fin de sa métamorphose. Juché dans les bras de Dello, Coulter la regardait. Il avait oublié ses pleurs. Au moins appréciait-il une chose en elle.

Elle franchit le seuil et s'arrêta sitôt à l'extérieur. Elle aurait dû lui faire ses adieux. Mais il était trop jeune pour se formaliser parce qu'elle ne respectait pas les conventions.

Contrairement à leur commandant.

Quelques personnes s'étaient entre-temps éveillées. Des Ménagers allaient vaquer à leurs occupations matinales, et elle se demanda comment ils pouvaient savoir que le jour s'était levé. La brume lui arrivait au menton et elle courut à toutes pattes jusqu'à la cabane de Rugar, dont elle gravit les marches.

Saturé d'humidité, le bois était glissant. Devaient-ils ce brouillard aux Maîtres des éléments ou à une nouvelle dégradation des Terres d'ombre ? Elle avait été terrifiée, quand leur précédent refuge s'était désagrégé. Elle envisagea de reprendre forme humaine pour frapper mais s'en abstint. Elle utilisa son corps pour donner des coups à la porte, comme un vrai chat.

Ce fut une Gemme ensommeillée qui vint ouvrir. Ses cheveux tombaient librement dans son dos et sa robe de chambre avait une odeur de cannelle.

« Je dois voir votre père, lui déclara Solanda. J'ai également besoin de quelques effets et d'un petit déjeuner. »

Gemme la regarda un long moment. « Oui, je suis moi aussi ravie de vous revoir. Où étiez-vous passée ? Je vais réveiller mon père. Et tenez, voilà de quoi vous couvrir. »

Elle retira son peignoir et le laissa choir sur Solanda, qui ne s'écarta pas assez rapidement. Sous ce vêtement, l'arôme d'épice était entêtant. Elle dégagea sa tête à temps pour voir Gemme s'éloigner nue dans le couloir.

Elle souffla de dégoût puis s'extirpa du monticule de tissu et ferma les yeux pour retrouver son corps de femme. Elle perçut la fraîcheur ambiante dès que ses membres s'allongèrent. À la fin de sa métamorphose, elle rouvrit les paupières, ramassa la robe de chambre et l'enfila.

Sa fragrance exotique révélait qu'elle bénéficiait d'un charme calorifère en l'occurrence fort agréable. Gemme traversa le corridor et frappa à une porte. Elle s'était trouvé un autre peignoir.

Les lieux étaient dépouillés. Il n'y avait ici qu'une cheminée et des tabourets réunis autour d'une table où était posée de la nourriture. Cette cabane était loin de valoir le palais dans lequel Rugar s'était installé lorsqu'ils étaient à Nye. Il avait réquisitionné une banque, à peine moins grande que celle de son père, et fait aménager la salle des coffres en chambre à coucher.

Solanda attrapa une tranche de pain et en avala une bouchée. Il était un peu rassis mais cela n'avait pas d'importance. Elle n'avait rien mangé depuis la veille.

Rugar apparut, avec sa fille sur les talons. Il passait une main dans ses cheveux pour tenter de les démêler, en culotte mais torse nu. Son ventre plat et les muscles qui modelaient sa poitrine et ses flancs surprirent Solanda. Elle l'avait cru légèrement empâté, tel un homme qui parlait constamment de combats sans en avoir livré un seul.

« Qu'y a-t-il de si important pour que tu me réveilles, Gemme ?

— C'est moi qui vous ai réveillé, précisa la métamorphe en prenant un autre bout de pain qu'elle rompit en menus morceaux. Pas votre fille. »

Rugar adressa un regard lourd de sous-entendus à cette dernière, qui secoua la tête et disparut dans le couloir.

« Je tenais à vous informer de mon initiative avant que les Ménagers ne s'en chargent.

— Les Ménagers ? » Il s'assit, toujours somnolent. De la main gauche, il prit un pichet d'eau et les servit.

Elle en but une gorgée. Le goût était agréable. « Je leur ai apporté un enfant, ce matin. En fait, il serait plus juste de parler d'un bébé. Il sait dire quelques mots et commence à marcher. »

Rugar posa son gobelet. Elle avait retenu son attention. « Où l'avez-vous trouvé ?

— Près de la Marguerite. Tout indique que nos troupes ont tué ses parents après notre débarquement et qu'une vieille femme l'a recueilli et mis en sécurité. Je le lui ai subtilisé.

— Qu'est-ce qui vous a pris ? Que ferez-vous de cet autochtone ? Si votre désir de maternité était si grand, vous auriez dû m'en toucher deux mots. Nous aurions pu régler la question sans nous abaisser à voler un enfant aux insulaires.

— Je ne crois pas...

— Moi si ! Êtes-vous consciente des conséquences de cet acte irréfléchi ? Nos adversaires vont redoubler d'acharnement contre nous. Non seulement nous tuons leurs soldats mais voilà que nous nous en prenons à leur progéniture. »

Elle s'assit à califourchon sur un tabouret, aucunement ébranlée par sa colère. « Rugar, vous devez me faire confiance.

— Vous faire confiance ? Vous provoquez une escalade militaire sans daigner me consulter et vous me demandez de vous faire confiance ?

— Absolument. » Elle se pencha vers lui et ne s'immobilisa que lorsque son visage fut à quelques pouces du sien. « Je n'avais encore jamais ramené un enfant, et je vous rappelle que la plupart de mes initiatives ont permis d'obtenir des résultats positifs. »

Il s'écarta. « Oui, la plupart.

— Je sais que j'ai eu raison. Il m'appelait. J'ai

trouvé sa maison, le lieu où ses parents ont été assassinés, et j'ai suivi sa trace.

— N'avez-vous pas déclaré qu'ils étaient morts ? »

Elle le confirma de la tête.

« Alors, comment... » Il s'interrompit. Elle lisait dans son regard qu'il avait compris. « C'est impossible.

— Mais vrai. Il m'a *jointe*, à un niveau qui n'est pas celui du conscient. Je pense qu'il a laissé cette piste pour que les siens puissent le retrouver. C'est moi qui l'ai pisté. »

Il croisa les bras. « Les insulaires n'ont pas de tels pouvoirs.

— Celui-ci en possède. Je suis convaincue que c'est pour cela que leur eau bénite nous est fatale. La différence avec nous, c'est qu'ils ne les attribuent pas à la sorcellerie mais à leur religion. »

Rugar secoua la tête. « Ça se saurait.

— Nous le savons. Le doute n'est pas permis. Nos morts l'attestent. Le moment est venu d'admettre que nous ne sommes pas les seuls thaumaturges de ce monde.

— S'ils avaient de telles capacités, ils vivraient autrement.

— Ils vivent comme les Fey de certains hameaux reculés, même si leur magie s'imbrique dans leur existence d'une façon peu conventionnelle. »

Il fronça plus encore les sourcils. « Je ne leur trouve rien d'exceptionnel.

— En voyant cet enfant, vous changerez d'avis. Mon esprit capte directement sa voix. Je n'aurais jamais pu arriver jusqu'à lui, sinon. Et ces facultés se sont développées alors qu'il était en bas âge. Il devait encore être emmailloté dans des langes, quand il a laissé cette piste.

— Ce que vous dites ne me plaît guère.

— Ce sont des faits. Il faut avertir les Gardiens des sortilèges qu'il s'agit d'une forme différente de sorcellerie et qu'ils doivent chercher un moyen de la contrer... Comme s'ils étaient confrontés à des Fey dissidents.

— J'attendrai pour cela d'avoir vu cet enfant. »

Elle haussa les épaules. « Si ça vous fait plaisir. Je vais quant à moi terminer cet en-cas puis m'accorder un repos amplement mérité. Et si vous n'avez aucune mission à me confier à mon réveil, je repartirai à l'aventure.

— Je m'étais imaginé que vous voudriez le garder. »

Elle secoua la tête. « Je vous l'ai amené. J'ai pensé qu'il devait être élevé par des Fey. Il est bien trop puissant pour que nous le laissions aux insulaires.

— Qu'en ferons-nous ? Nous ne pouvons nous servir d'un bébé pour guerroyer.

— Pas encore. Mais il nous sera tôt ou tard utile. Il serait grand temps que vous songiez à l'avenir, Rugar. Vous considérez cette campagne identique aux précédentes, et c'est faux. Nous ne quitterons pas de sitôt l'Île Bleue et je n'ai pas l'intention de me morfondre jusqu'à la fin de mes jours dans cette morne grisaille.

— Nous sommes en sécurité, ici.

— Je ne le conteste pas. » Elle but une gorgée d'eau. « Mais faire passer sa sécurité avant le reste est toujours une erreur en temps de guerre, surtout si on souhaite la remporter. »

SOIXANTE-SIX

Le Rocaan avait l'impression d'être un voleur dans sa propre demeure. Il suivait subrepticement le couloir, une petite lanterne dans une main et une burette d'eau bénite dans l'autre. La lampe diffusait si peu de lumière qu'il discernait à peine le sol et la paroi la plus proche. Il tremblait, non parce que son vieux corps était endolori et épuisé mais en raison de sa frayeur.

Alors qu'un Rocaan n'aurait dû avoir peur de rien.

Il n'était pas meilleur que ceux qu'il décriait. Il allait rendre visite à un Ancien pour découvrir s'il n'avait pas été contaminé par les ennemis de leur peuple. Il se conduisait en militaire et non en religieux.

C'était plus fort que lui. Il fallait qu'il sache.

Les portes de l'aile réservée aux prélats étaient verrouillées mais il disposait d'un trousseau de clés qui les ouvrait toutes. Lui seul avait accès à la totalité des pièces du Tabernacle.

Il s'arrêta devant les appartements de Matthias et appuya son front contre l'encadrement de bois. Il n'était pas trop tard pour revenir sur sa décision. Il n'aurait qu'à demander à cet Ancien de lui fournir des explications.

Et risquer de gober ses mensonges.

Ces histoires de cadavres, de sang et d'ossements l'avaient terrifié. Les commentaires de Reece sur l'eau bénite altérée l'avaient déstabilisé plus encore.

Il se redressa pour fourrer la burette dans sa poche, décrocha le trousseau de sa ceinture et ouvrit sans bruit la serrure.

Son cœur s'emballait et des élancements se propageaient de ses pieds à ses genoux. Il avait besoin de s'accorder du repos, et sans attendre. Mais il ne pourrait le faire qu'après avoir tiré certaines choses au clair.

Les lieux étaient obscurs. La clarté laiteuse de la lune entrait par la fenêtre ouverte et métamorphosait les meubles en masses grisâtres. Il s'avança à pas feutrés et retint la porte pour l'empêcher de claquer. Elle se referma et le cliquetis du verrou lui parut aussi assourdissant qu'un coup de tonnerre.

Il entendait une respiration régulière dans la pièce voisine que nimbait le halo orangé des braises de l'âtre. Il posa la lampe sur une table proche, pour ne pas risquer d'éveiller Matthias, puis il se dirigea subrepticement vers sa chambre.

Il prit la fiole dans sa poche et la serra dans son poing. Ses tremblements s'amplifiaient, alimentés par la conviction que ses actes étaient inqualifiables. Son comportement allait à l'encontre de toutes ses croyances, de tout ce qu'on lui avait enseigné. Un homme devait avoir foi en ses amis et collègues. Il ne les soumettait pas à une épreuve sans les avertir, surtout lorsqu'elle risquait d'entraîner une mort atroce. Nul n'aurait dû faire cela même à ses pires ennemis.

La lueur écarlate devenait de plus en plus vive au fur et à mesure qu'il approchait de la chambre de Matthias. Il s'accoutumait à la pénombre et discernait les couvertures empilées sur le lit. Des livres et des parchemins jonchaient le sol. L'Ancien était allongé sur le dos, une main sur la literie, l'épaule dénudée.

Le Rocaan l'observa longuement. Il l'avait soutenu pour qu'il devînt un Ancien en dépit de son jeune âge et de son physique déconcertant. Que leurs rapports se soient tant dégradés lui était pénible. Il s'étonnait de s'être adressé à lui le jour de l'invasion, quand il avait dû déterminer en qui il avait le plus confiance.

Sa main le faisait souffrir, tant il serrait la fiole. Il craignait de la briser. Il se tenait au-dessus de Matthias et contemplait sa poitrine qui se soulevait à chaque inspiration.

Ce serait facile. Une goutte suffirait pour lui révéler ce qu'il avait besoin de savoir.

Mais il ne pourrait plus jamais se regarder dans un miroir et, lorsqu'il adresserait des prières à Dieu, Il détournerait systématiquement son Oreille.

Il toucha le bras de Matthias, qui eut un soubresaut sans s'éveiller pour autant. Il secoua son poignet en murmurant son nom. L'Ancien ouvrit finalement les yeux.

« Saint Père, que... »

Le Rocaan leva l'index à ses lèvres, sans savoir pourquoi il réclamait le silence. « Habillez-vous et venez me rejoindre à côté. J'ai à vous parler. »

Matthias hocha la tête, passa la main dans sa chevelure en bataille et s'assit.

Le Rocaan regagna l'autre pièce. Il utilisa sa lanterne pour allumer une chandelle puis toutes les lampes, afin d'illuminer les lieux. Il faisait froid, ici. Le feu était éteint depuis longtemps.

Il exposerait sans détour ses soupçons et si la réaction de son interlocuteur révélait sa culpabilité – en fonction de critères restant à définir – il l'arroserait d'eau bénite. Dans le cas contraire, il lui demanderait de se soumettre librement à ce test.

Lorsqu'il sortit de la chambre à coucher, Matthias portait une robe sans ornements et était nu-pieds. Il avait toujours les cheveux ébouriffés et ses cernes donnaient l'impression que ses yeux étaient caves.

« Y aurait-il des faits nouveaux, Saint Père ? » La fatigue éraillait sa voix. S'il devait être aussi las que le Rocaan, il était bien plus jeune et résistant que lui.

« Asseyez-vous. »

Matthias obtempéra et le Rocaan s'installa en face de lui. Les protestations de ses jambes lui révélèrent qu'il lui serait difficile de se lever.

« Pardonnez-moi, Matthias. Mais m'autorisez-vous à vous asperger d'eau bénite ?

— Faites », répondit l'Ancien en tendant sa main gauche. Elle était propre et manucurée, et elle ne tremblait pas.

Contrairement à celles du Rocaan. Il déboucha la burette et fit tomber quatre gouttes dans la paume de Matthias, où elles se réunirent. « Vous ne me bénissez pas ?

— Estimez-vous en avoir besoin ?

— C'est une nécessité, en ces temps troublés. »

Le Rocaan murmura en chevrotant une version abrégée de la Bénédiction. *Il avait fait fausse route ! Il avait écouté la voix insidieuse de la suspicion et accusé un innocent !*

Matthias le dévisagea. « Comptez-vous me dire à quoi rime tout ceci ou puis-je retourner me coucher ? »

Le Rocaan secoua la tête, conscient que son interlocuteur ignorait à laquelle de ces questions il répondait par la négative. « Je suis désolé. Il fallait que je sache. »

Matthias alla prendre une petite épée sur la table, un symbole destiné à être suspendu à une chaînette ou une ceinture. Il la plaça dans sa paume puis étala sur le métal l'eau bénite qu'elle contenait en psalmodiant un des versets récités lors du Sacrement de Minuit. Lorsqu'il eut terminé, il déposa le pendentif dans un bol en céramique et sécha ses mains en les frottant l'une contre l'autre.

« Excusez-moi, Saint Père, mais je pensais que bénir l'eau démontrait que je n'étais pas sous l'emprise des Fey.

— Je le croyais également, avant de découvrir que l'eau utilisée lors de l'office de ce soir était normale. »

Matthias eut un mouvement de recul. « Et, vous sachant innocent, vous m'avez naturellement suspecté. Êtes-vous certain de ce que vous avancez ?

— Absolument. » Il ne pouvait révéler qui l'en avait informé et pour quelles raisons. Reece était le seul Ancien à connaître les particularités des Falaises Sanglantes. Un Secret parmi tant d'autres.

Matthias se massa les yeux pour en chasser le sommeil, ce que le Rocaan trouva puéril. Il avait tendance à oublier qu'il était si jeune. « Nous devons en ce cas déterminer si cela s'applique à d'autres burettes. Je présume que vous m'avez béni avec de l'eau préparée à cette intention ? »

Le Rocaan le confirma.

Matthias soupira et utilisa ses doigts comme un peigne. Cette fois, ses boucles se mirent en place. « Bien. Voulez-vous aller au fond des choses ce soir même ? Nous devons obtenir des certitudes avant le prochain Sacrement. »

La lassitude lestait à tel point le Rocaan qu'il craignait de s'effondrer, mais il n'en dirait mot. Matthias avait raison, il fallait régler la question au plus vite. Et l'enjeu était trop important pour qu'il charge des tiers de cette enquête.

Il tendit le bras. « Aidez-moi. »

L'Ancien glissa une main sous son coude, pour le soutenir. Il se redressa lentement. Les douleurs articulaires qui le torturaient habituellement au lever se manifestaient déjà. Sa tension nerveuse l'affectait et il se demandait s'il pourrait continuer ainsi encore longtemps.

« Nous ignorons qui a procédé à la substitution, fit remarquer Matthias. Nous ne devons nous fier à personne. »

Le Rocaan manqua sourire. Au moins suivaient-ils le même raisonnement. Son interlocuteur comprenait ce qui l'avait incité à agir de la sorte.

Il désigna la lanterne posée sur la table.

« J'ai apporté de quoi faire de la lumière.

— Voilà qui est parfait. »

Matthias alla la prendre, ouvrit la porte et l'aida à sortir. Ils s'éloignèrent dans le couloir. Seuls les crissements des chaussures du Rocaan troublaient le silence.

Ils empruntèrent un escalier latéral conduisant au sanctuaire. Matthias pénétra le premier dans la sacristie puis dans la nef.

Les lieux étaient différents, dans la pénombre. L'épée suspendue au plafond évoquait un cruel prédateur qui fondait sur eux. La Table sacrificielle semblait démesurée et les alignements de bancs allaient se perdre dans les ténèbres.

L'Ancien posa la lampe sur l'autel, ce qui mit en relief ses innombrables entailles. Au-dessous, les fioles miroitaient sur les étagères. « Elles sont peu nombreuses, fit remarquer le Rocaan. C'est probablement ce qui n'a pas été utilisé lors du Sacrement de Minuit. » Il s'appuya au plateau pour se pencher vers elles.

« Attendez ! lui lança Matthias. Leur contenu est

peut-être nocif. Laissez-moi m'en charger. Il y a dix Anciens et un seul Rocaan. »

C'était un argument révoltant, mais il opina et se redressa sans prêter attention à ses douleurs lombaires.

Matthias prit une fiole et la déboucha. Il la renifla bruyamment. La clarté de la lampe traversait le verre et illuminait son visage en contre-plongée, déformant ses traits. Son froncement de sourcils était de mauvais augure.

« L'odeur est différente », dit-il.

Il inclina la burette pour faire tomber quelques gouttes dans sa paume. « Mais on ne remarque rien au toucher. »

Il se rapprocha de la lanterne et le Rocaan l'imita. Le liquide était brunâtre, mêlé de sédiments. Ils le filtraient, avant de le consacrer.

« Au moins savons-nous que ce n'est pas de l'eau bénite », dit le Rocaan.

Matthias hocha la tête. « N'approchez pas. Moi seul dois prendre des risques. Nous verrons ce qui en résulte. Je me charge de tout, Saint Père.

— Je resterai à vos côtés. Il faut jeter le contenu de ces burettes et le remplacer pour le Sacrement du Matin.

— Nous en aurons pour toute la nuit.

— Nous dormirons plus tard. Quand j'aurai renouvelé notre réserve, je dirai à un Aud de l'apporter ici. Débarrassez-vous de ces fioles. Je doute qu'elles soient réutilisables. Ensuite, venez me rejoindre.

— Vous avez des soupçons.

— Je crois que des Fey nous ont infiltrés et sont les auteurs de cette substitution. C'est la seule explication à la découverte du sang et des ossements. Une de ces créatures a dû commettre une erreur fatale.

— Si c'était le cas, les Fey que j'ai aspergés le jour de l'invasion auraient dû se dissoudre totalement. Je les avais trempés. Ils sont morts, mais ils avaient toujours leur épiderme. Non. Ces restes macabres ont une autre origine. Je partage toutefois votre avis sur un point. Nos ennemis sont parmi nous.

— C'est l'unique possibilité, n'est-ce pas ? »

Matthias posa une fiole à côté de la lanterne. « Je le crains. Qu'allons-nous faire ?

— Quelque chose, répondit le Rocaan en s'écartant de la table. Et sans perdre de temps. »

SOIXANTE-SEPT

Dello surveillait le bébé, protégeant le berceau de sa carrure imposante comme si elle craignait que Gemme s'en prenne à Coulter. Mais Gemme gardait ses distances pour observer l'enfant. Rugar était passé le voir et avait regagné leur cabane en grommelant. Il avait refusé de lui révéler les raisons de sa colère et elle était venue se faire une opinion.

Les Ménagères avaient installé le bébé dans le Domicile, en attendant que leur commandant décide de son sort. Elles lui avaient attribué une pièce guère plus vaste qu'un placard et trouvé un berceau, ce qui était étonnant. Rugar avait dû le réquisitionner sans se soucier de savoir qui pourrait en avoir besoin.

Le petit garçon était plongé dans un profond sommeil. Il avait tant pleuré que ses yeux étaient plissés et son nez rouge. On l'avait enveloppé d'une couverture bleue décorée de symboles lénifiants. Sa magie le réchaufferait et l'apaiserait... ou réduirait son désarroi.

« N'ayez crainte, Dello, dit-elle. Je ne le réveillerai pas. »

La Ménagère ne s'écarta pas pour autant. « L'endormir n'a pas été une mince affaire. Il avait le cœur brisé.

Je demanderais à Solanda de le ramener là où elle l'a pris, s'il n'était évident qu'elle a vu juste.

— Vous pensez qu'elle a raison, au sujet de sa magie ? » Gemme frissonnait. Elle avait cru que Solanda avait trouvé ce prétexte pour justifier une pulsion insensée. Cela expliquait la réaction de son père.

Dello leva l'index à ses lèvres. « Allons en parler à l'extérieur. » Elle sortit de la pièce pendant que Gemme jetait un dernier coup d'œil à l'enfant. Il était mignon, bien que trop potelé. Les jeunes Fey avaient des traits anguleux et obliques. Celui-ci possédait des yeux ronds, une bouche incurvée, un nez minuscule et des pommettes presque inexistantes. Même en plein sommeil, il irradiait de l'énergie.

Dello referma la porte sitôt dans le couloir. « Il a des dons... différents des nôtres.

— Je croyais qu'ils n'apparaissaient que bien plus tard.

— Les métamorphes peuvent changer de forme en bas âge. D'autres Fey ont un potentiel évident. Nous n'en parlons pas pour éviter de cruelles déceptions aux parents dont les enfants ne dépassent pas le stade de la magie latente. Une fois adultes, ils n'utilisent qu'une infime partie de leurs possibilités. Ce qui ne devrait pas s'appliquer à celui-ci.

— Les insulaires n'ont aucune capacité de ce genre.

— Il est pourtant indéniable qu'il a des pouvoirs et qu'il n'appartient pas à notre peuple ! Ses facultés sont étendues, même s'il n'utilise pour l'instant que des techniques de survie. Il sait nous charmer et marquer sa piste. Il a dû laisser des traces qui conduisent aux Terres d'ombre pour permettre aux siens de le retrouver.

— Ils ne pourront pas entrer dans notre refuge.

— Rien ne les en empêchera, s'ils sont comme lui.

C'est la première fois que nous sommes confrontés à un pareil problème. »

Gemme regarda la porte et mordilla sa lèvre. Dello avait raison. Ils avaient souvent redouté la magie des autres peuples sans que ces craintes se réalisent. Si ces soupçons étaient confirmés, Caseo aurait fort à faire pour percer le secret du poison. Ses propriétés n'étaient peut-être pas dues à une formule chimique mais magique.

Malgré son égocentrisme, la métamorphe avait perçu les capacités de ce bébé et son importance pour les Fey.

« Solanda veut-elle le garder ? s'enquit Gemme.

— Elle était visiblement heureuse de s'en débarrasser, et il a paru soulagé de la voir partir.

— L'aurait-elle maltraité ?

— Rien de physique. Mais il est hypersensible et être arraché à sa mère adoptive a dû le traumatiser. »

Gemme hocha la tête. Penser que leurs adversaires étaient des thaumaturges lui donnait le tournis. Elle toucha le bras de Dello, la remercia et sortit par la porte de derrière.

La colère de son père ne l'étonnait plus. Il avait comme elle – ou plus encore – conscience des implications. Confrontés à des sorciers aux pouvoirs incompréhensibles, les Fey risquaient d'être vaincus. Les défaites subies depuis leur débarquement sur cette île n'étaient peut-être pas dues à de simples revers de fortune.

Elle obliqua vers l'appentis attribué à Adrian. Après avoir livré Ort à Caseo, elle avait chargé un Ménager de nettoyer les lieux. Il avait utilisé un charme de propreté pour dissiper la puanteur et déniché un lit, des vêtements et des couvertures. Il était désormais possible de vivre décemment dans cet abri. En outre, un sortilège tissé dans la literie dissuadait son occupant de fuir les Terres d'ombre.

Gemme frappa à la porte et la poussa. Adrian avait suspendu une lampe au plafond et enfilait une chemise, en pantalon et les pieds nus.

« Où as-tu trouvé cette lanterne ? lui lança-t-elle.

— Je doute que vous ayez fait irruption dans ma cabane pour m'interroger à ce sujet », répondit-il en nyeien. Sa connaissance de la langue des envahisseurs s'améliorait, mais lentement. « Néanmoins, puisque de tels détails vous intéressent, sachez que je l'ai réclamée. Depuis que je sais comment vous confectionnez vos lumignons, je ne tiens pas à vivre sous la clarté des âmes agonisantes de mes congénères.

— Tes scrupules t'honorent. » Elle s'adossa à la porte. « Je suis venue te poser une question.

— Et moi qui espérais que vous me rendiez une visite de courtoisie !

— Ce n'est pas l'ironie qui pourra améliorer ta situation. »

Il sourit. « Détrompez-vous ! Et nulle clause de notre accord ne m'interdit de m'exprimer comme je le souhaite. Il est seulement stipulé que je dois être franc avec vous. »

Elle enfonça ses pouces dans son ceinturon. En fait, elle appréciait cette agressivité verbale. Elle révélait une force de caractère qu'elle désirait préserver. « Je veux tout savoir sur la magie de ton peuple.

— Quelle magie ? » Il entreprit de nouer de la main gauche les lacets de sa manchette droite. « Nous n'avons aucune magie.

— Tu sais ce que nous ferons si tu mens », l'avertit-elle.

Il s'interrompit. « Je ne mens pas. J'ai répondu sincèrement à toutes vos questions depuis que je vis dans ce lieu épouvantable.

— Quel nom donnez-vous à vos pouvoirs psychiques, en ce cas ?

— Nous n'en avons pas.

— Aucun ?

— Bien sûr que non ! Nous ne nous métamorphosons pas en animaux et nous employons un balai et non des charmes pour faire le ménage. Et quand nous devons nous battre, nous ne nous servons pas du sang de nos adversaires. Non, nous ne sommes pas des sorciers.

— Que nous ayons deux preuves du contraire écarte l'hypothèse d'une coïncidence. »

Il soupira et s'intéressa à l'autre manche. « En admettant que vous ayez raison, nous n'en sommes pas conscients et nous n'exploitons pas ces capacités. Si certains d'entre nous pratiquent cet art, je ne les ai jamais rencontrés. Ce n'est pas un élément de notre culture.

— Et de votre religion ?

— Ce sujet vous obsède, n'est-ce pas ? Si vous vouliez disposer d'un expert du rocaanisme, vous auriez dû enlever un Aud.

— Nous t'avons.

— Et j'ignore tout de l'eau bénite, de la sorcellerie et d'autres sujets du même genre. Je peux citer, non sans mal, les noms des conseillers du roi... J'en ai fourni la liste à votre père. Vous me chargerez bientôt d'enseigner la langue locale à vos semblables, car je n'aurai rien d'autre à vous apprendre. » Il croisa les bras. « Avant de passer un accord avec moi, vous auriez dû chercher à savoir si je vous serais utile.

— Ce ne sont pas tes connaissances qui nous intéressent mais ton interprétation des faits. Je t'ai interrogé sur votre magie et tu as esquivé mes questions. J'exige une réponse franche et sincère.

— Je vous l'ai donnée.

— Alors, que penses-tu de tout ceci ? »

Il décroisa les bras et s'assit sur le lit. « Comment voulez-vous que j'analyse des choses dont j'entends parler pour la première fois ?

— Tu sais quels effets a sur nous votre poison. C'est de la sorcellerie. Un des nôtres vient de découvrir un insulaire qui marque son passage par des jalons psychiques. Ça aussi, c'est de la sorcellerie. Qu'en déduis-tu ?

— "Il existe au-delà de ce que nous voyons un monde qui dépasse notre compréhension", récita-t-il avant de sourire. La Révélation Écrite et Orale, les piliers de notre religion. »

Elle respira à pleins poumons. Elle allait s'emporter contre lui lorsqu'il lui vint à l'esprit qu'il n'eût pas osé lui mentir. Il était trop tôt pour cela. Les souvenirs de son fils n'avaient pas encore commencé à s'estomper.

« Vous considérez donc que tout ce qui est inexplicable appartient à ce milieu invisible ? »

Il hocha la tête. « Sauf si cela va à l'encontre de ce qu'on nous a enseigné, nous laissons à Dieu et à nos supérieurs le soin d'interpréter ces choses.

— Dieu et vos supérieurs ! répéta-t-elle en grimaçant. Vous n'avez donc pas une once de curiosité ?

— L'un n'exclut pas l'autre. Elle est présente en chacun de nous, mais nous sommes conscients qu'il n'est pas toujours possible de la satisfaire.

— As-tu été témoin de faits incompréhensibles ?

— Un grand nombre. Que vous convoitiez notre île minuscule après avoir conquis la moitié de ce vaste monde, par exemple. Je ne pourrais vous dire pourquoi le ciel est bleu et pourquoi les orages sont plus violents à proximité des Sentinelles de pierre que partout ailleurs. Cependant, j'accepte mon ignorance. Je sais que je ne comblerai jamais ces lacunes.

— Quel philosophe ! »

Il secoua la tête. « Pas philosophe, réaliste. Ces questions sont sans réponse et je m'y suis résigné.

— Et tu nies être un sage ! J'ai des affaires à régler. Es-tu certain de n'avoir rien à me dire sur la magie locale ?

— Si quelque chose me vient à l'esprit, princesse, vous en serez la première informée.

— Merci beaucoup. » Elle referma la porte et repartit vers sa cabane. Ce qu'elle avait ressenti en voyant cet enfant s'amplifiait, une terreur imprécise qui s'ajoutait au reste. Elle se hâta de gravir les marches et d'entrer.

Son père était debout à son emplacement préféré, près de l'âtre. Il avait à la main le peignoir qu'elle avait prêté à Solanda en début de matinée. Gemme savait qu'il ne pensait pas à la métamorphe mais à sa découverte.

« J'ai tenté de tirer les vers du nez à Adrian, déclara-t-elle sans prendre la peine de le saluer.

— Qu'a-t-il dit sur leur magie ? » Son poing se crispa sur le tissu.

« Il affirme qu'elle est inexistante. Je l'ai accusé de vouloir me tromper et il a cité leurs saintes écritures, un passage se rapportant à l'impossibilité de comprendre le monde qui nous entoure.

— Ment-il ? »

Elle percevait sa soif de sang, son désir de trouver un bouc émissaire pour se venger de ce nouveau revers.

Comme elle.

« Je ne crois pas. Les insulaires réfutent l'existence

de la magie et attribuent ses fruits à des puissances qui les dépassent. »

Rugar se tourna et jeta la robe de chambre sur une chaise. « S'ils ne connaissent pas leurs atouts, ils ne peuvent les utiliser.

— Peut-être ont-ils trouvé un moyen de s'en servir sans avoir pour autant conscience de leur nature. Leur poison en est un exemple. Et s'ils ignorent de quoi ils sont capables, comment pourrions-nous le déterminer ? »

Il soupira et s'assit sur le siège le plus proche, pour se frotter les yeux. « Je nous ai placés dans une situation peu enviable, pas vrai ?

— Oui. Et ça me terrorise.

— Tu reconnais avoir peur ? »

En d'autres circonstances il n'eût pas relevé sa déclaration, mais il la dévisagea si attentivement qu'elle rougit et hocha la tête.

« S'ils ont de tels pouvoirs, l'hécatombe que nous avons subie lors de la Première bataille de Jahn n'était pas un hasard. Nous mourrons jusqu'au dernier, et grand-père n'en saura rien. Il attendra des années mais finira par envoyer des troupes. Et d'autres Fey perdront la vie.

— Quelles possibilités s'offrent à nous ? Il est impossible de lancer une attaque d'envergure avant d'avoir découvert le secret de leur poison. »

Elle respira profondément, consciente qu'il n'apprécierait guère sa suggestion et se mettrait en colère. « Si nous trouvons un moyen de neutraliser leur eau bénite, nous passerons à l'offensive. Sinon, nous devrons négocier.

— Négocier ? » C'était la première fois que sa voix grimpait ainsi dans les aigus. « Nous ne traitons pas avec nos ennemis, ma fille. Surtout quand nous avons ouvert les hostilités. »

Elle ravala péniblement sa salive. « Je le sais. Nous avons toutefois passé des accords avec des peuples que nous avions vaincus, sans respecter leurs clauses plus longtemps que le strict nécessaire. N'est-ce pas ce que nous avons fait à Nye, en promettant de laisser l'ancien gouvernement en place ? Grand-père a précisé que nous avons fréquemment employé cette tactique. »

Il redressa la tête, intéressé. « Tu suggères de nous entendre avec eux puis de revenir sur notre parole ?

— De négocier un armistice. Nous aurons fort à faire pour les convaincre que nos peuples peuvent vivre en harmonie. S'ils ne veulent pas nous avoir pour voisins, ils n'auront qu'à nous indiquer comment franchir les Sentinelles de pierre. Nous regagnerons Nye et persuaderons grand-père de lancer un nouvel assaut dès que les Gardiens auront percé le secret de ce maudit poison.

— Ils ne sont pas stupides au point de nous remettre une de leurs cartes marines. Ils se douteront que nous voulons aller chercher des renforts. En outre, le Roi noir ne prendra pas le risque de subir une défaite. Ton idée est valable, Gemme, mais inapplicable.

— Je n'ai pas terminé », fit-elle, plus sèchement qu'elle ne l'eût souhaité. Son père haussa les sourcils. Elle résista au besoin de lui présenter des excuses. « S'ils refusent de nous laisser repartir, nous jouerons aux vaincus. Nous démontrerons notre bonne volonté en libérant nos prisonniers, en leur remettant nos armes... et quand nous aurons gagné leur confiance et appris leurs secrets nous reprendrons l'offensive en connaissant leurs points faibles. Nous éliminerons leur roi et nous emparerons de leur île.

— À t'entendre, ce serait très simple.

— *C'est* très simple. »

Il secoua imperceptiblement la tête. « La traîtrise est un art délicat. Nous devrons taire nos intentions à nos soldats, car certains pourraient se mutiner. Il faudra rester à l'affût du bon moment, de la meilleure opportunité de lancer une attaque. Les conditions idéales ne se présenteront peut-être que dans plusieurs années. Es-tu disposée à vivre si longtemps dans les Terres d'ombre ?

— Pourquoi refuses-tu d'envisager cette solution ?

— Je l'ai fait. Ton idée est bonne mais inutile. Nous trouverons le secret de leur poison et passerons à l'offensive. Ils déposeront les armes encore plus rapidement que nos précédents adversaires. Habitués à remporter des victoires, ils ne connaissent pas l'amertume de la défaite. Brisés, ils se plieront à nos volontés. »

Elle le dévisagea. Elle ne l'avait jamais vu s'obstiner à ce point. Il avait toujours analysé objectivement la situation, qu'ils soient ou non victorieux.

« J'espère que tu as raison, père, fit-elle. Je l'espère de tout cœur. »

SOIXANTE-HUIT

Ses côtes la tourmentaient tant qu'Eleanora eût aimé s'asseoir. Pier avait improvisé une attelle à sa jambe droite, pour la plier et l'empêcher de toucher le sol. Tout son poids reposait sur l'autre pied, et les béquilles qu'Helter avait fabriquées meurtrissaient ses aisselles.

Elle faisait antichambre depuis le début de l'après-midi. Helter avait essayé de lui obtenir une audience au palais, mais le roi ne recevait pas de roturiers. Il s'était malgré tout débrouillé pour lui faire accorder une entrevue avec un de ses conseillers, le Seigneur Stowe, au domicile de celui-ci.

Sa demeure était immense. Eleanora n'en avait jamais vu d'aussi imposante. Elle occupait la majeure partie d'un pâté de maisons. Helter avait voulu la suivre mais elle lui avait demandé de l'attendre à l'extérieur. Elle ne tenait pas à être interrompue lorsqu'elle résumerait les faits.

Pour la conduire à Jahn, il avait emprunté une carriole et son cheval à un ami. Ce véhicule bringuebalait tant dans les ornières qu'elle en avait pleuré. Il avait trouvé à les loger chez une autre de ses connaissances et elle s'était réveillée trop ankylosée pour pouvoir bouger. Il avait proposé d'aller à ce rendez-vous à sa place, mais elle avait parcouru un trop long chemin et enduré trop de souffrances pour renoncer si près du but.

Elle n'avait pas prévu que les sièges seraient si somptueux qu'elle n'oserait pas s'y asseoir.

Helter l'avait accompagnée jusqu'à la porte de service puis un serviteur l'avait escortée vers ce salon en passant par les cuisines. Cette pièce était aussi grande que la maison qu'elle avait partagée avec Drew. Il y flottait une légère odeur de fumée, bien qu'il n'y eût aucun feu dans la cheminée. La pipe posée sur un plateau à côté d'un fauteuil rembourré indiquait que le maître de céans venait s'y détendre.

Le domestique lui avait dit de se mettre à son aise mais elle était restée debout même après son départ. Des meubles encombraient les lieux, canapés contre les murs, tables et autres sièges au centre d'un tapis. Il était si épais que ses béquilles se prenaient dans ses poils et qu'elle devait en caler une devant elle pour ne pas tomber.

Tout en s'y appuyant, elle regardait les étagères et les innombrables bibelots. Des statuettes, une minuscule épée d'argent incrustée dans une lampe, le portrait d'un vieillard accroché au-dessus de l'âtre. Elle n'avait jamais vu tant de richesses... et ce n'était qu'une infime partie de cette vaste demeure.

La porte s'ouvrit enfin, sur un homme qui portait une culotte lacée aux genoux et une chemise blanche. Ses cheveux bruns bouclés réunis sur sa nuque commençaient à se raréfier et il avait des cernes sous les yeux.

« Bonjour, madame. Je suis le Seigneur Stowe. Cet homme a affirmé que c'était urgent. »

Elle le confirma de la tête. « Je crains qu'il ne me soit impossible de m'incliner devant vous comme l'exige l'étiquette, messire. »

Il la toisa et remarqua ses béquilles, son attelle. Son sourire se fit compatissant. « Je comprends. J'espère que vous n'êtes pas restée debout à m'attendre. Asseyez-vous, je vous en prie.

— Non, messire. C'est impossible. J'avais cette robe pour voyager.

— Je préfère que vous salissiez un siège plutôt que de vous voir vous évanouir sur mon tapis. »

Elle sentit le sang lui monter au visage et prit place sur un divan rouge capitonné. Elle fut surprise de constater qu'il était aussi dur qu'un banc en dépit de son aspect confortable. Ses douleurs s'amplifièrent. Elle n'avait pas eu conscience d'être lasse à ce point. « Pardonnez-moi d'accaparer votre temps si précieux, messire. Mais vous devriez pouvoir m'aider.

— Je vais m'y efforcer. » Il s'assit dans le fauteuil et se tourna vers elle, les mains jointes sur son giron.

« Mon fils a été enlevé. Par une Fey. »

Le noble en resta bouche bée. Il se ressaisit pour demander : « Quelqu'un a-t-il vu cette femme ? Êtes-vous certaine qu'il n'a pas – excusez cette suggestion – fait une fugue ? »

Eleanora mordilla sa lèvre inférieure puis humecta d'un coup de langue le point que ses dents avaient meurtri. Sans faire cas de ce que ces propos sous-entendaient sur sa façon d'élever son enfant, elle respira lentement et baissa le regard sur ses mains noueuses et tachetées. Des mains de vieille femme.

« Vous aurez probablement du mal à le croire, messire, mais j'avais recueilli la veille une chatte. Cette pauvre bête était affamée et je lui ai donné des restes et une écuelle d'eau. Elle amusait mon fils et j'ai toujours partagé mes maigres possessions avec les créatures de Dieu sans avoir à m'en repentir. Et voici qu'en pleine nuit, messire, mon bébé m'a réveillée. Il riait.

Quand je suis entrée dans sa chambre, une Fey s'y dressait dans le clair de lune. Elle portait une de mes chemises et jouait avec lui. Quand elle m'a dit qu'elle allait me le prendre, j'ai saisi le bébé et pris la fuite. Il est tout petit, très léger, mais je ne suis plus aussi leste qu'autrefois. La chatte m'a dépassée et – c'est là que tout devient sidérant – elle s'est métamorphosée en cette femme... toute nue. Plus jeune et plus forte que moi, elle m'a brisé des côtes et cassé une jambe. Elle a pris mon garçon et semé les villageois qui l'ont pourchassée. À l'aube, ils ont suivi ses traces le plus loin possible et estimé qu'elle était allée là où vivent les Fey.

— Les Terres d'ombre ? »

Elle hocha la tête. Raconter cette épreuve lui faisait venir les larmes aux yeux.

« Et vous êtes certaine de ne pas avoir rêvé ? »

Elle se redressa. Il avait pris sa pipe mais ne l'allumait pas. Il attendait sa réponse avec un intérêt évident. Il n'avait apparemment pas conscience que cette question était aussi insultante que la précédente.

« Tout à fait, messire ! » Elle veillait à s'exprimer posément, en gardant à l'esprit qu'elle était venue solliciter de l'aide. « Plusieurs personnes ont vu cette femme, même si je suis la seule à avoir assisté à sa transformation. »

Il hocha la tête et se renfrogna. « Quel âge a votre enfant ?

— Dix-huit mois, messire.

— Il n'est donc pas un enfant de Fey. » Il avait marmonné ces mots, déçu d'avoir suivi une fausse piste.

Les joues d'Eleanora étaient brûlantes. « Absolument. Les Fey ont tué ses parents. Je l'ai emmené avant qu'ils ne le trouvent. »

Le Seigneur Stowe posa sa pipe, s'extirpa de son

fauteuil et se dirigea vers la cheminée. « Estimez-vous qu'ils s'intéressaient à lui pour une raison particulière ? » s'enquit-il sans la regarder.

Elle n'eut pas à se concentrer pour se rappeler la femme, sa silhouette élancée sous le clair de lune, sa voix pleine d'assurance, son affirmation selon laquelle elle s'occuperait mieux qu'elle de Coulter. « Elle a dit qu'il avait des dons qu'elle lui apprendrait à exploiter, alors qu'il ne pourrait même pas découvrir sa magie s'il restait avec moi.

— Sa magie ? » Le noble se tourna pour la dévisager en prenant appui sur le dossier du siège le plus proche. « Êtes-vous certaine qu'il est né sur notre île ?

— Oui, messire. J'étais présente quand il est venu au monde, et je connaissais ses parents depuis longtemps, bien avant l'arrivée des Fey.

— Étaient-ils tous deux originaires de notre pays ?

— Sa mère est née près de la Marguerite. Je l'ai vue grandir.

— Et son père ?

— Il venait des Monts Enneigés, messire. C'était un brave homme, habile pour travailler le bois. Les Fey les ont massacrés le jour de l'invasion et j'ai enlevé le nourrisson pour qu'ils ne lui fassent pas subir le même sort. »

Il se massa le menton. « Ils ont donc emmené un insulaire qui aurait selon eux des dons de magicien. »

Il secoua la tête puis l'observa encore. Ce qu'elle découvrait sur ses traits semblait indiquer qu'il avait changé d'avis à son sujet. Il ne voyait plus en elle une vieille indigente sans plus d'importance qu'une domestique mais une femme qui avait perdu son enfant.

« Qu'attendez-vous de moi ? » demanda-t-il.

Des larmes brouillèrent sa vision. N'était-ce pas évident ? « Que vous le retrouviez et me le rendiez. »

Il expira lentement et elle entendit la voix d'Helter dans le silence. *Vous êtes folle, si vous croyez que le roi vous aidera. Vous ne savez même pas si Coulter est toujours vivant. Cette créature a pu le tuer comme ses congénères ont tué ses parents. Peut-être doivent-ils exterminer totalement une famille pour alimenter leurs pouvoirs.*

« Il faudrait pour cela lancer un autre assaut contre leur bastion, dit le noble avec douceur. J'en toucherai deux mots à notre souverain, mais je doute qu'il soit disposé à risquer d'autres vies.

— C'est un bébé sans défense. » La voix d'Eleanora grimpait dans les aigus et se changeait en plainte. Elle inspira pour se détendre. « Il est tout ce que je possède. Il a besoin de moi. »

L'homme prit des couleurs et se leva pour venir lui tapoter l'épaule. « Nous ferons notre possible, madame. » Elle s'était trompée. Il ne compatissait pas à ses tourments. Il n'assimilait pas la perte de Coulter à un drame. Il était simplement ennuyé de ne pouvoir analyser les actes des envahisseurs.

« Par pitié. Intervenez, je vous en conjure. »

Elle ne le vit pas reculer mais perçut son absence.

« Je n'y manquerai pas », dit-il doucement. Il la regarda longuement avant d'ajouter : « Je vais envoyer un serviteur qui vous aidera à vous lever. Je ferai également le nécessaire pour que vous puissiez rentrer chez vous à bord d'un véhicule plus confortable.

— Merci », murmura-t-elle, la tête basse. Il ne lèverait pas le petit doigt pour elle.

Il s'écarta et le plancher craqua. La porte s'ouvrit. Comme elle ne l'entendait pas se refermer, elle regarda dans sa direction. Il s'intéressait toujours à elle.

« Avez-vous eu vent d'autres enlèvements de ce genre ? s'enquit-il.

— Non.

— Moi non plus. N'est-ce pas singulier ? » Sur ces mots, il sortit de la pièce.

Singulier ! Peut-être était-ce singulier pour un noble, mais en perdant Coulter elle avait perdu sa raison de vivre. Et elle ne savait pas comment s'y prendre pour le récupérer.

SOIXANTE-NEUF

Des voix l'éveillèrent.

Tel avait eu un sommeil léger. Il lui avait fallu des heures pour se détendre, après la célébration du Sacrement de Minuit. Mais allumer un feu dans l'âtre et empiler des couvertures sur le lit de camp pour le rendre plus confortable lui avait finalement permis de s'assoupir.

Il tendit l'oreille et identifia Matthias et le Rocaan grâce aux souvenirs d'André. Il eut la bouche sèche. Ces religieux étaient les seuls à détenir le secret de l'eau bénite et il n'avait pas espéré les aborder de sitôt.

Il repoussa la literie et se leva. Il enfila la robe noire qu'André mettait pour sortir de sa chambre en pleine nuit. Mais, contrairement à son hôte, il se chaussa de sandales. Il n'osait courir le risque de poser le pied dans une flaque d'eau bénite.

Il démêla ses cheveux avec ses doigts puis saisit son stylet et le dissimula dans sa poche. Les voix étaient plus proches. Les religieux se trouvaient dans le couloir. Il ouvrit la porte.

Le long passage était très large, privé dans ce secteur de tout mobilier. Il n'y avait ici que des portraits de prélats passés à la postérité. Matthias et le Rocaan s'arrêtèrent à quelques pas et tout dans leur attitude traduisait de l'embarras. Le Rocaan tenait une petite lampe qui illuminait leurs visages et Matthias un plateau sur lequel s'alignaient des burettes. Tel se figea. Il ne pouvait les attaquer. Pas quand ils avaient un tel arsenal à leur disposition.

« Je... heu... Je vous ai entendus, dit-il.

— Pardonnez-nous, André, fit le Rocaan d'une voix aussi chaleureuse que son regard. Il n'était pas dans nos intentions de troubler votre repos. »

Mais Matthias le toisa sans sourire. Il gardait ses distances, semblant se méfier de lui. « Nous pensions que tout le monde dormait, ici. »

Ils chuchotaient pour ne pas réveiller les Anciens logés dans cette aile du Tabernacle.

La dague lestait la robe de Tel, qui jeta un coup d'œil au plateau en se demandant s'il ne lui serait pas possible de se faufiler entre eux sans le renverser. « Y aurait-il un problème ? »

Le Rocaan ouvrit la bouche pour répondre. Matthias le foudroya du regard mais il n'en tint pas compte. « Quelqu'un a remplacé l'eau bénite du sanctuaire par de l'eau normale. Nous devons renouveler le stock. »

Tel frissonna et glissa la main dans sa poche. Il bondirait sur eux à la première accusation, sans faire cas du danger. Ils l'aspergeraient de leur maudit poison quoi qu'il fasse. Il ne pourrait s'en protéger, s'ils l'avaient démasqué.

« Comment l'avez-vous découvert ? Il s'est produit quelque chose ? »

Le Rocaan secoua la tête. « Il serait plus juste de dire qu'il ne s'est rien passé. »

C'était absurde. Selon les souvenirs d'André, l'eau bénite n'était caustique que sur les Fey.

« Qu'entendez-vous par là ? » Il jeta un coup d'œil à Matthias qui le dévisageait. « Vous avez vu des ennemis ? J'avoue ne pas comprendre.

— On ne vous le demande pas, lança Matthias d'une voix glaciale.

— Voyons, fit le Rocaan. C'est un Ancien.

— Il n'a pas subi l'épreuve de l'eau de toute la journée. Il ne faut rien lui dire. Souhaitez-vous être béni, André ? »

Déconcerté par son intonation menaçante, Tel serra plus fermement le stylet. Cet Ancien se doutait-il de sa véritable identité ? « J'en serai ravi », répondit-il. Il espérait que son calme apparent inciterait ses interlocuteurs à se rapprocher, ce qui lui permettrait de les attaquer par surprise.

« Vous n'avez pas votre épée, fit remarquer Matthias sur un ton de reproche. Vous en avez besoin, pour une Bénédiction. »

Tel toucha sa poitrine et feignit l'étonnement. Contrairement à André qui ne la retirait jamais, il ne pouvait dormir avec quelque chose autour du cou.

« La chaînette s'est accrochée à un clou, improvisa-t-il. Je me suis assuré qu'elle n'était pas cassée et j'ai dû oublier de la remettre. Elle est dans ma chambre. Je vais la chercher. Voulez-vous entrer ? » Il tremblait, autant d'impatience que de peur. S'il les attirait dans son logement, il inviterait Matthias à poser son plateau et réussirait sans doute à l'en éloigner. Ensuite, il n'aurait qu'à lui trancher la gorge et s'enduire de son sang pour posséder le Rocaan. Il était bien trop faible pour lui échapper.

Ce vieillard se balançait d'un pied sur l'autre, comme conscient de son dilemme. Il toucha le bras de Matthias, en veillant à ne pas renverser les burettes. « Veuillez nous excuser, André, mais nous avons une tâche à terminer. Matthias, nous n'avons pas encore inspecté la Chapelle des serviteurs.

— Je m'en charge, pendant que vous restez avec André pour le bénir. »

Le Rocaan secoua la tête. Il paraissait épuisé alors qu'il avait pour principe de toujours respecter son temps de sommeil. C'était un des secrets de sa longévité. « Je tiens à m'assurer que tout est normal. »

Matthias soupira, réprobateur. Il se tourna vers Tel. « À plus tard, en ce cas.

— À plus tard. »

Les deux hommes reprirent leur progression et Tel rouvrit la porte. Il lâchait le stylet quand Matthias trébucha. Le plateau s'inclina.

Une seule fiole bascula et, conscient de ne pas avoir le temps de s'écarter, Tel la rattrapa de la main gauche. Le flacon ne s'était pas débouché et le verre était froid. Il ne ressentait aucune brûlure. Il ne subissait aucune transformation. Il n'avait pas été éclaboussé.

Bien que soumis aux assauts de la panique, il refusait de s'y abandonner devant eux. En essayant de ne pas trembler, il remit la burette sur le plateau. Matthias l'observait, suspicieux. Il n'avait pas trébuché par accident.

« Avez-vous besoin d'aide ? » s'enquit Tel. Il existait diverses façons de découvrir la composition du poison.

« Pardonnez ma maladresse. Nous sommes restés à l'ouvrage toute la nuit.

— Votre sollicitude me touche, André, intervint le Rocaan. Mais vous apprendre comment procéder nous prendrait plus de temps que le faire nous-mêmes. Nous nous retrouverons pour le Sacrement du Matin et je vous bénirai sitôt après.

— S'il assiste à cet office, votre Bénédiction ne sera-t-elle pas superflue ? » fit remarquer Matthias.

Le cœur de Tel s'était à tel point emballé qu'il craignait que ses battements ne soient audibles. Savaient-ils ? Tout le laissait supposer.

Le Rocaan soupira. « Merci, Matthias. Je ne sais ce que je deviendrais sans vous.

— Je m'efforce de me rendre utile, Saint Père. » Matthias regarda Tel par-dessus son épaule. « Nous nous verrons au lever du jour.

— Pour le Sacrement, confirma Tel. Bonne nuit, Saint Père.

— Bonne nuit, André. »

Ils s'éloignèrent dans le couloir et Tel regagna sa chambre, referma la porte et s'y adossa pour ne pas s'effondrer. Il n'avait jamais eu si peur de toute son existence. Il venait d'échapper de justesse à une mort atroce.

Et peut-être ne bénéficiait-il que d'un sursis. Peut-être avaient-ils modifié la formule pour qu'elle fasse effet après coup ? Il prit un silex. Il tremblait tant qu'il fut difficile d'en tirer une étincelle. Mais il y parvint et alluma la lampe la plus proche du seuil pour examiner sa main.

Elle était intacte. D'après ce qu'il avait pu constater lors des combats, les victimes mouraient presque instantanément. La dissolution était brutale et dévastatrice. Or, sa paume semblait normale. Inchangée.

Il serra le poing et inspira à pleins poumons. Ils ne savaient rien mais Matthias avait des soupçons. Aurait-il dû se rendre compte que l'eau des burettes n'avait pas été bénie, lorsqu'il avait célébré le Sacrement de Minuit ? L'Aud risquait de révéler qu'il lui avait ordonné de remplacer les fioles. Tous seraient alors informés de ses agissements.

Il s'imposa un délai de réflexion. Les novices ne s'adressaient aux Anciens que pour répondre à leurs questions ou pendant les rites. André était un prélat depuis maintes années et aucun Aud ne s'était permis de l'aborder. Non, il n'avait rien à craindre de ce côté-là.

Restait la différence entre l'eau bénite et l'eau normale. Il avait cru que personne ne remarquerait la substitution. André en avait été également persuadé. Il existait de toute évidence des secrets qu'il n'avait pas partagés. Procéder à un nouvel échange serait impossible. Il devait trouver une autre protection.

Et sans perdre de temps, car il n'avait qu'une heure devant lui avant la célébration du Sacrement du Matin.

Il s'écarta du seuil et alla s'asseoir au bord d'un canapé, les coudes sur les genoux, pour réviser tout ce qu'André savait sur cette cérémonie.

Elle était identique à celle de la nuit, le passage de la Révélation excepté. Ce n'était pas pour lui un sujet de préoccupation. Son unique souci, c'était ce maudit poison. N'étant pas le célébrant, il n'aurait à manipuler que la burette qui passerait de mains en mains le long du banc où il serait assis. Le Danite retirerait le bouchon puis chaque fidèle humecterait le linge purificatoire dont il se servirait pour nettoyer son épée. Une fois le flacon ouvert, il ne pourrait les imiter.

Était-ce certain ?

Le Cinquième Rocaan avait en effet. abrogé les règles s'appliquant au tissu utilisé quand il avait pris conscience de la disparité des revenus de ses paroissiens. Pour éviter toute exclusion, il avait assoupli les principes se rapportant aux symboles de leur religion.

Le blanc n'était pas imposé et qui aurait pu voir si un bout d'étoffe noire était ou non mouillé ?

Ce serait risqué – le simple fait de séjourner en ce

lieu le mettait en péril – mais il n'aurait à tenter sa chance que deux fois par jour. Et se procurer un tel tissu ne poserait aucun problème. André avait accès aux vêtements car il était chargé de s'assurer que les Auds et les Danites disposaient d'une garde-robe convenable. En raison de leur statut inférieur, ces religieux ne portaient pas des effets de velours mais d'une toile suffisamment épaisse qui pourrait protéger ses doigts. S'il se débarrassait de ce linge sitôt la cérémonie terminée, il n'aurait rien à craindre même si un peu d'eau l'avait imprégné. Il lui suffirait de ne pas toucher la partie mouillée.

Il pencha la tête en arrière et sentit baisser son taux d'adrénaline. Il n'aurait à donner le change qu'un jour supplémentaire. Le temps de s'isoler avec le Rocaan et de lui arracher le secret dont dépendait l'avenir de son peuple.

SOIXANTE-DIX

Alexandre avait atteint le logement attribué à Charognard. Ce serait probablement leur dernière rencontre. Il avait obtenu de ce petit Fey tout ce qu'il pouvait espérer apprendre et était presque convaincu qu'il lui avait dit la vérité. Il ne lui restait qu'à décider de son sort.

Monte et les gardes l'observaient, intrigués par ses hésitations.

À la fin de leur dernier entretien, Charognard lui avait affirmé qu'il avait énuméré tous les tours dont les Fey étaient capables. Alexandre avait été témoin de certaines de ces choses, de la profanation des cadavres à cette angoissante histoire de Doubles. Le Seigneur Stowe lui avait apporté des précisions sur le chat, et on avait signalé aux marches du royaume des créatures hybrides mi-humaines mi-bestiales. Toutes les informations fournies par Charognard avaient été confirmées.

Et elles le terrifiaient. Les capacités de leurs adversaires lui donnaient des frissons... et des cauchemars. Il ne comprenait pas comment son peuple avait pu leur résister. Même si ce Fey lui avait déclaré qu'ils n'avaient pas été confrontés à une arme aussi redoutable que l'eau bénite depuis leur découverte des épées.

C'était insuffisant et il en avait conscience. Si les envahisseurs trouvaient un moyen de s'en protéger – et ils ne ménageaient pas leurs efforts pour le découvrir –, ils battraient à plates coutures toute armée qu'il pourrait lever. Que les insulaires leur aient résisté aussi longtemps était dû au hasard.

À la protection divine, eût rétorqué le Rocaan.

Il ouvrit la porte.

Ils avaient enfermé Charognard dans l'ancien logement d'un garde. Un réduit exigu et à peine plus confortable qu'une cellule, pensa Alexandre. La penderie de sa chambre était plus vaste, mais il savait qu'espérer davantage était vain. Et pourtant, il n'aimait pas se trouver si près du petit homme.

Les fenêtres étaient vitrées. Bien qu'il ne l'eût pas interrogé à ce sujet, il suspectait Monte d'avoir fait installer ces panneaux pour pouvoir surveiller le captif et intervenir aussitôt en cas d'agression.

Une précaution pour l'instant inutile. Au cours des deux jours écoulés, le petit Fey n'avait eu aucun geste menaçant à son égard.

Ce qui ne l'empêchait pas de s'asperger d'eau bénite et de se munir de burettes avant d'entrer. Les gardes en avaient eux aussi une réserve et leur capitaine l'accompagnait à l'intérieur avec un pichet plein à ras bord. Puis il les laissait et Charognard lui expliquait à quelles abominations se livraient les siens. Alexandre désirait en être le seul informé. Il ne voulait pas que des rumeurs se répandent.

Le prisonnier était assis sur une des deux chaises, la tête basse et les jambes écartées, les coudes sur les genoux et les mains pendantes. Une posture qui traduisait un profond abattement. Alexandre se demandait toujours ce qu'il avait espéré obtenir en s'adressant à eux, mais il était évident que ce n'était pas se retrouver enfermé dans un pareil réduit.

Il prit l'autre chaise et l'écarta du mur. Chaque nuit, Charognard déplaçait une partie du mobilier pour disposer d'un peu plus d'espace vital. Alexandre avait appris par un garde qu'il faisait les cent pas jusqu'au petit matin.

Monte le regarda avec nervosité – comme à son habitude – et il n'en fit pas cas. Parfaitement conscient des risques, il n'avait pas besoin qu'on les lui rappelle. Il était en outre improbable que le Fey tente quelque chose après être resté passif depuis le début de sa détention.

Il fit signe au capitaine de les laisser puis se pencha pour poser ses mains sur le dossier du siège, sans s'asseoir. Charognard leva les yeux sur lui.

Une résille de fines rides accentuait encore le caractère insaisissable de ses traits.

« Dites-moi, commença Alexandre en nyeien. N'avez-vous pas envisagé de rester à Nye ? »

Le petit homme sursauta. Il ne s'était pas attendu à cette question. « Je n'ai pas eu le choix.

— Aviez-vous commis des actes répréhensibles ? »

Il secoua la tête. « J'appartiens au détachement de Rugar. Les fantassins et les autres sont libres de leurs décisions mais les Calots écarlates doivent se contenter d'obéir, de faire ce qu'on leur dit de faire.

— Que se serait-il passé, si vous aviez déserté ? »

Il haussa les épaules. « Je présume que le Roi noir m'aurait fait exécuter, pour l'exemple.

— Pas de ferme, de vie normale, de rêves ? » Il n'avait pas oublié ce qu'il lui avait dit lors de leur première rencontre.

Le petit homme rit. « Ferme ? Maison de campagne ? Qui voudrait m'avoir pour voisin ? Aucun autre

Fey. Ma vie a été tracée quand il s'est avéré que ma croissance s'était interrompue et que je n'avais aucune prédisposition pour la magie. J'aurais pu aider les Ménagers en effectuant les tâches que leurs dons ne leur permettent pas de réaliser et, à condition de faire mes preuves, me marier... Mais j'en doute. Quelle femme prendrait le risque de mettre au monde des enfants difformes ?

— Difformes ? »

Charognard se leva et tourna sur lui-même, les bras tendus vers le plafond. « Je suis encore moins grand que vous et les miens vous trouveraient petit. Je n'ai pas de pouvoirs. Je suis courtaud. Savez-vous que l'espérance de vie d'un Calot écarlate est ridiculement courte ? Lorsqu'ils n'ont plus la force d'exécuter leur travail, ils se font éliminer ou disparaissent à jamais. J'ai tenu tête à un Gardien, ce qui signe presque toujours l'arrêt de mort de mes semblables.

— Rugar aurait avalisé votre exécution ?

— Évidemment, s'il estimait que je gênais Caseo. Il voit en lui notre seul espoir de quitter un jour cette île, de rendre votre poison inoffensif. » En mentionnant l'eau bénite, il lança un regard au pichet posé sur la table. Lors d'une de leurs précédentes entrevues, il avait demandé à Alexandre de le faire emporter et essuyé un refus. Il se savait prisonnier et ne le supportait pas.

« J'y réfléchis depuis des jours. » Alexandre fit le tour de la chaise et s'assit. La température était élevée, l'atmosphère étouffante. « Nous avons réussi à repousser votre peuple sans prendre pour autant l'avantage. Vous dites que les Fey ne négocient pas, qu'ils ne concluent aucun marché, ce qui ne me laisse d'autre choix que les chasser. Mais s'ils quittent l'Île Bleue, ils regagneront Nye où ils obtiendront des renforts. Peut-être trouveront-ils un antidote à l'eau bénite. Ce qui est d'ailleurs secondaire étant donné qu'ils seront alors si nombreux que les prêtres devront bénir toute l'eau du Cardidas pour les arrêter.

— Vous commencez à comprendre.

— Le problème, c'est que je ne veux pas d'eux sur mon île. Expliquez-moi comment je dois m'y prendre pour en venir à bout.

— Il faudra pour cela tous les massacrer. Vous avez remporté une bataille, mais ce n'est pas en leur infligeant une cuisante défaite que vous empêcherez un ou deux bateaux de retourner à Nye. L'annonce de ce revers contraindra le Roi noir à réagir. Il ne peut se permettre de renoncer. Il ne faut pas que d'autres peuples apprennent que nous sommes vulnérables. »

Alexandre se leva. « Je ne veux pas les avoir sur mes terres jusqu'à la fin de mes jours.

— Vous n'avez pas le choix. C'est devenu inéluctable quand notre flotte a franchi les Sentinelles de pierre. La seule chose qui reste à déterminer, c'est la forme que prendra cette cohabitation. »

Alexandre soupira. C'était ce qu'il avait craint d'entendre. Il avait espéré que Charognard lui déclarerait que les siens tireraient un trait sur leurs projets et quitteraient l'île pour ne jamais y remettre les pieds, après avoir compris que c'était sans espoir. Mais il avait su au plus profond de son être qu'il se berçait d'illusions et qu'il devrait trouver un moyen de s'en débarrasser sans en attirer d'autres.

Il se pencha sur la petite table, les mains près du pichet, non parce qu'il se méfiait du petit homme mais par simple mesure de précaution compte tenu des questions qu'il allait lui poser. « Si nous battons les Fey, si nous leur infligeons une défaite écrasante, le Roi noir s'en prendra-t-il à nous ? »

Un haussement d'épaules. « Il aurait dû envoyer des

renforts il y a belle lurette et la raison pour laquelle il s'en est abstenu est un mystère. Certains disent qu'il ne peut faire passer ses navires entre ces deux rochers. »

Nul n'avait signalé la présence d'une flotte au large de l'île mais il avait posté des Surveillants des Sentinelles dans les Monts Enneigés. « Croyez-vous qu'il viendra ? »

Charognard secoua la tête. « Il n'a même pas daigné se déplacer pour assister à notre appareillage. C'est contraire aux usages et je le suspecte d'avoir voulu se débarrasser de son fils. »

Cette réponse surprit tant Alexandre qu'il faillit renverser le pichet. Charognard recula aussitôt. « Son fils ? Il souhaiterait la mort de son enfant ?

— Il a quatre petits-fils. Il n'a pas besoin de lui.

— Qui pourrait être aussi impitoyable envers sa progéniture ?

— Un Roi noir. Nos reines sont pires. L'une d'elles a fait assassiner ses cinq aînés pour laisser son trône au cadet. »

Alexandre frissonna. Il n'aurait jamais pu prendre de telles décisions, quelles qu'en soient les motivations. Les Fey étaient incompréhensibles. Le Rocaan avait raison de dire qu'ils étaient privés de tout sens moral.

Cependant, il devait se baser sur l'opinion de Charognard, partir de l'hypothèse que le Roi noir n'interviendrait pas si aucun Fey ne repartait de cette île. C'était leur seul espoir.

Il observa le prisonnier en espérant qu'il répondrait à la question suivante avec sincérité. « Que se passera-t-il, si Rugar meurt ? »

Charognard sursauta et blêmit, visiblement surpris. Tout indiquait que si les Calots écarlates rêvaient d'assassiner les Gardiens des sortilèges, s'en prendre à leur commandant ne leur avait jamais effleuré l'esprit. « Je ne sais pas. Je ne sais pas. »

Il se leva à son tour et Alexandre rapprocha son bras du pichet. Mais le Fey lui tourna le dos et déplaça sa chaise, croisa les mains derrière son dos et se mit à faire les cent pas. Il grommelait et secouait la tête.

Les gardes avaient précisé qu'il en avait l'habitude. Inquiet, Alexandre referma ses doigts sur le pot en céramique. Il était froid au toucher.

« Personne n'aime les Terres d'ombres, marmonna Charognard, comme s'il soliloquait. Certains d'entre nous ont cessé de croire aux Visions de Rugar et Gemme est trop jeune pour en avoir. » Il regarda Alexandre, les yeux écarquillés. « Les uns s'affronteront pour prendre le pouvoir et les autres déserteront. Ils tenteront de se dissimuler au sein de votre peuple ou de remonter le fleuve.

— Il n'aura pas de remplaçant ? Il n'a pas désigné un successeur, au cas où il mourrait sur le champ de bataille ?

— Un Visionnaire bénéficie de trop de protections pour disparaître au combat. » Charognard sourit. « Sauf sur votre île où il risque de se faire arroser, évidemment. »

Alexandre ne souriait pas. Il dévisageait son interlocuteur et prenait conscience que cette idée le dérangeait autant que lui. Il commettrait un second meurtre, même si c'était par personne interposée.

« L'assassinat de Rugar scellerait notre perte, conclut Charognard.

— N'est-ce pas ce que vous désirez ?

— Je ne souhaite que la mort de Caseo.

— Que deviendra ce Gardien ?

— Il essaiera de tout régenter et... » Cette fois, le petit Fey arbora un sourire béat. « Quelqu'un lui tranchera la gorge. Tous le haïssent et aimeraient se débarrasser de lui. Quel que soit le nouveau commandant, s'il y en a un, il ne voudra pas de lui à ses côtés. Il est trop puissant, trop dangereux. Et il a commis une grave erreur en se faisant accompagner par un jeune Gardien plein d'avenir.

— Une grave erreur ?

— Il s'imagine qu'il est irremplaçable mais il se trompe.

— Ai-je raison de dire que si Rugar disparaissait vous vous vengeriez de Caseo et pourriez vivre comme vous l'entendez ? »

Charognard le dévisagea. Il était évident qu'il l'avait choqué mais il n'en avait cure. Ce Fey était son prisonnier et rien ne lui interdisait de s'exprimer librement devant lui. Il ne sortirait d'ici que s'il en donnait l'ordre.

« Sa mort changerait le cours de l'histoire, concéda Charognard.

— Jusqu'à l'arrivée du Roi noir.

— Ce n'est pas dit. Peut-être attendra-t-il longtemps avant d'envoyer des troupes. »

Alexandre l'avait convaincu. Tout au moins semblait-il réfléchir à sa suggestion. Il devait veiller à ne pas le brusquer pour ne pas le braquer contre lui.

« Mais notre commandant est jeune, ajouta le charognard. Les Fey peuvent vivre le double de son âge. Et il est bien protégé.

— Dans quelle mesure ?

— Les deux gardes du corps qui l'accompagnent sitôt qu'il sort des Terres d'ombre sont capables de repousser n'importe quel agresseur.

— Et à l'intérieur de votre refuge ?

— Il vous est inaccessible. » Le petit personnage écarquilla les yeux et se laissa choir sur sa chaise, tel un enfant ayant perdu l'équilibre. « Oh, vous pensez à moi ! »

Alexandre le confirma de la tête. Il ne pouvait – il n'osait – prononcer un seul mot.

« C'est impossible. Je... Ils ne me le pardonneraient pas.

— Vous avez renoncé à vivre parmi eux.

— Vous ne comprenez pas. Ils me feraient assassiner.

— Seulement si deux conditions sont réunies. » L'impatience l'incitait à accélérer le débit de ses paroles et il se concentra pour s'exprimer plus posément. « Il faudrait en premier lieu qu'ils vous identifient. Et, deuxièmement, ils ne pourraient s'en prendre à vous sans un minimum d'organisation. Or, vous venez de dire que le chaos régnera. En doutez-vous ?

— Non. J'en suis convaincu.

— Alors, vous ne risquerez rien.

— Si ! Des gens me verront. Les Terres d'ombre ne sont pas assez vastes pour que je passe inaperçu.

— Vous avez précisé que nul ne prête attention aux Calots écarlates. Vous remarqueront-ils ? Et, s'ils le font, vous différencieront-ils de vos semblables ? »

Charognard se redressa. Il gardait la bouche ouverte et suivait ses lèvres du bout des doigts, comme s'il avait oublié quels étaient leurs contours. « Non, je ne crois pas.

— C'est donc réalisable. »

Le petit Fey baissa la main et fronça les sourcils. Il devait se représenter la scène. Alexandre avait la gorge sèche. C'était la première fois qu'il tentait une chose de ce genre et ce silence l'inquiétait. « Si vous accomplissez cet exploit, vous deviendrez un héros aux yeux de mon peuple », dit-il sans savoir si c'était exact.

Charognard se tourna lentement vers lui. « J'aurai

une maison bien à moi ? Je ne serai plus obligé de dépecer des cadavres ?

— Je vous l'affirme.

— Et je serai débarrassé de Caseo. J'en serai débarrassé sans devoir le tuer.

— Absolument. » Alexandre s'écarta de la table et se leva pour se diriger vers la porte.

« Attendez ! Il me faut une garantie. Qui me prouve que vous ne m'éliminerez pas quand vous n'aurez plus besoin de mes services ? »

Alexandre grimaça, choqué par cette accusation. « Je ne ferais jamais une chose pareille !

— C'est ça. Et vous ne me demanderiez jamais d'assassiner mon commandant. »

Il le croyait. Il était persuadé qu'Alexandre pourrait le trahir. « Vous avez ma parole.

— Votre parole ! À quel titre me la donnez-vous ? Je ne sais même pas qui vous êtes. Pas officiellement, à tout le moins. Ce ne sont que des suppositions.

— Ma parole de roi », dit Alexandre. Des mots qui furent à l'origine de vertiges. Il sentait croître sa peur, la crainte de se montrer sous son jour véritable.

« Est-ce censé me rassurer ?

— Je n'ai jamais manqué à mes engagements.

— Pas une seule fois depuis le début de votre règne ?

— Pas une ! »

Mais Charognard était toujours dubitatif.

Alexandre lâcha le bouton de porte. « Les Fey reviendraient-ils sur les leurs ?

— C'est pour eux une habitude.

— En ce cas, comment puis-je vous faire confiance ?

— Je ne suis pas un Fey à part entière, au cas où vous l'auriez oublié.

— Ce n'est pas un argument suffisant. »

Charognard le regarda fixement. « Je tiendrai parole.

— Moi également. L'ennui, c'est que nous en doutons.

— N'avez-vous pas un gage de votre bonne foi à me remettre ?

— Je l'ai déjà fait... Ma vie.

— Je ne pourrais pas vous la prendre. Il y a des gardes, à l'extérieur. »

Alexandre haussa les épaules. « Qui me prouve que vous n'êtes pas capable de me tuer malgré tout ? Les Fey sont des magiciens. Vous avez pu mentir ou vous abstenir de me révéler certains de vos pouvoirs.

— Je n'en ai, hélas, aucun.

— C'est vous qui le dites. » Alexandre sourit. « Mais je suis disposé à vous accorder ma confiance. Est-ce réciproque ? »

Charognard le dévisagea longuement. « Tout indique que je n'ai pas le choix. »

SOIXANTE ET ONZE

Le bébé le terrifiait. Rugar était assis sur le billot de réunion, au cœur des tourbillons de grisaille. Il était conscient de consacrer trop de temps à contempler le Cercle de la Porte. Il ne supportait plus de vivre dans les Terres d'ombre. Des voix se répercutaient dans le lointain. Les Ménagers installaient la dernière citerne et il n'entendait plus aucun coup de marteau. Les travaux ne reprendraient que lorsqu'une équipe irait chercher du bois dans la forêt. Nul ne sortirait du refuge tant qu'il y aurait des cadavres sur son pourtour. Seule Solanda était repartie, dans la matinée.

En leur laissant cet enfant. Comme s'il lui inspirait de la frayeur, à elle aussi.

Il n'aurait pas dû avoir de magie, alors qu'elle se lisait dans ses yeux. S'ils n'avaient pas eu cet éclat particulier – présent chez si peu de Fey de son âge – Rugar eût attribué les actes de la métamorphe aux premiers symptômes de sa dégénérescence. Mais elle avait eu raison d'agir ainsi. Ce jeune insulaire avait pour eux énormément d'importance.

Il apportait la preuve qu'ils risquaient de rester sur l'Île Bleue jusqu'à la fin de leurs jours.

Hormis si Caseo réussissait à disséquer les sortilèges des autochtones. Rugar avait décidé d'accorder aux Gardiens une semaine supplémentaire pour découvrir un antidote, puis il changerait de méthodes. Il ne savait pas encore dans quelle voie il s'engagerait. Il avait besoin de temps pour modifier ses projets en fonction de ce nouvel élément.

Nul n'avait décelé de traces de magie chez d'autres habitants de cette contrée. Il refusait de croire que leur eau bénite avait des propriétés surnaturelles. C'était une arme au même titre que les épées. Ils devaient la puiser dans une rivière aux caractéristiques particulières et les Fey les battraient à plates coutures sitôt après avoir découvert laquelle.

La possibilité que leurs adversaires aient des pouvoirs dont nul ne comprenait la nature l'ennuyait bien plus qu'il ne voulait l'admettre. Adrian, le prisonnier de Gemme, leur avait déclaré qu'il n'y avait aucun sorcier sur cette île. Ce bébé démontrait le contraire.

Enfant, Rugar avait appris l'histoire des Co. Ces habitants d'une petite région de l'extrémité nord-est de Galinas pouvaient inciter les bêtes sauvages à attaquer et tuer leurs ennemis. Ils avaient infligé de lourdes pertes aux Fey avant qu'un Gardien des sortilèges découvre qu'ils n'utilisaient pas sciemment leur magie. C'était uniquement lorsqu'ils se sentaient perdus qu'ils sollicitaient de façon subconsciente l'appui des animaux du voisinage. Les Fey avaient donc attendu que la nuit tombe et que leurs adversaires s'endorment pour lancer un raid. Un commando de guerriers furtifs... ceux qui se déplaçaient sans bruit comme les Cavaliers des songes et les Igniteurs, des guerriers qui intervenaient rarement sur un champ de bataille. Les premiers avaient entretenu le sommeil des Co en leur apportant des rêves agréables pendant que les seconds enlevaient les nourrissons – des enfants que les Fey élèveraient comme s'ils étaient des leurs – et que les autres assaillants massacraient la population. La magie des Co n'avait pu les sauver. Ils avaient été exterminés et il ne subsistait d'eux qu'un peu de sang dilué dans les veines de leurs conquérants.

Mais les Fey avaient subi une véritable hécatombe avant de retourner la situation.

Rugar s'en étrangla. Que son esprit fût moins vif que celui de son père était une évidence. Il avait oublié les diverses péripéties de cette campagne.

La Reine noire de l'époque avait dépêché un petit contingent en informant son chef qu'il ne recevrait pas de renforts. Elle voulait le mettre à l'épreuve. Il devait démontrer qu'il était digne d'assumer le commandement de ses armées. S'il avait finalement été victorieux, tant d'années s'étaient entre-temps écoulées qu'à son retour cette reine était morte et que les Fey avaient un nouveau roi. Un monarque qui ne souhaitait pas s'attacher les services d'un incompétent.

L'histoire des Co était citée en appendice à celle des Fey. Elle était présentée comme une des rares guerres qu'ils avaient failli perdre, menée par un commandant qualifié de renégat. On lui reprochait d'avoir pris l'initiative d'ouvrir les hostilités sans l'aval de sa souveraine et d'avoir mis des années pour remporter un conflit qui n'aurait dû durer que quelques mois. Ce qui n'avait pas empêché le roi d'annexer les terres des Co et de s'attribuer le mérite de leur défaite, tout en discréditant le soldat qui la leur avait infligée.

Rugar s'essuya la bouche du dos de la main. Son père connaissait par cœur les chroniques de leur peuple. Il lui avait maintes fois répété que celui qui ne s'en était pas imprégné ignorait non seulement son passé mais aussi son avenir.

Son avenir.

Il frissonnait. Informé des particularités de l'Île Bleue, Rugad avait dû souhaiter qu'il lance cette offensive tout en réprouvant son initiative. En cas d'échec, il en porterait l'entière responsabilité car il avait désobéi à son père. S'il était victorieux, le Roi noir déclarerait qu'il aurait été inutile de risquer les vies d'un plus grand nombre de soldats.

Rugad n'avait pas perdu sa combativité mais manipulé son fils, un individu à ses yeux sans valeur depuis qu'il lui avait donné des petits-enfants qui hériteraient du trône. À sa mort, Rugar aurait un âge avancé alors qu'un monarque devait être au début de son règne assez jeune pour ne pas ployer sous le poids de ses responsabilités.

« Le misérable », grommela-t-il.

Toujours assis sur le billot de réunion, il se pencha vers le Cercle de la Porte en remarquant que ses lueurs entraient en rotation. C'était inouï ! Si elles signalaient l'emplacement de cet accès hors des Terres d'ombre, elles n'étaient visibles de l'intérieur que lorsqu'une personne privée de magie et de mot de passe tentait de l'emprunter. Sans jamais se déplacer ainsi.

Un agriculteur se trouvant dans les parages vint lui murmurer : « Qu'est-ce que c'est ?

— Un fait nouveau, répondit-il. Va chercher Gemme et un détachement de fantassins. Nous ne devons pas nous laisser prendre au dépourvu. Oh, et il y a ce prisonnier ! Amène-le, lui aussi.

— Lequel, commandant ?

— Le plus jeune. Celui qui est censé collaborer avec nous. » Rugar resta seul. Il estimait être assez loin du Cercle de Terre pour ne pas risquer d'être atteint par une giclée d'eau bénite si des insulaires réussissaient à le franchir, forcer la porte et utiliser leurs vessies.

L'éclat devint encore plus vif et le mouvement s'emballa. Les points étaient indistincts et la chaleur dissipait la brume environnante, révélant l'assise des Terres d'ombre. Le sol ressemblait à une dalle de verre et il crut discerner des brins d'herbe au-dessous. Il s'abstint toutefois d'aller voir de plus près.

Des voix s'amplifiaient, derrière lui. Il reconnut celle de Gemme. Fardeau était également présent, ce qui l'irrita. Ce jeune fantassin ne laissait-il jamais sa fille tranquille ? Il vit dans le petit groupe qui approchait l'agriculteur et Adrian, qui semblait déconcerté.

Puis la Porte s'ouvrit, sur un froc noir qui la franchit en titubant. Rugar hoqueta. Le religieux regarda autour de lui. Les Fey s'arrêtèrent. Seul Adrian continua d'avancer.

Il tendit les mains, comme s'il voulait protéger les Fey des effets du poison. « Noble religieux, dit-il. Vous êtes ici en grand danger.

— Je ne pourrais être plus en sécurité, rétorqua l'inconnu. Commandant, il faut que je vous parle. »

Rugar restait figé. Il supposait à l'accent et aux intonations qu'il s'agissait de Quête mais n'avait aucune certitude. Il avait ordonné aux Doubles de regagner les Terres d'ombre s'ils ne découvraient rien, ce qui n'expliquait pas l'étrange ballet lumineux.

« La Porte a fonctionné de façon surprenante, déclara-t-il en veillant à ne prononcer aucun nom. Pour quelle raison ?

— Je l'ignore », répondit le froc noir avant de saisir Adrian à la gorge pour le soulever. Le prisonnier toussa et donna des coups de pied, sans l'atteindre. Le religieux sortit un couteau de sa poche. « Dois-je le décapiter et déterminer ce qui se produit quand un cadavre la traverse ?

— Lâchez-le ! » ordonna Gemme.

Le froc noir regarda Rugar.

« Lâchez-le ! répéta-t-elle. Il est à mon service et placé sous ma protection. »

Adrian se débattait faiblement et son teint était bleuâtre. Le nouveau venu regardait toujours Rugar, qui haussa les épaules. « Obéissez-lui. Il est censé nous aider. »

Le religieux obtempéra et Adrian chut sur le sol avec un bruit sourd. Il leva les mains à sa gorge, ébranlé par des quintes de toux et des hoquets.

« Allez chercher un guérisseur, fit Gemme.

— Je vous trouve bien méfiant envers un Double qui regagne sa base conformément à vos ordres, déclara le froc noir.

— Je n'avais encore jamais vu les lueurs danser ainsi, répondit Rugar. C'est d'autant plus surprenant que je suis leur créateur.

— Ne suis-je pas entré ? Et sans mot de passe, qui plus est. Je suis resté absent trop longtemps pour le connaître. »

Rugar devait l'admettre. Il s'agissait effectivement de Quête. Mais quelque chose avait déréglé la Porte. « Retirez votre robe et vos colifichets puis traversez-la de nouveau », ordonna-t-il.

Le froc noir soupira. Il fit glisser le vêtement par-dessus sa tête et se dépouilla également de la petite épée suspendue à son cou. Il n'avait rien aux pieds et était presque squelettique, avec des côtes saillantes et des jambes fines comme des brindilles.

Il enjamba le monticule de tissu, se tourna et franchit le seuil. Ils ne virent aucune lumière, seulement la prairie plongée dans une pénombre crépusculaire qui s'étendait au-delà. La brise pénétra dans les Terres d'ombre, embaumée par la senteur des pins. Gemme s'étira dans cette direction et inspira en fermant les yeux.

Puis le passage se referma et elle rougit, gênée que son désir de regagner le monde extérieur ne l'eût emporté sur sa fierté. Rugar ne dit mot. Il fixait la grisaille, à l'emplacement de la Porte.

Elle finit par se rouvrir, comme pour tout autre Fey. Pas de lueurs, pas de rotation. Quête rentra. La froidure avait racorni son pénis et il avait la chair de poule.

« Je ne vois pas où est le problème », fit-il.

Rugar ne répondrait pas à cette question. Pas pour l'instant. « Ramassez votre robe et tendez-la vers le passage.

— Je ne peux pas la renfiler ? » Quête se pencha pour prendre le vêtement et s'exécuta. Les lueurs réapparurent et se mirent à danser, comme la fois précédente.

Rugar s'assit. Elles devaient signaler la présence des étrangers et des individus qui ne connaissaient pas le mot de passe... sans pour autant se mettre à tournoyer.

« Essayez encore, avec le pendentif. »

Quête lâcha la robe et récupéra le bijou qu'il tint comme une dague miniature. Il l'approcha du Cercle et les feux se mirent à briller, leur rotation s'emballa.

« Ça suffit comme ça », décida Rugar, avec lassitude.

Quête se tourna ver lui. « Qu'est-ce que ça signifie ? »

Il ne lui répondit pas. La peur qui le tourmentait depuis l'aube s'était transformée en bloc de glace dans son estomac.

« Portez tout ceci à Caseo puis trouvez-vous des vêtements et venez me rejoindre dans ma cabane. Ne laissez personne d'autre toucher ces choses. C'est compris ? Et revenez immédiatement, même si Caseo veut les étudier. »

Quête regarda ses congénères. Ils étaient tous impassibles. Il haussa les épaules et ramassa les objets. « Puis-je lui demander de m'aider à retrouver mon aspect d'origine ?

— Non, je veux vous voir tout de suite après. »

Sans insister, Quête soupira et s'éloigna. Rugar resta assis. Son rythme cardiaque et sa respiration étaient aussi rapides que s'il venait de parcourir une lieue au pas de course. La situation lui échappait. Il ne contrôlait même plus le fonctionnement d'une Porte qu'il avait créée en utilisant une méthode éprouvée au fil des siècles. Ses précédentes Terres d'ombre s'étaient progressivement effritées et celles-ci acquéraient leur indépendance. Il ne se sentait pas capable d'affronter tout ceci.

Ses manuels et ouvrages de référence étaient restés à Nye et il n'avait dans son entourage aucun spécialiste auquel il aurait pu demander conseil. N'ayant jamais été témoin de tels phénomènes, il les supposait anormaux... et il avait pourtant vu maintes bizarreries au cours de son existence.

« Père ? » Gemme s'était accroupie devant lui. Il ne l'avait pas vue approcher. « Quête doit t'attendre. »

Il hocha la tête. Au moins pouvait-il encore compter sur sa fille. Mais comment réagirait-elle si elle découvrait que ses Visions n'étaient pas fiables, que ses capacités laissaient tant à désirer et que tout allait à vau-l'eau ?

« Peux-tu me dire ce qui s'est passé ?

— J'aimerais le savoir. » Il se leva et attribua ses crampes à sa nervosité et non à son immobilité prolongée. Il tenta de se détendre et se dirigea vers la cabane.

Il s'interdisait de penser aux significations possibles du retour de Quête. Il était leur dernier Double, si Tel avait péri. Son père lui avait reproché de trop compter sur eux, mais leur aide avait été précieuse depuis qu'ils étaient sur cette île.

Il avait un problème. Il ne lui restait que Solanda pour espionner les autochtones et, si ses intuitions étaient généralement excellentes, elle n'était jamais là lorsqu'il avait besoin d'elle.

Quête l'attendait devant la cabane. Il avait enfilé une culotte et une chemise trop amples pour son corps d'insulaire. Tant en raison de sa petite taille que de sa maigreur il paraissait chétif et maladif.

« Entrons, dit Rugar. Mieux vaut nous entretenir sans témoins. »

Quête le suivit à l'intérieur et il alla allumer un feu. Ses frissons étaient moins dus à la fraîcheur ambiante qu'à sa nervosité, mais une flambée serait malgré tout agréable.

Il se redressa en s'appuyant d'une main sur son genou. « Alors... Comment fabriquent-ils ce poison ? »

Le Double s'intéressa à ses doigts. « Je l'ignore.

— Vous portiez une tenue de froc noir, à votre arrivée. Vous devriez le savoir.

— Ipper n'a donc pas précisé que les Danites ne connaissent pas ce secret ?

— Je vous croyais suffisamment habile pour le découvrir malgré tout. »

Quête s'assit sans y avoir été invité. Rugar contint son irritation. Il fermerait les yeux, pour cette fois.

« Les dangers sont trop grands. N'importe quoi peut nous être fatal, là-bas. N'importe quoi. Ils mettent de l'eau bénite sur tout et un Danite doit manipuler ces maudits flacons à longueur de temps.

— L'avez-vous fait ? »

Le Double secoua la tête. « À une seule occasion, lors d'un de leurs Sacrements de Minuit. Je pense avoir réussi à éviter tout contact avec le poison, puisqu'il ne s'est rien passé. J'ai constamment gardé mes distances, ce qui a éveillé leurs soupçons. Ils me regardaient bizarrement. Même si vous ne m'aviez pas ordonné de revenir, j'aurais dû m'éclipser.

— À quoi bon risquer sa vie, quand les chances de réussite sont inexistantes ? »

Quête contemplait le sol. « J'ai malgré tout appris certaines choses.

— Lesquelles ?

— Contrairement à nos hypothèses, cette eau n'a pas une origine naturelle. Elle ne provient pas d'une rivière ou d'un étang ayant ces propriétés. C'est le Rocaan qui la prépare. La formule lui a été transmise par son prédécesseur. Lui seul la connaît.

— N'avez-vous pas parlé à Ipper d'un autre religieux ? »

Quête se redressa, les joues empourprées. « Tout laisse supposer qu'il a communiqué la recette à un des Anciens, le jour de l'invasion. Il craignait de l'emporter avec lui dans la tombe. Ils sont effectivement deux, désormais. Mais je n'ai pu les approcher. Ils bénéficient de trop de protections. »

Rugar serra les poings. « Ces mesures ne doivent pas s'appliquer aux autres prélats. Vous auriez pu en outre posséder un de leurs gardes du corps.

— C'est loin d'être aussi simple. Nul n'est jamais totalement isolé, là-bas. J'ai dû solliciter une audience particulière pour me retrouver seul avec ce Danite. Et, même ainsi, il était très méfiant. Heureusement que je suis rapide. »

Les ongles de Rugar entamaient ses paumes. Ils étaient dans une impasse. Quête ne savait rien et, à moins de le renvoyer à Jahn, il ne lui serait d'aucune utilité.

« N'avez-vous pas relevé des traces d'autres Doubles, dans le Tabernacle ?

— D'autres Doubles ? Je n'en ai vu aucun. Ou, si j'en ai vu, je n'ai pu les identifier.

— Pas de rumeurs ? Pas de soupçons ? Pas de sang et d'ossements ?

— J'ai dû improviser. J'ai failli être surpris à la fin de mon transfert et je me suis esquivé pour ne pas être démasqué. Posséder ce Danite a été plus long que prévu. Sa foi a compliqué les choses. Il m'a pris tout d'abord pour son Dieu. »

Rugar sourit malgré lui. Il ne tenait pas à être informé des détails. Ce Double avait échoué et il n'en avait pas d'autre à sa disposition. Ses semblables avaient certainement péri. Il n'y avait plus que Quête. Sa tâche devenait trop difficile.

« Mais ils se sont réunis peu après mon arrivée. J'ai cru comprendre qu'il s'était passé un événement exceptionnel. Leur méfiance est trop grande et j'estime que vous ne devriez pas leur envoyer d'autres espions.

— Je n'en ai plus, quoi qu'il en soit.

— Quoi ? s'exclama Quête, sous le choc.

— Vous êtes mon dernier Double et vous me serez pour l'instant plus utile dans les Terres d'ombre. » Rugar s'était exprimé d'une voix feutrée. Devoir le consigner dans leur refuge l'exaspérait. Il péchait par excès de prudence. Ils vivaient tels des assiégés. Ils se contentaient de protéger leurs acquis en se privant de tout.

Ils avaient consacré tant d'efforts et sacrifié tant de Doubles... sans aucun résultat.

Rugar soupira. Il n'obtiendrait rien de plus dans le cadre de cette conversation. « C'est entendu. Nous entendrons ce que vous avez à nous dire sur cette religion plus tard. Allez voir si Caseo n'a pas besoin de vous.

— À vos ordres, commandant. » Visiblement mécontent, Quête se leva et s'inclina avant de sortir de la cabane.

Rugar resta à contempler la porte close. Il suffoquait, ici. Plus encore que tous les autres. Son sentiment d'échec y contribuait.

SOIXANTE-DOUZE

Matthias n'avait pu dormir et ses yeux étaient secs et irrités. Il avait assisté aux deux Sacrements du Matin pour s'assurer que tout se déroulait normalement et à son retour dans sa chambre sa nervosité l'avait empêché de se détendre. Il avait pris un petit déjeuner copieux et fait les cent pas en attendant d'être convoqué par le Rocaan.

Les appartements du vieillard étaient comme toujours surchauffés. Emmitouflé de couvertures, il était assis dans son fauteuil favori et avait un verre de lait à portée de la main. Des cernes creusaient ses yeux, bien qu'il eût affirmé avoir joui d'un sommeil réparateur. Découvrir qu'on avait procédé à la substitution de l'eau bénite les avait éprouvés, et Matthias craignait qu'il n'eût une santé trop fragile pour faire front si de tels incidents devaient se reproduire.

Sa mort serait catastrophique, alors que des Fey se dissimulaient peut-être parmi eux. Il ne pouvait briguer sa succession devant le Conseil des Anciens en avançant qu'il était le seul dont il ne pouvait mettre l'intégrité en question.

Il prit place dans un siège capitonné, à côté du

Rocaan. Il eût souhaité ouvrir une fenêtre et laisser entrer un peu d'air frais. « Bien, exposez-moi votre idée.

— Ce n'est pas une idée, Matthias. C'est notre ligne de conduite. »

Le Rocaan était exaspérant, lorsqu'il avait cette attitude. S'il était épuisé, il le devait à son comportement, ce besoin ridicule de présider aux inhumations tel un simple Danite et de se tenir informé de tout ce qui se rapportait de près ou de loin aux envahisseurs. « Et quelle est-elle ?

— Rencontrer les Fey. »

Matthias se redressa. Il n'en avait pas été averti. Était-ce la raison du retour de Nicolas, le soir précédent ? « Le roi a donc organisé des pourparlers ? »

Le Rocaan secoua la tête. « Vous vous en chargerez. J'y ai longuement réfléchi. Nous retrouverons leurs chefs dans la chapelle de la Marguerite.

— Nous ? Qui, plus précisément ? » Le cœur de Matthias s'était emballé.

« Des dignitaires de l'Église. Une petite délégation.

— Aucun représentant du roi ? Nous devons assurer le salut des âmes de nos ouailles et non celui de leur pays. »

Le Rocaan se tenait plus droit que de coutume et ses yeux avaient un éclat inhabituel. « Les deux sont parfois liés. Nous avons eu tort de négliger ce fait, par le passé.

— Pardonnez-moi, Saint Père, mais qu'espérez-vous obtenir ? »

Le Rocaan s'enfouit sous ses couvertures. « Le départ des envahisseurs.

— En vous entretenant avec eux ? » Matthias secoua la tête. « Ils ne sont pas sensibles à la raison. Tout ce que nous avons appris sur eux le confirme.

— Je ne compte pas sur leur bon sens mais sur une intervention divine. » Il leva la main. « Écoutez-moi... »

Matthias avait la bouche pâteuse. Une perle de sueur glissa sur son visage et tomba sur sa robe. La chaleur était étouffante. « Je suis tout ouïe.

— Nous savons que Dieu est de notre côté. Dans le cas contraire, Il ne nous aurait pas fourni cette eau aux propriétés peu communes. Il m'a fallu une année pour l'admettre et assimiler les Fey à des démons droit sortis des enfers pour s'emparer de notre monde. C'est en vain que j'ai espéré découvrir en eux une once de bonté. Plus nous attendons pour les combattre, plus leur malignité s'accroît. Profaner le Tabernacle n'a été qu'une étape. Ils ont l'espoir de neutraliser les effets de l'eau bénite.

— Si Dieu nous soutient, Il ne le permettra pas.

— Il nous a donné des outils en nous laissant le soin de les utiliser. Vous aviez raison sur ce point, et je vous prie de pardonner mon arrogance. J'étais dans l'erreur. »

Matthias s'essuya le front. Le feu crépitait et projetait des gerbes d'étincelles dans le conduit de cheminée. « Au sujet de l'eau bénite ? »

Le Rocaan opina. « Votre instinct s'est révélé plus sûr que le mien, même si vos motivations étaient contestables. Vous avez cédé à la peur et voulu justifier vos actes en citant la Révélation. Mais le Très Saint vous a guidé vers la solution. Je suis arrivé à une conclusion identique après une année de méditation... pour des motifs différents. »

La chaleur donnait des vertiges à Matthias. Il avait du mal à se concentrer. « Puis-je ouvrir une fenêtre ? »

Le Rocaan lui sourit, gêné. « Le manque de sommeil me rend frileux. Faites. Je vous demanderai seulement de m'apporter une couverture supplémentaire. »

Matthias se leva et tira la tenture de l'ouverture la plus proche, avant de prendre un jeté de lit sur un siège et de le remettre au vieillard. La brise rafraîchissait et purifiait l'atmosphère.

Le Rocaan emmitoufla ses jambes. « La Révélation Écrite mentionne l'Ennemi sans préciser de qui il s'agit. Dans la Révélation Orale, il est censé voler des âmes intrépides à Dieu et au Roca. C'est pour cela que ce dernier a décidé d'affronter ses Sicaires. Je me suis entretenu avec Eirman l'Ancien. Il m'a dit que selon de vieilles histoires de diverses régions l'Ennemi avait créé un enfer dans lequel il emprisonnait nos consciences. D'après d'autres récits, il les annihilait. Pour certains narrateurs, il absorbait leur étincelle vitale afin qu'elle ne puisse renaître dans le corps des nouveau-nés. Rien de tout cela n'a été mentionné dans nos saintes écritures.

— Vous pensez donc que les Fey sont l'Ennemi ? »

Le Rocaan secoua la tête. « Je ne suis pas un simple d'esprit qui croit à tout cela. Mais j'estime que les Fey sont des Sicaires de l'Ennemi, comme les guerriers de ce lointain passé.

— Ceux dont parle la Révélation. » La température devenait supportable. Il était finalement à son aise.

« Il a pu y en avoir d'autres, que nous avons identifiés ou non. Pendant la Révolte des Paysans, par exemple. Mais l'Église n'en a pas eu conscience et les Rocaans n'ont pas fait leur devoir.

— Nous avons déjà abordé ce sujet, sans déboucher sur quoi que ce soit de concret.

— Pour une fois, c'est moi qui ai effectué des recherches et non vous. Et j'en ai conclu que le Roca nous a fourni le moyen d'éliminer cette menace chaque fois que nous y sommes confrontés. Le rituel que nous célébrons chaque jour a assuré le salut de notre peuple, à l'époque.

— Nous n'en savons rien. Nous n'en avons aucune preuve.

— Si, et elle est incontestable. »

Matthias retint un soupir. Il avait horreur de ce genre de discussions. Mais le Rocaan continua :

« Le siège de notre Église se trouve sur cette île, qui est de ce fait placée sous son autorité. Si les Sicaires de l'Ennemi avaient été victorieux, nous ne pourrions pas pratiquer librement notre religion. »

Matthias perçut les tiraillements de la surexcitation. Le Rocaan avait raison. C'était si simple que nul n'en avait pris conscience. Ils avaient été vainqueurs, évidemment. C'était pour cela qu'ils vénéraient le Roca.

Mais ce qui découlait de cette conversation ne lui plaisait guère. « Vous comptez rencontrer les Fey dans cette chapelle et procéder à la reconstitution de l'Absorption du Roca ?

— Oui. Ce sera leur défaite.

— Et dans le cas contraire ?

— Il faut avoir la foi, Matthias.

— Mon rôle n'est pas de croire aveuglément. Mon devoir est de douter. J'ai une question à vous poser. Que deviendrons-nous, en cas d'échec ?

— Nous mourrons.

— Ce ne serait pas très judicieux, Saint Père. La recette de l'eau bénite, l'unique protection de notre peuple, disparaîtra avec nous. »

Le Rocaan lui lança un regard oblique. « Je ne vous ai pas demandé de m'accompagner, Matthias. Je ne compte emmener que des gens dont la foi est inébranlable. »

L'Ancien recula sur son siège, comme souffleté. Ses mains se crispèrent sur son giron. « Si vous mourez, je vous succéderai. Je suis le seul à connaître le secret des Rocaans.

— Le secret de l'eau bénite. Il en existe bien d'autres, et je les ferai partager à mon successeur. »

Matthias ressentit de la déception et rougit, gêné d'avoir convoité ce titre. « Celui que vous désignerez devra rester à Jahn.

— Voilà pourquoi vous ne viendrez pas avec nous. Que le Très Saint vous guide est bien plus important que votre scepticisme. »

Matthias se figea. « Pourquoi dites-vous cela ?

— Ne vous a-t-il pas révélé les propriétés de l'eau bénite ? Et ne m'avez-vous pas contraint à l'utiliser ? La foi n'est pas toujours suffisante. Il lui arrive de vaciller. Mais bénéficier de l'inspiration divine est une chose précieuse et je suis persuadé qu'elle ne vous fera jamais défaut. »

Matthias secoua la tête. Tout ceci était absurde. « J'ai lancé une burette d'eau bénite sur ces Fey parce que je n'avais pas d'autre projectile à ma disposition... et non parce qu'une petite voix intérieure me l'avait suggéré. Pardonnez-moi, Saint Père. J'aimerais vous succéder – pour bon nombre de mauvaises raisons, sans doute – mais je ferais un bien piètre Rocaan. Désignez un autre Ancien et nommez-moi son conseiller. Tous n'auront qu'à s'en féliciter. »

La main du Rocaan émergea du monticule de couvertures pour tapoter le genou de Matthias. « C'est vous que j'ai choisi.

— Vous êtes certain que vous allez mourir, n'est-ce pas ? »

Le Rocaan grimaça et ramena son bras dans son nid douillet. « Ce n'est pas une certitude. Les récits parvenus jusqu'à nous sont très anciens. Rien ne prouve que je réussirai. Et il est probable que je reviendrai, en cas d'échec. Je suis bien trop âgé pour que les Fey se donnent la peine de me tuer. »

Matthias se massait les mains. Selon une logique perverse, il lui suffirait de ne pas s'opposer à ce projet pour devenir le prochain Rocaan. Mais il trouvait inacceptable d'accéder à cet honneur suprême de cette manière. « Si vous me laissez à Jahn, je devrai en informer le roi. »

Le vieillard se renfrogna. « Matthias, n'avez-vous pas toujours rêvé de me succéder ?

— Certes, et – quelle que soit la pureté de sa foi – tout Ancien qui prétendrait le contraire mentirait. Mais je dois vous empêcher de commettre un suicide, même si c'est pour une noble cause. Que vous vous sentiez de façon irrationnelle responsable de ce conflit ne justifie pas un tel acte. »

Le Rocaan se pencha en arrière sur son siège. Il paraissait encore plus chenu que d'habitude. « Vous me prêtez ces intentions ?

— Existe-t-il une autre explication ? Vous n'êtes pas le Roca. Il n'est pas allé au-devant des Sicaires dans l'espoir de devenir un martyr. Vous si. Vous péchez par arrogance. Et c'est presque aussi grave que de vous laisser partir pour vous succéder. »

Le Rocaan ferma les yeux. Matthias craignait qu'il n'eût perdu connaissance lorsqu'il lui déclara : « J'occupe cette position depuis si longtemps que je ne me considère plus comme un individu mais comme la réincarnation du Roca. Demandez-moi mon nom et je répondrai que je suis le Rocaan. » Sa voix était grêle, aiguë.

Matthias ne bougeait pas. Il espérait encore le convaincre de revenir sur sa décision.

« J'y ai maintes fois réfléchi. Après avoir accédé à cette charge, à quoi peut-on aspirer ? Devenir un second

Roca, évidemment. Sauver le peuple. Il est possible que ce soit de l'orgueil. » Il rouvrit les yeux et dévisagea Matthias.

Qui ne fit pas un geste. S'il réussissait à le dissuader de mettre son projet à exécution, tous en bénéficieraient.

« Mais la peur de pécher par superbe risque de m'empêcher d'agir ainsi que je le dois. Ma responsabilité ne sera-t-elle pas écrasante, si je m'abstiens d'intervenir par excès d'humilité ? »

Confronté au dilemme des fidèles, Matthias ne savait quoi répondre. Il se racla la gorge. « La petite voix intérieure...

— La petite voix intérieure ! Nul ne l'a entendue depuis des générations. » Le Rocaan se pencha vers lui, l'air farouche. Les couvertures glissèrent de ses épaules menues et osseuses, trop fragiles pour porter l'avenir de tout un peuple. « Et si elle s'est tue, n'est-ce pas parce que mes prédécesseurs ont manqué à leurs devoirs ? Peut-être sommes-nous tous destinés à accéder au statut de martyrs, à notre façon et à notre moment.

— Cet argument est spécieux. Nous ne savons pas ce que sont devenus les Sicaires de l'Ennemi après la mort du Roca. Nous l'ignorons. Les insulaires fous de rage ont pu les chasser. Rien ne prouve qu'il y a eu une intervention divine. »

Le Rocaan blêmit. « C'est un blasphème !

— Si mes propos sont hérétiques, c'est l'instant ou jamais de changer d'opinion à mon sujet et de revenir sur votre décision de faire de moi votre successeur. Car je m'interrogerai tant que cette question restera sans réponse. Nul ne peut nier que nous avons été victorieux et que les Sicaires ont quitté l'Île Bleue... Mais nos ancêtres ont pu simplement glorifier un homme qui leur a insufflé du courage. On ne peut pas savoir, Saint Père. »

Le Rocaan riva sur lui ses petits yeux brillants. « Si nous savions ces choses... Si nous savions ces choses, avoir la foi serait superflu. Nous n'aurions nul besoin de croire. Nous aurions des certitudes. Dieu exige bien plus de ses fidèles. Et plus encore de moi. Je sais que votre tâche sera difficile, si vous me succédez, mais aussi que vous représentez le meilleur des choix. »

Matthias devait-il s'en féliciter ou s'en affliger ? Devenir un Rocaan avait ses avantages. Cependant, il n'était pas digne de servir de guide à leur congrégation. « Je n'ai jamais été un dévot. Je suis entré dans les ordres comme d'autres s'enrôlent dans la garde royale, par nécessité.

— J'en suis conscient. La façon dont nous avons été choisis ne dépend pas de nous. Ce qui compte, c'est que vous soyez ici en cet instant. »

Matthias s'humecta les lèvres. « Ferez-vous de moi votre successeur officiel ou n'aurai-je ce statut que pendant votre absence ?

— Je vous ai désigné, Matthias. J'ai un court moment pensé à André – il est indéniable qu'aucun Ancien n'a une foi plus profonde que lui – mais il manque de force de caractère et d'érudition. Et un Rocaan doit être énergique et avide de connaissances. Deux qualités que vous possédez.

— Je voudrais que l'Église soit dirigée par quelqu'un de pieux.

— Que vous importe, si ce sont des balivernes ? »

Incapable de traduire en mots son malaise, Matthias se leva, défroissa sa robe et gagna la fenêtre. La brise était désormais glaciale. Le crépuscule tombait et des ombres envahissaient la cour.

« J'ai toujours assimilé mes doutes à un échec personnel, dit-il. Être entouré de dévots renforce ce sentiment. Mais si le Rocaan lui-même est rongé par des incertitudes, le rocaanisme devient une coquille qui ne contient que du néant. Une institution hypocrite et sans âme qui feint d'apporter du réconfort et des réponses alors qu'elle n'a rien à offrir.

— Il y a eu des Rocaans incroyants avant vous.

— Certes. L'un d'eux a été assassiné et un autre a manqué entraîner l'Église dans sa chute. Je ne veux pas être ainsi, Saint Père. Je ne peux l'être.

— Et vous ne le serez pas.

— C'est inéluctable. Vous pouvez faire de moi un Rocaan mais pas un saint homme. Et je condamnerai comme eux le Tabernacle à devenir un lieu désert et stérile.

— Le rocaanisme leur a survécu. »

Matthias décrocha l'ourlet de la tapisserie pour refermer la fenêtre. La scène était familière : la construction de cette partie du Tabernacle et la Bénédiction des travailleurs. « Vous venez de dire qu'ils ont failli causer sa perte, qu'ils n'ont pas accompli leur devoir. Nul Rocaan n'a suivi le chemin tracé par le Roca. Pas un seul. Comment le pourrais-je, moi qui suis un incroyant ?

— Vous n'aurez pas à le faire. Je m'en charge.

— Si vous échouez... » Du pouce, Matthias déplaçait l'ourlet de la tapisserie. Il ne souhaitait pas regarder son interlocuteur. « Si vous échouez, je ne bénéficierai même pas du réconfort de la foi. Il ne restera rien, en ce lieu.

Je n'échouerai pas », affirma le Rocaan.

SOIXANTE-TREIZE

Charognard fourra les mains dans ses poches, sans ralentir le pas. Il se sentait plus léger que de coutume. Pas de gibecières, pas d'outils, pas de sang. Il était propre depuis près d'une semaine... ce qui ne lui était encore jamais arrivé.

Tout était paisible, sur cette route. La ramure des arbres la couvrait d'un dais qui apportait de la fraîcheur. Les rayons du soleil se contentaient de moucheter le feuillage. Des oiseaux gazouillaient dans les hauteurs et il entendait à l'occasion des bruissements dans les taillis. Il tendait l'oreille. Il craignait de se faire surprendre, un Fey qui voyageait seul à proximité de la cité de Jahn. Il ne regagnait pas les Terres d'ombre avec autant de hâte que l'eût souhaité le roi de l'île. Il avait besoin d'un temps de réflexion.

Au cours de la semaine écoulée, il avait eu l'impression d'être un autre individu. Un grand personnage auquel un monarque s'adressait pour solliciter des conseils. La nuit, quand il se retrouvait seul avec ses gardes, Charognard rêvait de ses semblables. Caseo qui menaçait de le tuer, Rugar qui feignait de ne pas le voir et Solanda qui le traitait de nabot. Ils ne se doutaient pas de son importance. Ce n'était pas parce que la magie lui faisait défaut qu'il était un sot.

Il possédait une intelligence qui lui serait plus utile que jamais, car il ne savait trop comment justifier sa disparition. Ce serait encore plus difficile si d'autres Calots écarlates l'avaient vu se colleter aux insulaires. Il mourrait, s'il disait qu'ils l'avaient capturé. Les évadés n'étaient pas accueillis à bras ouverts mais exécutés en tant qu'espions en puissance. Peu importait que les autochtones ne soient pas assez retors pour y penser, les Fey, eux, avaient de tels principes.

Il devait concocter une histoire convaincante, en veillant à ne pas trop s'écarter de la vérité car il était un piètre menteur.

Il trébucha sur un rocher, faillit s'étaler sur le sol et écarta les bras pour recouvrer son équilibre avant de continuer son chemin. Il n'existait qu'une explication plausible. Il dirait qu'il était sorti des Terres d'ombre pour échapper à Caseo puis qu'il avait rencontré deux autochtones dans les bois et... Non, c'était cousu de fil blanc. S'il les avait tués, il aurait dû rapporter leurs dépouilles. Et s'il disait qu'il les avait épargnés, il serait confronté au problème précédent. Tous penseraient qu'ils l'avaient capturé et soudoyé, ce qui justifierait son exécution. Sa vie n'avait aucune valeur, pour les siens.

Il voyait devant lui le gros chêne qui marquait l'orée de la clairière. Il décida de dire qu'il avait fui Caseo et rien d'autre. Si quelqu'un l'avait vu avec les insulaires, il improviserait. Mais il aurait intérêt à parler le moins possible. D'ailleurs, tout cela n'aurait pas longtemps de l'importance. Lorsqu'il aurait tué leur commandant, savoir d'où il venait n'intéresserait plus personne. Ils ne songeraient tous qu'à leur salut.

Il s'arrêta près de l'arbre pour reprendre haleine.

Restait à trouver un moyen d'assassiner Rugar. Cette pensée le hantait depuis que le roi de l'île l'avait chargé de cette mission. Rugar était un chef, un Visionnaire. Il était constamment protégé.

Sauf dans les Terres d'ombre.

Mais, même là, il avait presque toujours sa fille à ses côtés. Et Charognard la redoutait plus encore. Il l'avait vue se battre. Elle était farouche. Il ne voulait pas avoir affaire à elle.

C'était l'essentiel... éviter de se faire capturer. Il lui serait aisé de perpétrer son crime. Tuer un Fey n'était pas difficile. Ils se vidaient de leur sang aussi vite que les insulaires. La clé de la réussite consistait à ne pas éveiller la méfiance pour bénéficier de l'effet de surprise.

Il s'avança dans la clairière et la perspective d'affronter la puanteur des cadavres le fit grimacer. Mais l'air était pur et il ne subsistait plus de traces des combats, excepté quelques taches de sang. Ses congénères avaient fait place nette pendant son absence.

De nombreuses allées et venues avaient dégagé dans l'herbe un sentier conduisant au Cercle de Terre. Il s'apprêtait à franchir la marque circulaire quand il entendit des voix.

« ... ne sais pas pourquoi il veut des os.

— Débités en menus morceaux, qui plus est. Je préférerais les mettre au rebut comme d'habitude.

— Je crois qu'il a perdu la raison.

— On raconte qu'il n'a pas fermé l'œil, depuis qu'il a entamé ses recherches sur ce poison. »

Il reconnut les voix de deux Calots écarlates et sut qu'ils parlaient de Caseo. Vautour et Uences s'accordaient une pause. Plus âgée que son compagnon, Uences intervenait surtout pendant les batailles. Sans doute avait-il fallu insister pour qu'elle accepte de sortir des Terres d'ombre.

Il s'apprêta à subir des remontrances pour son absence. Il n'avait fait qu'ébaucher les grandes lignes d'une justification, mais ce serait pour l'instant suffisant. Il contourna le Cercle de Terre pour se diriger vers eux.

« L'insomnie détruit l'esprit.

— Que devient un Gardien qui sombre dans la folie ?

— Ce qu'est devenu Caseo.

— L'ambition le ronge. Il se prend pour le Roi noir.

— Il est terrifiant.

— Pas plus que les autres. »

Ils se dressaient près de squelettes entassés à l'orée des bois. Les cadavres avaient été dépouillés de leur chair et de leurs organes. S'il n'avait pas été bien placé pour savoir, Charognard eût pensé qu'il y avait très longtemps que ces corps étaient là.

Il se racla la gorge.

Vautour et Uences levèrent les yeux, visiblement gênés. Vautour était maculé de taches brunâtres et ses cheveux se hérissaient sur sa tête. Uences était plus présentable – de toute évidence elle n'avait dépecé personne – mais des auréoles de sueur assombrissaient sa chemise sous ses aisselles et sur ses reins.

« Il était temps, fit-elle. Sais-tu depuis quand nous attendons la relève ?

— Ils avaient promis de nous envoyer quelqu'un à l'aube et nous n'avons vu que cette Ménagère chargée de faire la navette. » Vautour tenait un couteau et un tibia dont il faisait sauter des copeaux, comme s'il se taillait une canne. Il glissa les éclats dans sa gibecière.

Charognard ouvrait la bouche pour débiter la réponse qu'il avait préparée quand il assimila leurs propos. Ils croyaient qu'il était venu les remplacer. Nul n'avait remarqué sa disparition. Il frémit de colère. Les insulaires auraient pu le tuer, nul ne s'en serait soucié. Personne.

« Ils ne vous ont pas dit que je viendrais ? »

Uences secoua la tête et une mèche de cheveux tomba devant sa joue. « Ils ne nous expliquent jamais rien. J'irai même jusqu'à avancer qu'ils se fichent de ce que nous devenons, dès l'instant où nous accomplissons notre travail.

— Aujourd'hui, Caseo nous réclame des os d'insulaires. Hier, il voulait des os de Fey. La veille, c'étaient des reins. Je crois qu'il ne sait plus où il en est », commenta Vautour.

Charognard estima que Caseo devait malgré tout se rappeler leur dernière rencontre, mais il le garda pour lui. Moins ils en sauraient, mieux cela vaudrait.

« Il prend un malin plaisir à nous faire crouler sous la tâche, marmonna Uences. Nous n'avions encore jamais eu à débiter des os, pas même à L'Nacin.

— Tu t'en souviens ? s'étonna Vautour. Tu n'étais qu'une petite fille.

— Une fille tout court. Mes parents rentraient à la maison couverts de sang. Je n'aurais pas oublié, s'ils avaient récolté des ossements. »

La discussion avait dû débuter en même temps que ce travail et Charognard se félicitait d'y avoir échappé.

« Lequel dois-je remplacer ?

— Moi ! » décréta Uences. Elle glissa son couteau dans son étui, lâcha les os qu'elle avait ramassés et lui tendit une gibecière à moitié pleine. « J'ai horreur de ces activités.

— Eh, une minute ! s'exclama Vautour. Je n'ai pas fermé l'œil depuis deux jours. Tu peux attendre la prochaine relève.

— Il n'y en aura pas, rétorqua-t-elle. Alors qu'ils m'ont promis que je pourrais rentrer à l'aube. »

Charognard les regardait tour à tour. Il n'avait nulle envie de travailler avec Uences mais savait ce qu'on ressentait lorsqu'on était traité comme un esclave dont nul ne reconnaissait les mérites. Il savait également que quiconque regagnerait à présent les Terres d'ombre devrait revenir quand Tazy enverrait une autre équipe.

« Il y a combien d'heures que tu es ici, Uences ?

— Depuis le crépuscule, répondit-elle sèchement. Ils ne nous ont fourni qu'un lumignon... dont les âmes s'étiolaient déjà. Comment ont-ils pu espérer que nous ferions du bon travail dans le noir ? Vautour a failli perdre un doigt et moi deux.

— Désolé, fit Charognard en sachant que ses regrets seraient sous peu encore plus grands. Mais je remplacerai Vautour. »

Son ami lui donna une tape dans le dos, avec tant d'enthousiasme que le claquement résonna dans la forêt. « Tu es mon sauveur ! Je vais enfin dormir. Et échapper à ses bavardages. » Il sourit et glissa son couteau dans son fourreau, pour le lui remettre. Il jeta la gibecière pleine sur le tas de bourses que viendrait chercher la Ménagère, prit celle que tenait Charognard et la rendit à Uences sans dissimuler sa joie. « Amusez-vous bien, vous deux. » Sur ces mots, il s'éloigna d'un pas alerte vers le Cercle de la Porte.

« Pourquoi as-tu fait ça ? » Les joues d'Uences étaient colorées, lorsqu'elle ramassa un os et entreprit de le débiter. « Il est plus jeune que moi.

— Le besoin de sommeil ne dépend pas de l'âge. »

Elle redressa la tête et souligna ses paroles avec la pointe de son couteau. « Je vais te dire une chose, mon petit. » Il recula d'un pas et elle le suivit. « Je suis votre aînée. Ce n'est pas très important mais c'est mieux que rien. Les Calots écarlates n'ont pas droit au respect, à l'amour ou même à la sympathie, mais ils bénéficient comme les autres des privilèges qu'apporte l'ancienneté. J'ai obtenu cela, et c'est à peu près tout ce que je peux espérer de la vie. Quand tu seras à ma place, tu sauras que c'est plus important que dormir, manger et tout le reste.

— Oui, madame. » Charognard prit le couteau de Vautour et un fémur.

« Pas de “oui, madame” avec moi ! Tu en auras conscience si tu atteins mon âge. Tu constateras que c'est pour rien que tu as trimé pendant tant d'années. Tous ces mois passés à t'échiner dans la crasse et la puanteur, en butte aux railleries et aux insultes. Tu comprendras.

— Je n'en doute pas. »

Elle appliqua la pointe de son coutelas sur son sternum. « Te moquerais-tu de moi ? »

Il referma sa main libre sur son poignet. La lame risquait de lacérer sa chair d'un instant à l'autre. « Non, fit-il le plus posément possible. Cela ne me traverserait même pas l'esprit. »

Elle dut le croire, car elle écarta son arme.

« Je regrette sincèrement ma décision », dit-il.

Elle sourit, pour la première fois depuis son arrivée. « Ne t'en fais pas pour ça, jeunot. Si j'avais cru pouvoir partir, je l'aurais fait. L'ancienneté, vois-tu ? Tu as encore moins d'autorité que moi. »

Il le savait. Il ne le savait que trop. Il soupira et se mit à l'ouvrage. Dès que quelqu'un viendrait le remplacer, il irait tuer Rugar comme il s'y était engagé. Le plus exaspérant, c'était qu'il pourrait perpétrer ce meurtre devant un millier de Fey sans qu'ils le remarquent. Ils n'auraient d'yeux que pour leur commandant à l'agonie. Et si des Calots écarlates le voyaient commettre ce crime, ils n'essayeraient pas de l'en empêcher.

Ils l'ovationneraient.

SOIXANTE-QUATORZE

Nicolas avait allumé un feu dans la bibliothèque de l'aile ouest. Assis sur la banquette de la fenêtre qui surplombait les quartiers des serviteurs, sa préférée, il s'imprégnait de la chaleur qui se répandait sur son flanc droit. Il avait agrémenté les lieux de quelques décorations, coussins et fauteuils, depuis qu'il y passait tant d'heures. Il espérait entrevoir Charisse. Il rêvait d'elle chaque nuit, des songes passionnés pendant lesquels ils s'étreignaient avec fougue. Mais elle subissait sitôt après une métamorphose et devenait la Fey qu'il avait capturée l'année précédente. Ce qui décuplait son désir. Les sentiments que lui inspirait cette femme, le fait qu'elle l'obsédait toujours en dépit du temps écoulé, le troublaient bien plus qu'il ne l'eût avoué à quiconque.

Un coup frappé à la porte le fit sursauter. Il avait cru être tranquille. Il se leva. « Qui est là ?

— Le Seigneur Stowe. »

Il prit la fiole d'eau bénite qu'il gardait constamment près de lui et la déboucha avant de la dissimuler dans sa main droite. « Entrez. »

Le noble poussa le battant puis le referma sans bruit. Nicolas resta à distance. Il se méfiait de tous les visiteurs, tant qu'il ne les avait pas soumis à l'épreuve de l'eau. Il lança le flacon au Seigneur Stowe qui l'attrapa au vol, fut éclaboussé et sourit.

« Excellente méthode, Votre Altesse. » Il traversa la pièce pour lui rendre la burette. Elle avait perdu la moitié de son contenu. Nicolas remit son bouchon et la glissa dans sa poche, sans présenter d'excuses. C'eût été superflu.

« Il y a ici un jeune homme qui raconte une histoire peu banale. Vous devriez vous entretenir avec lui.

— Moi ? En quoi suis-je concerné ? Pourquoi ne l'avez-vous pas conduit à mon père ?

— Je doute qu'il soit judicieux d'organiser une telle rencontre et je ne voudrais pas être le seul à avoir entendu son récit.

— Le roi reçoit quiconque a subi l'épreuve de l'eau. »

Le Seigneur Stowe sourit. « Attendez de voir ce qui se produit en pareil cas. »

Intrigué par ces propos, Nicolas sentit ses cheveux se hérisser sur sa nuque. « Où est-il ?

— Dans le couloir, avec les gardes. J'aimerais le faire entrer seul, si ça ne vous ennuie pas.

— Pourquoi dois-je le rencontrer ?

— Pour écouter ce qu'il a à vous dire. Son histoire est extraordinaire.

— Vous croyez en sa véracité ?

— Je vous en laisse seul juge pour ne pas vous influencer, Votre Altesse. »

Nicolas regagna la banquette de la fenêtre et s'y installa comme dans un fauteuil. Il avait dissimulé une autre burette sous un coussin, qu'il déplaça imperceptiblement pour s'assurer que personne ne l'avait subtilisée. Il la vit, avec le cheveu enroulé autour de son bouchon.

« Eh bien, soit ! Faites-le entrer. »

Stowe s'inclina et recula vers la porte. Il l'ouvrit et s'adressa à quelqu'un puis le visiteur apparut... un garçon plus jeune que Nicolas de quelques années. Sa musculature commençait à peine à se développer et de l'acné ponctuait son visage émacié. La peur écarquillait ses yeux d'un bleu soutenu.

« Votre Altesse, s'il vous plaît, votre eau bénite. » Tout en refermant le vantail, le Seigneur Stowe tendait l'autre main. Cette fois, Nicolas ne déboucha pas la burette pour la lui lancer. Le noble la saisit au vol, retira son bouchon et aspergea le visiteur.

Au contact de sa peau, les gouttes devinrent brièvement verdâtres et luminescentes. S'ils en avaient versé sur lui un seau, il eût fait penser à une luciole.

« Qui êtes-vous ? » demanda Nicolas.

L'adolescent s'inclina bien bas et garda la pose jusqu'au moment où Stowe lui dit quelques mots à voix basse. Il se redressa enfin et le noble le poussa pour le faire avancer. Ils se retrouvèrent à une aune de Nicolas.

« Je m'appelle Luke et je vis avec ma famille près du Pont de Killeny. Ou, plutôt, j'y vivais avant de me porter volontaire pour combattre les Fey.

— Vous êtes né ici, sur cette île ? » s'enquit Nicolas.

Stowe surveillait le visiteur et restait sur ses gardes, le bras toujours tendu vers son dos.

« Oui, Votre Altesse. Autrefois, l'eau ne devenait ni verte ni lumineuse. Je ne sais pas ce qui se passe ! » Sa voix chevrotait et grimpait dans les aigus à chaque mot. Nicolas comprit qu'il n'était pas intimidé par sa présence mais terrifié par cet étrange phénomène.

« Cette luminescence exceptée, il ne vous est rien arrivé d'autre ?

— Il était prisonnier des Fey. Ils l'ont libéré. »

Cette précision apportée par Stowe retint toute l'attention de Nicolas. « Ils vous ont relâché ?

— Oui, Votre Altesse. Mon père s'est engagé à leur fournir des renseignements en échange. »

Nicolas considéra Stowe, qui soutint son regard. Il était évident qu'ils avaient la même inquiétude. « Que sait-il ?

— Pas grand-chose. Ils n'ont pas fait une bonne affaire. Il n'allait même pas à l'office. Pardonnez-lui, Votre Altesse. »

Ce fut à Stowe que Nicolas demanda : « Qui est son père ?

— Un fermier dont les terres sont proches du Pont de Killeny. Il s'est engagé au début du conflit et, quand son fils l'a imité, il est resté près de lui pour le protéger. D'après ce que j'ai pu déterminer, il n'a jamais rencontré le roi ou un personnage plus important qu'un Danite. » Le Seigneur Stowe avait donc fait une enquête avant de lui amener cet adolescent, mais Nicolas comprenait pourquoi il ne voulait pas le présenter à Alexandre. Ce dernier prenait déjà trop de risques lors de ses entretiens avec le Fey renégat. Il fallait limiter les dangers.

« Je me suis adressé au Seigneur Stowe pour l'implorer de délivrer mon père, Votre Altesse. Et quand ses serviteurs m'ont aspergé d'eau bénite, je suis devenu tout lumineux. Mais je me porte comme un charme, notez bien. Je vous assure. » Il tremblait. Sa terreur était presque palpable.

Nicolas se leva. « Que se passe-t-il quand on le touche ? »

Il s'était adressé à Stowe, qui répondit : « Rien. Je peux même verser de l'eau bénite dans ma paume et l'en enduire. Sa peau se met à luire, pas la mienne. »

Nicolas effleura les marques d'humidité de la tunique du jeune homme. Sa chaleur corporelle s'était communiquée au tissu mais il ne remarquait ni luminescence ni diffusion d'énergie.

« Que vous ont-ils fait, mon garçon ? »

Ce fut Stowe qui se chargea de répondre : « Ils l'ont gardé plusieurs jours en captivité. Je vous ferai un récit détaillé de sa détention quand les circonstances s'y prêteront. »

Il avait donc trop d'événements à raconter dans le cadre de cette visite. « Vous ont-ils remis quelque chose, avant votre départ ? »

L'adolescent secoua la tête. « Seulement les vêtements que je portais à mon arrivée à Jahn. Je les ai retirés dès que cet étrange phénomène s'est produit, mais je suis resté lumineux.

— Ses effets également », précisa Stowe.

Nicolas toucha le jeune paysan. Bien que plus douce que celle d'un travailleur de force, sa peau hâlée n'avait aucune caractéristique particulière. « Êtes-vous allé voir le Seigneur Stowe de votre propre chef ? »

Le noble sursauta. Il n'avait pas envisagé cette possibilité. Cependant, il n'avait pas non plus entendu toutes les révélations du Fey.

« Je voulais l'implorer de sauver mon père », répéta l'adolescent.

Nicolas le lâcha. Il avait à l'esprit une question qu'il n'osait poser, tant il craignait de connaître la réponse. « Où le gardent-ils prisonnier ?

— Chez eux, dans les Terres d'ombre. C'est un endroit épouvantable. Tout est gris et rien n'y pousse. Comme s'ils étaient dans une boîte. Je vous en conjure. Vivre là-bas est insupportable. Mon père aime tant la nature que la folie le guette ! »

Une contrée de grisaille totalement stérile. Nicolas ne pouvait rien imaginer de plus déprimant. « Je ferai mon possible », dit-il, sans avoir la moindre idée de ce qu'ils tenteraient. Son père déclarait avoir trouvé un moyen de vaincre leurs adversaires, mais ses précédents projets n'avaient donné aucun résultat.

Stowe tapota l'épaule du paysan. « J'irai vous rejoindre dehors dans un instant. »

Le garçon baissa la tête, se détourna et s'arrêta. Il fit une volte-face, puis s'inclina et gagna la porte à reculons, conformément aux usages. Dès qu'ils furent seuls, Nicolas respira profondément et se carra sur son siège.

« Ils lui ont fait quelque chose, n'est-ce pas ? »

Stowe opina. « Le problème, c'est que nous ignorons quoi. Je crois qu'il dit la vérité et j'ai chargé Theron – le responsable de l'assaut – de passer le voir. Il l'a reconnu et a déclaré qu'il n'avait pas changé. Cependant, ce Theron a mentionné un troisième prisonnier. Quand j'ai interrogé Luke à son sujet, il en a eu les larmes aux yeux et a refusé d'en parler.

— Serait-il mort ?

— Je l'ignore. Nous devons assimiler cet adolescent à une menace dont la nature nous échappe. Je conseille de le placer sous bonne garde tant que nous n'aurons pas décidé ce qu'il convient d'en faire. »

Nicolas tirailla sa queue de cheval. « Il semble s'inquiéter pour son père.

— Je le crois sincère, mais les Fey veulent peut-être se servir de lui pour nous attirer dans un piège. Nous devrions lui dire que nous ferons notre possible, sans pour autant envoyer des troupes à proximité des Terres d'ombre. »

Nicolas soupira. « Tous les choix qui s'offrent à nous me déplaisent. Vous alliez me parler de leur captivité. »

Le Seigneur Stowe sourit. « Tout indique qu'ils ont

bénéficié d'un traitement de faveur parce qu'une Fey l'a pris en sympathie.

— N'est-il pas surprenant qu'elle s'en soit séparée, en ce cas ?

— Il montre une étrange loyauté envers elle. »

Nicolas se renfrogna et regarda la porte. Le panneau de chêne était solide, mais savoir ce Luke juste au-delà alimentait son sentiment d'insécurité. Non, ce malheureux n'en était pas responsable. Il vivait dans l'angoisse depuis qu'il avait entendu énumérer les tours de magie que les Fey avaient à leur disposition.

« J'envisageais, Votre Altesse, de le prendre dans ma demeure, dit Stowe.

— Pourquoi ?

— Pour surveiller ses faits et gestes.

— Les quartiers des gardes sont plus sûrs.

— Pardonnez-moi, Votre Altesse, mais je ne suis pas de cet avis. À condition que les mesures de sécurité soient équivalentes et les consignes appliquées à la lettre, les risques seront moins grands. Vous n'aurez qu'à me soumettre à l'épreuve de l'eau chaque fois que je viendrai au palais. Et en faire autant pour mon escorte. Dans les baraquements, trop d'individus auront la possibilité de l'approcher.

— Et l'homme qui a conduit l'assaut contre le repaire des Fey ? Ne pourrait-il pas prendre en charge cet adolescent ?

— Les risques seraient trop grands. C'est lui qui nous a amené le Fey renégat. Il n'est pas à exclure qu'il ait été victime d'un sortilège indécelable.

— Vous m'avez quant à vous amené ce garçon, ce qui revient au même. » Nicolas sourit. « Mais je comprends votre point de vue. Qu'un contingent de douze gardes se relaient pour veiller sur lui. Établissez des contrôles successifs rigoureux avec l'eau bénite.

J'en toucherai deux mots à mon père et nous trouverons une solution. »

Le Seigneur Stowe s'inclina. « Une dernière chose, Votre Altesse, fit-il en se redressant. Une vieille paysanne a sollicité une audience juste avant cet adolescent. Elle affirme qu'un chat a volé son bébé.

— Quoi ? Un chat ? »

Le noble le confirma. « Un chat roux qui se serait métamorphosé en femme sous le clair de lune. Ma visiteuse n'avait visiblement pas tous ses esprits, mais comme on nous a rapporté de nombreux incidents pour le moins étranges, j'ai estimé que ça vous intéresserait peut-être.

— Vous avez vu juste. » Nicolas cala ses paumes sur la banquette, dont l'arête meurtrit sa chair. « Ce chat, qu'a-t-il fait de l'enfant ?

— Il l'aurait emporté dans les Terres d'ombre.

— Et vous êtes certain qu'il s'agit d'un insulaire ? » La pierre était glacée, sous ses mains.

« C'est indubitable. Il est trop âgé pour avoir été engendré par un envahisseur et cette paysanne connaissait ses parents.

— Ce n'est donc pas son fils ?

— Les Fey ont assassiné son père et sa mère, le jour de l'invasion. Elle l'a sauvé en le cachant dans la forêt.

— Ils se sont donc intéressés à lui dès leur arrivée sur notre île. » La gorge de Nicolas se serrait. Il devait exister un rapport entre ce chat et les Doubles. L'enfant en était peut-être un, lui aussi.

« Tout semble l'indiquer.

— Merci de m'avoir rapporté cet incident. Quand vous vous serez occupé de ce Luke, faites-le-moi savoir. »

Conscient qu'il voulait rester seul, le Seigneur Stowe s'inclina, recula et sortit.

La porte se referma et Nicolas se laissa aller contre les coussins du siège, les yeux clos. Ce chat – s'il n'y en avait qu'un – était à l'origine d'un grand nombre d'incidents. Et que les Fey aient libéré cet adolescent restait incompréhensible.

S'il n'était pas lui-même un envahisseur. N'avaient-ils pas trouvé un moyen de se protéger de l'eau bénite ? Si c'était le cas, pourquoi ne l'avait-il pas attaqué ? Pourquoi n'avait-il pas tenté de s'installer dans le palais ?

Le comportement de leurs adversaires était illogique. Nicolas en avait eu maintes preuves, au cours de cette année de combats. Il soupira et se redressa. Il devait aller s'entretenir avec son père. Il ne lui restait qu'à espérer que ses projets étaient valables.

SOIXANTE-QUINZE

Caseo dut interrompre son travail pour ne rien renverser, tant il tremblait. Sa chaise craquait sous son poids. Dans la cabane l'air était frais. Il s'y trouvait depuis des jours. Il n'aurait pu dire à quand remontait son dernier repas.

Assis non loin de lui, Sensible contemplait le plafond comme s'il espérait y découvrir la clé des mystères qu'ils devaient percer. Deux Gardiens dormaient dans la pièce du fond et les autres étaient rentrés chez eux. Ils ne tenaient pas à rester ici, si près du poison.

Caseo se serait lui aussi accordé un repos bien mérité, s'il n'avait eu autant de préoccupations. Après cette discussion avec Sensible et Rotin, il avait rêvé d'un sortilège plein d'élégance, suffisamment élaboré pour asseoir sa réputation. Mais il n'avait pu se souvenir des détails à son réveil, seulement des principes. Il avait fait mander Sensible pour lui raconter ce qu'il se rappelait, avant que ces bribes ne s'effacent à leur tour de son esprit. Ils avaient depuis œuvré sans relâche à reconstituer le charme. Et s'ils n'avaient encore rien obtenu de concret, ils avaient la nette impression de se rapprocher de la solution.

Une once de conviction faisait souvent la différence.

Au moins savait-il quelle orientation donner à leurs recherches. Si Sensible avait eu raison de lui déclarer qu'ils devaient créer leur propre poison, il avait pour sa part trouvé comment le rendre efficace.

Ils élaboraient un charme qui serait fatal aux insulaires, et à eux seuls. Il fallait en outre que sa portée fût importante car la nervosité privait certains Fey de leurs moyens. La plupart des jeteurs de sorts perdaient leurs capacités en cas de stress extrême. Les plus stoïques étaient les Gardiens et les Maîtres des éléments, mais les premiers n'étaient pas assez nombreux pour prendre des risques et les seconds n'avaient pas l'habitude de travailler en équipe. Ce qui s'appliquait également aux pairs de Caseo. Des Ménagers auraient pu se charger de ces missions. Manipuler la potion serait dangereux mais, comme l'avait fait remarquer Rotin, mieux valait en sacrifier quelques-uns plutôt que de rester dans cette impasse.

Il se déplaça et ses pieds effleurèrent un obstacle. Des picotements parcoururent sa jambe. Un résidu de magie. Il baissa le regard sur le froc que Quête leur avait apporté en même temps que la petite épée. Un symbole religieux, avait-il précisé avant d'aller s'entretenir avec Rugar. Il avait promis de revenir mais s'en était abstenu et Caseo avait oublié ce vêtement.

« Sensible. »

Toujours songeur, il ne l'avait pas entendu.

« Sensible ! »

Lentement, le jeune Gardien se tourna vers lui : « Et si... Et si nous renoncions aux Maîtres des éléments et aux Ménagers ? Et si nous utilisions un Enchanteur ? »

Caseo faillit lever les yeux au ciel. « Je dois admettre que c'est une excellente idée. L'ennui, c'est qu'aucun Enchanteur ne nous a accompagnés sur cette île. »

Sensible cilla et fronça les sourcils. « Mais si ! Il y en a un dans le campement. Ne captez-vous pas son aura ? »

Caseo en était incapable. C'était une de ses rares lacunes, ce qu'il n'avouerait pas à son collègue. « J'irai me renseigner auprès de Rugar. Si nous en avons un parmi nous, il est logique que notre commandant ne l'ait pas clamé sur tous les toits. »

Sensible mordilla sa lèvre inférieure et ses dents y laissèrent leurs empreintes. « Leurs charmes ont un rayon d'action supérieur et ils sont si puissants que nous pourrions traiter des lots complets de fioles. »

C'était exact, mais irréalisable sans un tel thaumaturge. En admettant que Sensible eût effectivement perçu la présence de l'un d'eux, ses talents étaient apparus récemment. Si un enfant avait atteint la puberté et acquis de tels dons, Caseo l'aurait su. Comme ceux des métamorphes et des Gardiens, les pouvoirs des Enchanteurs se manifestaient dès la prime enfance. Bien que discrets, les signes avant-coureurs étaient perceptibles. Il en aurait été informé, s'il y en avait eu un dans leur communauté.

En outre, ils étaient si rares que le Roi noir l'eût gardé auprès de lui. Les corps expéditionnaires partis livrer bataille dans des contrées lointaines devaient s'en passer.

« Ce serait effectivement la meilleure solution. Néanmoins, nous nous contenterons des Ménagers et des Maîtres des éléments car nous n'avons qu'eux à notre disposition.

— Dommage. C'était une bonne idée. »

Il faillit le reprendre. Pour être qualifiée de bonne, une idée devait être applicable. Mais il l'avait trop souvent rabroué, ces derniers temps. Et au moins ne manquait-il pas d'imagination, contrairement à la plupart de ses pairs.

« As-tu d'autres suggestions à me faire ?

— J'étudiais cette possibilité. » Sensible mordilla encore sa lèvre inférieure. S'il conservait cette manie, il finirait par la rogner.

« Entendu. Te rappelles-tu ce qu'a dit Quête lorsqu'il nous a apporté ces vêtements ?

— Il a déclaré qu'ils ont affecté les lueurs de la Porte. Elles sont entrées en rotation à son arrivée, un phénomène qui s'est interrompu dès que Rugar lui a ordonné de retirer sa robe et son pendentif.

— Bizarre. » Caseo donna un coup de pied au monticule de toile et perçut d'autres fourmillements. « Pourrais-tu la ramasser ? »

Sensible soupira et se leva. Il ne tremblait pas, mais la lassitude lui avait fait perdre ses couleurs. Il s'accroupit, toucha le tissu, cria et eut un mouvement de recul comme s'il s'était brûlé.

« C'est vivant !

— Cette étoffe a des propriétés singulières, c est incontestable. »

Sensible examina sa main. « Je ne crois pas avoir été blessé. Quête l'a portée constamment ?

— Pendant quelques jours. Et il n'en a apparemment pas souffert. Reste à savoir pourquoi les feux de la Porte se sont mis à danser.

— Cela leur était-il déjà arrivé ?

— Jamais. Les Terres d'ombre sont le fruit d'un sortilège fonctionnel dont chaque élément est conçu dans un but bien précis. Ces lueurs doivent fournir certaines informations, ce qu'elles ont toujours fait de façon immuable. »

Sensible grimaça et se pencha en arrière. « S'agit-il de lumignons ?

— Non. Ce sont des composants propres à ce milieu, créés par Rugar. J'ai tout d'abord attribué ce phénomène à l'imprécision de ses dernières Visions, ce qui provoque parfois des anomalies. Mais je commence à en douter. Tu as comme moi perçu l'énergie qu'irradie ce vêtement, et je parie que nos pairs confirmeraient nos conclusions si nous allions les réveiller.

— Ce qui signifie ?

— Je l'ignore. D'après Quête, c'est une tenue sacerdotale. Et l'épée est un symbole de foi au même titre que l'eau bénite. Il se peut que leur religion leur apporte des pouvoirs qu'ils ne comprennent ou ne maîtrisent pas.

— Pourquoi les croyez-vous incapables de les utiliser ?

— Parce que autrement nous ne serions pas là pour en parler. Ils nous auraient exterminés depuis longtemps.

— Vous n'en êtes pas certain. »

Caseo sourit. « Je le suis, et tu le serais aussi si tu avais un sens de l'observation un peu plus développé. Ce qui imprègne ce tissu nous a ébranlés, alors que nous bénéficions d'une protection contre toute forme de magie extérieure. C'est en outre assez puissant pour avoir déréglé la Porte. Quoi que tu en penses, ce ne sont pas des détails secondaires. C'est la preuve d'un incommensurable potentiel. »

Sensible caressa la toile et tressaillit. « Alors, nous devons étudier ces objets. Le secret du poison s'y tapit peut-être.

— Ce n'est pas à exclure. » Caseo ne voulait éliminer aucune hypothèse. « Mais nous n'en aurons pas besoin pour régler nos problèmes. Si tu as élaboré un charme utilisable par un Enchanteur, tu l'adapteras aisément à d'autres thaumaturges. »

Sensible lâcha la robe et s'essuya les mains sur son vêtement, pour les débarrasser de toute souillure. « Mieux vaudrait demander à Rugar de mettre cet Enchanteur à notre disposition.

— Ce serait une solution de facilité. S'il nous a tu son existence, ce n'est pas sans raison. Préparons plutôt un sortilège universel que tous pourront employer. L'auteur d'un envoûtement destiné à un Enchanteur peut le transposer sans peine pour un Maître des éléments. »

Sensible blêmit et ses yeux devinrent de petits disques sombres dans un visage étroit. « J'obtiens de meilleurs résultats avec les Enchanteurs.

— Comme nous tous, mon garçon. Ils nous complètent et parent d'élégance les sorts les plus rudimentaires. Mais, faute d'avoir le choix, nous nous contenterons d'individus aux pouvoirs moins étendus.

— Impossible. »

Caseo se figea. « Impossible ? »

Sensible secoua la tête, sans soutenir son regard. « La science des Maîtres des éléments me dépasse et mes charmes ménagers manquent d'efficacité.

— Ils m'ont pourtant toujours paru valables », rétorqua Caseo. Ce qu'il éprouvait était étrange. Il avait l'impression d'être plus léger, à la fois irrité et ravi que Sensible eût de telles limitations.

« Rotin m'a aidé. C'est elle qui les a peaufinés. »

La colère fut la plus forte et Caseo dut puiser dans sa patience pour ne pas l'extérioriser. « Rotin ?

— Elle ne voulait pas que je vous en parle, mais m'y voici contraint. J'ai des difficultés à adapter mes découvertes si ce ne sont pas des charmes majeurs comme ceux des Enchanteurs ou sanglants comme ceux des francs-tireurs. »

Et il s'était imaginé que Sensible deviendrait un des

plus grands Gardiens de tous les temps ! Rotin s'était moqué de lui, comme elle s'était moquée de son interlocuteur quelques soirs plus tôt. Il ferait le nécessaire pour qu'elle cesse de les manipuler, mais cela ne changeait rien au fait que son collègue n'avait pas de talents plus étendus que les siens. Ils étaient limités, comme ceux de tous les Gardiens de son âge.

Ce qui compliquerait sa tâche.

« Décris-moi ton sortilège et je me charge du reste. »

Sensible le dévisagea en fronçant les sourcils. « Vous en seriez capable ? Je croyais que seul son créateur en avait la faculté.

— C'est plus facile pour lui, mais c'est à la portée du premier venu. Ce sera simplement moins rapide. »

Sensible caressa la table. « Même si vous y arrivez, comment testerons-nous son efficacité ? Gemme refusera de nous livrer son protégé.

— J'ai passé un accord avec Rugar. S'il a autorisé sa fille à garder son insulaire et libérer son fils, il m'a attribué l'autre prisonnier. Le vieil ours. Je l'ai laissé en vie en prévision d'une circonstance de ce genre.

— Alors, nous n'aurons droit qu'à un seul essai. »

Caseo sourit. « Ce sera suffisant. Si nous perdons notre cobaye, nous aurons obtenu l'effet escompté. » Il se pencha en avant. Il avait oublié sa lassitude. « Explique-moi ce que tu as prévu, mon garçon. Et nous nous débarrasserons de nos ennemis une bonne fois pour toutes. »

SOIXANTE-SEIZE

Titus pleurait sur la route qui s'éloignait de Jahn en zigzaguant dans la forêt. Il se reprochait de se comporter comme deux ans plus tôt, quand ses parents l'avaient envoyé à la ville. Le Très Saint était censé veiller sur lui, porter ses prières jusqu'à l'Oreille de Dieu. Mais il n'avait jamais vu le Très Saint alors qu'il avait vu les Fey. Que le Seigneur lui pardonne, il croyait en les Fey. Il savait de quoi ils étaient capables.

Il avait pleuré presque tout le jour, même s'il se contentait pour l'instant de renifler. Ses yeux étaient exorbités et sa gorge irritée. S'il croisait des paysans, ils le prendraient pour un simple d'esprit.

Mais il ne s'était encore jamais aventuré si loin à l'ouest de Jahn. Il entendait les gargouillis du fleuve en contrebas et la ramure des arbres le protégeait de la brûlure du soleil. Il avait oublié à quel point il aimait la nature... et à quel point les bois lui manquaient. Lorsqu'il avait accepté de devenir un Aud (« Tu n'es pas l'aîné, lui avait rappelé son père. Tous les deuxièmes fils entrent en religion »), il n'avait pas songé qu'il devrait vivre dans une cité, un lieu puant et poussiéreux où régnait une chaleur étouffante.

Son père s'était déclaré fier de lui (« Ils te feront gravir les échelons hiérarchiques car tu possèdes une intelligence peu commune, mon fils. Seuls les représentants de l'élite sont admis dans le Tabernacle ») et il eût été plus satisfait encore s'il avait été informé de l'honneur que le Rocaan lui avait accordé. Il l'avait convoqué à l'aube, alors qu'ils ne s'étaient auparavant rencontrés qu'au cours des cérémonies officielles. Il lui avait serré la main lorsqu'il était venu assister à la journée des Auds, dans la chapelle des Serviteurs, et il lui avait donné sa Bénédiction quelques semaines plus tôt, avec tous les autres.

Ce matin-là, il l'avait béni de nouveau. Ils étaient si proches que Titus avait senti son odeur rance de vieillard et constaté que l'ourlet de sa robe était tout taché, alors que les Danites l'auraient puni s'il avait fait preuve d'un tel laisser-aller. C'était un peu décevant. On aurait pu croire que le Rocaan était un humain comme les autres. À la fin de la Bénédiction, il lui avait touché l'épaule et demandé s'il était courageux.

Il l'avait affirmé. Un enfant aurait-il pu fournir une autre réponse à celui qui représentait son Dieu en ce bas monde ?

Le Rocaan lui avait souri et parlé de sa première Charge. Il y avait de quoi rendre jaloux tous les Auds de deuxième année. Quel novice s'était vu attribuer une mission de confiance par le Rocaan en personne ? Mais s'ils avaient su en quoi elle consistait, ses camarades auraient été ravis d'y avoir échappé.

Il s'arrêta pour s'essuyer les yeux du dos de la main. Il ne verserait plus une seule larme. Non. Le Rocaan lui avait garanti que mourir ainsi ferait de lui un saint.

Mais il n'avait que quatorze ans. Pourquoi Dieu le rappelait-il déjà à lui ?

Il voyait le gros chêne qu'on lui avait décrit. Il atteindrait bientôt la clairière où les Fey avaient établi leur refuge.

Il renifla et obliqua vers une grosse souche, sur le côté du chemin. Sitôt assis, il se pencha pour enfouir son visage entre ses genoux. La burette d'eau bénite semblait se consumer comme une torche dans la poche de sa robe. Le Rocaan lui avait dit de ne pas en emporter, mais Matthias l'Ancien avait insisté.

Il ne va pas les voir en ennemi, avait fait remarquer le premier.

Ni en ami, avait rétorqué le second.

À vrai dire, Titus ne comprenait pas pourquoi il se rendait dans leur repaire. Seul.

Ses pieds étaient glacés et il regretta pour la énième fois que le port de sandales fût interdit aux Auds. C'était encore plus pénible que d'avoir la tête rasée. Il était frileux et le froid envahissait toujours son être par ses membres inférieurs.

Le Rocaan avait insisté pour qu'il voyage sans autre protection que celle de Dieu. L'eau bénite n'était-elle pas divine ? Ce vieillard ne paraissait pas le penser mais il avait omis de préciser en quel lieu débuterait sa mission. Titus avait donc décidé de s'en munir jusqu'à cette clairière.

Il se redressa quand le risque d'éclater en sanglots eut presque disparu. Il voulait atteindre le refuge des Fey avant la tombée de la nuit. Il n'imaginait rien de plus angoissant qu'approcher de son seuil dans une obscurité profonde.

Des années de marche avaient durci la plante de ses pieds et il sentait à peine les cailloux du chemin. Mais lorsqu'il le quitta, à la hauteur du chêne, la froidure et l'humidité de l'herbe le firent tressaillir. Il entendit des voix. Des mots qu'il ne comprenait pas.

Il ravala sa salive. Le Rocaan lui avait affirmé que

les Fey connaissaient le nyeien, peut-être même leur langage. S'ils ne disposaient que de ces étranges sons gutturaux pour s'exprimer, il ne pourrait mener à bien sa mission.

Il ne voyait personne. La distance qui le séparait de ces gens devait être plus importante qu'il ne l'avait estimé. Ils haussaient le ton, comme s'ils se querellaient. Il renifla encore, sans que ce fût pour retenir des larmes. La peur les avait chassées.

Il s'avança lentement dans la clairière et vit le Cercle de Terre dont lui avait parlé le Rocaan. Il était censé aller s'immobiliser devant l'anneau vertical et attendre qu'un Fey remarque sa présence. Il tremblait et essayait de se convaincre que seul le froid en était responsable. De fait, il était transi. Ses orteils avaient une coloration bleuâtre et ses doigts s'étaient transformés en bâtonnets de glace...

Figés autour de la fiole. Il avait oublié de la poser à l'orée des bois.

« Pardonnez-moi, Saint Père », murmura-t-il. Comme si le Rocaan surveillait tous ses faits et gestes, juché sur son épaule.

Il chercha des yeux un endroit où laisser la burette, sans rien voir. Finalement, il la déposa sur le pourtour extérieur de l'anneau de terre. Elle bascula et roula dans l'herbe.

Le ciel s'assombrissait et les lieux étaient nimbés d'une étrange clarté. Il s'intéressa aux lueurs qui flottaient dans les airs, de minuscules silhouettes d'êtres humains qui approchèrent en remuant leurs petites lèvres sitôt qu'elles le virent.

Il était paralysé. Tel était donc le sort que les Fey réservaient à leurs prisonniers. Il voulait faire demi-tour et détaler mais ne le pouvait pas. Sa mission eût été un échec, et tout Aud qui manquait à ses devoirs était chassé de l'Église. Et il ne pouvait espérer que son père le reprenne à la ferme.

Il enjamba le Cercle de Terre en fermant les yeux. Lorsqu'il les rouvrit, les personnages miniatures s'étaient accroupis et enfouissaient leur tête entre leurs mains, comme effrayés par son déplacement. Ils diffusaient un semblant de chaleur et l'herbe était moins froide sous ses pieds.

Il se retrouvait là où le Rocaan lui avait dit de se rendre. Les arbres et les cercles correspondaient à sa description. La clairière avait un je-ne-sais-quoi de surnaturel et il comparait ce qu'il ressentait à ce qu'il avait éprouvé en pénétrant pour la première fois dans le Tabernacle. Comme s'il était en un lieu sanctifié que profanait sa présence.

Ce qui était impossible. Les Fey étaient des athées, des êtres impies et impurs. Certains Auds les assimilaient à des démons envoyés par un Dieu jaloux pour exterminer les fidèles du Roca. Titus ne connaissait aucun verset de la Révélation qui étayait cette hypothèse mais il ne la contestait pas. Ce qui le nimbait était si intense qu'il en tremblait.

Puis les lumières perdirent de leur éclat et une ombre se déplaça dans le ciel. Le vent changea, comme s'il se trouvait dans une demeure dont on venait de fermer toutes les portes et les fenêtres. L'air s'était figé et il tendit la main derrière lui. Ses doigts rencontrèrent une barrière invisible dressée au-dessus du monticule de terre.

Il ne pourrait ressortir du cercle. C'était une prison et il avait laissé son eau bénite à l'extérieur. Pris au piège, il contint une panique qui eût été malséante de la part d'un serviteur de Dieu. Il se contenta d'attendre la suite, en ce lieu où il bénéficiait d'un peu de chaleur pour la première fois depuis des jours.

Une porte apparut devant lui, une ouverture circulaire qui flottait à un pied du sol. Il ne remarqua pas immédiatement que son pourtour correspondait au cercle de lumières vu un peu plus tôt. Il découvrait de l'autre côté une brume grisâtre tourbillonnante, quelques bâtiments et un Fey qui se dressait près du seuil. Grand et élancé, il n'était guère plus âgé que lui mais avait un visage à la fois magnifique et terrifiant.

« Tel ? » demanda celui-ci d'une voix gutturale.

Titus resta immobile pendant ce qui parut durer une éternité. Faute de comprendre ce que voulait dire l'inconnu, il ouvrit la bouche pour la fermer aussitôt. Sa respiration était hachée. Il réussit finalement à déclarer, en nyeien : « Je vous apporte un message du Rocaan. »

Sidéré, le Fey lança un regard à une personne placée trop près de la porte pour que Titus pût la voir. Ils échangèrent quelques paroles dans leur langage puis l'ouverture se referma.

La disparition de la vive clarté le priva du sens de la vision. Il recula et fut stoppé par la barrière invisible. Devenu aveugle, il ne pouvait regagner le monde extérieur et leurs ennemis étaient informés de sa présence.

Il mordit sa lèvre inférieure pour interrompre ses frémissements. Ses yeux étaient brûlants. Il s'interdisait de pleurer devant eux. Il avait passé presque tout son temps à sangloter, depuis qu'il était un Aud. Chaque nuit, il humidifiait sa paillasse avec ses larmes tant son désir de retourner dans son foyer était grand.

Un désir désormais décuplé et irréalisable. Il resterait probablement en ce lieu à jamais.

Au moins la température était-elle douce. Il n'avait plus froid aux pieds. Un élément positif. Il devait proscrire les pensées négatives. Ce qui était insuffisant pour réduire sa terreur. Elle était encore plus grande que le jour où les Danites étaient venus le chercher à la ferme ou celui où il avait vu Jahn pour la première fois.

Il croisa les bras et ses doigts se crispèrent sur le tissu de sa robe. Il s'interdit de prier, car les Danites affirmaient que Dieu ne tolérait pas qu'on sollicite Ses faveurs pour soi-même. Il ne fallait s'adresser à Lui que pour des tiers. Il aurait pu avancer que son père en souffrirait, s'il mourait en disgrâce... Mais il était évident qu'il n'en saurait rien. On lui dirait simplement que son fils était décédé en mission et qu'avoir rendu son dernier soupir au service du Seigneur était un incommensurable honneur.

La porte se rouvrit et la lumière l'éblouit. Les Fey étaient à présent très nombreux et il crut voir un Danite parmi eux, ce qui était impossible. Il recula jusqu'au mur invisible et ses talons effleurèrent le Cercle de Terre. Un individu plus âgé se dressait sur le seuil. Son visage semblait taillé à coups de serpe mais ses lignes incurvées vers le haut donnaient l'impression que ses traits allaient prendre leur envol.

« Tu es un religieux, n'est-ce pas ? » s'enquit-il en nyeien.

Titus déglutit. « Je... Je suis un Aud. J'ai un message... pour vous, un de vous, de la part du Rocaan. J'implore votre clémence. C'est ma mission. »

Le Fey qui avait l'air d'un Danite fit une suggestion incompréhensible qui fut rejetée d'un geste. « Ce message s'adresse-t-il à quelqu'un en particulier ?

— À votre chef. Le Rocaan vous prie de ne pas vous en offusquer, mais il ne connaît pas son nom. » Il commençait à s'exprimer plus facilement. La situation évoluait comme prévu.

« Qui me dit que ce n'est pas un piège ? Que tu ne t'es pas aspergé d'eau bénite pour tout détruire ? »

Titus regarda furtivement la fiole couchée dans

l'herbe, au-delà de la barrière. « Je... heu... j'ai reçu pour instructions de laisser ma burette à l'extérieur et de me présenter devant vous nu comme un ver, s'il le fallait. » Il leva les bras pour démontrer qu'il n'avait dissimulé aucune fiole. « Fouillez-moi, si vous voulez. Je ne résisterai pas. Je m'y engage, sur l'Ascension du Roca. »

L'individu qui ressemblait à un Danite s'exprima encore. Le plus âgé claqua des doigts en direction du jeune Fey que Titus avait vu à son arrivée. Visiblement mécontent, il sortit du refuge.

« Essaie de me tuer et je ferai massacrer toute ta famille », murmura-t-il.

Titus secoua la tête. Et s'il mourait par accident ? Il n'avait à aucun moment pensé qu'il mettrait les siens en péril, mais il ne bougea pas. Le Fey le fouilla et immobilisa sa main au-dessus de l'épée. « Enlève-la !

— Je... Je ne peux pas. J'ai prêté serment. Les Auds ne doivent jamais s'en séparer.

— Tu as déclaré que tu te présenterais nu devant nous, au besoin. Je ne te demande pas de retirer ta robe, seulement ce pendentif. » Le Rocaan lui avait dit de se plier à leurs exigences et il mordilla sa lèvre inférieure. Ses ordres prévalaient-ils sur les vœux que prononçaient les Auds ? Était-ce une mise à l'épreuve ? Pour en décider, il lui aurait fallu un intellect qu'il ne possédait pas.

Était-ce important ? Ils le tueraient quoi qu'il fasse. Il devait se préparer à comparaître devant son Créateur.

« Impossible. J'ai prêté serment.

— Oh, par Dieu ! s'exclama le Danite avant de s'avancer, ce qui permit à Titus de constater qu'il l'avait déjà rencontré dans le Tabernacle. Ce n'est qu'un symbole, petit. Ce qui importe, c'est ce qu'il y a dans ton cœur. »

S'il ne pouvait le nier, on lui avait enseigné que la foi devait être authentique pour que l'épée ait une telle signification. Il s'abstint d'en faire la remarque, mais demanda : « Êtes-vous un envoyé du Rocaan, vous aussi ? »

Le religieux regarda les Fey, comme pour solliciter leur avis. Ce fut en pinçant les lèvres qu'il se tourna vers lui. « Non, je suis ici pour d'autres raisons. »

Titus hocha la tête, même s'il ne saisissait pas bien la réponse. « Je dois parler à leur chef. »

Le Danite lui sourit tristement. « Aucun Fey ne voudra t'approcher tant que tu auras ce colifichet autour du cou.

— Je n'ai pas le droit de le retirer. » Titus referma son poing sur l'épée, désormais convaincu qu'elle seule assurerait son salut.

Son interlocuteur soupira et dit en nyeien : « Nous ne réussirons pas à le faire changer d'avis. Il faut trouver autre chose. »

À l'arrière-plan, une femme dit quelques mots. Une autre l'approuva et tous se mirent à parler en même temps. Elle s'éloigna d'un pas rapide.

En attendant son retour, le jeune Fey sourit à Titus en le regardant dans les yeux. « Tu dois savoir que nous avons le choix entre t'écouter ou te tuer.

— J'en suis conscient. » S'il s'était estimé en sécurité il n'eût pas hésité à retirer son épée. Le croyaient-ils stupide ?

Finalement, la femme revint avec un bol d'eau qu'elle tendit au Fey sorti des Terres d'ombre. Il le remit à Titus.

« Lave cette babiole et tout ce qui pourrait être imprégné de poison. » Titus s'intéressa au contenu du récipient. Le Rocaan ne lui avait pas caché que sa mission comportait des risques. Pour mener à bon terme ce qu'il avait entrepris, il devait céder à leurs exigences. Ne serait-ce qu'en partie.

Ce fut en tremblant qu'il prit l'épée, la trempa et la frotta avec ses doigts. Puis il sortit de sa poche son linge purificatoire et le laissa choir sur le sol. Rien d'autre n'avait été imprégné d'eau bénite mais il se lava les mains pour faire bonne mesure.

Le Fey âgé s'adressa au plus jeune qui grimaça, posa le bol et tendit le bras d'un geste plein de défi pour refermer le poing sur l'épée miniature.

Tous hoquetèrent. Sa peur était presque palpable mais il fixait Titus comme pour graver ses traits dans sa mémoire, au cas où ils se retrouveraient un jour.

Finalement, il lâcha le pendentif, regarda sa main et la leva pour la montrer à ses congénères. « Ce n'est pas aujourd'hui que je mourrai, Rugar », lança-t-il en nyeien.

Ce qui parut laisser l'homme plus âgé – Rugar – indifférent. « Amène cet enfant. »

Titus déglutit avec difficulté. Sans jeter un seul coup d'œil à un monde qu'il risquait de ne jamais revoir, il suivit le jeune Fey dans la grisaille opaque.

SOIXANTE-DIX-SEPT

Charognard regagnait les Terres d'ombre, courbé sous le poids de ses gibecières. Caseo ne pensait jamais à tout. Les bourses pleines d'os – et qu'ils les aient réduits en menus morceaux n'y changeait rien – étaient si pesantes qu'un individu épuisé ne pouvait les porter. La Ménagère chargée de les récupérer s'était effondrée quelques heures plus tôt... C'était à tout le moins ce qu'il avait supposé en ne la voyant pas revenir.

Il avait travaillé plus longtemps que prévu et suivi Uences vers le fleuve. Ils avaient débité des douzaines ou des centaines de squelettes. Sa main droite était ankylosée et il avait des ampoules éclatées dans sa paume, une énorme cloque gorgée de sang sur son pouce.

Laisser Uences seule le gênait un peu, car elle l'avait traité avec courtoisie après le départ de Vautour. Mais il lui avait fallu choisir entre s'épuiser à la tâche jusqu'au moment où il s'effondrerait ou emporter lui-même les gibecières dans les Terres d'ombre et rechercher Rugar.

Il gravit la pente en titubant puis essaya de se ressaisir pour traverser la clairière. Son dernier pas – celui qui lui ferait regagner les Terres d'ombre – réclama plus d'efforts que tous les précédents.

La grisaille était presque déserte. Un homme enfonçait des chevilles dans une planche calée sur le sol, sans qu'il fût possible de déterminer dans quel but. Quelques Ménagers étaient à l'ouvrage autour du Domicile. Des fantassins sortaient de la cabane de Rugar. Ces individus exceptés, il ne voyait personne. De la fumée s'élevait du laboratoire des Gardiens, près duquel s'entassaient des douzaines de gibecières pleines d'os. Vautour dormait à proximité, ses vêtements et son visage toujours souillés par ses activités macabres.

Charognard s'accroupit et secoua son épaule. Vautour ouvrit lentement les yeux et les leva au ciel en découvrant qui l'avait réveillé.

« Va remplacer Uences. Elle ne s'est pas accordé un instant de repos, depuis ton départ.

— Je n'ai pas encore reconstitué mes forces.

— Va. » Charognard le poussa.

Vautour s'assit et se frotta les paupières. « Pourquoi n'y retournes-tu pas ? De nous trois, c'est toi qui es resté là-bas le moins longtemps.

— J'ai des gibecières à livrer. J'irai t'aider sitôt après. Mais ils m'ont dit que j'en aurais peut-être pour longtemps. Mieux vaut la relever à présent. »

Vautour soupira. « Et ça tombe sur moi ! J'ai décidément une chance inouïe. Il y a encore beaucoup de travail ?

— De quoi nous occuper un après-midi. » Charognard baissa la voix. « Tu sais ce qu'ils feront de ces ossements ? »

Vautour secoua la tête. « Caseo parle d'un sortilège imparable, mais tu le connais. »

Caseo ! Charognard frissonna. Oui, il ne le connaissait que trop ! Il passa une main dans sa chevelure. « Va aider Uences. J'irai te rejoindre dans une ou deux heures. »

Vautour se leva du lit qu'il s'était improvisé avec ses gibecières. « Si je te trouve endormi à mon retour, je te trancherai les doigts.

— Comme ça, je ne pourrai plus jamais te donner un coup de main. »

Ils se souriaient, quand Caseo apparut sur le seuil du laboratoire, les poings sur les hanches.

« Dépose tes bourses et laisse-nous, mon garçon, cria-t-il. Nous essayons de travailler, ici. » Il fit claquer la porte.

« Quel mauvais coucheur », commenta Vautour.

Charognard ne dit rien. Son cœur martelait ses côtes et menaçait de les fêler. Il n'avait pas quitté la bâtisse des yeux. Caseo ne semblait pas l'avoir reconnu. C'était ce qu'il avait espéré. Nul ne prêtait attention aux Calots écarlates. Personne ne l'identifierait, lorsqu'il assassinerait Rugar.

Une conviction qui n'avait aucun effet positif sur son moral. Comment pouvait-on menacer de tuer un individu et ne pas le reconnaître une semaine plus tard ?

Fallait-il en conclure que Caseo était indifférent ?

Ou Charognard insignifiant ?

Vautour lui donna un coup de poing sur l'épaule. « Eh, mon vieux ! Ça va ? »

Il hocha la tête et dut puiser dans sa volonté pour se détourner. « Ouais ! J'ai du travail. On se retrouvera là-bas. »

Il se dirigea vers le Domicile. Il ne ferait rien qui sorte de l'ordinaire tant que Vautour le surveillerait.

Ce dernier prit son temps pour aller vers le Cercle de la Porte. Ce fut très lentement qu'il sortit des Terres d'ombre, comme s'il redoutait plus le monde extérieur que la mort. Charognard soupira puis obliqua vers la cabane de Rugar.

De la fumée s'élevait de sa cheminée, d'étroites volutes grisâtres qui montaient effleurer le plafond des Terres d'ombre avant de disparaître. Charognard ne comprenait pas comment elle s'échappait de leur refuge. Quelqu'un avait tenté de le lui expliquer, mais tout cela n'avait ni queue ni tête. Il s'agissait des secondes Terres d'ombre où il séjournait. Celles de la campagne de Nye avaient été plus rudimentaires. Ils avaient dormi sur un sol gris brumeux, emmitouflés dans d'épaisses couvertures que les Ménagers avaient préparées à cette intention. Ils avaient tissé un charme dans leur trame et il n'avait jamais connu un sommeil aussi reposant de toute son existence.

Il se demanda quand Vautour remarquerait qu'il ne lui avait pas rendu son couteau. Attendrait-il son arrivée pour se mettre au travail ? Il était probable qu'Uences lui donnerait le sien et le laisserait s'échiner seul jusqu'au moment où quelqu'un viendrait les informer de la mort de leur commandant.

Charognard ne s'apitoya pas sur le sort de son ami.

Il s'arrêta à la hauteur du logement de Rugar. Les fantassins s'étaient regroupés un peu plus loin et l'observaient. Il ressentait des picotements sur sa nuque et il lui suffisait de se concentrer pour entendre des voix à l'intérieur de la cabane. Ce qui se passait devait être important. L'instant était mal choisi pour entrer et mettre son projet à exécution.

Le laboratoire des Gardiens était proche. Il aurait dû aller récupérer des bourses vides puis relever Uences. Le roi de l'île ne lui avait imposé aucun délai. Il pouvait prendre son temps.

Il s'immobilisa devant cette bâtisse. La fumée qui grimpait de la cheminée était sombre, presque anthracite, et elle avait une odeur de viande grillée. Il lui était arrivé de se laisser abuser par les senteurs de certains charmes et qu'elles lui mettent l'eau à la bouche ne signifiait pas qu'il eût aimé ce qui cuisait.

Il n'y avait pas une seule gibecière à l'emplacement prévu à cet effet. Il lui en fallait une brassée, pour reprendre son travail.

Cependant, il était risqué d'en réclamer. Il ne voulait pas offrir à Caseo l'occasion de faire sur lui une de ses expériences. Il referma la main sur le manche de son couteau. Il était prêt à se défendre et nul ne réussirait à le ceinturer.

Il alla frapper à la porte et recula. Elle s'ouvrit tout de suite après et Caseo lui dissimula la pièce illuminée.

« Que veux-tu, petit ?

— J'ai besoin de gibecières. »

Le Gardien sourit. « Tu as peur de moi, pas vrai ? »

Charognard secoua rapidement la tête.

« Tu trembles en te disant que je pourrais te métamorphoser en masse gélatineuse ? »

Il affermit sa prise sur son arme pendant qu'une femme criait à l'intérieur : « Laisse-le tranquille ! Nous avons ce charme à terminer.

— Ça peut attendre, et je n'en aurai pas pour longtemps. » Il sortit et referma le battant. « Ces idiots estiment que ta vie a un peu de valeur et me trouvent cruel parce que je t'asticote. C'est également ce que tu penses, n'est-ce pas ? »

Charognard avait la gorge si serrée qu'il dut déglutir à deux reprises avant de répondre : « Je... heu... Je suis venu chercher des gibecières pour transporter ce que vous avez réclamé.

— En vérité, nous n'avons pas besoin de toi. Si Rugar avait un rien de jugeote, il cesserait de s'encombrer de créatures dans ton genre... Ce qui nous éviterait de vous éliminer lorsqu'il devient évident que vous n'êtes pas de véritables Fey.

— J'en suis un au même titre que vous.

— Tiens donc ? » Le sourire de Caseo s'élargit. « Alors, prouve-le. Entre et je testerai sur toi les effets du poison.

— Me croyez-vous inconscient ? rétorqua Charognard d'une voix qui grimpait dans les aigus. Si je démontre que je suis un Fey à part entière, ma mort est assurée. Non, je ne suis pas un imbécile. Et si je survis, vous en conclurez que je ne suis pas un des vôtres. Réfléchissez. Trois Calots écarlates ont été portés disparus après la Première bataille de Jahn. Qu'ils aient péri est évident. Qu'ils aient été victimes de l'eau des insulaires est probable. Donc, nous sommes des Fey. Nous sommes des Fey, même si nous ne sommes pas sadiques comme vous.

— Tu me sidères, nabot ! Serais-tu en train de me dire que je devrais tenir compte de ton opinion sur un sujet si important que l'avenir de tous nos semblables en dépend ? Écoute, petit. Nous mettons au point un poison d'un genre différent. Je prends l'engagement de ne pas tester sur toi la potion des insulaires, seulement la nôtre. Comme ça, nous saurons immédiatement si elle est efficace.

— Non ! » Charognard tremblait. Il n'y avait ici personne qui intercéderait en sa faveur. Les autres Gardiens étaient à l'ouvrage dans la bâtisse et ils auraient quoi qu'il en soit apporté leur soutien à leur chef. S'il appelait à l'aide, nul ne sortirait des cabanes environnantes. Ceux qui devaient les regarder se quereller en restant derrière les portes entrebâillées estimeraient qu'ils n'avaient pas à s'en mêler.

Caseo avança d'un pas. « Tu passeras à la postérité pour avoir contribué au salut de notre peuple. »

Charognard recula. « Je n'ai jamais souhaité être auréolé de gloire.

— Allons. Mieux vaut être célèbre après sa mort qu'ignoré toute sa vie durant.

— Pour vous, peut-être. » Charognard tira le couteau de son étui.

« Tu me menaces, gringalet ? » Aucunement intimidé, Caseo fit un autre pas.

Charognard recula encore et manqua tomber jusqu'au bas des marches. « N'approchez pas. Pourquoi me harcelez-vous ? N'approchez pas !

— Je te harcèle parce que tu m'as offensé. Je ne puis tolérer que des avortons dans ton genre tentent de se faire passer pour des Fey. Tu es une abomination et que tu te considères mon égal est inadmissible.

— Je le suis ! » lança Charognard. Il sentait l'énergie se répandre dans son corps, il était prêt à bondir. Sa respiration était hachée.

« Vraiment, demi-portion pitoyable ? J'en doute, j'en doute fort.

— Nous sommes tous égaux à deux stades de notre existence, rétorqua Charognard en serrant son arme avec tant de force que le métal meurtrit sa paume. Lors de notre naissance et lors de notre mort. »

Le sourire du Gardien s'élargit. « Même pas, mon garçon. Certains d'entre nous viennent au monde en ayant des capacités latentes qu'ils possèdent toujours lorsqu'ils nous quittent.

— Ce qui ne les empêche pas de passer de vie à trépas. Je suis venu chercher des gibecières. Je veux seulement effectuer mon travail. Laissez-moi tranquille et je ne vous importunerai plus. »

Caseo secoua la tête. « Impossible, mon petit. Sauf intervention improbable de Rugar, tu me serviras de cobaye, que tu le veuilles ou non. J'ai besoin de toi.

Alors, tu ne vas pas faire d'histoires et m'accompagner à l'intérieur. Ce sera rapide, et profitable à toute notre communauté. »

Charognard brandit son arme. « N'approchez pas.

— Tu n'oseras pas me toucher, petit. Tu sais que quiconque s'en prend à un Gardien est débité en menus morceaux jusqu'à ce que mort s'ensuive. Une différence supplémentaire entre nous, étant donné qu'aucune sanction n'est prise à l'encontre de ceux qui trucident des Calots écarlates. » Caseo agrippa le bras libre de Charognard. Sa main était tiède et rien dans son expression ne traduisait de la peur. « À présent, entre...

— Non ! » Charognard planta son arme dans la poitrine du Gardien, qui recula de surprise mais ne le lâcha pas. Il retira la lame et du sang jaillit. En proie à la panique, il abattit son couteau vers les doigts de Caseo pour se dégager de sa prise. Le Gardien ôta sa main et Charognard retint un hurlement quand l'acier entailla son propre bras.

Caseo s'agenouilla, le poing fermé sur sa blessure. Le sang sortait par giclées. Il avait les yeux écarquillés et la bouche ouverte mais n'émettait aucun son. Il n'y avait personne alentour et le calme régnait dans la cabane.

« Désolé », fit Charognard. Il n'avait pas eu l'intention de faire le mal comme le faisait Caseo. Il n'avait pas voulu le tuer. Tous sauraient qui avait commis ce crime. Les Gardiens confirmeraient que leur chef avait été agressé par un Calot écarlate. Il devait fuir.

Ses pieds glissèrent dans la flaque de sang. Il coulait sur les marches et disparaissait dans le tapis de grisaille du sol. Il sauta au bas de l'escalier et courut vers la Porte en répétant en boucle le mot de passe. Elle s'ouvrit et il plongea au travers en jetant au loin son couteau.

C'était ainsi qu'il avait projeté de quitter les Terres d'ombre... à une différence près. Il avait assassiné Caseo au lieu de Rugar et ne savait même pas où se trouvait ce dernier. Un renseignement qu'il lui serait désormais impossible d'obtenir.

Il atteignit les bois et s'éloigna à toutes jambes de l'amoncellement de squelettes. Il dévala la berge jusqu'au fleuve et s'arrêta pour reprendre haleine. Le sang de Caseo le couvrait... et il avait la même couleur vermeille et la même odeur cuivrée que le sien.

SOIXANTE-DIX-HUIT

Ils conduisirent Titus vers une des cabanes, mais seul le Fey le plus âgé y entra avec lui. L'obscurité qui régnait dans la pièce le surprit. L'homme tapota une lampe et une minuscule créature s'y dressa et diffusa de toutes parts une vive clarté. Il tapa sur un second luminaire, puis un troisième, et tout fut nimbé de lumière.

Le mobilier se composait d'une table et de chaises. Dans une cheminée se trouvant sur sa gauche le feu s'était réduit à un lit de braises. Une jeune femme entrebâilla une porte et posa une question. Le Fey secoua la tête et elle referma le battant.

« Qu'as-tu donc à me dire, petit ? » demanda-t-il en nyeien.

Faute de connaître les règles protocolaires en vigueur, Titus se contenta de s'incliner bien bas. « Le Rocaan souhaite vous rencontrer. Il pense que cette guerre n'a que trop duré et qu'il devrait être possible d'y mettre un terme en conjuguant vos efforts.

— Je croyais qu'il avait un statut de chef religieux.

— C'est le cas, Seigneur.

— Alors, c'est avec votre roi que je dois m'entretenir. »

Titus secoua la tête. « Le Rocaan estime qu'il a perdu trop de temps et que c'est, en quelque sorte, une question d'ordre spirituel.

— Ah ! Il voudrait donc nous voir pour nous occire jusqu'au dernier.

— Certainement pas ! Il ne ferait jamais une chose pareille. Il désire vous parler de la puissance, la puissance de l'esprit... tant la vôtre que la sienne.

— Je vois. » Il avança une chaise. « Assieds-toi, mon garçon, et détends-toi. Tu n'as rien à redouter. »

Titus obtempéra, croisa les doigts et garda la tête basse.

« Ce Rocaan est bien votre guide spirituel pour tout ce qui se rapporte à votre religion, n'est-ce pas ? »

Titus opina.

« C'est également lui qui a concocté le poison qui nous décime.

— Il ne l'a pas préparé dans ce but. Il ignorait qu'il aurait sur vous de tels effets. » Titus s'exprimait avec emphase, ce qu'il eût fait même si le Rocaan ne lui en avait pas donné l'exemple. « Nous utilisons l'eau bénite depuis toujours. Nous ne connaissions pas ses propriétés. C'est un Ancien qui les a découvertes, par hasard.

— Par hasard ? » Le sourire du Fey manquait de chaleur. « Comment peut-on tuer par hasard ?

— Il a jeté une burette sur vos hommes pour les dissuader d'approcher. La fiole a volé en éclats et ils ont tous péri. »

Le Fey écarquilla les yeux puis les referma à demi. « Je vois. Il en a informé ses pairs et le massacre a débuté. »

Titus ravala sa salive. Si le Rocaan ne lui avait pas

interdit de tenir tête à son interlocuteur, il eût fait remarquer qu'ils l'avaient bien cherché.

« Dois-je aller seul à ce rendez-vous ou avec une escorte ?

— C'est sans importance, si vous prenez l'engagement de ne pas l'attaquer. Il a précisé qu'il serait accompagné de quelques religieux. » Titus humecta ses lèvres. « Il souhaite procéder à une Bénédiction pour nous purifier de la haine qui consume nos cœurs. Il devra pour cela employer de l'eau bénite, mais il fait le serment de ne pas vous en asperger. De même, il ne voit aucun inconvénient à ce que vous ayez des armes si vous promettez de ne pas vous en servir.

— Il n'est guère méfiant, à ce que je vois.

— C'est un homme bon, Seigneur. Il ne ferait pas de mal à une mouche.

— Il a pourtant pris la vie d'un grand nombre de Fey. »

Titus était heureux que le Rocaan eût prévu ces remarques et fourni des réponses à la plupart d'entre elles. Il n'aurait pas su quoi dire, autrement. « Il n'a tué personne à titre personnel, Seigneur. Et pouvoir ressusciter les victimes le transporterait de joie. Il vous demande d'être compréhensif. À sa place, n'auriez-vous pas décidé de bénir de l'eau pour résister à des envahisseurs ? »

Le Fey sourit. « Ce que j'aurais fait est sans intérêt. C'est ce qu'il a fait qui importe, et surtout ce qu'il projette de faire. »

Titus l'observa entre ses cils. « Il veut vous rendre acceptables aux yeux de Dieu afin que les combats cessent et que vous trouviez avec lui une solution conduisant à la paix.

— Qui prouve que je souhaite vivre en paix avec vous ? »

Titus haussa les épaules. « Si ce n'est pas le cas, Seigneur, la situation restera inchangée. »

De l'index, le Fey lui releva le menton. Il dégageait une odeur de pin et de cuir. Sa peau était légèrement fripée et plus sombre que celle d'un homme ayant travaillé toute sa vie au soleil. « Peux-tu me garantir qu'il viendra à ce rendez-vous ?

— Oui, Seigneur. C'est son idée et il s'y est engagé. Il ne revient jamais sur sa parole. »

Le Fey sourit. « Alors, va lui dire que j'accepte. Je serai accompagné d'un détachement de guerriers armés de sortilèges tout autant que d'épées. Précise-lui que s'il me fait faux bond, je donnerai l'ordre d'exécuter tous les insulaires qui croiseront notre route. Et que s'il me trahit d'une façon ou d'une autre, il signera son arrêt de mort.

— Oui, Seigneur. » Titus frissonna. Ce Fey tiendrait parole.

« Dis-lui également de m'envoyer un homme, s'il veut encore me joindre. Je n'ai pas plus d'indulgence pour les enfants que pour les adultes et je n'aurai aucun scrupule à te tuer. »

Titus déglutit avec difficulté. « Oui, Seigneur. »

Puis le Fey lui caressa le menton. « À présent, dis-moi où et quand se déroulera cette rencontre.

— Dans deux jours, à la chapelle de la Marguerite.

— Une chapelle ? N'est-ce pas un lieu de culte ?

— Si, Seigneur. Je dois vous rappeler que vous pourrez venir armés.

— Je préférerais le voir en un site privé de toute connotation religieuse.

— Il en est conscient et sollicite votre indulgence, Seigneur. Il estime que si l'entrevue se déroule dans un tel édifice, nul ne contestera son initiative et le roi s'abstiendra d'envoyer des troupes.

— Ton Rocaan est rusé, déclara le Fey avec gravité.

— Non, Seigneur. C'est un vieillard qui espère faire œuvre de paix avant de quitter ce monde. »

Le Fey croisa les bras, s'appuya à la table et soupira. « Entendu. Dis-lui que j'accepte ses conditions, et avertis-le que les représailles seront épouvantables si tout n'est pas conforme à ce que tu as annoncé. Précise que nous sommes passés maîtres dans l'art de la vengeance. » Un sourire glacial fit trembler Titus. « Tu peux disposer, mon garçon. Fardeau t'attend pour te reconduire. »

Titus se leva. Ses jambes vacillaient.

« Et répète toutes mes paroles à ton Rocaan, car je te tiendrai également responsable du bon déroulement de cet entretien.

— Oui, Seigneur. » Titus baissa la tête. Bien qu'il ne sût comment interpréter cette déclaration, elle le terrorisait.

« Va, mon garçon.

— Merci, Seigneur. » Titus se dirigea vers la porte. Il eût aimé courir mais refusait de montrer sa peur. Il sortit dans la grisaille. Le jeune Fey qui l'avait escorté se trouvait au milieu d'un groupe de ses congénères, à côté d'un bâtiment proche. Il approcha sitôt qu'il le vit.

« Je constate qu'il t'a épargné. »

Titus redressa le menton. « Il m'a chargé de porter sa réponse au Rocaan.

— Je ne m'y opposerai pas, dès l'instant où notre valeureux commandant estime que tu peux repartir librement. »

Sans faire de commentaires, Titus descendit les marches et s'avança dans la brume vers son point d'arrivée. La porte avait disparu.

« Inutile de trottiner, petite souris. Tu as besoin de moi pour sortir d'ici. » Titus sentit sa gorge se serrer.

Rien ne l'empêcherait de le tuer sans en informer son chef. Et si le Rocaan n'allait pas à ce rendez-vous, les envahisseurs auraient un excellent prétexte pour exercer des représailles. Mais s'ils avaient eu la possibilité de reprendre leur offensive, ils l'auraient fait sans se chercher des excuses. « Votre commandant a déclaré que je pouvais rentrer à Jahn. »

Le Fey sourit. « Je ne le conteste pas. Mais quand il estimera que tu devras exécuter nos volontés, tu m'appartiendras. J'y veillerai. »

Il agita les mains et la porte s'ouvrit. Titus bondit, roula sur l'herbe et se retrouva à l'extérieur du Cercle de Terre. Le mur invisible s'était évaporé. Il ramassa sa burette et leva les yeux, juste à temps pour voir le passage se refermer. En dépit des ténèbres, il se sentait en sécurité pour la première fois depuis son départ de Jahn.

SOIXANTE-DIX-NEUF

Une odeur étrange flottait dans la cabane. Gemme repoussa du pied la chaise que le jeune insulaire avait occupée. Elle dirait à un Ménager de la nettoyer et s'abstiendrait entre-temps de s'y asseoir. Son père l'observait.

« Entendu, fit-il. Dis-moi ce que tu penses.

— Je pense que tu es insensé. » Ces mots lui avaient échappé. Elle n'avait pas pris conscience de sa colère avant de les prononcer. « Pourquoi as-tu accepté ? Tu aurais dû proposer une autre rencontre, selon tes conditions. Et avec leur chef religieux, qui plus est. Quelles sont ses intentions, sinon t'assassiner ? C'est avec leur roi que tu devrais parlementer.

— Il ne peut rien nous apporter. » Rugar s'appuya à la cheminée. Le feu du matin s'était réduit en cendres.

« Contrairement à ce prélat ? » Elle rejeta sa natte par-dessus son épaule et se tourna vers lui. Son sourire l'irrita plus encore.

« Il est le détenteur des formules magiques. Lui seul est capable de nous les apprendre.

— S'il nous en laisse le temps avant de nous exterminer. C'est un piège, père. Envoie quelqu'un rattraper cet enfant et change ce rendez-vous. »

Rugar secoua la tête et ferma les yeux à demi, incapable de dissimuler sa satisfaction. « Gemme, nous remporterons cette guerre dès que nous connaîtrons les secrets du Rocaan.

— Je doute qu'il ait organisé cette entrevue pour te les faire partager. » Elle se leva à son tour. Elle était aussi grande que son père, ce qui l'emplissait d'une étrange sensation de puissance. « Il a certainement l'intention de t'éliminer. Et s'il existe un insulaire qui en a la possibilité, c'est bien lui.

— Il ne me tuera pas. Il a accepté que je sois armé. »

Gemme bouillait de rage. Si elle avait souvent entendu son grand-père reprocher à Rugar son obstination, elle ne l'avait jamais vu s'entêter à ce point. C'était à cette facette de son caractère qu'ils devaient de se retrouver sur l'Île Bleue. « Il le sera également. Et que ferons-nous s'il te tue en combat singulier ?

— Tu assumeras le commandement de nos troupes.

— Elles voudront rentrer à Nye et ne m'obéiront pas. La plupart des soldats me jugeront trop jeune. Ils ne savent même pas que j'ai eu ma première Vision. »

Il haussa un sourcil et la toisa. C'était horripilant. « À qui la faute ?

— Une Vision ne fait pas un Visionnaire », rétorqua-t-elle. Puis elle appuya ses paumes sur le dossier de sa chaise pour se pencher vers lui. « Que t'ont appris les tiennes, sur cette réunion ? »

Les joues de son père prirent des couleurs, mais il soutint son regard. « Je n'en ai pas eu.

— Au moins est-ce la preuve que tu ne mourras pas ! ne put-elle s'empêcher de lancer.

— C'est une croyance largement répandue mais que rien ne vient étayer. S'il est exact que les Visionnaires ont la révélation de leur trépas, ils n'en ont parlé à personne.

— Je le sais. » Elle s'exprimait avec tant de véhémence qu'elle postillonnait. Elle résista au réflexe de placer une main devant sa bouche. « Si je suis sarcastique, c'est pour dissimuler mon angoisse. Caseo prétend que tu as perdu tes dons. Est-ce vrai ? »

Il la dévisagea longuement, sans mot dire, et ses joues s'assombrirent encore.

« Est-ce vrai ?

— Tous les événements ne font pas l'objet d'une Vision.

— Seulement les plus importants. Mais ta rencontre avec ce religieux n'est-elle pas capitale pour nous tous ? D'autant plus que l'un de vous risque de périr. Ou les deux. Et tu n'as rien Vu ? D'autres que toi l'ont-ils fait ? As-tu consulté la Chamane ?

— Elle m'en aurait informé, s'il y avait eu des mauvais présages.

— Vraiment ? Pourquoi s'en donnerait-elle la peine ? N'a-t-elle pas supposé que tu les avais Vus avant elle ?

— Pourquoi t'acharnes-tu contre moi ?

— Parce que ton comportement est stupide... et que je ne veux pas que tu meures. » Elle avait dit ces derniers mots d'une voix chevrotante. Le trépas de son père la terrasserait et elle devrait le remplacer tant pour assurer son salut que celui de tous les Fey de ce corps expéditionnaire. « Je vais en parler à la Chamane.

— Non, Gemme. » Il s'était exprimé sur le ton autoritaire qu'il employait autrefois quand elle et ses frères s'étaient mal conduits. Ce fut suffisant pour l'inciter à obéir. « Nous ne sommes pas censés la déranger pour des questions terre à terre. Si elle a des craintes, elle viendra me voir. Oublie tout ça. Je maîtrise la situation. Tu n'as pas tenu compte de tous les éléments. »

Elle croisa les bras. « Je crois pourtant avoir les idées claires. Dis-moi ce que j ai omis.

— Quête. »

Elle fronça les sourcils. « Quête ? »

Il hocha la tête. « Il m'accompagne, prend possession du Rocaan et découvre le secret de l'eau bénite. C'est l'occasion qui ne s'est pas présentée dans le Tabernacle. Nos gardes formeront un rempart autour de lui pour que rien de fâcheux ne puisse lui arriver.

— Tu oublies les autres religieux. Ils interviendront pour protéger leur chef.

— Les en crois-tu capables ? Combien de temps nous faudra-t-il pour massacrer une poignée d'insulaires ?

— Ne vont-ils pas vous asperger de poison, toi ou Quête ?

— Nous assurerons sa sécurité.

— Qui te dit que le Rocaan n'est pas habité par une force intérieure, une chose qui sera fatale à notre Double ? Que ferez-vous si sa robe a des propriétés magiques comme celle qu'il portait à son retour de Jahn ?

— Il n'en a pas été affecté. Et, si je me trompe, nous désignerons une estafette. Nous nous ferons accompagner par un Gardien auquel il répétera aussitôt la formule, avant que tous deux ne regagnent les Terres d'ombre. »

Gemme se massa les tempes avec le pouce et l'index. « J'estime que c'est bien trop risqué.

— C'est drôle, dit posément son père. J'estime quant à moi que c'est notre dernière chance. »

QUATRE-VINGTS

Alexandre était assis en plein soleil dans la cour, sur un banc proche des cuisines. Le jour venait de se lever et il n'avait pas fermé l'œil de la nuit. Les histoires racontées par Charognard tournoyaient dans son esprit. Depuis le départ du petit Fey, il ne cessait de penser à lui. Il se demandait comment il procéderait... et par quel moyen il les informerait de la réussite ou de l'échec de sa mission. Charognard regagnerait Jahn s'il en avait la possibilité, mais ses chances de survie étaient insignifiantes. Alexandre savait que nul n'aurait pu l'assassiner sans le payer de sa vie. Ses gardes du corps y auraient veillé. Ceux de ce Rugar devaient être aussi efficaces.

L'air conservait l'humidité de la rosée du petit matin et le soleil n'avait pas encore dissipé sa fraîcheur. Le banc de pierre était glacé. Quatre gardes assuraient sa protection, le plus discrètement possible. Un du côté du palais, un près des écuries et deux derrière lui. Mais il suffisait de regarder dans leur direction pour les voir.

Il ne quittait pas des yeux la porte des cuisines. Comme son chambellan l'avait prévu, le cuisinier sortit avec des restes de nourriture et des bols de lait. Des chiens et des chats se précipitèrent vers lui, de toutes parts.

Alexandre s'intéressa aux félins. Cinq noirs, dont certains avec des taches blanches, plusieurs gris et trois tigrés. Le chef fit claquer sa langue et s'accroupit pour caresser ceux qui le laissaient approcher. Les retardataires s'assirent pour attendre que les premiers servis terminent leur repas. Les chiens n'avaient pas tant d'égards. Ils grondaient et se battaient pour s'approprier des os et des bouts de viande. L'homme ne leur prêtait pas attention.

D'autres chats arrivèrent des écuries, blancs ou tachetés de marron, aux fourrures aussi variées que les robes des chevaux. Enfant, Alexandre avait eu une chatte qui ne le négligeait que lorsqu'elle mettait bas des chatons. L'étalon préféré de son père l'avait piétinée.

Depuis, il n'avait pas permis à un seul chat de rôder à proximité de ses appartements. Il ne voulait pas courir le risque d'éprouver autant de peine. Cet isolement ne l'avait naturellement pas protégé du chagrin – il avait l'impression que sa deuxième femme était morte le matin même – mais il lui donnait l'illusion de rester maître de la situation.

Comme cette mesure.

Toutes les révélations de Charognard qu'il avait pu vérifier s'étaient avérées. Ce petit Fey ne lui avait pas menti... ou, s'il l'avait fait, c'était d'une façon extrêmement subtile. Des récits avaient confirmé ses dires, des histoires qu'il n'aurait pu connaître. Celle que Nicolas lui avait rapportée le soir précédent, par exemple. Un chat avait enlevé un enfant en bas âge. Un tigré rouquin identique à celui aperçu dans le palais et les écuries avant la disparition de deux serviteurs.

Une métamorphe, avait dit Charognard. *Ce sont soi-*

disant les Fey les plus purs, une élite. Ça me dépasse, quand je pense à leurs écarts de conduite. Arrivés à un certain âge, ils volent des enfants parce qu'ils ne peuvent en avoir. Ils les élèvent comme sils étaient des Fey.

Toujours selon son informateur, ils servaient d'estafettes et d'espions qui se faisaient recueillir par leurs ennemis et épiaient toutes leurs conversations. Charognard semblait haïr la métamorphe qui avait accompagné ce corps expéditionnaire. Il n'en avait pas révélé les raisons, mais Alexandre de toute façon voyait en elle une menace pour son peuple.

Ce qui s'appliquait à la totalité des Fey. Ils avaient sapé sa confiance en soi. Il n'osait plus se fier à ses sens. S'il n'avait pas de réflexes aussi vifs que Nicolas qui lançait une burette d'eau bénite débouchée à quiconque approchait de lui, il était aussi méfiant que son fils. Il suspectait tous les membres de son entourage de ne plus être les individus qu'il avait connus. Il lui arrivait même de douter de sa propre intégrité.

Les chats terminèrent leur repas et se dispersèrent pour aller retirer de leurs moustaches les derniers fragments de nourriture et les savourer. Il fallait se méfier de tous les rouquins tigrés. De tous les chats, en fait. Charognard avait déclaré que cette Solanda ne se transformait qu'en chatte, sans préciser si elle changeait de robe. Elle avait son pendant félin. Ses semblables pouvaient jeter leur dévolu sur n'importe quel animal mais n'avaient pas la possibilité de revenir sur cette décision.

Cependant, il n'y avait sur l'Île Bleue qu'une métamorphe et des dispositions très simples leur permettraient peut-être de s'en débarrasser.

Il se leva et s'étira. Tous les gardes se mirent au garde-à-vous et l'observèrent avec attention. Son mouvement incita les chats à se disséminer dans les ombres et les recoins du palais pour y achever leur toilette.

Jusqu'à l'arrivée des Fey, gouverner ne lui avait pas posé de problèmes. Il avait pris des mesures politiques, organisé l'acheminement de boisseaux de céréales vers les Monts Enneigés quand les récoltes étaient mauvaises, tranché divers différends et litiges de propriété. Mais il n'avait jamais été confronté à des choix vraiment difficiles. Depuis un an il avait envoyé des hommes et des adolescents à la mort, consacré toute son énergie à lutter contre des adversaires avides de conquêtes. Il s'était constamment senti désemparé.

Ce décret était sans ambiguïté et indispensable : pas de chats à l'intérieur du palais. Pas de chats alentour. Pas de chats. Tous ceux qui seraient aperçus devraient être aspergés d'eau bénite ou tués sur-le-champ. Aucun félin ne serait toléré dans l'enceinte de la cité ou ailleurs sur l'Île Bleue.

Et peut-être, peut-être seulement, seraient-ils débarrassés d'une des plus grandes menaces que les Fey faisaient planer sur eux.

Il voulait que cette guerre s'achève... et le plus tôt serait le mieux.

QUATRE-VINGT-UN

L'activité était fiévreuse dans les appartements du Rocaan. Des Auds couraient de-ci de-là, des Danites roulaient de petits parchemins sur lesquels étaient recopiés des passages de la Révélation Écrite et les accrochaient entre les épées filigranées sur sa ceinture d'apparat. Porciluna, Reece, Vaughn et Fedo se vautraient sur des canapés, prenant leurs aises. Posté près d'une fenêtre, Eirman soulevait la tapisserie pour regarder la cour. Adossé à la cheminée et les bras croisés, Matthias s'intéressait au Rocaan qui supervisait les préparatifs avec un dynamisme dont ni Tel ni André n'avaient jamais été témoins. Les trois autres Anciens n'étaient pas encore arrivés.

Tel n'appréciait guère toute cette agitation. Craignant d'être aspergé par mégarde d'eau bénite, il alla s'isoler à l'écart, dans un recoin. Les mains croisées derrière son dos, il était attentif et s'interrogeait sur les raisons de ce remue-ménage. Poser la question eût été inutile. Porciluna l'avait fait, et Matthias lui avait sèchement intimé d'attendre que les Danites aient terminé.

Linus, un autre Ancien, franchit le seuil. Ses cheveux blonds coupés au bol lui donnaient un visage lunaire et ses yeux faisaient penser à des billes. Sous prétexte qu'il était plus âgé et plus corpulent que les autres il se soustrayait fréquemment à ses devoirs, ce qui suscitait l'envie de Tel et l'irritation d'André. Sans se donner la peine de demander de quoi il retournait, Linus s'affala dans un fauteuil à côté de Porciluna pour regarder les Auds se démener.

Le Rocaan lui sourit en continuant de fournir des instructions. Les novices préparaient un sac dans lequel ils placèrent une épée cérémonielle en argent aussi grosse qu'une arme véritable. C'était étrange. André n'avait jamais vu utiliser cet objet. Tel en eut la chair de poule. Il était terrifié, sans en connaître la raison.

La porte se rouvrit, sur Ilim. C'était la première fois que Tel voyait de près cet Ancien. Il s'était attribué un rôle de guide spirituel des serviteurs de rang inférieur et ne fréquentait guère ses pairs. Contrairement à Linus, il ne s'accordait jamais de repos. Ils se seraient toutefois ressemblés comme deux frères si ses cheveux n'avaient été très longs et attachés en une queue de cheval qui descendait jusqu'au creux de ses reins.

Timothée, le dernier des Anciens, arriva derrière lui. André l'avait assimilé à un adolescent, bien qu'il ne fût pas le plus jeune d'entre eux. Sans doute parce qu'il était un peu simplet et que sa naïveté lui apportait une puérilité que les ans ne pouvaient estomper. S'il avait quelques mèches grises, il se déplaçait avec souplesse et rapidité. Il vint se tenir près de Tel, le bloquant dans l'angle de la pièce.

« Ah, enfin ! » dit le Rocaan. Il avait apparemment attendu que tous les Anciens soient présents pour leur fournir des explications. Il déclara aux Danites qu'ils avaient suspendu suffisamment de symboles à sa ceinture, la prit et s'en ceignit. « Nous terminerons plus tard », annonça-t-il alors.

Auds et Danites baissèrent la tête et sortirent par la porte principale. Certains jetèrent un coup d'œil aux Anciens par-dessus leur épaule et Tel perçut leur désir d'appartenir un jour à cette élite... Un souhait qui ne serait jamais exaucé pour la plupart d'entre eux. Les Auds étaient innombrables (même s'il était persuadé que quelqu'un – Linus, sans doute – connaissait leur nombre exact) et il y avait deux fois moins de Danites, trente Célébrants, dix Anciens et un seul Rocaan. Ce qui n'empêchait pas tous les Auds d'entretenir l'espoir d'accéder à cet honneur suprême jusqu'au jour où ils se retrouvaient bloqués à un niveau ou un autre de la hiérarchie ecclésiastique, privés de pouvoirs et d'avenir.

Le dernier Aud ferma la porte. Le Rocaan se dressait au centre de la pièce, rayonnant comme un enfant lors de l'attribution de son nom. Sa ceinture était lestée de petites épées et de rouleaux de parchemin. D'autres symboles avaient été piqués dans sa barrette qui était posée sur la table, près de lui. Il joignit les mains et se tourna vers les Anciens.

« Je crains de choquer certains d'entre vous, dit-il. Auquel cas je les prie de me pardonner. Je puis affirmer que vous m'inspirez tous énormément de respect. Je sais que vous servez à votre façon les volontés de Dieu et ce que je vais vous dire reflète mon opinion personnelle et non celle de l'Église. »

Tel avait la bouche sèche. Fallait-il en déduire que le Rocaan avait découvert sa véritable identité ? Allait-il le démasquer et soumettre tous les Anciens à l'épreuve de l'eau pour s'assurer qu'ils n'étaient pas des Fey ? Il se massa les pouces, heureux d'avoir les mains dans le dos, ce qui dissimulait cette manifestation de nervosité.

« Sitôt les préparatifs terminés, je partirai pour la

chapelle de la Marguerite où doit se tenir une réunion d'une grande importance spirituelle. Je me ferai accompagner par trois d'entre vous, ceux dont la foi est la plus pure. Cela ne signifie pas que les autres ont démérité, seulement que leur conviction religieuse n'est pas assez profonde pour ce que je me propose d'accomplir. » Il leur adressa un sourire sans joie. « La mienne laisse certes à désirer, mais je n'y puis rien changer car ma présence sera indispensable.

— Pouvez-vous nous dire de quoi il retourne ? » s'enquit Porciluna avec nervosité. En dépit de ses airs lymphatiques il avait un fort esprit de compétition. André en avait souvent été victime. C'était pour cette raison que Tel l'évitait dans la mesure du possible.

« Nous nous sommes demandé, Matthias et moi, s'il était opportun de vous communiquer les détails de nos projets. Nous avons décidé de nous en abstenir et la question n'est pas soumise à discussion. Si nous réussissons, vous le saurez. Si nous échouons, vous le saurez. Entre-temps, mieux vaut que vous ne soyez au courant de rien. »

Tel cessa de se tordre les pouces. Si c'était d'ordre spirituel, il n'était pas en cause. Cette affaire ne le concernait pas. Mais, rongés par la curiosité, tous se penchaient pour observer le Rocaan comme si leur avenir dépendait de ses prochaines paroles.

« Je partirai avec Timothée, Reece et André. »

Tel sursauta. Le religieux dont il occupait le corps était donc un grand croyant ? Sa foi lui avait paru pure, mais il s'étonnait que le Rocaan n'eût remarqué en lui aucun changement. N'était-ce pas perceptible ?

Les autres Anciens s'agitèrent. Certains pincèrent les lèvres, visiblement irrités. D'autres baissèrent la tête, comme honteux de leurs lacunes. Le Rocaan n'en semblait pas conscient.

« Des Auds font actuellement vos bagages. À la fin de cette réunion, nous réglerons les ultimes détails puis nous nous mettrons en route. »

Tel était comme engourdi. Les Auds qui préparaient ses sacs de voyage ne risquaient-ils pas d'y placer des burettes contenant du poison et non les siennes ? Il lui faudrait redoubler de prudence.

« Les autres vaqueront à leurs occupations habituelles et ne parleront de notre départ à personne. Ils devront modifier leur emploi du temps pour administrer les Sacrements, ce qui ne devrait pas être très difficile. »

Il fit une pause et les regarda à tour de rôle, comme s'il ne remarquait qu'à présent leurs réactions. « Je vois en vous tous des hommes de bien, dignes de devenir les guides spirituels de notre île, mais je ne puis désigner qu'un seul successeur. »

Tous s'agitèrent encore, à l'exception de Matthias et de Tel, qui se figea. Si le Rocaan avait jeté son dévolu sur lui, tous ses problèmes seraient résolus.

« J'aurais dû le faire il y a longtemps. Très longtemps, compte tenu de mon grand âge. Si je m'en suis abstenu c'est sans doute par arrogance, sottement convaincu que je vivrais à jamais. J'aurais dû désigner mon successeur il y a un an, quand les Fey ont débarqué et ont mis nos vies en péril. »

Il s'interrompit pour les regarder à tour de rôle avant de déclarer : « Matthias sera le prochain Rocaan. »

Porciluna et Vaughn regardaient fixement cet Ancien. Tel était glacé. Le choix du Rocaan était logique. N'avait-il pas déjà révélé à Matthias comment fabriquer l'eau bénite ? Il lui ferait également partager tous les autres secrets.

Leurs pairs murmuraient, ébranlés par ce qu'ils avaient tant redouté. Pour la première fois depuis leur entrée dans les ordres, ils venaient de perdre tout espoir de voir leur rêve se réaliser. Linus gémit et repoussa son siège.

Le Rocaan leva la main et le silence revint. « Je ne justifierai pas mon choix. Je dirai simplement qu'il semble avoir l'Ouïe Divine. Ma décision est irrévocable et n'allez pas imaginer que je l'ai prise parce que je m'inquiète de l'issue de ce voyage.

— Une chose m'ennuie malgré tout », intervint Porciluna. Vaughn et Ilim le dévisagèrent comme s'il avait perdu la raison. Matthias les observait, paraissant amusé. « Ne venez-vous pas de dire que s'il vous arrive malheur l'Église sera dirigée par un incroyant secondé par des individus dont la foi laisse à désirer ?

— Vous avez mal interprété mes propos. » Le Rocaan garda la main levée pour couper court à toute protestation. « Nul ne peut devenir un Ancien s'il ne croit pas en Dieu. Mais seuls les plus purs doivent m'accompagner et je crains que ceux que je n'ai pas cités n'aient d'autres préoccupations à l'esprit.

— D'autres préoccupations ? » répéta sèchement Eirman. Nul n'ignorait qu'ils avaient eu une vive altercation, quelques jours plus tôt.

Ce fut Matthias qui se chargea de lui répondre : « L'ambition. L'avidité ou, dans mon cas, la tendance à accorder plus d'importance au savoir qu'à la sainteté de la foi. »

Le Rocaan le remercia d'un sourire. « Ma propre foi a souvent manqué de conviction. Même lorsque je suis devenu le Rocaan. Cette indéniable qualité a ses inconvénients, dont une impensable naïveté face aux questions d'ordre matériel. Or, un Rocaan doit gérer les affaires des hommes tout autant que celles de Dieu. »

Il y avait dans la pièce assez de convoitise et de rage pour enflammer l'imagination d'une douzaine de Cavaliers des songes. Tel n'avait que faire de leurs mesquines intrigues. Il voulait s'éclipser pour aller vérifier le contenu de ses bagages.

« Je croyais que vous n'aviez pas l'intention de justifier votre décision », rappela-t-il.

Le Rocaan lui lança un regard et son front se plissa. Tel comprit qu'il s'interrogeait sur les raisons de son intervention. Il réussit à sourire.

« La désignation d'un Rocaan n'est-elle pas, justement, une question de foi ?

— Vous marquez un point », reconnut Timothée.

Le silence était aussi pesant que l'avait été le tumulte. La tension était palpable. Le Rocaan regarda autour de lui, et seules les crispations de sa main droite révélaient sa gêne.

« Nous avons des devoirs. Si certains d'entre vous s'interrogent sur leur avenir, je m'en entretiendrai avec eux à mon retour. En attendant, agissez au mieux de vos possibilités et n'oubliez jamais que l'Absorption sera notre récompense suprême. »

Les Anciens se levèrent. Matthias resta près de la cheminée. Tel ne bougea pas, lui non plus. Il s'éclipserait le dernier. Il ne voulait pas risquer de bousculer un de ces religieux.

Et malgré le problème posé par le contenu de ses bagages, il était heureux de s'éloigner du Tabernacle. Il n'aurait plus à redouter de renverser une fiole et de se faire dissoudre. Il se retrouverait en pleine nature. La marche dérouillerait ses jambes et l'air frais le vivifierait. Il y avait une année qu'il se morfondait à Jahn.

Il était à mi-chemin de ses appartements lorsqu'il lui vint à l'esprit que ce n'était pas qu'un simple répit. Pour la première fois depuis qu'il possédait André, il aurait une opportunité de s'isoler avec le Rocaan. La nuit venue, à côté de cette rivière, il pourrait assaillir ce vieillard et occuper son corps le temps de découvrir la composition du poison. Il ne lui resterait ensuite qu'à regagner les Terres d'ombre où il serait accueilli en héros. Puis les Fey s'empareraient de l'île, conformément à leur destin. Une perspective qui le transportait de joie.

La sombre nuit interminable de la défaite était sur le point de s'achever. Il allait enfin retourner auprès des siens.

QUATRE-VINGT-DEUX

Nicolas avait l'impression d'en référer à son père pour les détails les plus insignifiants. Ils avaient eu des entretiens au sujet du Fey renégat, des chats et des ossements mystérieux. Et il montait une fois de plus vers la Salle du Conseil. Il avait ce lieu en horreur, alors qu'Alexandre y passait la majeure partie de son temps pour faire les cent pas, réfléchir et étudier des cartes. Nicolas voyait toujours une tache dans l'angle où Stephen – ou plus exactement la créature qui usurpait son identité – avait fondu en une masse hideuse, méconnaissable.

Deux gardes étaient de faction sur le seuil, les bras croisés. D'autres veillaient aux entrées de la tour, en contrebas. Nicolas avait refusé l'escorte attribuée par son père. Il doutait de la validité d'une telle protection. Des Fey risquaient de posséder ces hommes pour l'approcher. Cependant, s'en passer l'obligeait à redoubler de vigilance. Il ne pourrait compter que sur lui-même en cas d'attaque.

Il referma la main sur le bouton de porte et inclina la tête. Les gardes lui retournèrent son salut et il entra.

De nouvelles cartes tapissaient les murs. Le mobilier

et le sol brillaient d'encaustique. On avait nettoyé les lieux sitôt après le drame, mais il en subsistait des traces. C'était là qu'il était devenu un adulte, qu'il avait appris à établir une distinction entre la sympathie et la confiance. Se méfier de son proche entourage lui pesait. Perdre toute certitude avait rendu sa solitude insupportable.

Assis à l'extrémité de la table, Alexandre déroulait un long parchemin. Lorsqu'il vit son fils, il sourit et lui fit signe de refermer la porte avant de demander : « Sais-tu que plus d'un millier d'entre nous ont été tués dans des escarmouches, depuis l'invasion ? Je cite les chiffres officiels. N'y figurent ni tous ceux qui ont péri lors de l'assaut lancé contre Jahn ni les femmes, les enfants et les hommes qui sont restés chez eux pour défendre leurs familles et leurs biens. Il n'y a dans ce triste bilan que les gardes et les volontaires de la milice.

— Pourquoi vous torturez-vous ainsi, père ? fit Nicolas avec irritation. Nous sommes en guerre. »

Quelque chose dans son intonation dut intriguer Alexandre, car il lâcha la liste qui reprit aussitôt une forme cylindrique. « Qu'est-il arrivé ?

— Je l'ignore », répondit Nicolas. Il s'arrêta au ras de la table. Il régnait dans cette pièce une légère odeur d'encre et de parchemin. « J'espérais que vous pourriez me l'apprendre. Le Rocaan vous a-t-il annoncé qu'il comptait quitter Jahn ?

— Non. Je ne l'ai pas vu depuis hier, mais si c'était exact il m'en aurait informé.

— Eh bien, il s'en est abstenu ! Je passais à cheval près du pont, cette nuit, quand j'ai vu son équipage traverser le Cardidas. Je me suis entretenu avec un Aud. Le Rocaan et trois Anciens se dirigent vers la Marguerite.

— Pour y célébrer un de leurs rites ?

— Ce n'est plus de circonstance. Cette route mène droit au campement des Fey. »

Son père acheva d'enrouler le parchemin, le noua avec un ruban et le posa sur la table qui se trouvait derrière lui. « Pourquoi n'as-tu pas réclamé des explications au Rocaan et à sa suite ?

— Je l'ai fait. On m'a rétorqué qu'ils ne feraient aucune déclaration avant leur retour.

— Savaient-ils à qui ils avaient affaire ?

— Oui. » C'était le plus étrange. Ils avaient opposé un refus catégorique à leur prince.

Alexandre se carra dans son fauteuil que son poids fit craquer.

« Leur détermination et leurs cachotteries m'inquiètent, ajouta Nicolas, surpris par l'absence de réactions de son père. Si nous tenons également compte de ce qui s'est produit dans le Tabernacle – je me réfère à la découverte du sang et des ossements – nous sommes confrontés à un sérieux problème. C'est le Rocaan qui prépare l'eau bénite. S'il meurt ou est contaminé... »

Alexandre leva la main pour démêler sa longue chevelure blonde et déclara sèchement : « Je saisis le fond de ta pensée, Nicolas. Je présume que tu es venu directement me voir ?

— C'est exact.

— Envoyer quelqu'un se renseigner au Tabernacle nous retarderait. Mieux vaut charger un détachement de les prendre en filature, avec pour consigne d'intervenir en cas de besoin.

— C'est chose faite, père », répondit Nicolas en tremblant. C'était la première fois qu'il prenait une initiative sans solliciter son avis.

« Quoi ?

— Je n'avais pas le temps d'obtenir votre aval et je

suis allé directement voir Monte. J'ai réquisitionné des gardes et je leur ai dit de suivre les religieux.

— En leur fournissant quelles instructions, si je puis me permettre de te le demander ? »

Nicolas ne s'offusqua pas de son intonation sarcastique. « Ils doivent les surveiller et se porter à leur secours en cas d'agression. »

Son père se pencha en arrière et se massa la mâchoire, pensif. Il respira à pleins poumons. « J'aurais donné des ordres identiques.

— Je le sais.

— Ce qui m'étonne, c'est que tu aies manifesté tant de hâte à me rencontrer. Rien ne presse, à présent que tu as pris les mesures qui s'imposaient.

— Je souhaite les accompagner. »

Son père le dévisagea un long moment. Son expression était indéchiffrable. « Pourquoi ?

— Parce que je suis convaincu qu'il va se passer quelque chose d'important et que je tiens à en être témoin.

— Qu'espères-tu faire, là-bas ? »

Nicolas haussa les épaules. Il ne pouvait lui avouer qu'il était las de ses tergiversations, que ses hésitations l'exaspéraient. Il voulait suivre le Rocaan parce qu'il était convaincu que ce dernier s'était fixé un but. « Je pourrai revenir vous informer de l'évolution de la situation et fournir plus de précisions qu'un simple soldat. »

Son père secoua la tête. « Ta première réaction était la bonne. Ta place n'est pas là-bas. Le Rocaan est plein de bon sens. S'il a décidé de se déplacer, c'est certainement à des fins religieuses. N'a-t-il pas déclaré qu'il refusait de renoncer aux devoirs de sa charge à cause des Fey ? Si je me trompe, les gardes nous en avertiront. Je ne veux pas que tu sois mêlé à tout ceci.

— Que vous le vouliez ou non, père, c'est chose

faite. Le jour de l'invasion je me suis battu aux côtés du personnel des cuisines, je me suis trouvé près d'un Fey ici même et je pense avoir participé au conflit de bien d'autres façons. Ce n'est pas en fuyant le danger que nous obtiendrons des résultats. Si je ne peux vivre libre, autant mourir. »

Les joues de son père rosirent. « La situation n'est pas aussi simple. Tu es l'héritier du trône. S'il m'arrive malheur, notre pays aura besoin de toi. »

Nicolas soupira et s'assit. Il avait prévu que son père lui tiendrait de tels propos sans trouver d'arguments à lui opposer. Les chefs des Fey combattaient aux côtés de leurs hommes, mais ils avaient d'autres traditions. « Père, je suis convaincu que le Rocaan a pris une initiative importante. En outre, il est temps d'agir. Nous ne pouvons laisser ces envahisseurs séjourner éternellement sur nos terres. Ils ont trop d'atouts en réserve et ils se montreront un jour plus malins que nous. Nous avons un unique avantage. Ils en ont un grand nombre.

— J'y ai souvent songé, sans trouver de solution. Si nous les repoussons jusqu'aux Sentinelles de pierre, ils iront chercher des renforts. Ce Charognard m'a appris beaucoup de choses à leur sujet, et je l'ai chargé d'une mission cruciale. J'ignore toutefois s'il est digne de confiance. Et voici que le Rocaan, notre seul pourvoyeur en eau bénite, quitte la ville. Cette succession de coups de théâtre a sur mes nerfs un effet déplorable. Je ne sais plus où j'en suis. Dès que j'ai pris une décision, je me demande si elle n'est pas insuffisante. J'en prends une autre et je crains d'être allé trop loin. Je n'étais pas prêt à gouverner en temps de guerre, Nicolas. Rien dans notre histoire ne nous enseigne ce qu'il convient de faire pour résister à une invasion. Nous savons mater une jacquerie, pas vaincre une armée étrangère... » Il secoua la tête.

Nicolas le regardait. Il le savait dépassé par les événements mais n'avait encore jamais estimé qu'il manquait de force de caractère. Ce qui devenait toutefois indéniable. Il n'osait pas agir, exploiter leur avantage... un avantage qu'ils perdraient tôt ou tard.

« Deux possibilités s'offrent à nous, père. Les affronter et les battre à plates coutures – en les exterminant jusqu'au dernier – ou nous résigner à vivre avec eux. Le *statu quo*, cette guerre larvée qui fait tant de victimes, ne peut durer. Un Fey a changé de camp. Combien d'insulaires convaincront-ils de rejoindre le leur ? »

Alexandre fut ébranlé par cet argument. Il n'y avait apparemment pas songé. Il jeta un coup d'œil au parchemin noué d'un ruban rouge puis se tourna vers lui. « Que me suggères-tu ?

— D'envoyer l'armée la plus importante que nous pourrons lever attaquer les Terres d'ombre. Après avoir contraint les Fey à ouvrir la porte de leur refuge, nous aspergerons l'intérieur. Il n'est pas sûr que nous les décimerons, cependant ce n'est pas à exclure. »

Son père secoua la tête. Il avait opposé son veto à un projet comparable lors d'un récent conseil. Il craignait de gaspiller leurs réserves d'eau bénite sans obtenir de résultats concrets. Un argument que Nicolas jugeait sans fondement.

« Nous savons comment arriver jusqu'à eux, insista-t-il. Le Seigneur Stowe m'a présenté un adolescent qui a été détenu par les Fey. Son père est toujours là-bas. Il nous fera entrer dans leur bastion, en nombre suffisant pour mener ce projet à bon terme. »

Alexandre tapotait son menton et la tristesse qui n'avait cessé de croître depuis un an voilait son regard. « Même s'il était possible de convaincre le Rocaan de produire les quantités d'eau bénite nécessaires, nous ne serions pas certains d'éliminer la totalité de nos adversaires. Ils ne sont pas tous semblables. Il y a des sortes d'esprits, des êtres qui changent d'apparence et d'autres qui peuvent se substituer à nous.

— Nous en viendrons à bout, avec le temps. » Pourquoi tergiversait-il ainsi ? Si sa conduite n'avait pas été cohérente depuis l'invasion, Nicolas l'eût suspecté d'être un allié des Fey. « De quoi seront-ils capables, isolés les uns des autres ? Ils essayeront de se faire oublier. »

Son père se détourna pour contempler le parchemin. Un millier de morts ! Nul roi de l'Île Bleue n'avait eu à assumer de si lourdes responsabilités. Nicolas s'assit. Il commençait à comprendre. « Et si nous renoncions à les exterminer ? demanda Alexandre. Et si nous options pour la paix ? »

Nicolas sursauta. La paix ? La cohabitation des deux peuples bouleverserait à jamais leur île. Mais la guerre avait déjà eu cet effet. Nicolas avait vu les victimes... sans les avoir personnellement envoyées au-devant du trépas. Il réfléchit puis déclara : « Il nous faudrait un gage de leur bonne foi, la garantie qu'ils ne renieront pas leur parole, l'assurance que nous vivrons en harmonie dans notre petite contrée. Maintenir l'isolement que nous nous imposons sera indispensable. Nous ne pourrons avoir aucun contact avec le monde extérieur, car tout Fey qui quittera cette île y reviendra avec une armée.

— Des renforts que nous risquons de voir débarquer de toute façon. Nul ne sait quand leur roi a prévu de les faire appareiller. Que ferons-nous si le gros de ses troupes arrive à la fin du massacre de ce corps expéditionnaire ?

— Nous reprendrons les armes.

— Ce sera impossible, Nicolas. D'ici là, nous ne serons plus assez nombreux pour combattre.

— L'eau bénite...

— Comme toutes les armes, il faut des gens pour l'utiliser. »

Son père venait de marquer un point. Ce qu'il avait assimilé à de la faiblesse était peut-être de la considération pour la vie. « Et si nous optons pour la paix ?

— Nous devrons trouver un moyen d'empêcher la reprise des hostilités. Quoi qu'il puisse se produire. » Alexandre prit le parchemin qu'il fit claquer dans sa paume. « Attendons de savoir quels sont les projets du Rocaan. C'est un homme plein de sagesse. À son retour, nous lui demanderons conseil et réglerons la question une bonne fois pour toutes.

— J'aimerais tant que vous m'autorisiez à partir ! »

Son père sourit. « Je le sais, Colas. Mais apprendre à régner consiste, entre autres choses, à admettre qu'on ne peut voir tous ses désirs se réaliser. »

QUATRE-VINGT-TROIS

La chapelle de la Marguerite n'était pas plus grande que les maisons des Terres d'ombre. Les pierres des murs s'effritaient et Rugar ignorait à quelle époque elle avait été construite. Bien des siècles plus tôt, sans doute. Quoique blanchi par les éléments, le bois avait dû être remplacé à plusieurs reprises.

Il resta à distance prudente et attendit pour approcher que ses lieutenants aient touché tout ce qui se trouvait à l'extérieur et piétiné les mauvaises herbes qui proliféraient autour du bâtiment. Seul le chemin de terre qui conduisait à la porte ouverte n'était pas envahi par la végétation.

Ce qui paraissait indiquer que cette chapelle était toujours fréquentée.

Elle se dressait au bord de la rivière. L'eau clapotait au bas d'une berge si abrupte qu'elle ne devait jamais être inondée. Rugar avait envoyé Fardeau tremper son index dans ce cours d'eau. Il avait espéré que les insulaires puisaient leur poison dans la Marguerite et avait été déçu. Si le fantassin avait poussé un petit cri en retirant sa main des flots, c'était uniquement parce qu'ils étaient glacés.

Rugar l'avait pris avec lui pour ne pas le laisser seul avec Gemme. Depuis un an, son audace n'avait cessé de croître... bien plus que ne le justifiait leur vieille amitié. Ce blanc-bec semblait croire qu'il serait un jour admis dans la famille royale. À première vue, sa fille n'encourageait pas cette idée mais Rugar ne voulait courir aucun risque. Il avait jugé préférable de les séparer.

Il était accompagné de Quête, deux animaliers qui s'étaient dissimulés dans les bois, quelques officiers de l'infanterie et ses gardes du corps. Faisaient encore partie de leur détachement trois Ménagers et un guérisseur, au cas où la situation dégénérerait. Il avait également envisagé d'emmener le prisonnier de Gemme et estimé que ce serait tenter le destin.

Cette rencontre l'emplissait d'enthousiasme et d'angoisse. Il ne connaissait pas les intentions du Rocaan mais Quête lui avait affirmé qu'elles ne pouvaient être malveillantes. Selon lui, ce religieux était si pacifiste qu'il s'était même opposé à ce que l'eau bénite fût utilisée contre les Fey. Il n'avait toutefois pas pu avancer d'hypothèses sur la proposition qu'il comptait lui faire.

Rugar n'accepterait aucune concession. Ce serait superflu.

Une senteur de mousse et d'herbe humide se mêlait à celle de la rivière pour embaumer l'air. Il avait chargé des soldats de surveiller le secteur pour s'assurer que les insulaires n'y installaient ni pièges ni campements. Ces hommes n'avaient rien vu, ce qui était étonnant.

Il envoya un fantassin muni d'un lumignon inspecter l'intérieur de la chapelle et resta sur le seuil pour l'observer. Il s'attendait à voir la lampe s'éteindre. Elle continua de briller. Elle révélait une nef au sol dallé qui ne devait pas être plus vaste que la salle de réunion des Terres d'ombre. Une épée était accrochée au mur opposé et il voyait au centre de l'édifice un socle couvert d'un coussin, une sorte d'autel haut d'une bonne aune et un candélabre sans cierge. Rien d'autre.

Il entra après que le soldat eut touché chaque objet et fut assailli par une odeur de moisi. En dépit de la clarté du lumignon tout était obscur et menaçant. Qu'on pût prier en un lieu pareil avait de quoi surprendre. Ce décor convenait mieux aux araignées et aux spectres qu'aux dévots en quête d'extase. Mais il n'avait pas été élevé au sein d'une famille ayant des traditions religieuses et ces choses le dépassaient.

Il ressortit et la luminosité du soleil le fit ciller. D'un claquement de doigts, il envoya à l'intérieur deux hommes supplémentaires et Quête. Il estimait que le Double était mieux placé que quiconque pour relever les anomalies. Qu'ils n'aient découvert ni stocks de poison ni chausse-trapes le tracassait. Quête avait peut-être eu raison de dire que le Rocaan n'avait pas dû solliciter cette entrevue à des fins militaires.

Mais il était bien décidé à découvrir avant son arrivée toute menace qui pourrait être dissimulée dans cette chapelle ou à proximité. Alors, ils mettraient en place leur propre système défensif. Le Rocaan ne pouvait savoir combien d'hommes l'accompagnaient, ni se douter du danger que représentait Quête.

Du chemin, il jetait par instants des regards dans la bâtisse et laissait à ses lieutenants le soin de passer les alentours au peigne fin. Tout indiquait que les lieux étaient déserts depuis des semaines. Mais il savait qu'il ne fallait jamais se fier aux apparences.

Quête vint finalement le rejoindre. Les autres étaient toujours à l'intérieur. Ils utilisaient les lumignons pour éclairer les recoins et touchaient avec méfiance la grande épée.

« Nous n'avons rien remarqué de suspect, annonça le Double. Cette arme est le symbole de leur religion, et que sa lame soit ternie prouve qu'elle n'a pas servi – même à des fins rituelles – depuis longtemps. Je ne peux en dire autant de l'autel central. Le coussin est élimé et on n'y trouve ni toiles d'araignées ni poussière. Qu'il n'y ait aucune burette d'eau bénite démontre que la personne qui vient faire ici ses dévotions n'appartient pas au clergé.

— À quoi sert un bâtiment de ce genre ? » Rugar avait cru que les pourparlers se dérouleraient dans un cadre plus imposant.

« La population de certaines régions n'est pas assez importante pour qu'un Danite ou un Aud y réside en permanence. C'est pourquoi ces religieux se déplacent pour administrer Sacrements et Bénédictions. En leur absence, les fidèles pourvoient eux-mêmes à leurs besoins spirituels. C'est le cas de l'individu qui est venu prier ici. Aucun office n'a été célébré dans cette chapelle depuis très, très longtemps.

— Est-ce une information glanée dans les souvenirs de votre hôte ou une conclusion tirée de vos observations ?

— Les deux. André sait que le Danite responsable de cette paroisse se trouve actuellement plus à l'ouest et, s'il avait officié en ce lieu, l'herbe serait piétinée et il y aurait moins de poussière à l'intérieur. Il devrait même rester des flacons d'eau bénite. Soit dit entre nous, ce religieux risque d'avoir des ennuis pour avoir laissé l'épée se ternir à ce point. L'état lamentable de ce symbole ne peut correspondre aux souhaits du Rocaan.

— Donc, seuls quelques fidèles ont fréquenté cette chapelle. » Rugar se tourna pour la regarder. Son avenir s'y jouerait et il ne l'appréciait guère. « Pensez-vous qu'ils n'ont rien prévu ou que nous sommes simplement arrivés les premiers ?

— Je pencherais pour la première hypothèse. En ce qui concerne cet endroit, en tout cas. S'ils nous ont tendu un piège, c'est probablement dans le Tabernacle.

— Ils ont pu charger leur messager de passer par ici avant de gagner les Terres d'ombre. C'est presque sur la route. »

Quête hocha la tête. « C'est possible, mais j'en doute. Les Auds ont un statut de serviteurs et de coursiers. Si cette mission avait été plus délicate, ils l'auraient confiée à un Danite.

— Tout ceci est incompréhensible. » Rugar mit les mains sur ses hanches pour parcourir le secteur du regard. « Si je savais pourquoi le Rocaan veut me voir, je prendrais des mesures plus adaptées. Ce n'est pas une embuscade, car nous sommes arrivés avant eux et ils nous ont autorisés à nous munir de nos armes.

— D'après ce que j'ai entendu dire, il n'est pas facile de suivre les raisonnements du Rocaan. Il se laisse guider par sa foi et non par la logique.

— C'est évident. » Rugar scruta une fois de plus l'intérieur de la chapelle. Un fantassin avait trouvé un nid de souris dans l'angle du fond. Le rongeur avait utilisé la bourre du coussin pour rendre son logis plus confortable. Si cette rencontre avait été organisée par un autre insulaire, Rugar ne serait pas venu. Mais il ne pouvait priver Quête de cette opportunité de posséder le Rocaan et de découvrir son secret. C'était la clé qui permettrait enfin aux Fey de s'emparer de l'Île Bleue. « Êtes-vous prêt ? »

Le Double hocha la tête et regarda la porte avec nervosité. « Je ne crains qu'une chose : que l'odeur de sainteté de ce vieillard me soit fatale.

— Nul n'a rapporté de tels faits.

— Avant de débarquer dans cette contrée, nous

n'avions jamais été confrontés à une arme ayant les propriétés de leur eau bénite. »

Rugar n'en tint pas compte. À présent que ses hommes avaient passé les lieux au peigne fin, il pouvait procéder à ses préparatifs. Il ne laisserait pas le Rocaan leur échapper. Si leurs adversaires étaient bien trop confiants, ce n'était pas son problème. Il avait tout à y gagner.

C'était sa seule chance de conquérir cette île. Il ferait le nécessaire pour qu'aucune erreur ne soit commise.

QUATRE-VINGT-QUATRE

Les Fey les attendaient près de la Marguerite. Ils étaient tous grands, minces et bruns, et leurs visages étroits s'étiraient vers le haut. Ils étaient alignés devant la porte ouverte de la chapelle. Qu'ils aient inspecté les lieux était une évidence.

Le Rocaan posa sa main sur celle d'André, qui sursauta. Les envahisseurs le rendaient nerveux. Assis au bord de la banquette de leur voiture, Reece croisait les doigts sur son giron et observait leurs ennemis par la petite fenêtre. Il semblait se concentrer pour leur imposer ses volontés. Seul Timothée avait les yeux clos. Ses lèvres remuaient et le Rocaan ne voulait pas interrompre ses prières.

Ils en auraient grand besoin.

Son cœur s'emballait et son corps le torturait plus encore que d'habitude. Il ne pouvait plus dormir depuis longtemps et avait dressé contre lui plusieurs Anciens. Le temps avait ralenti son cours, lui donnant l'impression que les jours duraient des années et non des heures. Matthias lui avait demandé de reporter cette rencontre, mais il craignait que son état de santé ne lui permette plus de faire un pareil déplacement.

Il agrippa le siège de la voiture. Il s'était représenté une centaine de fois le rite qu'il célébrerait dans cette chapelle sans prévoir qu'il y aurait un tel comité d'accueil. Et s'il s'était imaginé les Fey, il n'avait pas pensé à ce qu'il leur dirait pour les convaincre d'assister à la cérémonie. Il aurait dû suivre les conseils de Matthias et procéder à une répétition générale.

Les cavaliers qui les précédaient s'arrêtèrent. Leur attelage s'immobilisa à son tour. Il lâcha la main d'André, qui lui adressa un sourire sans joie et écarta son bras. Son comportement avait été étrange, tout au long du trajet. Nerveux, il avait fui les contacts et était resté blotti contre la paroi, en fermant la plupart du temps les paupières. Le Rocaan regrettait presque de l'avoir emmené. S'il y avait eu un autre véritable croyant parmi les Anciens, il l'eût laissé au Tabernacle. Mais la foi de ses pairs manquait de conviction et il était précisé dans la Révélation Orale que le Roca avait célébré la cérémonie avec ses trois compagnons les plus fidèles.

Le Rocaan se balançait toujours, bien que le véhicule fût désormais à l'arrêt. Il devait être trop terrifié – et engourdi – pour en avoir conscience. Il articula une courte prière puis poussa la portière. L'Aud de faction au bas des marches prit sa main et lui sourit timidement. Le Rocaan reconnut l'adolescent auquel il avait confié son message. Contre toute attente, Titus était revenu crotté, les pieds crasseux et glacés, le regard fou. Il avait pénétré dans l'enclave des Fey et survécu.. Sa chance déteindrait peut-être sur eux tous.

Le Rocaan pressa légèrement ses doigts puis descendit. Il avait cessé d'osciller, même si ses jambes vacillaient toujours. Il ne se tourna vers leurs ennemis que lorsque tous l'eurent rejoint.

Les Fey s'étaient regroupés autour du plus âgé d'entre eux, un individu à la peau aussi parcheminée que celle des travailleurs qui restaient à longueur de temps en plein soleil. Ses yeux noirs pétillaient d'intelligence. Les ans avaient effilé son visage au menton pointu et aux pommettes très hautes. Tout en lui donnait une impression de mouvement ascendant.

Le Rocaan les salua de la tête et dit en nyeien : « Je vous souhaite la bienvenue à la chapelle de la Marguerite. Que vous ayez pu venir me ravit. Je suis le Rocaan et voici les Anciens André, Reece et Timothée. »

Le sourire du Fey paraissait sincère. « Je suis Rugar, le fils du Roi noir. Vous présenter mon entourage serait superflu, étant donné que nous entamerons seuls ces négociations. »

Négociations. Il venait sans le vouloir de fournir au Rocaan une entrée en matière. « Je suis honoré de rencontrer le commandant des troupes qui ont débarqué sur notre île.

— Et je suis honoré d'être en présence d'un grand responsable religieux. Il y a bien des siècles qu'aucun peuple n'a été capable de stopper si longtemps notre progression. C'est pour cela que votre requête a piqué ma curiosité.

— Mon peuple n'est pas d'un naturel belliqueux, répondit le Rocaan en essayant de ne pas avoir une intonation accusatrice. Notre religion nous interdit d'utiliser quoi que ce soit – la mort incluse – dans notre intérêt personnel. J'ai donc estimé que si vous exprimiez vos revendications, il serait possible d'arriver à un accord.

— Un accord ? » Rugar haussa un sourcil. Il avait gardé une voix posée mais croisé ses mains dans son dos et écarté imperceptiblement les jambes... comme pour se tenir prêt à repousser une attaque. « Depuis quand les vainqueurs souhaitent-ils négocier ?

— Ma religion m'impose de procéder à une brève Bénédiction avant d'aborder les sujets importants. J'ai précisé dans mon message que vous pourriez venir armés, afin de compenser le fait que nous employons lors de nos rites des choses que vous assimilez à des menaces... l'épée et l'eau bénite. »

Rugar laissa retomber ses bras. Si son expression était inchangée, sa tension corporelle avait cru. Sa peur était presque palpable.

« Je ne m'en servirai naturellement pas contre vous ou vos hommes. Je m'y engage devant Dieu. » Le Rocaan lança un regard à la porte de la chapelle. Des Fey paraissaient terrifiés. Celui qui se dressait à côté de leur commandant, un individu de plus petite taille à la face ronde et aux yeux d'un bleu déconcertant, hocha la tête. Rugar sourit.

« Nous ne nous opposerons pas à ce que vous célébriez votre cérémonie, mais il va de soi que nous n'y participerons pas.

— Vous n'aurez pas à entrer dans la chapelle, même s'il serait préférable que quelques-uns d'entre vous soient présents pour que ma Bénédiction s'étende à la totalité des personnes réunies en ce lieu. »

Un soldat proche de la porte débita un chapelet de mots gutturaux incompréhensibles. Sans le regarder, Rugar leva la main pour lui imposer le silence.

« Ce fantassin me fait remarquer qu'une Bénédiction risque d'avoir sur nous des effets encore plus dévastateurs que ceux de votre eau bénite. Quatre de mes hommes entreront avec vous, mais je resterai pour ma part à l'extérieur. J'assisterai à la cérémonie du seuil de la chapelle. »

Le Rocaan n'en avait pas espéré tant. Il n'avait pas cru que les Fey viendraient à ce rendez-vous, et surtout pas qu'ils céderaient à ses exigences. Le Très Saint veillait sur eux, ce qui démontrait qu'il s'était engagé sur la bonne voie. Lui seul avait osé envisager une solution de ce genre. Il n'avait qu'un regret. Il ne saurait jamais ce qui résulterait de son initiative. Il était même possible que Matthias finisse par trouver la foi.

Il se tourna vers les siens pour leur annoncer dans la langue locale : « J'ai besoin des Anciens, de deux Danites et d'un Aud. » Il attendit que les représentants des ordres mineurs les aient rejoints pour leur demander de les précéder vers la chapelle. Il était un peu déçu que le jeune Titus fût resté près de la voiture. Il avait mérité de se tenir à son côté. Mais le Rocaan avait pour principe de ne jamais forcer le destin. Si cet enfant ne souhaitait pas être aux premières loges, c'était une affaire entre lui et Dieu.

Les Danites et l'Aud avançaient lentement, les bras ballants et la tête basse, comme lors de la procession du jour de l'Absorption. André et le Rocaan suivaient, devant Timothée et Reece. La distance à parcourir était moins importante qu'il n'y paraissait, alors qu'ils progressaient entre deux rangées de Fey. Ces guerriers les observaient sans mot dire et le Rocaan était convaincu que leur peur était aussi grande que la sienne. Il adressa à Dieu une prière silencieuse, aux bons soins du Très Saint.

J'espère que c'est Votre volonté.

Les Danites pénétrèrent dans la petite chapelle et allèrent se placer devant l'épée, conformément aux instructions reçues. L'Aud se posta derrière l'autel et le Rocaan remarqua qu'André avait eu un mouvement de recul en franchissant le seuil. Il regarda sur sa droite. La seule anomalie notable était l'absence des toiles que les araignées tissaient dans les chapelles peu fréquentées.

Il atteignit la Table sacrificielle. Timothée et Reece s'immobilisèrent et il cessa de voir André. Timothée lui présenta l'épée, qu'il prit et tendit devant lui comme l'avait fait le Roca.

Puis il attendit que les Fey viennent les rejoindre.

QUATRE-VINGT-CINQ

Dès son entrée dans la chapelle, Quête retrouva les peurs qui l'avaient assailli pendant la brève période où il avait été un Danite. Ce poltron de Rugar était resté à l'extérieur. Le Rocaan brandissait une épée, ce qui était étrange étant donné que les rocaanistes n'employaient jamais une arme véritable pour une Bénédiction. Ces religieux voulaient leur jouer un mauvais tour, eux aussi. Chose paradoxale, il s'en sentit réconforté.

Bien qu'ils s'y soient réunis, les lieux paraissaient toujours déserts. L'humidité était telle qu'elle semblait goutter du plafond. Il savait ses craintes injustifiées. Il avait passé au crible la chapelle et n'avait rien remarqué de suspect, même s'il était exact qu'il ignorait ce qu'il convenait de chercher. Jusqu'au moment où le Rocaan avait pris cette épée, il avait cru tout connaître sur la religion locale.

Les quatre autres Fey qui l'accompagnaient étaient des officiers d'infanterie, des Visionnaires mineurs que Rugar n'hésiterait pas à sacrifier. Cette pensée le fit frissonner. Leur commandant les enverrait tous à la mort pour découvrir le secret du poison. Son désir d'éliminer cette menace était si grand qu'il était prêt à prendre personnellement des risques.

Le Rocaan les observait. Il attendait qu'ils soient tous à l'intérieur. Quête alla vers Reece, qui s'écarta d'un pas, puis il dissimula sa main gauche derrière son dos et referma l'autre sur le manche de son couteau. Seuls des Fey pouvaient la voir.

Rugar se dressait juste au-delà du seuil, avec les autres. Quelques Auds s'étaient également rapprochés, mais ils formaient un groupe distinct et n'avaient pas avancé plus que nécessaire pour assister à la scène. Ils étaient jeunes et inexpérimentés. Les rocaanistes plus âgés restaient quant à eux à distance respectueuse des envahisseurs.

Ce fut en nyeien que le Rocaan annonça : « Nous sommes prêts. Je devrai naturellement employer de l'eau bénite, mais je n'en mettrai que sur mon épée. Vous n'avez rien à redouter. Vous avez ma parole. »

On aurait pu croire qu'il allait célébrer le Sacrement de Minuit. Quête adressa un froncement de sourcils à Rugar, qui haussa une épaule et le regarda fixement. Comme pour lui ordonner d'agir sans perdre de temps. Cependant, si ce n'était pas une simple Bénédiction, le Rocaan risquait d'avoir sur lui d'autres burettes. Quête s'assurerait qu'il n'avait rien à craindre avant de passer à l'action. Il n'aiderait pas les siens, s'il mourait sitôt après l'avoir possédé.

« Je devrai en outre manipuler ce symbole de notre foi. Je puis vous affirmer que rien de tout ceci ne représente pour vous une menace. »

Les Fey se dévisagèrent. Deux d'entre eux se rapprochèrent de la porte.

« Il n'existe pas de version nyeienne de cette cérémonie et c'est pourquoi je la célébrerai comme à l'accoutumée. André se chargera de vous traduire mes paroles. »

L'Ancien en question sursauta et dévisagea le Rocaan, brusquement terrifié. Quête inclina le cou. Le comportement des insulaires était incompréhensible. Seul le Rocaan semblait savoir ce qu'il ferait ensuite. Quête se rapprocha de lui, pour être prêt à saisir la première opportunité qui se présenterait.

Le Rocaan adressa à André un regard lourd de sous-entendus et lui dit dans leur langue : « Récitez la Bénédiction. »

L'Ancien hocha la tête puis serra les dents et fixa les yeux sur les Fey comme pour réclamer leur soutien. Inquiet du tour que prenaient les événements, Quête ne voulait cependant rien précipiter. Mais si les siens lui paraissaient en danger, il passerait immédiatement aux actes.

Le Rocaan leva l'épée et prit sa pointe dans sa main gauche. « "Nous avons des ennemis à l'extérieur", dit-il dans la langue locale.

— La Bénédiction débute », balbutia André en nyeien.

Quête lança un coup d'œil à Rugar et secoua imperceptiblement la tête pour lui indiquer que le Rocaan ne célébrait pas la cérémonie annoncée. Il s'abstint toutefois de dire quoi que ce soit. S'il intervenait au bon moment, que ce fût ou non une Bénédiction n'aurait pas d'importance. Il devrait néanmoins agir avec célérité.

« "Et à l'intérieur", firent les Danites, l'Aud et les Anciens.

— "Nous sommes cernés parla haine..."

— "... la cupidité..."

— "... la concupiscence..."

— "... la cruauté..."

— “... et l’affliction”.

— Il s’agit d’une citation de la Révélation Écrite et Orale, une métaphore, déclara André en nyeien. Sa traduction littérale serait privée de sens. »

Quête était glacé. Il entreprit de contourner Reece, qui gardait les yeux fixés sur le Rocaan sans lui prêter attention. Peut-être pourrait-il voir où se trouvait le poison. S’il y réussissait, il agirait aussitôt.

Le Rocaan abaissa l’épée en la tenant à deux mains, pour que le plat de la lame fût orienté vers les Fey. « “Nous avons décidé de nous battre, non pas avec nos armes...”

— “... ni avec la ruse”, répondirent les Danites, l’Aud et les Anciens.

— “... mais avec notre foi”. » Il posa lentement l’épée sur l’autel. Quête s’attendait à l’entendre prononcer le passage où il était question de débiter la liste de ses soucis à l’Oreille de Dieu, mais il s’en abstint. Il s’était contenté de citer la Révélation. Il avait l’intention de faire quelque chose.

Utiliser le poison.

André observa les Fey. « En prenant quelques libertés, je traduirai ce qui vient d’être dit par : “Bénis soient les étrangers qui se présentent devant nous.” »

Quête serra son couteau. Il devait y avoir ici trop d’eau bénite pour qu’il soit possible de trancher la gorge de Reece puis de bondir sur le Rocaan. Il devrait opter pour la méthode à la fois plus expéditive et plus délicate consistant à se servir du sang de l’hôte lui-même pour assurer le transfert.

Le Rocaan leva les mains. Les manches de sa robe glissèrent et révélèrent ses bras nus. « “Quand le Roca s’est adressé à Dieu, il l’a imploré d’accorder le salut à son peuple. Cependant, ils étaient assiégés et tout laissait supposer qu’Il ne l’écoutait pas...” »

Quête jeta un regard paniqué à Rugar. Ces religieux voulaient se débarrasser des Fey en employant la technique utilisée par le Roca face aux Sicaires de l'Ennemi, tant de siècles plus tôt. Il frissonna. Il savait désormais quel était le but de cette cérémonie. Bien que le pari fût risqué, ce serait peut-être efficace. Nul ne comprenait la magie des insulaires. Pas même eux.

Ses paumes étaient moites. Il devait passer immédiatement à l'action, sans attendre d'avoir localisé le poison.

« “... Le Roca envisagea de les exterminer, puis il pensa : *Cela signifie-t-il que je me considère supérieur à Lui ? Car s'Il ne souhaite pas agir ainsi, Lui, dans Son infinie sagesse, doit avoir ses raisons...*” »

D'un mouvement rapide dû à une longue pratique, Quête immobilisa la tête du Rocaan d'une main et utilisa l'autre pour lui trancher la gorge. Le sang du prélat l'aspergea et les fantassins s'avancèrent pour réduire les Anciens à l'impuissance. D'autres Fey se précipitèrent vers un Danite qui débouchait une burette.

Ne regarde pas, ne regarde pas ! s'ordonnait Quête. Mais il ne pouvait s'empêcher de garder les yeux fixés sur le Rocaan qui tentait d'achever la litanie de formules rituelles pendant que ses fluides vitaux les recouvraient. Quête bondit. Il referma ses jambes autour du torse du vieillard et bloqua ses bras avec ses coudes. Le Rocaan perdait son sang et ses couleurs. N'était-il pas déjà trop tard ?

Quête enfonça ses doigts dans les yeux de sa victime, ses pouces dans sa bouche. Les insulaires hurlaient. Horrifié, André avait reculé d'un pas et levé la main vers son visage. Les Danites criaient.

Quête écarta les dents du vieil homme et lui appuya sur la gorge. Il tira et tira encore. Quelque chose semblait contrer ses efforts. Pendant un instant, il sentit qu'il quittait son propre corps. Mais le Rocaan était mourant. Il ne pouvait se défendre. Quête se félicitait de ne pas avoir tenté de le posséder en utilisant le sang d'un tiers. Il redoubla d'énergie. L'essence du vieillard se libéra et se mit à flotter entre eux.

« L'Absorption ! » s'exclama un Ancien, Timothée. Il agrippa le dos de Quête et le secoua. Puis quelqu'un dut lui faire lâcher prise.

Quête happa le corps astral du vieil homme et l'aspira. Son enveloppe charnelle fondit et se déforma. Elle entra en expansion et il devint courtaud, âgé et terrifié. Il explora l'esprit du Rocaan. Le secret s'y tapissait mais restait hors d'atteinte. *Fusionnons, fusionnons, fusionnons*. Il le voulait de tout son être.

Rugar lui faisait signe de le rejoindre à l'extérieur. Quête regarda autour de lui et découvrit une scène de chaos. Plusieurs rocaanistes brandissaient des burettes. Celle du Rocaan était tombée sur le sol, à ses pieds. La terreur l'assaillit, puissante et tenace, et il trouva en elle la formule du poison. Il connaissait la recette. Comme certains vins, l'eau était additionnée d'herbes qui ne poussaient que sur cette île.

Il se précipita vers la porte. Il devait sortir de là. Il ne pouvait crier la liste des ingrédients à Rugar, car une telle énumération eût été privée de sens. Il fallait expliquer ce charme avec minutie et coucher tous les détails par écrit à l'attention des Gardiens des sortilèges.

La victoire des Fey était désormais assurée. L'Île Bleue leur appartenait.

QUATRE-VINGT-SIX

La chose qui ressemblait au Rocaan fit une embardée vers la porte. Sa nudité permettait de constater que son corps de vieillard était blême et ratatiné. Titus saisit sa burette d'eau bénite et la serra dans sa main gauche, tout en bataillant pour retirer le bouchon avec la droite. Les autres Auds avaient fui, mais il s'interdisait de céder à la panique. Les Fey avaient commis un sacrilège, en tournant cette célébration sacrée en dérision. Le Rocaan s'était engagé à ne pas les agresser et ils l'avaient tué, en une parodie d'Absorption.

Il tremblait tant qu'il renversa quelques gouttes d'eau bénite sur le Fey le plus proche, qui hurla. Le plus âgé, le chef avec lequel il s'était entretenu dans leur refuge, le vit et s'écarta. Il s'égosillait dans leur langage guttural pour débiter des chapelets d'instructions à ce qui avait été le Rocaan. Sans lui prêter attention, le monstre courait droit devant lui pour sortir de la chapelle.

Un Fey voulut saisir le poignet de Titus, qui l'aspergea puis attendit d'être seul avec ce qui subsistait du Rocaan pour lancer sa burette vers lui, comme l'avait fait Matthias l'Ancien le jour de l'invasion. De l'eau gicla de toutes parts. La créature cria et leva les bras devant sa figure, pour la protéger.

La puanteur de la chair consumée s'accompagna de vapeurs qui brouillèrent la vision de Titus. Il avança à tâtons vers la chapelle alors que les Fey survivants prenaient la fuite.

Il avait arrosé la chose d'eau bénite, mais ses effets n'étaient pas immédiats et elle porta sur lui des yeux brillants de haine et de soulagement. Puis le poison dut commencer à agir car elle referma ses mains sur ses bras et se mit à hurler. Un autre Fey approcha pour lui parler, la supplier dans leur langage. Mais ce qui avait été le Rocaan ne l'entendait pas et se déformait de nouveau. Pendant sa métamorphose, Titus reconnut le Danite vu dans les Terres d'ombre puis un homme croisé à proximité du palais. Il y eut ensuite une face de Nyeien, et une autre, et une autre encore, suivies par un chapelet de visages avant que tous ne s'effacent et que l'abomination ne s'effondre sur le sol en un monticule de tissu et de membres agités de soubresauts.

Les Fey encore présents dans la chapelle passèrent en courant près de Titus. D'autres se contorsionnaient comme l'avait fait le monstre. Du sang couvrait l'autel et une brume pestilentielle se répandait de toutes parts. Il entendait décroître les hurlements des rescapés qui fuyaient le long de la rivière.

Titus se dressait sur le seuil de la chapelle, sa seconde burette serrée dans son poing. Reece l'Ancien vidait de l'eau bénite sur l'amas de chair du Fey qui l'avait immobilisé. Timothée était accroupi sur le sol, les mains maculées de fluides vitaux. Il priait, semblant croire que Dieu ramènerait le Rocaan à la vie. Un des Danites secouait une burette vide pendant que l'autre se colletait avec le guerrier qui l'avait un moment réduit à l'impuissance. L'Aud se dissimulait derrière l'autel et tirait au-dessus de lui le panneau de bois à la façon d'une couverture.

Le troisième Ancien, André, s'était adossé au mur. Une paume collée à sa bouche, horrifié, il regardait fixement Titus comme s'il le voyait pour la première fois. Des larmes coulaient sur ses joues. Quand Titus approcha de lui, il tenta de se fondre dans la paroi.

Mais Titus s'arrêta près de la chose. Elle était morte. Elle avait cessé de tressauter et ne ressemblait plus au Rocaan. Elle ne ressemblait plus à un homme. Ce n'était qu'un amas de chair et d'os sur des dalles mouillées.

Il se pencha vers elle. Il avait compris les intentions du Rocaan lorsqu'il avait cité la Révélation. Il espérait que sa voix parviendrait à l'Oreille de Dieu. S'Il lui prêtait attention, peut-être les débarrasserait-Il des envahisseurs. Le Roca avait pu – mais ce n'était qu'une supposition – instaurer en son temps ce Sacrement pour les aider à combattre des êtres tels que les Fey.

Cependant, le Rocaan n'avait pas su s'y prendre. Leurs ennemis avaient été trop proches et rusés. En l'entendant psalmodier ce passage de la Révélation, son agresseur avait dû sombrer dans la folie et vouloir se substituer à lui. Quelle que fût l'explication, le Rocaan et son assassin n'étaient plus de ce monde.

Titus leva les yeux. Seul André l'observait. Il était toujours terrorisé, alors qu'il n'avait aucun Fey derrière lui et que tous ceux présents dans la chapelle étaient morts. Les conducteurs de la voiture avaient éliminé les ennemis présents alentour et ils bombaient le torse tels des héros reçus au palais royal. Les autres Fey avaient fui.

Titus toucha la face de ce qui avait été le Rocaan. Elle était lisse et spongieuse. À quelques pas de lui, sur le sol, se trouvaient son épée et une burette pleine. Il se mit debout, ramassa l'arme et la posa à plat sur l'abomination. Il retira le bouchon de la fiole.

Il sortit son linge purificatoire de la poche de sa robe et l'appliqua sur le goulot de la bouteille, l'imbiba d'eau bénite et prit l'épée en disant : « "Privé d'eau, l'homme meurt." » Il nettoya méthodiquement la lame, comme on le lui avait appris, même si c'était la première fois que du sang la souillait. « "Son corps en produit. Son sang est de l'eau. Il naît dans un déferlement d'eau. L'eau le purifie. Elle le garde en bonne santé. Elle le maintient en vie. Celui qui est dans l'eau est proche de Dieu." »

Les Danites se levèrent et inclinèrent la tête. L'Aud redressa l'autel et le déplaça pour se lever. Timothée restait courbé mais Reece était venu se placer derrière Titus. Seul André n'avait pas bougé.

« "Un homme ne meurt que s'il n'est pas assez pur pour s'asseoir aux pieds de Dieu" », ajouta Titus. Il termina de nettoyer l'épée et la tendit à Reece, en regrettant que le Sacrement n'ait pu leur rendre le Rocaan. Il n'en avait pas le pouvoir. C'était une leçon qu'il adressait aux Fey morts ou agonisants.

Il baissa les yeux sur eux, masses informes recroquevillées autour de lui. Certains étaient encore agités de soubresauts. « "Quand vous touchez de l'eau, leur dit-il, vous touchez l'Essence de Dieu." »

LA RENCONTRE
(Trois semaines plus tard)

QUATRE-VINGT-SEPT

Son père l'avait placée devant le fait accompli et Gemme n'avait échangé avec lui que quelques paroles au cours des trois semaines nécessaires à l'organisation des pourparlers. Elle avait constitué une équipe et envoyé Fardeau et d'autres membres de son unité d'infanterie décimée à Jahn, afin qu'ils règlent les détails avec des représentants du roi. Rugar passait la majeure partie de son temps face à la cheminée, plongé dans la contemplation des flammes. Il avait à deux reprises tenté d'entamer le dialogue – dont une pour lui présenter des excuses – et elle lui avait coupé la parole. Il fallait être fou pour conduire des Fey dans un des lieux saints des insulaires. Elle l'avait cru suffisamment sensé pour rencontrer ces religieux hors de l'édifice ou passer immédiatement à l'action. Tous les récits concordaient sur ce point. Il avait permis à ce vieillard de célébrer sa cérémonie. Quand Quête avait bondi sur lui, il était trop tard.

Ils avaient perdu cinq officiers, deux animaliers étaient portés manquants et leur dernier Double n'était plus de ce monde. Un aussi lourd bilan pour aucun résultat. Bien qu'il eût possédé le Rocaan, Quête n'avait pu transmettre le secret du poison à Rugar. Sans compter l'assassinat de Caseo qui, selon les Gardiens, avait été le seul à connaître la formule d'un charme efficace contre les insulaires.

Si elle laissait le commandement à son père, ils mourraient tous. Il ne resterait plus un Fey sur cette île.

Aussi se dressait-elle au sommet de la colline, avec Fardeau à son côté. Elle regardait en contrebas les pentes rocailleuses et la cuvette dans laquelle avait été installée la table des négociations. Le vent cinglait ses cheveux et défaisait sa natte. Son père était présent, mais elle l'avait relégué à l'écart. Elle ne voulait pas qu'il pût intervenir. Le choix du site avait fait l'objet d'âpres discussions. Ils étaient finalement convenus de se retrouver près du chenal que la force d'invasion avait emprunté pour atteindre l'Île Bleue. Ici, les rochers formaient une dépression abritée. C'était, en raison de sa planéité, un lieu de rencontre naturel... et ouvert. Des représentants des deux camps l'avaient visité et estimé que nul n'aurait une position prédominante.

Les Sentinelles de pierre veillaient sur l'embouchure du Cardidas tels des gardes de faction devant les portes d'un palais. Il y avait au-delà la liberté et son grand-père, qu'elle ne reverrait probablement jamais. Autour de leurs bases les flots sombres étaient brassés et couverts d'une pellicule blanchâtre. Les vagues qui explosaient contre la roche s'y répandaient en gerbes d'écume. Elle trouvait la brume fraîche et revigorante, après avoir pendant si longtemps respiré l'atmosphère fumeuse et viciée des Terres d'ombre. Si elle n'avait pas été terrifiée à ce point, elle eût été ravie d'avoir enfin quitté leur refuge.

Elle avait longuement réfléchi à cette entrevue, depuis que son père était revenu annoncer sa défaite. Les Fey avaient tué le chef religieux local et leurs troupes faisaient planer une menace sur les insulaires. On pouvait en conclure qu'ils n'étaient pas totalement à la merci de leurs adversaires.

Mais ce n'était qu'une illusion.

Comme l'eût dit son grand-père, ils devaient feindre d'être toujours aussi puissants. Ce qui était difficile quand tous savaient que la population de l'île pourrait les décimer jusqu'au dernier. Gemme espérait que les autochtones n'en étaient pas conscients. Il lui fallait gagner du temps, faire une offre qui jouerait un jour en leur faveur.

Rugar vint la rejoindre et elle lui tourna le dos. Il serait assis près d'elle à la table des négociations et elle n'hésiterait pas à lui couper la parole s'il se permettait d'intervenir. Même devant les insulaires. Elle aurait dû avoir également près d'elle un Gardien, mais elle voulait être secondée par quelqu'un de confiance.

Fardeau. Elle aurait dû suivre ses conseils dès la Première bataille de Jahn. Il lui avait dit que son père avait été frappé de Cécité. Elle avait eu tort d'en douter.

Elle voyait sur les hauteurs du versant opposé Nicolas, le roi et un conseiller. Comme convenu, l'escorte des Fey descendait la pente rocailleuse en même temps que les gardes royaux. Quelques Frocs noirs accompagnaient ces derniers. Les insulaires avaient dû estimer que ces religieux les intimideraient plus que des guerriers.

À juste titre.

Quand tous eurent pris position, Gemme, son père et Fardeau s'engagèrent à leur tour sur la déclivité. La délégation locale les imita. Ils atteignirent le fond de la cuvette au même instant. Organiser cette réunion avait nécessité de régler d'innombrables détails et de mener maintes négociations délicates. Ils s'avancèrent jusqu'à la table, tirèrent les sièges et s'assirent avec l'ensemble propre aux personnes habituées à ces rituels.

Le vent était ici moins mordant mais les embruns se changeaient en une bruine qui recouvrait toute chose. Gemme écarta une mèche de cheveux rebelles tombée devant ses yeux. Nicolas la regardait avec une fascination identique à celle dont elle gardait le souvenir. Pendant l'année écoulée depuis leur rencontre, son visage s'était émacié, un peu comme ceux des Fey, et elle discernait de petites rides autour de sa bouche. Elle eût aimé le toucher, découvrir si sa peau était rêche. Il n'était plus un adolescent inexpérimenté mais l'homme qui l'avait tenue avec tant de tendresse dans sa Vision.

Des événements dont elle espérait modifier le cours pendant cette réunion.

Le roi s'assit au centre avec son fils sur sa droite et son conseiller sur sa gauche. Gemme prit place en face de lui, entre son père et Fardeau.

Elle ravala sa salive, salua les insulaires de la tête et ouvrit les pourparlers. Comme il seyait à leur instigateur.

« Je m'appelle Gemme », dit-elle dans la langue locale. Elle avait conscience d'être guindée. Adrian lui avait longuement et impitoyablement fait répéter les phrases suivantes : « Je suis la petite-fille du Roi noir. Voici mon père, Rugar, qui a rencontré votre Rocaan près de la Marguerite. Mon conseiller, Fardeau, suivra également ces négociations. Je m'exprimerai au nom de tous les Fey. J'espère qu'après les formalités d'usage nous pourrons parler en nyeien, étant donné que mes connaissances de votre langue sont limitées.

— Je suis heureux de savoir qui vous êtes », fit le roi. Qu'il l'eût dit en nyeien indiquait qu'il acquiesçait à sa demande. « Je suis accompagné par mon fils Nicolas et mon propre conseiller, le Seigneur Stowe. Je m'exprimerai quant à moi au nom de toute la population de l'Île Bleue. »

Gemme inclina la tête pour le remercier de son amabilité. « J'ai sollicité une rencontre car j'estime qu'il est dans notre intérêt commun de signer une trêve.

— Je croyais que les Fey ne négociaient jamais. »

Rugar ouvrit la bouche et elle lui pinça la cuisse, avec tant de force qu'il dut faire levier sur sa main pour la contraindre à lâcher prise. « Ils n'en ont pas eu la nécessité avant d'essuyer un tel revers », dit-elle, surprise par l'aisance avec laquelle elle avait prononcé ces mots. Lors des répétitions, ils lui étaient restés en travers de la gorge. « Nous voudrions regagner Nye. »

Elle sentit son père se crisper. Il ne s'était pas attendu à l'entendre exprimer cette requête. Elle savait ce qu'il pensait. Il se disait qu'ils ne pouvaient retourner là-bas, qu'il n'oserait jamais se présenter vaincu devant son père.

Nicolas ouvrait de grands yeux et l'observait attentivement. Elle s'interdisait de le regarder, bien qu'elle perçût intensément sa présence.

Le sourire que lui adressa le roi était empreint de douceur. « Vous savez que c'est inacceptable. Vous reviendriez avec tant de bateaux et de troupes que vous nous infligeriez une cuisante défaite.

— Nous prendrons l'engagement formel de vous laisser en paix. » Elle essayait de conduire ces tractations le plus habilement possible. Il allait de soi qu'ils agiraient comme il le prévoyait, s'ils réussissaient à obtenir des renforts. Mais le convaincre du contraire leur eût permis de quitter cette maudite île.

Alexandre fit reposer ses poings sur la table humide et les serra. « Qui nous prouve que vous tiendrez parole ? Nous n'avons pas désiré cette guerre. »

Elle repoussa la main de son père, dont les interventions la distrayaient. Il s'était opposé à ces négociations et n'avait exigé de l'accompagner que pour se tenir informé de l'évolution de la situation.

« En ce cas... » Elle fit reculer son siège et se pencha en arrière. Elle lut sur les traits de Nicolas de la panique, mais ce fut bref. Elle n'était pas certaine de connaître ses pensées. La suspectait-il de vouloir les attaquer ? « Nous voici confrontés à un problème. Vous pourriez nous massacrer, à condition de traquer chacun de nous. Ce ne serait cependant qu'un répit temporaire. »

Son père restait figé. Fardeau n'avait pas bougé. Il savait écouter.

« Temporaire ? répéta le roi. Nous reprendrons notre vie d'antan.

— Jusqu'au jour où le Roi noir viendra chercher son fils et sa petite-fille.

— Pourquoi ne l'a-t-il pas déjà fait ? » C'était Nicolas. Il n'avait pas posé cette question avec impertinence mais curiosité, comme s'il s'était longuement interrogé à ce sujet.

« Il doit régler des affaires d'État, à Galinas. Il attend notre rapport. Conscient que les guerres ne sont jamais aussi rapides et faciles que prévu, il patientera un certain temps. Mais s'il ne reçoit pas de nos nouvelles, il enverra des vaisseaux.

— Un certain temps ? » La voix du Seigneur Stowe était chevrotante, bien qu'il parût détendu. « Qu'est-ce à dire ? »

Gemme haussa les épaules. « Trois, cinq ou dix ans. Je l'ignore. S'il meurt, vous bénéficierez d'un répit supplémentaire car mon frère devra apprendre à régner. Mais il viendra dès qu'il se sera accoutumé à l'exercice du pouvoir.

— Et les Fey débarqueront en si grand nombre qu'ils se rendront maîtres de votre pays », lança Rugar d'une voix autoritaire. Sans pour autant savoir quelles étaient les intentions de Gemme.

Le roi retira ses mains du plateau de la table. Il avait séché, à leur emplacement. « Ce n'est pas en usant de menaces que vous améliorerez votre position. Nous avons les moyens de vous exterminer. »

Gemme se pencha vers lui. « Si c'était exact, vous l'auriez déjà fait. Vous avez eu plusieurs opportunités de nous éliminer, sans y parvenir.

— Avec le temps... commença le Seigneur Stowe.

— Certes, reconnut-elle. Toutefois, vous ne savez pas de quel délai vous disposez. Si le Roi noir débarque pendant que vous nous massacrez, votre sort sera encore moins enviable. »

Rugar se raidit et Fardeau se déplaça sur son siège. Ils se demandaient où elle voulait en venir, ce qu'elle comptait proposer. Elle n'en avait parlé à personne, au cours de ces semaines de réflexion.

Suis la magie, lui eût dit son grand-père. Ce qu'elle ferait.

Le roi voulut dire quelque chose et elle leva la main. « Permettez-moi d'aller au bout de ma pensée. Vous pourrez nous tuer, par petits groupes, mais des Fey survivront. Il est impossible d'éliminer tout un peuple de magiciens. Nous serons quant à nous rongés par la peur et devrons lancer des raids pour subsister. Les escarmouches se multiplieront. Puis nous trouverons sans doute un village facile à défendre, comme celui de la Marguerite, et nous nous en emparerons au terme d'âpres combats. D'autres jeunes gens de votre peuple et du mien mourront... l'un après l'autre, lentement et douloureusement, pour rien.

— Pas pour rien, si nous nous débarrassons de vous », intervint le Seigneur Stowe.

Elle lui sourit. Elle avait analysé leur tactique. Le

roi se comportait en personnage ouvert à toute suggestion alors que son conseiller se chargeait d'exprimer les positions radicales. Elle n'avait pas encore déterminé quel rôle jouait Nicolas mais y réussirait bientôt.

« C'est précisément ce que je voudrais souligner, Seigneur Stowe. Vous ne vous débarrasserez jamais de nous. Vous vivrez paisiblement pendant un, cinq ou dix ans. Néanmoins, le Roi noir arrivera tôt ou tard, et croyez-vous qu'il fera preuve de clémence envers ceux qui ont massacré ses sujets et ses proches ? Il devra être impitoyable, ne serait-ce que pour dissuader les autres peuples de suivre votre exemple.

— Je présume que vous avez envisagé une solution, un moyen de débloquer la situation ? » fit le roi.

La brume descendait toujours, légère et froide. Elle déposait des gouttelettes sur sa peau et sa chevelure, comme si le ciel pleurait. Elle passa sa langue sur ses lèvres, ce qui la rafraîchit. Ce fut sans regarder son père qu'elle lança : « Je propose une alliance.

— Entre nous ? » La surprise avait fait grimper la voix du roi dans les aigus.

Elle hocha la tête. « Je me réfère à une alliance que le Roi noir sera contraint de reconnaître. Un traité qu'il ne pourra violer.

— Vous parlez d'une chose qui ne peut exister, gronda Stowe. Il est bien connu que les Fey dénoncent les accords dès qu'ils ne servent plus leurs intérêts. Nous serions stupides de vous croire.

— Ce serait effectivement insensé si je ne vous proposais un gage qui rendra cette union indissoluble et contraindra tous les Fey à l'accepter. Et votre peuple également.

— Qu'envisagez-vous ? » demanda le roi.

Elle redressa le menton. Son cœur s'emballait et sa bouche était sèche. « D'épouser votre fils. »

Fardeau hoqueta. Déjà blême, le roi pâlit plus encore. Le Seigneur Stowe en resta coi. Rugar agrippa son bras et elle le repoussa. Mais Nicolas avait les yeux fixés sur elle et son regard était chaleureux. Il paraissait songeur, comme si cette idée ne lui avait jamais effleuré l'esprit.

« Le mariage est sacré, pour les Fey, ajouta-t-elle sans laisser à quiconque le temps d'intervenir. Nous mêlons nos lignées, nous mêlons nos magies. Ce ne sont pas des engagements qu'on prend inconsidérément et de tels liens ne peuvent être rompus. Ce qui s'applique également aux unions célébrées selon vos rites religieux, d'après ce que j'ai cru comprendre. Tout membre de la famille royale est lié pour l'éternité à son conjoint, même par-delà la mort. »

Si le roi sourit, c'était de toute évidence pour dissimuler son malaise. « Pour l'éternité, certes, mais nous sommes autorisés à nous remarier. Afin que la dynastie puisse croître et prospérer.

— Dois-je considérer que vous acceptez ma proposition ? »

Le sourire du roi s'élargit sans se communiquer au reste de son visage. « Non. C'est hors de question. »

Nicolas plaça la main sur le bras de son père et se pencha vers Gemme, qui perçut la chaleur de son corps. Elle soutint son regard. Ses yeux étaient d'un bleu profond.

« Envisagez-vous une union que nous consommerions ? s'enquit-il.

— Colas ! » s'exclama son père.

Sans en faire cas, il continuait de la regarder avec une intensité dont elle n'avait été qu'une seule fois témoin... lorsqu'ils s'étaient rencontrés pendant la Première bataille de Jahn. Le courant passait entre eux. Ils étaient des égaux, qu'il eût ou non de la magie.

« Je parle d'un vrai mariage, dit-elle. Je n'avance pas cela à la légère.

— Gemme, ces gens n'ont pas de magie...

— Silence, père !

— Qui dit vrai mariage dit avoir des enfants », ajouta Nicolas.

Elle le confirma de la tête. Elle trouvait cette perspective agréable. Elle y avait souvent pensé. « Ils seront la meilleure des garanties, approuva-t-elle avant de se tourner vers le roi. Si j'en attends un à l'arrivée de mon grand-père – ou si nous en avons déjà – nos lignées auront fusionné et les insulaires feront partie de la grande famille des Fey.

— Nous aurons donc tout perdu, commenta Alexandre avec amertume.

— Non. C'est pour vous le seul moyen de préserver l'intégrité de votre royaume. Le Roi noir n'attaquera pas votre île. Vous vivrez en paix et votre dynastie continuera de régner. Vous conserverez votre trône. Nicolas vous succédera puis viendra le tour de notre aîné. Tout sera comme avant, si ce n'est qu'un jour l'Île Bleue occupera une position prépondérante au sein de notre Empire, non en tant que pays conquis mais en tant que nation à part entière.

— Tu ne peux faire une chose pareille, Gemme, murmura Fardeau. Tu n'es pas habilitée... »

Elle se tourna vers lui. « Je suis la petite-fille du Roi noir. J'ai tous les pouvoirs. »

Il se recula pour se soustraire à sa colère. Leur amitié était ancienne et c'était la première fois qu'elle s'emportait contre lui. Cela ne s'était encore jamais révélé nécessaire.

Le roi l'observait. Lorsqu'il s'adressa finalement à elle, sa gravité la surprit : « Je dois m'entretenir avec mon fils.

— Faites, je vous en prie », dit-elle, heureuse d'avoir une occasion de calmer les siens.

Les insulaires se retirèrent sur le pourtour de la cuvette et se rapprochèrent les uns des autres, pour leur dissimuler leurs expressions.

« Tu n'as pas le droit de prendre une telle initiative, gronda Rugar. Tu abâtardirais notre lignée !

— J'ai tous les droits et certains de nos ancêtres se sont alliés à des gens privés de magie. De telles unions ont renforcé notre famille. Tu le sais. C'est la meilleure des solutions.

— Le Roi noir devra leur accorder notre citoyenneté.

— Seulement à ceux que je désignerai. Je peux restreindre cet honneur à ma progéniture.

— Gemme, intervint Fardeau. Tu ne vas pas t'accoupler avec cette créature, pas même pour nous sauver. Tu ne...

— Je fais ce que je veux ! » Il ne songeait qu'à son intérêt personnel, ce qui l'irritait encore plus que les maladresses de son père. « Aurais-tu imaginé que nous nous unirions un jour, toi et moi ? S'il me faut épouser un homme sans magie, autant que cette union profite à ma descendance. »

Les joues de Fardeau rosirent et il la regarda en ouvrant de grands yeux.

« Tu dois cesser de ne penser qu'à toi-même, ajouta-t-elle. S'ils acceptent et que le Roi noir nous abandonne à notre destin, nous reconstituerons nos forces. Nos enfants grandiront. Nous aurons de nouveau combattants, de nouveaux Doubles, de nouveaux métamorphes. Nous mettrons au point d'autres stratégies et je serai bien placée pour découvrir les faiblesses des insulaires.

— Je crains qu'il n'en résulte rien de bon. »

Rugar observa leurs adversaires plongés dans leurs palabres et se tourna vers elle. Un froncement de sourcils soulignait son front. « Gemme, fit-il si doucement qu'elle seule put l'entendre. Ces gens assistaient-ils à la cérémonie dont tu as eu la Vision ?

— Le Seigneur Stowe excepté.

— Tu as Vu ton mariage, Gemme. Tu suis ton Destin. »

Elle secoua la tête. « Non, père. Si tout se passe comme je l'espère, je le modifierai. Nous contrôlons la situation alors que j'étais désemparée. Certaines choses ne se produiront pas. Nous leur interdirons d'utiliser leur maudite eau bénite pendant la célébration. Ce sera une condition de cet accord. »

Rugar prit sa main. Il lui donnait son aval. « Tu prends de grands risques, ma fille.

— C'est cela ou notre mort à tous. »

QUATRE-VINGT-HUIT

La brume avait un goût de sel et la queue de cheval de Nicolas était lourde et humide sur sa nuque. Il eût aimé avoir des vêtements identiques à ceux de leurs adversaires, des effets que l'eau ne pouvait traverser. Cette cuvette proche des Sentinelles de pierre était un lieu désolé, même si le ciel était limpide et l'air plus vivifiant que partout ailleurs aux alentours de Jahn.

Son père considéra les Fey par-dessus son épaule. Ils étaient toujours assis à la table. Gemme argumentait avec son père et le jeune guerrier. Il la trouvait moins en chair que dans ses souvenirs, mais cela apportait du relief à ses pommettes. Ses yeux étranges pétillaient d'intelligence et de malice dès qu'elle le regardait, comme si elle se remémorait leur première rencontre. Et lorsqu'il avait accepté de l'épouser, il avait ressenti une chaleur qu'elle avait paru partager.

« Tu n'avais pas à intervenir, lui reprocha son père. Je conduisais ces négociations.

— Épouser une Fey ? À quoi avez-vous donc pensé, mon garçon ? » s'enquit le Seigneur Stowe.

Nicolas recula d'un pas et heurta la pente rocailleuse. La brume descendait sur lui comme une pluie légère.

« À maintes choses, déclara-t-il. Alors que vous vous contentiez de débiter de vaines paroles sans vous donner la peine d'analyser la situation. »

Les yeux de son père s'étrécirent. L'eau qui perlait sur son visage le faisait paraître plus âgé. « Tu n'as pas le droit, Colas...

— J'ai tous les droits. Les Fey ont impérieusement besoin de sceller cette alliance, mais ils ont failli provoquer l'effondrement du rocaanisme en assassinant son guide spirituel. Matthias n'a pas la force de caractère nécessaire pour imposer ses volontés aux Anciens. L'autorité morale de son prédécesseur lui manque et il ne peut produire à lui seul suffisamment d'eau bénite pour mener cette guerre à bon terme. J'ai abordé avec lui ce sujet. Et vous, l'avez-vous fait ? »

Alexandre croisa les bras. « Nous avons abordé ce sujet.

— En ce cas, vous connaissez son dilemme. S'il confie ce secret à d'autres Anciens, ils risquent de le déposer. Et qu'un schisme éclate en pleine crise serait catastrophique.

— La situation est moins grave que vous ne le laissez entendre », fit le Seigneur Stowe. Ses joues étaient rougies par le froid, ses yeux bleus aussi pâles que le ciel. Il paraissait sincère.

N'avait-il pas compris qu'en perdant le Rocaan ils avaient perdu l'élan mystique qui animait leur île ? En dépit des récriminations de son père sur son peu d'empressement à étudier la religion, Nicolas était apparemment le seul à avoir conscience des conséquences de sa disparition. Il fallait réagir, et Alexandre était plus indécis que jamais. Il était resté prostré plusieurs jours d'affilée, après avoir appris la mauvaise nouvelle.

Nicolas s'essuya le front du dos de la main. Au-delà des rochers la mer grondait. « Elle est bien pire que vous ne l'estimez. Pardonnez ma franchise, père, mais vous avez raté une autre opportunité à la mort du Saint Père. Au lieu de laisser la situation se dégrader entre les murs du Tabernacle, vous auriez dû lever une armée et lancer un assaut contre les Terres d'ombre. Tous vous auraient apporté leur soutien et nous aurions pu nous débarrasser des Fey.

— C'est encore réalisable », déclara Alexandre.

Nicolas secoua la tête. De l'eau coula sur ses joues et goutta dans son cou. « Non, père. Nos adversaires étaient alors aussi désemparés que nous. Mais ils ont eu depuis le temps de se ressaisir et de s'apprêter à repousser une attaque.

— Je pensais que Charognard...

— Vous avez placé notre avenir entre les mains d'un ennemi, rétorqua Nicolas que tant de naïveté sidérait toujours.

— Vous en auriez fait autant », lança Stowe.

Nicolas s'abstint d'en discuter. « Avez-vous eu de ses nouvelles ? Êtes-vous seulement certain qu'il n'est pas resté à Jahn ? Non. Nous ne sommes pas doués pour les intrigues. Un jour, nous commettrons une erreur encore plus grande que celle du Rocaan. Et nous perdrons définitivement notre île. »

Son père regarda par-dessus son épaule. Nicolas s'exprimait d'une voix trop forte mais les Fey n'avaient apparemment rien remarqué. La discussion était vive, là-bas aussi. Gemme – ce nom ravissant lui seyait à merveille ! – exposait ses arguments avec conviction et gesticulait pour souligner les points les plus importants.

« En outre, elle a soulevé un problème que nous avons rarement abordé. Le Roi noir.

— J'y songe constamment, fit Alexandre. C'est en pensant à ses troupes que je n'ai pas autorisé les Fey à repartir, et c'est pour cela que nous avons interrompu tout commerce.

— Mais vous n'avez pas suivi ce raisonnement jusqu'au bout. Elle a dit vrai en déclarant qu'exterminer les envahisseurs nous exposera à des représailles. Si ce n'est pas sous votre règne, ce sera sous le mien.

— Nous nous y préparons, intervint le Seigneur Stowe. Nous constituons des stocks d'eau bénite. Des gardes sont postés ici en permanence, à l'embouchure du Cardidas.

— Et s'ils découvrent un antidote à ce poison ? Et s'ils se font accompagner par des Fey ayant d'autres facultés, des êtres dont ce Charognard a omis de parler ? Qui vous dit qu'il ne vous a rien caché, père ? Il est impossible d'en être certain. Vous n'avez que sa parole. La situation était bien moins inquiétante, avant la mort du Rocaan. » Nicolas criait presque. Il respira à pleins poumons.

« Vous y tenez plus que tout au monde, n'est-ce pas ? fit le Seigneur Stowe. Vous voulez coucher avec cette Fey. Sire, expliquez à votre fils que ces pulsions sont généralement sans lendemain. »

Nicolas rougit. Il ne pouvait nier qu'il était sensible à ses charmes, ce qu'ils avaient dû lire dans ses regards. Depuis l'annonce de ces négociations ses rêves avaient été intenses et elle était présente dans chacun d'eux, nue et captivante.

Son père le dévisageait. « Tu crois en cette solution, Colas ? »

Il hocha la tête. « Je suis convaincu que c'est la meilleure.

— D'après Charognard, les Fey ne respectent jamais leurs engagements.

— C'est évident, puisqu'il n'a pas tenu les siens.

Mais comment pourront-ils revenir sur leur parole quand la petite-fille de leur roi sera notre otage ?

— Ils sont impitoyables, Colas. Ils n'hésiteront pas à la sacrifier si cela sert leurs intérêts. »

Nicolas déglutit. C'était absurde. « C'est son idée.

— *Apparemment.* »

Il n'avait pas envisagé cette possibilité et regarda la table des négociations. Gemme la martelait avec son poing. Elle avait trop de force de caractère pour se laisser manipuler. Elle n'était pas un simple pion. Nul n'eût osé la traiter ainsi.

« Admettons que nous rejetions cette offre alors qu'elle est sincère, avança Nicolas. Combien de créatures aux capacités surhumaines ont-ils encore à leur disposition ? Ne finiront-ils pas par assassiner également Matthias ? Ou vous ?

— Qui nous dit que ce n'est pas un complot, un moyen d'atteindre la famille royale ? demanda Stowe.

— Ils auraient pu le faire ici même, comme lors de la rencontre avec le Rocaan. » Nicolas secoua la tête. « Cette proposition est équitable, et profitable à tous.

— Ce n'est pas ce qui nous permettra de retrouver notre existence d'antan. » Le noble s'appuya au rocher. La brume estompait son visage.

« Nos vies ont changé à tout jamais quand les Fey ont franchi les Sentinelles de pierre. Quoi que nous fassions, nous ne pouvons modifier le passé... Seulement tenter de rendre ces bouleversements acceptables, et bénéfiques, à nos deux peuples.

— Si ce qui a eu lieu est irrémédiable, épouser cette Fey le sera également, rappela Alexandre.

— J'en suis conscient. Mais pour obtenir des résultats il faut prendre des risques. J'y suis disposé.

— Ne va-t-elle pas vous tuer dès que vous serez seuls ? » avança Stowe.

Nicolas refusait de penser aux dangers. Tout en espérant qu'elle n'avait pas l'intention de lui jouer un mauvais tour, il devrait se prémunir contre toute traîtrise. Lui faire des enfants, ce qu'il avait déjà demandé, suffirait peut-être. « Je crois qu'elle défendra nos intérêts.

— Nous n'avons qu'à lui chercher un autre parti », suggéra son père.

Nicolas secoua la tête. L'imaginer dans les bras d'un autre homme était insupportable. « En tant que petite-fille du Roi noir elle est appelée à gouverner un jour son peuple. Lui proposer un époux de rang inférieur au mien serait une insulte, père. Voulez-vous l'épouser ? »

Alexandre sursauta. Il n'avait visiblement pas envisagé cette solution, et son expression horrifiée tenait lieu de réponse.

« Nous exigerons qu'elle s'installe au palais, ajouta Nicolas. Les risques seront ainsi équivalents. Je pourrai moi aussi la tuer dès que nous serons seuls. »

Son père soupira. « En cas d'échec, nous perdrons l'Île Bleue.

— Nous la perdrons plus sûrement encore si nous ne tentons rien. Le tout est de savoir si nous sommes disposés à agir. »

Alexandre prit sa main. Ses doigts étaient glacés. « Tu es mon fils unique, Colas. S'il t'arrive quelque chose...

— Vous n'aurez qu'à nommer un régent, dans l'éventualité où vous connaîtriez un sort funeste, et avoir un autre fils. Vous êtes assez jeune pour cela. Peut-être devriez-vous le faire de toute façon, étant donné que nous sommes toujours en guerre. »

Il fut surpris de s'exprimer avec tant de détermination. Quelqu'un devait prendre une décision, et c'était à première vue la meilleure. Nul peuple n'avait pu résister aux Fey. Même ceux qui s'étaient vaillamment défendus durant des décennies avaient été un jour victimes de leur fourberie et de leur magie. S'il était habile, il s'approprierait un peu de leurs pouvoirs. Il ne les utiliserait pas comme eux, certes, mais ses enfants en seraient capables si cela se révélait nécessaire. Ce qui était improbable étant donné qu'ils seraient à moitié fey.

Son père s'était plongé dans la contemplation de ses mains et le Seigneur Stowe se contentait d'attendre la suite.

« Je l'épouserai, décréta Nicolas. Et vous aurez un autre enfant, père. Nous leur arracherons un maximum de concessions avant la cérémonie et prendrons des dispositions pour couvrir nos arrières.

— Colas... »

Il secoua la tête. « Auriez-vous une meilleure idée ? Sauriez-vous comment contraindre les Fey à nous laisser tranquilles ? »

Le Seigneur Stowe le scrutait comme s'il le voyait pour la première fois.

« Il suffit de regarder une carte marine pour constater qu'il faut passer par l'Île Bleue pour se rendre de Galinas à Leut. Les Fey veulent conquérir le monde et je doute qu'ils fassent un détour pour éviter notre petit royaume. Ils voudront tôt ou tard s'en emparer. Et ils finiront tôt ou tard par nous vaincre. La chance nous a jusqu'à présent souri, mais elle peut tourner.

— Je n'aime pas prendre de risques », fit le roi.

Nicolas le savait. C'était pour cela qu'ils se retrouvaient dans une situation aussi fâcheuse. Il inspira à pleins poumons. Si son père avait pris les mesures qui s'imposaient quand les Fey avaient engagé les hostilités contre Nye, peut-être n'auraient-ils jamais attaqué l'Île Bleue. Mais il s'était contenté d'attendre. Et il n'avait ensuite pas su exploiter l'avantage que leur conférait l'eau bénite. Pour toutes ces raisons, les envahisseurs avaient pu s'implanter sur leurs terres et saper le courage de la population.

« Nous analyserons avec soin chaque détail avant d'organiser ce mariage, fit Nicolas. Nous mettrons tous les atouts de notre côté. »

Il s'écarta pour retourner vers la table et les Fey interrompirent leur discussion en les voyant approcher. Gemme le regardait, les lèvres mi-closes. Elle était aussi grande que lui et un peu plus musclée, mais il s'estimait aussi malin qu'elle.

Il lui sourit. « Qu'apporte à son époux la petite-fille d'un Roi noir ? En plus de ses charmes incontestables, bien entendu. »

Le sourire qu'elle lui adressa était chaleureux et aussi enjoué que celui d'une soubrette. « Nous devrons en discuter. » Elle lui présenta sa main, qu'il prit en sentant croître le désir qu'elle lui inspirait.

Non, il ne se perdrait pas pour une femme ! Non, il ne sacrifierait pas son île à ses pulsions ! Il la lâcha et s'assit entre son père et le Seigneur Stowe, en face d'elle.

« Nous aurons de nombreux points à négocier avant qu'il soit possible de parapher un accord, déclara-t-il. Y compris le choix du lieu où se déroulera la cérémonie. »

Elle le jaugea du regard. « Je suis certaine que nous finirons par nous entendre », répondit-elle doucement.

LE SACRIFICE
(Deux mois plus tard)

QUATRE-VINGT-NEUF

Gemme était vêtue de vert, la couleur de la joie, ce qui choquait profondément son père. Elle portait une robe aux jupes bouffantes conformément aux usages de L'Nacin et un corsage ajusté qui ne dissimulait presque rien de ses seins. Pour la première fois, Rugar voyait en elle une femme et non la fille d'un soldat.

Il devait écarter les jambes, car il n'avait pas eu le temps de retrouver le pied marin. Le nouveau Rocaan – un individu aussi grand qu'un Fey mais aux traits juvéniles – avait insisté pour que la cérémonie se déroule sur les flots afin de compenser le fait qu'il ne pourrait utiliser son poison béni pour consacrer cette union. Les cheveux de Gemme tombaient librement, en une abondante toison noire qui descendait bien plus bas que sa taille.

Rugar avait mis sa tenue de combat : des vêtements de cuir noir et une tunique. Il avait envisagé de réclamer de la pluie aux Maîtres des éléments avant d'estimer qu'ils n'en tireraient aucun avantage et qu'il paraîtrait plus mesquin qu'il ne l'était. Cependant, porter un uniforme militaire l'incitait à rester sur le qui-vive. Il devait surveiller les moindres détails. Il s'était efforcé de convaincre Gemme que certaines Visions ne pouvaient être modifiées, mais elle avait refusé de l'écouter. Elle croyait qu'organiser la cérémonie à sa guise lui permettrait d'empêcher ce qu'elle avait Vu de se réaliser.

La péniche, privée de superstructures et de décorations, flottait au centre du port de Jahn, trop loin du rivage pour que des insulaires ou des Fey puissent l'attaquer. Alexandre avait interdit à ses sujets de descendre dans les rues et Rugar aux siens de venir à Jahn, pour éviter que des échauffourées n'éclatent. Mais il savait que les autochtones les observaient derrière les fenêtres et que des Fey s'étaient dissimulés dans les entrepôts désaffectés d'où ils avaient lancé leur premier raid. Tous voulaient assister à l'union contre nature d'une princesse fey et d'un prince sans magie.

Seuls une poignée d'invités triés sur le volet avaient été admis à bord de la péniche. Gemme avait même insisté pour que cette embarcation fût construite par les deux peuples... leur première œuvre collective. Les Fey avaient naturellement effectué la majeure partie du travail, pendant que les insulaires s'assuraient qu'ils n'ensorcelaient pas le bois (comme s'ils avaient pu déceler de telles choses) mais cette mesure avait apparemment apaisé les esprits. Pour l'instant, la trêve qu'elle avait instaurée était une réussite, même s'il était évident que ce calme ne pourrait durer. Les Fey respecteraient les termes de cet accord tant que l'inaction ne les rendrait pas irritables, ce qui s'appliquait surtout aux vétérans. Sa fille l'avait chargé de maintenir la discipline.

Il ferait de son mieux.

Le roi se tenait à la gauche de son fils, devant le Seigneur Stowe. Si tous deux portaient des robes noires d'apparat, le prince avait opté pour un manteau aux longues basques et glissé les jambes de son pantalon à l'intérieur de ses bottes. Il avait lui aussi décidé de ne pas imposer d'entraves à ses cheveux... après que Gemme lui eut expliqué que c'était un symbole signifiant qu'un présent était offert sans arrière-pensées. Rugar escortait sa fille. La Chamane exceptée, elle n'avait autorisé aucun autre Fey à l'accompagner.

Elle avait en outre fait proscrire tout objet religieux sur la péniche. Elle avait Vu une épée rituelle et une burette de poison, dans sa Vision. Elle n'en voulait pas à proximité. Si elle avait pu empêcher les rocaanistes de porter leurs robes, elle l'eût exigé. Ils avaient frôlé la crise diplomatique quand le nouveau Rocaan avait refusé de célébrer cette union, mais Alexandre avait réussi à le faire revenir sur sa décision. Gemme avait dû en contrepartie accepter des concessions concernant la tenue vestimentaire des membres du clergé.

Le Rocaan était un jeune homme blond près duquel la Chamane paraissait encore plus âgée. Ses cheveux blancs hérissés sur sa tête telles des touffes de mauvaises herbes auréolaient son visage ratatiné, sa bouche réduite à un petit orifice ovale cerné de rides. Seuls ses yeux noirs étaient vifs... des cercles de vie miroitants sur des traits d'agonisante. Elle n'avait fait aucun commentaire. Elle n'avait avancé aucune suggestion se rapportant à la cérémonie. D'ailleurs, rien de tout cela n'avait paru la surprendre.

Autant de choses que Gemme assimilait à des confirmations du bien-fondé de sa décision. Rugar avait malgré tout des doutes. Il avait consacré toute sa vie à analyser des Visions. La Chamane répugnait encore plus que lui à altérer ce qui avait été révélé. Peut-être avait-elle Vu cet instant. Peut-être savait-elle ce qui se passerait ensuite. Mais elle refusait d'intervenir pour modifier l'avenir. Son rôle se bornait à assurer leur protection dans le présent.

Rugar était resté sur le qui-vive pendant près de deux heures, en attendant le début de la cérémonie. Elle se déroulerait en deux parties et les rites fey seraient exécutés avant les rites rocaanistes. Les deux responsables religieux s'entretenaient depuis quelques minutes. Finalement, la Chamane claqua des mains et annonça en nyeien : « Nous sommes prêts. Ces enfants seront placés sous la garde conjointe de nos Puissances et de votre Roca. Il a été convenu que nous lancerons tout d'abord un appel aux Puissances. »

Tous se turent. Le nouveau Rocaan se plaça sur le côté. Rugar recula d'un pas pour le surveiller.

La Chamane sourit à Gemme et au prince. « Prenez-vous par la main », leur dit-elle en nyeien. Ils se regardèrent – avec timidité, sembla-t-il – puis leurs doigts s'entrelacèrent. Rugar libéra sa respiration. Il n'avait pas oublié cette brève hésitation qui l'avait marqué lors de son premier mariage.

La Chamane tendit les bras au-dessus de leurs têtes et récita en fey : « Les Puissances veilleront sur vous. Et vos enfants seront pour vous une source d'honneurs. Puisse la magie se développer en eux comme en vous. » Elle leur sourit de nouveau. « Joignez vos autres mains. »

Ils durent pour cela se placer face à face. Rugar voyait nettement les traits du prince qui ne quittait pas sa fille des yeux. Elle affirmait qu'il avait été très tendre avec elle, au cours des événements révélés par sa Vision. Tout paraissait confirmer qu'il tenait à elle.

« Vous avez bouclé le cercle, dit la Chamane. Vous ne faites plus qu'un, pour l'éternité. »

Elle se tourna vers le représentant de l'Église locale, qui secoua la tête. Le Roi Alexandre et le Seigneur

Stowe se renfrognèrent. Les insulaires n'avaient pas compris que la cérémonie fey était terminée. Mais le prince en était conscient et il en profita pour baiser les mains de son épouse.

« C'est à vous », précisa la Chamane en nyeien. Elle s'était adressée au nouveau Rocaan qui pivota vers son roi. Alexandre haussa les épaules. Rugar eût souri, s'il n'avait dû redoubler de vigilance dans cette partie de la cérémonie. Ces religieux étaient fourbes et celui-ci voulait peut-être venger la mort de son prédécesseur. S'il le voyait prendre une burette, il bondirait pour l'empêcher d'asperger Gemme de son contenu.

Le Rocaan s'exprimait dans la langue locale et il n'en comprenait pas un traître mot. Cet homme gesticulait pour souligner ses paroles, et il avait des doigts très fins de thaumaturge. Que l'eau bénite fût un poison était peut-être dû à l'âme des Rocaans et non aux ingrédients qui entraient dans sa composition. Certains Fey avaient de tels pouvoirs... les métamorphes, les Chamans, les Visionnaires.

Gemme et le prince s'inclinèrent. Le prélat regarda Rugar, qui haussa les sourcils puis se rappela ses instructions. Il sortit de sa poche de poitrine le carré de tissu qui protégerait la mariée s'il subsistait des résidus d'eau bénite sur les doigts du célébrant. Rugar tremblait. Il était si proche de sa fille qu'il percevait sa chaleur corporelle.

Le Rocaan appliqua ses paumes sur le linge qui coiffait Gemme et sur la chevelure du prince, avant de débiter d'autres chapelets de mots incompréhensibles. Le discours était interminable. Rugar restait bien droit et ne quittait pas des yeux les mains du religieux.

Mais rien ne se passa. Le Rocaan s'écarta. Gemme retira le carré de toile et adressa au prince un sourire qu'il lui retourna aussitôt. Il paraissait aussi joyeux qu'elle.

« C'est terminé », annonça le nouveau Rocaan en nyeien.

Sur un ton qui incita Rugar à le dévisager. Il ne semblait pas apprécier ce dénouement plus que les autres. Mais Gemme n'en avait apparemment pas conscience. Elle vint étreindre son père et lui murmura : « Nous avons réussi.

— Oui », répondit-il. Ils avaient su se protéger des actes de traîtrise révélés dans la première Vision de sa fille. La Chamane se dressait près d'eux et il humait son léger parfum de cannelle. Gemme glissa son bras sous celui du prince... Nicolas. Rugar devait se souvenir de son prénom. Il appartenait à leur famille, désormais. Elle s'adressa au roi de l'île.

« Nous vivrons en paix », déclara en fey la Chamane.

Rugar la regarda, surpris. Elle observait Gemme qui riait.

« Tout ceci portera-t-il ses fruits ? lui demanda Rugar.

— En partie. Vous sous-estimez le fait que ce sont les enfants qui détiennent les clés de l'avenir. Il s'agit d'un domaine où nous n'effectuons que de brèves incursions, alors qu'ils y vivront. »

La brise du large était fraîche et ébouriffait ses cheveux. « Seriez-vous en train de me déclarer qu'elle a fait le bon choix ? »

La Chamane suivait Gemme des yeux. « Elle a saisi l'unique chance de mettre un terme aux tueries. J'aimerais que vous puissiez toujours en dire autant. »

Il se redressa. « Vous vous oubliez ! Je suis un guerrier.

— Je n'oublie rien », fit-elle avant de s'éloigner. Sa

robe blanche traînait sur le pont. Il retint un juron. Il avait horreur de ses propos elliptiques.

La péniche repartit vers le port. Les jeunes mariés gagnèrent le bastingage pour regarder la berge venir à leur rencontre. Gemme avait décidé de s'installer dans le palais de Jahn et rappelé à son père que c'était sur cette île le symbole du pouvoir. Il n'avait pas émis d'objections. Il savait qu'elle ne supportait plus de vivre dans les Terres d'ombre.

Elle lui fit signe d'approcher. Il respira et traversa le pont. Il exécrait ces instants où, à la fin d'une guerre, les Fey et leurs ex-adversaires devaient apprendre à se tolérer.

Il s'arrêta près d'elle et elle prit sa main dans la sienne. Ses doigts étaient chauds, sa prise énergique. « Nous avons empêché la Vision de se réaliser, père, dit-elle en fey.

— Oui », répondit-il. Il ne pouvait rien ajouter. Il ne voulait pas gâcher sa joie. Ils avaient effectivement échappé au destin annoncé à Gemme mais pas à ce qu'il avait Vu, lorsqu'elle déambulait dans les salles du palais de Jahn telle une reine. Il avait cru que cela adviendrait suite à une victoire militaire et non à tant de pertes et de traîtrises.

« Nous appareillons vers l'avenir », dit doucement Nicolas, en nyeien. Il avait adressé ces paroles à son épouse mais Rugar les avait entendues.

L'avenir. D'après la Chamane, les militaires n'y avaient pas leur place.

Il se demandait si elle avait Vu juste.

Achevé d'imprimer sur les presses de

BUSSIÈRE

GROUPE CPI

à Saint-Amand-Montrond (Cher)
en août 2004

POCKET - 12, avenue d'Italie - 75627 Paris Cedex 13
Tél. : 01-44-16-05-00

— N° d'imp. : 44091. —
Dépôt légal : septembre 2004.

Imprimé en France